KB131805

하버드 스퀘어

HARVARD
SQUARE
—
André
Aciman

하버드 스퀘어

안드레 애치먼
장편소설
—
한정아 옮김

비채

나의 형제 앨런에게

HARVARD SQUARE

—

André Aciman

프롤로그

"그냥 가면 안 돼요?"

지난 몇 주 동안 여러 대학을 돌아다녔지만, 아들이 이런 말을 한 것은 처음이었다. 우리는 중서부의 대학교 세 곳을 돌아보았고, 뉴잉글랜드와 펜실베이니아, 뉴욕에 있는 여러 문과 대학에도 들렀으며, 지금은 여름 캠퍼스 투어*의 마지막 일정이자 내가 너무나도 잘 아는 이곳, 매사추세츠에 와 있었다. 아들은 마침내 인내심을 잃었거나 한껏 스트레스를 받은 모양이었다.

"여기 있고 싶지 않아요." 아들이 말했다. 나는 지금 나갈 수는 없다고 말했다. "왜 안 돼요, 가면 가는 거지." 아들

---

* 미국에서는 학생들이 지망하는 대학을 미리 둘러보고 입학 사정관을 만나 설명을 듣는 캠퍼스 투어에 참여할 수 있다.

이 대꾸했다. 나는 입학처 사무실에 모인 다른 가족들이 들을까 봐 목소리를 낮추고, 환영사도 듣기 전에 나가는 건 대단히 무례한 행동이라고 말했다. 그러나 아들은 간결하고도 똑 부러진 말로 논쟁의 싹을 잘랐다. "그냥 뜨자고요." 나무 벽에, 바닥에는 두꺼운 카펫이 깔린 사무실 안으로 방문객이 계속 들어왔다. "지금요." 아들은 낮은 목소리로 거칠게 말했고 금방이라도 목소리를 높일 기세였다.

"이해가 안 되는구나." 내가 속삭였다. "세계 최고의 학교에 와서 네가 하고 싶은 게 그냥 가는 거라니."

그러나 옥신각신해봐야 소용이 없을 터였다. 게다가 아들은 내 표정을 보고 내가 더 싸울 생각이 없다는 걸 간파한 게 틀림없었다. 사실 나도 피곤했다. 이제 캠퍼스 투어는 할 만큼 했다는 생각이 들었다. 아들은 내 항복을 기다리지 않고, 커다란 안내책자와 야구모자를 집어 바로 일어섰다. 남들 보는 앞에서 아들과 티격태격하고 싶지 않아서 나도 일어설 수밖에 없었다. 우리는 입학처 사무실을 조용히 나왔다. 우리 자리는 다른 아버지와 아들이 얼른 차지했다.

현관에는 강당으로 들어가려는 부모들이 많이 모여 있었다. 입학처 직원은 친절하고 편안한 느낌을 주려는 듯 웃으면서 친근하게 말했다. 그녀는 간단한 소개 후에 자신과 동료들이 우리를 데리고 이러저러한 곳과 또 다른 곳, 또 다른 풍경

명당으로 자리를 옮겨 온갖 기념비 앞에서 잠시 숨을 고르고, 하버드의 또 하나의 자랑인 숨 막힐 듯 아름다운 풍경을 보여 주겠다고 말했다. 나는 그 말투에서 약간의 우쭐거림을 감지했다. 그것은 이 코스를 사전에 심혈을 기울여 계획했음에도 탐방객에겐 내키는 대로 돌아다닌다는 인상을 주면서, 이 즉흥적인 산책이 진부하고 지루한 캠퍼스 투어가 아닌 즐거운 경험이 되게 할 수 있다는 자신감의 표현인 듯했다.

우리가 밖으로 나가는 동안에도 미래의 지원자를 대동한 부모들이 속속 들어와서 접수대에 들렀다가 곧장 강당으로 향했다.

밖으로 나온 우리는 테라스에 서서 이른 아침의 공기를 들이마셨다. 푹푹 찌는 전형적인 보스턴의 여름날이 될 기미가 벌써부터 느껴졌다.

아들의 불편한 심사 또한 느껴졌다. 조금 전 테라스에서 아는 얼굴과 마주쳤기 때문이었다. 그 둘은 서로를 피하려고 했다. 그러나 여의치 않자, 그 아는 얼굴이 먼저 경쟁 학교 학생끼리의 다정한 인사말로 통할 법한 말을 툭 내뱉었다. 젊은 놈이 최소한의 예의는 있구나 싶었다. 적대감과 불화의 기운이 분명히 느껴졌고, 부모와 자식 모두에게 선택은 둘 중 한 가지였다. 당당하게 행동하거나 서둘러 꺼질 것.

우리는 그 건물을 떠나 찰스 강으로 가기 위해 래드클리프*를 가로질렀다. 나는 왜 갑자기 마음이 바뀌었는지, 나오고 싶었던 이유가 무엇인지 아들에게 물어보고 싶었다. 그러나 아직은 그 이야기를 꺼낼 때가 아니라고 생각했다. 침묵 속에 손에 잡힐 듯 팽팽한 긴장감이 느껴졌고, 어떻게 해도 그 긴장감을 떨칠 수 없을 것 같았다. 그때 사과 겸 설명을 하고 싶었는지 아들이 잠깐 망설이다가 말했다. "이건 진짜 별로예요."

뭘 말하는 건지 궁금했다. 캠퍼스 투어 말인가? 아니면 대학가? 입학처 직원들? 대학 그 자체? 경외심과 자부심을 애써 감춘 채 자기 자식을 소개하려고 교묘히 노력하고, 입학 사정관의 눈에 너무 간절하거나 너무 소심하거나 너무 가벼워 보이지 않으려고 애쓰는 학부모들? 아니면 하버드 대학교? 아니면, 이 생각을 하니 갑자기 겁이 덜컥 나는데, 이 일련의 과정이 내가 이 학교를 좋아하니까 너도 좋아하라는 강요로 느껴져서 화가 난 건가?

우리는 하루 일찍 도착해서 하버드 캠퍼스를 두루 구경했다. 래드클리프 기숙사, 리버 기숙사를 둘러보았고, 와이드너 도서관의 웅장한 계단을 걸어 올라가 발끝으로 걸어서 대열람실로 들어갔다. 한순간 나는 그곳에 얼어붙은 듯 서 있었

---

*　　하버드 대학교에 인접한 명문 여자대학.

다. 이곳에서 보낸 학창 시절이 그리웠다. 아름다운 여름날에 열람실이 이렇게 비어 있다니 정말 세기의 미스터리구나. 열람실을 나오면서 내가 말했다. 아들은 애석하다는 투로, 그러나 퉁명스럽게 한마디 거들 뿐이었다. "그러게요."

나는 아들에게 내가 살던 곳들을 모두 보여주었다. 옥스퍼드 거리, 웨어 거리, 로웰 기숙사*. 아들은 로웰 기숙사를 보면서 20세기 초에 프랑스 지중해 해안가에 세워진 대형 호텔을 떠올리지 않았을까?

"여긴 대학 기숙사야."

아들에게 동네를 소개하면서도 계속 궁금했다. 자기한테는 아무 의미도 없는 장소에서 걸음을 멈추는 아버지를 바라보는 것은 어떤 느낌일까? 자신의 부모가 만나기도 전인 대학원생 시절에 대해 아버지가 말해주는 단편적인 이야기를 듣고, 그중 어떤 것도 공감할 수 없거나 공감할 마음이 내키지 않는 자신을 발견하고는 아버지의 기대에 부응하지 못해 약간의 죄책감을 느끼진 않을까. 아버지가 보는 모든 것은 향수라는 침체된 물통에 깊이 잠겨 있고, 과거는 발그레한 두 뺨을 가졌음에도 오래된 파이프와 몇 년째 환기하지 않은 곰

---

*   Lowell house. 하버드 대학교의 기숙사 중 하나. 학부생들은 신입생 기숙사에서 일 년을 보낸 뒤 열두 개 기숙사 중 자신이 원하는 기숙사에 지망해 대부분 졸업할 때까지 같은 기숙사에서 생활한다. 학생들의 숙소 외에도 식당과 연구실, 도서관 등이 갖추어져 있다. 그중에서도 로웰 기숙사는 배우 맷 데이먼 등 수재들이 선호한 기숙사로 알려졌다.

팡이 핀 방의 퀴퀴하고 불쾌한 냄새를 풍긴다. 나는 예전에 살았던 크레이기 거리와 프레스콧 거리에 대해서 얘기해주고 싶었지만, 그건 아들에게 던스터 거리에 있는 내 단골 이발소에서 함께 머리를 깎자고 하는 것이나 다름없었다. 아들은 장단을 맞춰주겠지만, 그게 전부다. 아무 의미도 없는 일이다. 정말로 함께 이발하자고 했다면, "머리 안 깎아도 되는데요"라고 대답했을 것이다.

나는 햄버거 맛집을 안다고 아들에게 말했다.

"그 집이 아직도 있을까요?"

이번에도 아들은 비웃음과 황당함이 깃든 목소리로 되물었다. 하긴 내가 지난 삼십 년간 많이도 변했다고, 도로나 상점의 배치가 아니라 상점 자체가, 상점 앞에 처진 천막과 차양이, 심지어 분위기마저 많이 바뀌었다고 말하는 걸 이미 들은 터였다. 하버드 광장은 더 작아졌고, 비좁고 혼잡한 느낌이 들었다. 뭐가 좀 많이 바뀐 듯했고, 새 건물이 종종 보였으며, 하버드 광장 극장은 전 세계의 수많은 영화관과 마찬가지로 몇 개의 상영관으로 나뉘어 있었다. 절대로 변할 것 같지 않던 협동조합 '쿱'조차 예전 같지 않았다. 쿱의 상당 부분이 관광객을 위한 기념품 상점으로 바뀌어 있었다. 나는 쿱 회원 번호를 아직도 기억했다. 아들에게 그 번호를 불러주었다. "그래 알아, 알아. 그냥 백화점일 뿐이지." 나는 아들이 또 면

박을 줄까 봐 서둘러 말을 막았다.

여기서 대학을 다닌 부모들이 그렇듯 나 역시 아들이 하버드를 좋아해주기를 바랐지만, 무턱대고 반발할까 봐 그런 말은 꺼내지도 못했다. 내 안에는 아들이 나와 같은 길을 가기를 바라는 마음이 있었다. 물론 아들은 싫어할 것이다. 어쩌면 나는 아들을 통해 그 길을 다시 걷고 싶은 건지도 모른다. 그건 더 싫어하겠지만. 과거를 속죄하려는 아버지의 대리인으로 아버지가 간 길을 따라 걷는다니. **그러려고 캠퍼스 투어를 한 건 아니잖아요.** 아들의 볼멘 목소리가 들리는 듯했다.

불현듯 떠오르는 추억의 순간들을 아들과 나누고 싶었을 뿐이다. 친구들이 꽁꽁 얼어붙은 찰스 강을 달려서 건너는 동안 눈 쌓인 다리를 건너면서 쟤네는 왜 저렇게 무모할까 생각했던 일. 좋아하던 휴턴 도서관에 처음 간 날 몽테뉴의 수양딸 마리 드 구르네가 쓴 희귀본을 대출 신청하고 사서가 찾아주기를 기다리던 일. 적은 말로도 나에게 너무나 많은 걸 가르쳐주셨던, 오래전에 돌아가신 로버트 피츠제럴드 노 교수의 얼굴. 하비스트에서 마지막으로 마신 술. 11월의 어느 추운 날 오후, 책 한 권 들고 어딘가에 처박혀 마음의 방랑을 떠나고 싶었지만 수업을 하러 마지못해 무거운 발걸음을 옮기던 일……. 나는 강으로 이어지는 자갈길을 아들과 함께 걸었다. 무언가에 홀린 듯했던 한순간엔 나에게 너무나 많은 것을 약속하고 결국에는 훨씬 더 많은 것을 가져다준 이 보호받는 세상의 아름다움을 꽉 붙잡고 싶었다. 건물들, 초가을의 느낌, 아침마다 학생들이 강의실로 모여드는 소리. 그 부름을 아들이 듣고 그 가능성에 관심을 가지기를 바랐다.

마침내 용기를 내, 돌아다녀 보니 좋았느냐고 물었다.

"네, 좋았어요."

그러더니 갑자기 나에게 같은 질문을 던졌다. 아버지는 여길 좋아했었어요?

나는 그랬다고 대답했다. 아주 좋아했었다고.

'돌이켜 생각해보니' 좋아했었다는 뜻이었다.

"졸업하고 나서야 이곳을 좋아하게 됐지."

"무슨 말이 그래요?"

"사는 게 쉽지가 않았다." 내가 말했다. "박사 과정 얘기가 아니야. 물론 공부할 게 너무 많았고 기대도 아주 높았지. 근데 정말 힘들었던 건 이 모든 게 신기루일지 모른다는 불안을 떨쳐내면서 하버드가 요구하는 삶을 사는 거였어. 그땐 형편도 많이 어려웠고. 가진 자와 못 가진 자의 차이가 모래에 그린 선이 아니라 산골짜기처럼 느껴졌지. 눈앞에 파티가 펼쳐지고 심지어 그 소리가 들리는데도 초대받지 못한 느낌이랄까." 정말 힘들었던 건 내가 이미 초대받았다는 사실을 잊지 않는 것이었다고 말해주고 싶었다.

이집트 알렉산드리아에서 온 유학생이었던 나는 잔뜩 주눅이 들고 수줍어하면서도 이 낯설고 새로운 세상에 속하고 싶어했던 아웃사이더였다.

나머지는 지금 얘기하는 것은 고사하고, 생각하거나 기억하고 싶지도 않았다. 게다가 하버드 시절의 기억은 마음 한 구석에 꼭꼭 잘 숨긴 상태였다. 잊었다기보다는 언젠가 그 기억을 되살릴 만한 힘과 여유가 있을 때 다시 꺼내 보려고 꽁꽁 얼려놓았다고 하는 게 맞겠다. 하지만 지금은 때가 아니다. 지금 내가 꺼내고 싶은 것은 **그 이후의 사랑**, 그 오랜 세월 내가 품어온 사랑, 너무나 그립지만 돌아가 다시 살고 싶다는 생각은 단 일 분도 들지 않는 그 시절로 기어코 나를 잡아끄는, 마법과도 같은 **그 이후의 사랑**이었다. 아마도 그 사랑이 나로 하여금 아들과 함께 캠퍼스 투어의 대장정을 시작하게 만든 것 같다. 나는 내 방패이자 보호막이자 대리인인 아들을 데리고 케임브리지에 다시 와보고 싶었다.

유치원 시절부터 아들에게 심어준 이미지들을 파괴하지 않고, 열일곱 살이 된 아들에게 어떻게 이 감정을 설명할 수 있을까? 조용한 일요일 저녁의 케임브리지. 친구들과 함께 했던 비 오는 오후의 케임브리지. 특별한 일은 없었지만 하루가 짧아진 것 같고 축제 분위기였던 눈보라 치던 날들. 그때 나는 《이선 프롬》*에 나오는 장소로 나를 데려가기 위한 마차가 대기하고 있다고 상상하곤 했었다. 금요일 밤 활기가 넘치던 하버드 광장. 1월 중순 기말시험 준비 기간의 하버드. 커피, 또 커피. 사방에서 들리는 타닥타닥 타이핑하는 소리. 시험 직전의 로웰 기숙사, 봄기운이 완연한 잔디밭에 학생들이 몇 시간이고 눕거나 앉아서 조용히 이야기를 나눌 때, 초여름의 소리에 묻혀 더 작게 들려오던 그 목소리들.

"난 여길 사랑했다." 내가 말했다. "여전히 사랑하고."

어느새 우린 쿱에 들어가 있었다.

"회원 번호 아직도 유효하냐고 물어보지 마세요, 제발." 아들이 간청했다. 내 마음이 어디로 흘러가는지 눈치챈 아들은 관심도 없는 점원에게 아버지가 옛날 이야기를 자꾸 해서 자신을 당혹스럽게 만들까 봐 걱정인 모양이었다.

나는 아무 말 않겠다고 약속했다. 그러나 티셔츠를 한 장씩 사고 나서는 "346 408 8"이 나도 모르게 나와버렸다.

나는 예전에 담배를 살 때 항상 회원 번호를 불러주었기 때문에 아직도 기억한다고 점원에게 말했다. 그 당시엔 한 번에 한 갑씩, 하루 두 번 담배를 사곤 했다.

그러나 점원은 컴퓨터에 번호를 입력하더니 내가 시스템에 들어 있지 않다고 말했다.

---

* 미국 작가 이디스 워튼이 1911년에 발표한 소설. 매사추세츠 주의 가상의 마을 스타크필드에서 펼쳐지는 이야기.

내 옛날 전화번호도 내 이름으로 등록되어 있지 않았다.

살면서 무슨 특별한 일을 하지 않는 한, 케임브리지에 와서 몇 년을 살았음에도 이곳에, 이 행성에 아무런 흔적도 남기지 못하는 걸까.

시스템에 들어 있지 않다. 그 말을 들으니 내가 과연 여기 시스템에 들어 있었던 적이 있었나 하는 의문이 들었다.

한때 이곳에 속해 있었지만, 이곳이 정말 내 집이었을까? 아니면 이곳에 속해 있었다고 자신 있게 주장할 수 없는데도, 이곳이 내 집이었다고 할 수 있을까? **시스템에 들어 있지 않다**는 말은 이 두 가지 의미를 모두 담고 있었다.

아들은 점원과 대화를 나누지 말라고 무언의 압력을 넣었다. 그러나 나는 시스템에 들어 있지 않다거나 들어 있었던 적이 없다는 사실을 받아들일 수가 없었다. 나는 점원에게 다시 한번 확인해달라면서 내 회원 번호를 다시 불렀다.

"죄송합니다, 손님." 젊은 남자 점원이 퉁명스럽게 말했다. "손님 성함과 회원 번호는 있는데, 휴면 상태라서 복구부터 하셔야겠는데요."

그러니까 나는 시스템에 들어 있었지만, 비활성화되어 있었던 것이다. 두더지나 스파이처럼 항상 존재하되, 구석에만 머물면서. 그 말이 모든 걸 요약해서 보여주었다. 이건 아들에게 보이고 싶었던 모습이 아니었다.

브래틀 거리에 다가가니 많이 변한 것 같으면서도 변한 게 거의 없다는 생각이 들었다. 브래틀 극장은 그 자리에 그대로 있었지만 지하에 새로운 출입구가 생겼다. 카사블랑카도 그 자리에 있었지만 내부를 다 뜯어고치고 축소해놓았다. 그리고 카페 알제는 지하에서 지상으로 올라왔지만 초록색 로고는 그대로였다. 나는 그 오래된 카페 앞에 잠시 멈췄다. 몇 년 동안 뻔질나게 드나들며 책을 읽던 곳, 오래전 어느 여름에 내 인생을 완전히 바꿀 뻔한 사람을 우연히 만난 곳이었다. 그 사람 때문에 나는 내 아들의 아버지가 아닌 다른 사람으로 살아갈 수도 있었다.

"'내 아버지가 아닌 다른 사람'이라뇨?" 아들이 물었다. 이런 이야기를 들어본 적이 없었던 아들은 방금 내가 한 말에 기분이 상한 듯했다.

나는 대답하고 싶지 않았다. 뭐라고 대답해야 할지 모르겠기도 했고, 자신의 출생과 삶이 운명의 접선과 변덕에 달려 있다는 생각을 아들이 하지 않기를 바랐다.

"나도 여기 더 머물고 싶은지 알 수 없었을 때가 있었어. 그만 여길 '뜨고' 싶었던 때가 있었지." 자신의 표현을 따라 하고 있다는 사실을 아들이 알아주기를 바랐다. "단지 하버드가 아니라 미국을 뜨고 싶었어."

"그래서요?"

"당시에 나는 시민권자도 아니었고, 지중해로 돌아가고 싶은 마음도 컸어. 그 사람도 지중해 출신이었는데, 마찬가지로 돌아가고 싶어했고. 우린 친구가 됐지."

카페 알제의 로고를 보고 있자니, 수십 년의 세월을 뚫고 백개먼* 칩들이 달그락거리는 소리가 내 귀에 들리는 것만 같았다. 그때 나는 웬만하면 집에 늦게 가려고 저녁을 밝혀줄 빛과 친구를 찾아 이곳을 배회하곤 했다. 다른 어떤 것도 빛이나 친구를 약속해주지 않던 시절이었다.

"왜 떠나고 싶었는데요?"

"이유야 많았지. 우선 논문 전 단계인 종합시험에 통과하지 못했거든. 재시험은 가능하다고 했지만, 세 번째 기회는 없다더라고. 또 낙방해서 교수들이 책을 집어 던지기 전에 떠나고 싶었지."

이건 별 생각 없이 한 말이었다. 말하고 나니 하버드를 좋아할지 말지 결정을 못 내리고 있는 사람에게 이런 이야기를 해도 되나 싶었다.

"근데 통과했어." 내가 덧붙였다. "하버드가 너그럽고 포용력이 넓더라."

그러나 나는 대서양 이쪽 편의 유일한 '내 집'이었던 카

---

*　열다섯 개의 칩을 주사위로 움직여서 전부 자기 쪽 진지에 먼저 모으는 사람이 이기는 보드게임.

페 알제에 밤낮으로 들락거리던 그 시절을 잊을 수가 없었다. 터키식 커피의 향, 카페에 흐르던 샹송, 삼삼오오 모여 앉은 사람들의 이야기 소리. 눅눅한 느낌이 나던 작은 정사각형 원목 테이블과 그 옆 벽에 붙어 있던 텅 빈 해변 풍경을 담은 포스터. 티파자라는 마을 앞에 펼쳐진 청록색의 맑고 깨끗한 바다. 이 작은 지하 카페에 있던 모든 것이 내가 떠나왔고 잃어버렸다고 생각했던 중동의 어느 곳을 연상시켰고, 나는 내가 떠나온 곳을 버릴 준비가 되어 있지 않다는 사실을 문득 깨달았다. 적어도 아직은 아니었다. 하버드나 미국, 혹은 다른 누군가를 위해, 심지어 언젠가 낳을 아이를 위해서도, 내가 떠나온 곳을 버릴 준비가 되어 있지 않았다. 나는 케임브리지에 있는 다른 사람들과 같지 않았고, 그들 중 한 명이 아니었으며, 시스템에 들어 있지 않았고, 들어 있었던 적도 없었다. 이곳은 내 집이 아니었고, 앞으로도 내 집이 될 수 없을지도 몰랐다. 이 사람들은 내 동포가 아니었고, 앞으로도 내 동포가 되진 않을 것이었다. 여기는 내 삶의 터전이 아니었고, 내 고향이 아니었으며, 심지어 나 자신이 아니었고, 내가 될 수도 없었다. 1977년 여름의 케임브리지가 그랬다.

1

그때 케임브리지는 사막이었다. 나는 인생에서 가장 더운 여름을 그곳에서 보냈다. 7월 말이 되자 낮에는 더위를 피해 어디에든 들어가야 했고, 밤에는 잠을 설쳤다. 대학원 친구들은 모두 떠나고 없었다. 예전 룸메이트 프랭크는 피렌체에서 이탈리아어를 가르치고 있었고, 클로드는 아버지의 컨설팅 회사에서 일하기 위해 프랑스로 돌아갔으며, 실비아는 오스트리아에서 독일어 특강을 하고 있었다. 실비아는 내게 보낸 편지에서 프랭크 이야기를 했고, 프랭크는 편지에서 실비아 이야기를 했다. 실비아는 **아직 스물다섯 살도 안 됐는데 머리카락이 다 빠진다는 게 말이 된다고 생각해?**라고 썼고, 프랭크는 실비아가 너무 예민하고 경박하다면서 **어디 가서 햄버거 패티나 뒤집는 게 어울리겠다**고 썼다. 나는 어느 편도 들지 않으려 애썼지만, 그들의 사랑이 부러웠고 그 사랑이 깨질까 봐 두려웠다. 당사자들보다 더 걱정할 때도 있었다. 한 명은 내게 자코모 레오파르디*를 인용했고, 다른 쪽은 도나 서머**를 인용했다. 둘 다 해외에 나가 다른 상대와 짧은 연애를 하고 있었다.

여름방학 특강을 하기 위해 케임브리지에 남아 있던 다른 친구들도 수업이 끝나자 모두 떠났다. 파리, 베를린, 볼로냐, 시르미오네, 타오르미나, 심지어 프라하와 부다페스트에서까지 엽서가 날아왔다. 대학원 동기 하나는 아르쿠아에서 프로방스까지 페트라르카*** 루트를 따라가고 있다고, 페트라르카처럼 자신도 동료 중세 학자들과 함께 방투 산에 오르려 한다고 썼다. 날카롭고 작은 글씨로 쓴 엽서에서 그는 내년에는 웨일스에 있는 스노든 산에 오를 계획이라면서, 워즈워스****를 사랑한다면 꼭 같이 가자고 했다. 독실한 천주교 신자인 다른 친구는 산티아고 데 콤포스텔라로 성지 순례길에 올랐다. 두 친구는 가을 학기 시작 전에 파리에서 만나 같은 비행기를 타고 돌아올 예정이었다. 나는 친구들이 그리웠다. 별로 친하지 않은 친구들마저도. 그러나 모두에게 빛이

*   이탈리아의 시인.
**   미국의 싱어송라이터이자 배우.
***   이탈리아의 시인이자 학자, 등산가.
****   영국의 낭만주의 시인.

있어서 길어지는 유예기간이 그리 싫진 않았다.

여름학교 학생들이 모두 돌아갔고, 여름마다 하버드에서 수업을 듣기 위해 모여든 외국 학생들도 돌아갔다. 로웰 기숙사는 텅 비었고 문에 쇠사슬로 감긴 맹꽁이자물쇠가 채워졌다. 때로는 그 기숙사에 잠깐 들러 난간동자*가 에워싼 안마당에 서 있는 생각만으로도 마치 유럽에 온 듯한 기분 좋은 착각이 일어났다. 경비실 창문을 두드리고 경비원 토니에게 연구실에 갈 일이 있다고 문 좀 열어달라고 할 수도 있었지만, 겨우 일 이 분 들어갔다가 나오려고 그를 번거롭게 하고 싶지는 않았다.

여기는 이전과 다른 케임브리지였다.

학생과 교수 대다수가 해마다 7월 말쯤 떠나고 나면, 케임브리지는 다른 모습을, 좀 더 여유롭고 노동자 계급이 중심이 되어 돌아가는 사회의 모습을 보이기 시작했다. 삶의 속도가 느려졌다. 이발사는 가게 밖에 서서 담배를 피웠고, 쿱의 점원들은 수다 삼매경에 빠졌으며, 카페 애냐츠카의 여종업원은 유리문을 열어둘지 말지, 곧 고장 날 것 같은 에어컨을 켤지 말지 계속 망설이곤 했다. 8월 초 케임브리지의 풍경이었다.

---

* 난간에 일정한 간격으로 칸막이한 짧은 기둥.

나는 여름 내내 케임브리지에 머물면서, 하버드의 여러 도서관 중 한 곳에서 아르바이트를 했다. 시급이 형편없었다. 턱없이 부족한 생활비를 더 벌기 위해 프랑스어 과외도 했다. 그렇게 해서 번 돈 대부분이 임대료로 들어갔다. 그다음 우선 순위는 식료품과 담배, 형편 될 때마다 한 잔씩 사 마시는 음료였다. 매달 월말이 되면 어김없이 돈이 떨어지곤 했다. 나는 말끔한 와이셔츠와 넥타이와 재킷을 갖춰 입고 교수 식당으로 가서 저명한 하버드 교수진과 객원교수들 사이에 자리를 잡고 앉아 외상으로 점심을 먹었다. 1월 중순으로 예정된 종합시험 재시 준비를 위해 어딜 가든 책을 갖고 다녔고 식사를 하면서도 책을 읽었지만, 마음속에는 대학원 생활이 이런 식으로 끝도 없이 이어지다가 나도 모르는 사이에 서른이 되고, 마흔이 되고, 결국 죽음을 맞게 될 거라는 우울한 감정이 늘 자리하고 있었다. 아니면 종합시험에 떨어져서 나에 대한 진실이 드디어 밝혀지고, 사람들의 의심이 사실로 드러날 거라는 불안감도 있었다. 내가 학자는 말할 것도 없고 선생의 재목도 아니며, 애초부터 잘못된 투자처였고, 골칫거리, 썩은 사과, 쭉정이였다는 사실이 알려질 것 같았다. 어쩌다가 하버드로 떠밀려 오긴 했지만, 결국에는 쫓겨날 사기꾼이라는 사실이 들통날 것 같았다. 지난 사 년간 이곳에서 내가 한 일은 학교 밖의 무자비한 세상으로부터 숨은 게 다였다. 나를 보호

해주고 내가 더 많은 책을 읽을 수 있게 해준 그 벽들을 혐오하면서 책에 파묻혀 산 일밖에 없었다. 나는 대학원 동기들은 물론이고 학과장에서부터 비서에 이르기까지 우리 학과의 거의 모든 구성원을 혐오했고, 그들의 격식을 차리는 태도와 교수직에 관한 수도승 같은 헌신과 의식적으로 소박한 옷을 입는 부드럽고 귀족적인 분위기를 혐오했다. 나는 그들처럼 되고 싶지 않았기 때문에 그들을 경멸했지만, 한편으론 그들처럼 되고 싶어도 될 수 없다는 걸 알고 있었다.

도서관에서 일하지 않을 땐 내가 사는 건물 옥상 테라스에 올라가 일광욕을 했다. 수영복을 입고 접이식 의자와 담배와 책을 챙겨 갔고, 톰 콜린스*를 만들어 마시다가 두 시간마다 한 번씩 테라스 바로 밑 내 방으로 내려가서 다시 보충해 오곤 했다. 늦봄에 있었던 학과 파티에서 들고 온 비피터 진 1.5리터 병이 아직도 많이 남아 있었다. 나는 자주 음악을 들으면서 책을 읽었다. 내 옆에는 커플이 앉아 술을 마시며 책을 읽었다. 커플 중 여자는 비키니를 자주 입었고, 가끔 수다 떠는 걸 좋아했다. 그녀가 내게 존 파울즈**를 소개해주었고, 나는 그녀에게 톰 콜린스를 소개해주었다. 때로는 그녀가 쿠키나 자른 과일을 갖고 오기도 했다. 이때가 몇 년 만에 처음

---

* 진에 레몬즙과 소다수, 얼음을 넣은 칵테일.
** 《콜렉터》,《프랑스 중위의 여자》 등을 지은 영국의 소설가.

으로 해변에 가장 가까워졌던 때였다. 케임브리지가 내려다보이는 4층 건물의 옥상 테라스에서 책을 노려보면서, 선크림 냄새가 내 주변과 평일의 조용한 크레이기 거리를 맴돌다가 사라지는 것을 느꼈고, 마침내 내가 지중해의 어느 해변에 누워 있다고, 혹은 꿈에서 말고는 다시는 볼 수 없을, 오래전에 떠나온 알렉산드리아에 있다고 상상하곤 했다.

나는 아래층으로 내려가는 김에 나처럼 구두시험을 위해 책을 읽고 있는 이웃집 아가씨에게 얼음 음료를 더 채워다 주겠다고 제안했다. 가끔은 그녀가 내 제의를 받아들였고 몇 초간 이야기를 나눴다. 나는 햇볕에 그을리고 반짝이는 그녀의 어깨와 홀쭉한 맨발이 마음에 들었다. 그러나 본격적인 대화로 들어가기 전에 그녀는 책 읽기로 돌아갔다. 음악이 너무 시끄럽지 않아요? 아뇨, 괜찮아요. 정말 방해 안 돼요? 네, 전혀. 42호 아가씨는 나에게 아무 관심도 없는 게 분명했다. 가끔 일광욕을 하러 올라오는 21호 아가씨는 42호보다 조금 더 말이 많긴 했지만, 함께 사는 쌍둥이 자매와 이따금 싸우는 소리를 들으면 인간이 어떻게 저렇게 살벌하게 욕을 할 수 있나 싶을 정도로 무지막지한 쌍욕을 주고받았다. 쌍둥이 자매를 양옆에 끼고 침대에 눕는 상상이 나를 흥분시키지 못했던 적은 한 번도 없었지만, 가까이하지 않는 게 좋았다. 바로 옆집, 43호에 사는 아가씨는 남자친구가 있었고, 그래서인지 항상 적극적이었다. 그 커플도 나처럼 20대 중반이었다. 아침마다 두 남녀가 함께 건물을 나서는 모습은 세상에서 가장 건강한 관계를 그린, 눈물 나게 부러운 초상화였다. 기차를 타고 보스턴으로 가는 남자친구 출근길에 여자는 애완견과 광장 역까지 따라갔다가, 케임브리지 코먼 공원을 거쳐 집으로 돌아오곤 했다. 그들과 나의 집은 층계참을 사이에 두고 서로 마주 보는 부엌 쪽문을 갖고 있었다. 그들은 아침에 팬케이크를 주로 먹었다. 때로는, 특히 내가 부엌 쪽문을 열고 그들도 환기를 위해 쪽문을 열어놓을 때 팬케이크 냄새가 내 부엌까지 퍼지곤 했고, 사각팬티와 파자마를 입은 그들을 보기도 했다. 주말에 그들은 프렌치토스트와 베이컨을 요리해 먹었다. 그 냄새가 정말 좋았다. 그 냄새는 가족과 가정, 우정, 축복을 상징했다. 프렌치토스트를 만들어 먹는 사람은 사람과 함께 살고, 사람을 좋아하고, 사람에겐 왜 다른 사람이 필요한지를 이해하는 법이다. 늦어도 삼 년 안에 그들은 아기를 가질 것이다. 가끔은 토요일에도 남자가 출근하곤 했다. 그러면 잠시 후에 여자가 수건과 선크림, 때로는 프랑스 작가의 책까지 챙겨 들고, 비키니 차림으로 테라스에 올라와 나와 잡담을 나누곤 했다. 밤마다 자기가 열정적으로 내지르는 교성이 내게도 들린다는 걸 알았을까? 나는 그럴 거라고 확신했다.

일요일 오전 그녀는 접이식 의자를 들고 옥상 테라스로 올라와, 거기 누워 있는 사람 누구에게나 환하게 미소짓곤 했는데, 즐겁고 음흉하고 남을 의식하는 것처럼 보였다. 심지어 그녀는 내가 자신을 간파하고 있다는 사실도 알고 있었다. 하지만 거기까지였다. 내가 잠깐 쉬기로 하고 그녀에게 톰 콜린스를 가져다주겠다고 제안하면, 그녀는 언제나처럼 즐겁고 음흉하고 남을 의식하는 미소를 지으며 거절하곤 했다. 그녀는 내가 무슨 생각을 하는지 분명히 알고 있었다.

평일 오전이면 나는 그 커플이 집을 나서는 모습을 창문으로 내려다보곤 했다. 그들의 삶은 완벽하게 균형이 잡혀 있었다. 반면에 내 삶은 초월적인 노숙자의 삶이었다. 그들이 외출했다가 돌아오는 동안 나는 집에 계속 머물며 점점 더 그을리고 점점 더 지루해졌다. 종일 책 읽는 것 말고는 할 일이 아무것도 없었다. 강의는 없었고, 가끔 과외만 했다. 글을 쓰지 않았고, 집에 TV도 없었다. 어디 드라이브라도 나가면 좋으련만 지인 중에 차가 있는 사람이 한 명도 없었다. 케임브리지는 울타리에 둘러싸인 고립된 사막이었다.

내가 17세기 문학에 관한 종합시험을 치르는 데 필요한 모든 책을 육 개월에 걸쳐 다시 읽기로 결심한 곳이 바로 옥상 테라스였다. 1월 중순까진 아직 한참 남았지만 잠이 오지 않는 한밤중에는 단 몇 분밖에 남지 않은 것처럼 느껴지기도

했다. 책 한 권을 다 읽을 때마다 새로 읽거나 다시 읽을 필요
가 있는 책이 늘어났다. 나는 하루에 두 권씩 읽기로 했다. 프
랑스 산문 작가들 작품은 하루에 세 권. 엘리자베스 여왕 시
대와 제임스 1세 시대, 왕정복고 시대의 산문 작가들 작품은
하루에 두 권이면 족했다. 그다음에는 비교적 덜 유명한 스페
인과 이탈리아 산문 작가들의 작품을 읽어야 했는데, 불륜이
나 악당들 이야기를 계속 읽다보면 유럽 소설사 전체를 P.G.
우드하우스*가 약 먹고 쓴 듯한 느낌을 받았다. 그리고 마지
막으로 독일과 네덜란드 작가들의 산문이 있었다. 해결책은
간단했다. 내가 읽지 않았다면, 그런 작품은 쓰이지도 않은
것이다. 프랑스 왕궁의 위대한 떠벌이들도 마찬가지다. 내가
기억 못 하는 사람이라면 중요하지 않다. 반면에《포르투갈
수녀의 편지》와《돈 카를로스》는 몇 번을 읽었지만 읽을 때
마다 그 탁월함에 경탄을 금할 수 없었다. 그런 작품들이 내
게 희망을 주었다. 나는 낫으로 잡초를 쳐내 길을 만들며 책
의 정글 속을 나아갔고, 중요한 작품을 빠뜨렸다는 사실을 깨
달을 때마다 양심의 극심한 통증을 줄여줄 그럴듯한 핑계들
을 계속 찾아냈다. 이건 정확히 학문의 문제가 아니었다. 내
가 작열하는 태양 아래서 몽롱한 선크림 냄새를 맡으며 시멘

*   미국의 소설가이자 단편 작가.

트와 타르로 이루어진 이 해변에 누워 있는 수많은 허벅지를 보고 있다는 사실을 안다면, 누구도 내게 더 많은 걸 요구할 수는 없을 것이다.

17세기 문학의 권위자이자 내 논문 지도교수인 로이드-그레빌 교수는 내게 큰 기대를 걸고 영문학과 박사과정에 받아주었다. 장학금도 몇 번 주었고, 내가 인간의 한계를 뛰어넘은 칼리프 하룬 알 라시드*처럼 가뿐하게 시험을 통과할 것으로 기대했다. 교수는 나를 보면 항상 하룬 이야기를 꺼냈다. 하룬이 나처럼 중동 출신이기 때문이거나, 위대한 군인이자 정치가이면서 예술과 과학의 후원자였기 때문일 것이다. 그러나 나는 교수가 나나 하룬을 실제로 어떻게 생각하는지 알지 못했다. 하버드에서 태어나 하버드에서 자라고 하버드의 혈통을 이어받은 로이드-그레빌은 귀감이 되는 학자이자 예이츠의 권위자였다. 재시험을 치른 후 그의 연구실 문을 두드리는 내 모습이 머릿속에 그려졌다. 교수가 자기 의사를 분명히 할 때 늘 그러듯 잔기침을 해서 목소리를 가다듬은 다음 정중한 미소를 지으며, 이런 말을 하게 되어 매우 유감이라고, 내가 비잔티움**으로 가는 배를 놓쳤다고 말하는 모습이 보였다. "삼등칸이라도 안 될까요?" 내가 물어보면, "응, 삼등칸마저도"라고 교수가 답할 것이다. "전과자들과 밀항자들이 우글거리는 맨 밑바닥 선실은요?" "거기도 안 되겠어." 교수는 단호하게 말하고는 유감의 미소를 지으면서, 조금 전 내 사형 집행 영장에 서명한 몬테그라파 만년필 뚜껑을 돌려 닫을 것이다.

다른 지도교수인 셰르바코프 교수는 로이드-그레빌 교수보다 관대했지만, 로이드-그레빌이 이의를 제기한다면 내 종합시험에 합격 사인을 해주지 않을 사람이었다. 그는 나를 좋아했지만 아버지 같은 관심과 걱정으로 숨이 턱턱 막히게 했다. 셰르바코프 교수도 전쟁과 정치의 소용돌이에 휘말려 모든 것을 잃은 프랑스의 유대인 가정에서 태어났다. 전쟁 후 학생 신분으로 돌아갔던 프랑스는 너무 무섭고 힘들었는데, 다행히도 몇 년 후 미국에 일자리가 나서 프랑스를 떠날 수 있었다고 했다. 그의 프랑스는 내가 달리 꿈꿔볼 곳이 남지 않았을 때 꿈꿨었던 그 프랑스가 실제로는 존재하지 않거나 존재하더라도 나에게는 문을 열어주지 않을 거라는 사실을 확실히 깨닫게 했다.

그러나 로이드-그레빌 교수는 프랑스를 동경했다. 그는 노르망디에 16세기에 지어진 저택을 소유하고 있었다. 그의 연구실에 놓인 가죽 액자에 그 저택을 배경으로 찍은 가족사진이 들어 있었다. 아내와 두 딸, 하녀, 요리사, 정원사, 개 한 마리, 그리고 드넓은 들판에 젖소 두세 마리가 보였다. 이 사진은 학생들 사이에서 항상 이야깃거리였다. 언젠가 내가 기분을 맞춰주려고 저택과 그의 삶이 완벽해 보인다고 말했을 때 그가 이렇게 대꾸했다. "그래, 완벽하지." 셰르바코프 교수라면 내 말에 맞장구칠 용기도 없었을 것이다. 적어도 그렇게 대놓고는. 셰르바코프는 내가 어떤 일을 겪고 있는지 정확히 파악하고 있었고, 스스로에 대한 의심이 영혼을 양파 껍질처럼 얇아질 때까지 갉아먹는다는 것을 알고 있었다. 셰르바코프는 내가 자기 길을 따라 걷기를 바랐고, 그것 역시 내가 그를 피하는 이유였다.

지난 1월 나는 종합시험에 떨어졌고, 딱 한 번의 재시험 기회가 남아 있었다. 이젠 셰르바코프 교수도 로이드-그레빌 교수와 같은 생각을 하기 시작했을 것이 분명했다.

*

보통 옥상에서 오후 1시 정도까지 있으면, 방으로 내려와 기껏해야 한 시간 정도 더 책을 읽을 힘만 남는다. 어둡고 시원해진 실내가 좋았다. 그 후엔 도서관에 가서 아르바이트를 하고 책을 좀 더 읽곤 했다. 거길 나와서는 되도록 실내 카페를 찾아 하버드 광장 주변을 돌아다녔고, 이곳저곳 옮겨 다니다가 집에 들어와서 자곤 했다. 지금 카페 알제에 앉아 있는 나와 다른 손님들 사이, 나와 통제할 수 없는 여름 사이엔 몽테뉴의 《수상록》 두 권이 놓여 있었다. 나는 거기 나온 수필을 꼼꼼히 다 읽겠다고 로이드-그레빌 교수에게 약속했었다. 몽테뉴를 다 읽은 후에는 파스칼을 읽겠다고 약속했다. 유럽의 그저 그런 문인들이 지은 단편 소설은 본인들이 즉흥적으로 썼다고 주장했으니 나도 슬렁슬렁 읽어 내려갈 생각이었다.

카페 알제에선 온종일 죽치고 있을 수 있었다. 카페 알제는 하버드 광장 옆에 있는 작고 어수선한 반지하 카페로, 작고 흔들거리는 테이블 십여 개가 놓여 있어 금방이라도 무너져 내릴 듯한 미니어처 카스바*를 연상시켰다. 적정 면적의 10분의 1도 안 되는 공간에 어떻게 그 많은 테이블과 의자, 커다랗고 고풍스런 에스프레소 기계를 다 배치하고 부엌까지 만들었는지 그저 놀라울 뿐이었다. 카페 주인은 요리와 계산, 접대와 청소를 부업으로 하는 공학자가 틀림없었다. 카페 알제에서는 커피와 주스, 랩 샌드위치, 케이크 등을 팔았다. 날

---

* 알제리의 수도 알제에 있는 독특한 형태의 메디나(이슬람 도시). 성채와 모스크 등의 유적이 남아 있어 유네스코 세계문화유산으로 지정되었다.

씨가 좋으면 마운트 오번 거리 쪽 카사블랑카라는 술집과 브래틀 거리 사이의 좁은 통로에 테이블을 몇 개 내놓고 테라스 카페처럼 영업했다. 카사블랑카 바로 뒤의 공터는 주차장으로 썼다.

나는 주말 내내 아무하고도 대화하지 못했다. 일요일이었고 모든 곳이 문을 닫아서, 카페를 옮겨 다니며 하루를 보냈다. 지금은 늦은 오후였다. 이렇게 무덥고 외로운 주말을 한 번 더 보냈다가는 나는 결국 시들어 죽고 말 테고, 나를 그리워하는 사람도, 나의 부재를 알아차리는 사람도 없을 것이다. 43호에 사는 젊은 커플이 떠올랐다. 친구들을 불러 함께 저녁을 먹을 거라고 43호 여자가 말했었다. 가스파초*와 양 갈비, 그리고 언제나 빠지지 않는 와인. 남자는 요리하기를 좋아했고 여자는 영국 작가의 산문을 좋아했다. 저녁을 먹고 나선 함께 설거지하며, 남자가 자기 엉덩이로 여자의 엉덩이를 툭툭 치는 장난을 걸 것이다. 여자가 한없이 꾸물거리며 우편물을 꺼낼 때 남자가 옆에 서서 그러는 걸 본 적 있었다. 장난으로, 혹은 '자기야, 빨리 좀 할래?'라는 의미로. 그들의 우편함에는 아직 두 개의 이름이 적혀 있었다. 곧 하나로 합쳐지겠지만.

---

*   스페인에서 토마토, 후추, 오이 등으로 만들어 차게 먹는 수프.

그날 오후 나는 카페 알제의 비교적 조용한 구석에 앉아 아이스커피 한 잔을 두 시간 반에 걸쳐 아껴 마시면서 몽테뉴의 〈**아폴로지 드 레이몽 스봉** 레이몽 스봉을 위한 변론〉을 읽고 있었다. 음료를 아껴 마시는 것 자체는 괜찮았다. 그러나 각얼음이 녹아 커피가 물이 되는 걸 보면서도 커피가 반이나 남은 양 행동하자니, 극지방의 만년설을 부채 한 개로 지켜내려 애쓰는 느낌이었다.

그때 나는 그의 목소리를 들었다. 그는 멀지 않은 자리에 앉아서 프랑스어로 말을 하고 있었다. 아니, 말이 아니라 기관총을 쏘고 있었다. **따다다다.** 기이하고 초조하고 열띤 목소리로 한 주제에서 다음 주제로 곧장 넘어가면서—무슨 주제든 상관없이— 랩을 하듯 속사포를 쏘고 있었다. **따다다다.** 유리가 믹서기 안에서 산산조각 나며 갈리는 소리 같았다. **따다다다.** 공기 드릴이나 동력 사슬톱, 동력 천공기 소리 같았다. 독기와 복수심, 독설이 모든 음절에 콕콕 박혀 있었다.

나는 그가 누군지, 도대체 무슨 이야기를 하고 있는지, 왜 자꾸 목소리를 높이는 건지 알지 못했지만, 한여름의 고요한 일요일 오후, 이 지하 카페에서 들리는 소리라고는 그의 목소리가 유일했다.

"**위**그래, **위, 위—따다다다다. 비앙 쉬르**물론, **비앙 쉬르—따다다다다. 에 푸쿠아 파?**그런데 왜 안돼?**—따다다다다**" 그는 긴 문장

들을 정확히 발음하며 속사포로 내뱉었다. 테이블에는 담배와 냅킨, 성냥, 싸구려 라이터, 집 열쇠, 자동차 열쇠, 커피를 사고 남은 잔돈―나중에 그 돈으로 커피를 두 잔 더 주문했다― 등 온갖 잡동사니가 그가 쏘아댄 기관총에서 떨어진 탄피처럼 널브러져 있었다. **따다다다다.** 그는 서양 문명과 동양 문명을 똑같이 깎아내렸다. 둘 다 혐오한다고 했다. 자본주의자와 공산주의자, 자유주의자와 보수주의자, 구세계와 신세계, 국제 연맹, 아랍 연맹, 여성 유권자 연맹, 가톨릭 연맹, 중국의 만리장성, 베를린 장벽 등 모든 것을 비난했다. 백인, 흑인, 남자, 여자, 유대인, 게이, 레즈비언, 부자, 빈민, 소, 개 등등. 어느 지중해 지방의 나른한 오후, 뒷다리와 궁둥이를 거칠게 비벼대며 다른 모든 소리를 잠재우는 매미처럼 북아프리카식 프랑스어로 세상 모든 것에 대해 저주를 퍼부었다.

그때 그는 미국 백인들을 **레―자메르로크** 양키들라고 부르면서 맹렬히 비난하고 있었다. 미국인은 특대형이고 대용품인 것은 그게 무엇이든 좋아한다고. 어떤 물건이 공장에서 만들어졌고 실제 필요한 크기보다 다섯 배로 큰 데 가격은 두 배밖에 안 된다면, 미국 백인 주부들은 서로 사려고 달려들 것이다. 그들의 유럽식 아침식사는 특대형 대용품이고, 지나치게 긴 담배도, 온갖 재료를 때려 넣은 샐러드를 곁들인 거대한 스테이크 요리도 특대형 대용품이고, 리필한 컵에 담긴 엄청난 양의 커피, 치약 세 개와 칫솔을 덤으로 붙여놓은 민트향 구강 청결제, 자동차, 쇼핑몰, 대학, 심지어 대형 텔레비전과 대형 스크린에 상영되는 장편 서사영화까지 모두 특대형 대용품이다. 가슴 확대 수술과 코 성형, 지속적인 선탠을 하는 미국 여성은 특대형 대용품을 사랑한다. 작은 가슴에 콘택트렌즈를 끼고 입과 머리와 코와 발과 질에 스프레이 향수를 뿌려대는 미국 여성도 덩치 큰 자매들과 마찬가지로 특대형 대용품 애용자다. 어느 무더운 여름날 오후 매사추세츠 주 케임브리지의 북적이는 카페에서 대화를 나눌 남자를 발견하고 기뻐하는 미국 여성도 조만간 특대형 대용품 애용자로 밝혀질 것이다. 퍽퍽하고 밋밋한 맛의 흰 빵을 먹고, 방축 가공에 폴리에스테르가 강화된 프리사이즈 기성품 옷을 입는 주근깨투성이 유아들도 특대형 대용품 애호가다. 거대한 몸집에 패스트푸드를 즐겨 먹으며 느릿느릿 움직이는 남자들, 미식축구를 사랑하고 실제보다 큰 신발을 신고 음경 확장술을 받았으며 빨래판 같은 식스팩 근육을 자랑하는 성인 남자들, 이 불운하고 작은 행성에 존재하는 모든 특대형 대용품의 본질을 의인화한 남자들은 말할 것도 없이 특대형 대용품 애호가다.

곧 알게 될 일이었지만, 이것은 그가 자기 말을 들어줄 사람을 만날 때마다 지불하는 일종의 '기본요금'이었다. 그는 제1 세계에서 시작해서 제2 세계, 제3 세계로 넘어갔고, 종국에는 열대 우림에 사는 모든 벌거벗은 미개인을 제거했으며, 불행히도 살아남은 사람들은 그들의 뿌리가 되는 훈족이나, 그들을 어떻게 처리할지 잘 아는 터키인에게, 더 끔찍하게는 기도를 드린 다음 산채로 불태우고 그들의 자식을 선교사로 삼는 예수회 사람들에게 던져졌다.

그는 많아야 서른네 살 정도로 보였고 주머니가 많이 달린 빛바랜 군복 윗도리를 입고 있었으며, 헤밍웨이를 닮으려고 노력한 듯 턱수염을 기른 미국인 대학생에게 마그레브* 억양이 섞인 프랑스어로 말을 하고 있었다. 미국인 대학생은 가끔 용기를 내 정중한 프랑스어로 뜨뜻미지근한 반론을 제기했고, 그러는 동안 따발총 입은 숨을 고르면서, 컵 손잡이가 사라지기라도 한 것처럼 가장자리를 잡아 들고 천천히 커피를 홀짝였다. "하지만 모든 미국인을 일반화하면 안 되죠." 어린 헤밍웨이가 말했다. "모든 여성을 이렇다 저렇다 규정해서도 안 되고요. 인간은 저마다 다르고 특별하니까요. 그리고 중동 지방에 대한 당신의 견해에도 동의할 수 없어요."

따발총은 의자에 등을 기대고 앉아 몇 번째인지도 모를 담배를 말았다. 그는 종이 가운데 부분에 담배를 채운 후 종

* 리비아, 튀니지, 알제리를 포함하는 아프리카 서북부 지역을 이르는 말.

이를 돌돌 말아서 풀칠된 끝부분에 침을 묻혀 붙이고는, 리볼버에 총알을 신중하게 재장전하고 회전식 탄창을 돌린 카우보이처럼 뻣뻣한 집게손가락으로 미국인 청년의 관자놀이를 가리켰다. 장전된 권총은 고사하고 손가락질 한번 당해본 적 없는 청년은 깜짝 놀랐다. "자네가 아는 건 전부 개소리만 지껄이는 신문하고 텔레비전에서 보고 배운 것뿐이잖아. 난 나만의 정보통이 있다고."

"어떤 정보통요?" 턱수염 청년이 하느님과 언쟁을 벌이려 하는 소심한 선지자처럼 보이기 시작했다.

"다른 정보통." 북아프리카 출신의 따발총이 날카롭게 맞받았다. 그러고는 청년에게 반대 심문할 기회도 주지 않고, 다시 기름칠하고 조립하고 장전해서 완전히 새로워진 상태로 더 크고 더 또렷하게 기관총을 난사하기 시작했다. **따다다다 다다다.**

전에도 카페 알제에서 그의 목소리를 자주 들었지만, 그 일요일 늦은 오후에는 망치로 못을 박듯 스타카토로 쏟아내는 그의 말을 못 들은 척하기가 불가능했다. 그는 아닌 척했지만 사실 자기 쪽을 흘끔거리는 사람들의 시선을 분명히 감지하고 있었다. 말하면서도 상대방 등 뒤의 거울을 바라보며 머리 빗질이 잘됐는지 확인하는 사람처럼 단어를 고르고 허세를 부렸다. 그의 말은 세심하게 계획된 듯했고 그의 몸짓과 폭발적으로 뿜어내는 새되고 과장된 웃음소리도 그랬다. 분명한 건 그가 남들이 자신에 대해 궁금해하기를 바란다는 점이었다. 그리고 내가 그를 궁금해한다는 데에는 의심의 여지가 없었다. 이런 사람은 한 번도 본 적이 없었다. 원시적이면서도 완전히 **시빌리제**세련된 남자. 그는 고고한 신사처럼 다리를 꼬고 앉아 있었지만, 그의 표정과 옷차림과 헤어스타일은 양아치 같았다.

갑자기 그의 목소리가 다시 들렸다. **따다다다다.**

"미국 여자는 아름다운 방과 호화로운 예술 작품으로 가득하지만 불이 꺼져 있는 영주의 저택과 같아. 미국인은 태어나는 게 아니라 제조되는 거야. 포드 대용품, 크라이슬러 대용품, 뷰익 대용품. 난 미국인이 무슨 말을 할지 다 알아, 왜냐면 다들 똑같이 생각하고, 똑같이 말하고, 똑같은 섹스를 하니까."

어린 헤밍웨이는 칼라지의 장광설을 열심히 들으면서 그의 비판에서 조금의 상식이라도 끌어내기 위해 슬며시 몇 마디 보탤 기회를 엿봤지만, 탄띠에서 튀어나오는 작은 총알처럼 덜그럭거리며 튀어나오는 비방과 욕설은 도무지 그칠 줄을 몰랐다. 속사포, 칼라슈니코프*: 머리 위로 총알이 슝슝 날

---

*   자동 소총.

고 발밑에선 진흙에 묻혀 있던 지뢰가 퍽퍽 터지는 참호 안의 병사처럼 그는 무분별하게 총질하고 폭탄을 터뜨리고 있었다. 그는 여성을 호되게 비난하고 곧바로 인간의 탐욕과 모르몬교*, 주인이 안 볼 때 음식을 훔쳐 먹고 저임금에 시달리는 멕시코계 웨이터를 향해 강한 펀치를 날리더니, 결국에는 나토와 유네스코, 나비스코**, 차우세스코***, 타바스코****, 람브루스코*****까지 헐뜯었다. 이 모든 게 세상이 완전히 미쳐 날뛰며 대용품 천지가 되었다는 사실을 보여주는 파렴치한 증거라고 주장했다. 그는 미국 대통령을 **르 보이 스쿠트** 보이스카우트라고 불렀다. "이탈리아인은 썩어빠진 도둑놈들이야. 프랑스인은 자기 엄마를 팔아넘기고 아내와 여동생까지 덤으로 주지. 딸을 지키는 대신 널 먼저 팔 거고. 아랍인은 식민지 치하에서 살 때가 훨씬 좋았어. 역사를 이해한 사람은 노스트라다무스밖에 없었지."

"누구요?"

"노스트라다무스." 그 이름이 나오자마자, 수많은 재앙과 참사를 예언하는 사행시가 끝도 없이 쏟아져 나왔다. "노

---

*   미국에서 창시된 개신교의 한 파.
**   미국의 제과회사.
***   루마니아의 초대 대통령이자 독재자. 처형당함.
****   고추로 만든 매운 소스.
***** 레드 와인.

스트라다무스와 영원 회귀의 신화."

"노스트라다무스가 아니라 니체겠죠."

"노스트라다무스라니까."

"그런데 당신이 노스트라다무스는 어떻게 알아요?"

"어떻게 아느냐고! 하!" 그가 과장된 말투로 되받았다.
"그냥 알아, **오케?** 내가 알고 있는 모든 걸 자네에게 가르쳐
줘야 하나?"

나는 이것이 우호적인 말싸움인지 곧 심각해지려고 하는
농담인지, 맥베스의 장탄식인지 아니면 블라디미르와 에스트
라공*의 만취한 듯한 횡설수설인지 알 수 없었다.

어느 순간엔가 나는 더 참을 수가 없었다. 일어서서 그의
테이블로 다가갔다. "말씀하시는 걸 듣지 않을 수가 없었는
데요. 두 분 여기 학생이세요?" 내가 프랑스어로 물었다.

대답이 없었다. 그는 무시하는 표정으로 고개를 가로젓
더니 곧 사납고 날카로운 눈초리로 나를 노려보았다. '학생이
든 아니든 무슨 상관인데?'라고 묻는 것 같았다.

나는 이틀간 프랑스어는 물론이고 어떤 언어로도 다른
사람과 대화란 걸 해본 적이 없다고, 같은 건물에 사는 42호,
21호, 43호 사람들과도 멀리서 흘끗 보기만 했을 뿐 어떤 교

---

*   사뮈엘 베케트의 희곡 〈고도를 기다리며〉의 두 등장인물.

류도 없었다고 말하고 싶었다. 솔직히 말해서 날마다 옥상 테라스에 앉아 있거나, 여기 홀로 앉아 커피라고 부르는 물 탄 구정물을 마시거나 혼자 식사를 하는 등 어떤 행동을 해도 내 영혼이 위로받지 못했다고 말하고 싶었다. 그러나 우리 사이엔 단호하고 적대적인 눈초리가 수반된 참기 힘든 침묵만 존재했다. 나는 완벽한 타인들의 일에 끼어들어 거리의 부랑자와 그의 졸개하고 잡담이라도 나눌 수 있기를 기대하다니 지극히 어리석었다고 자책하면서, 방해할 뜻은 없었다고 사과한 후 그 자리를 빠져나오려 했다.

그런데 내 자리로 돌아가기 전에, 내 입이 멋대로 주절거렸다.

"방해해서 죄송합니다. 프랑스 사람과 말을 하고 싶어서 그만."

또 노려보는 눈초리.

"내가 프랑스 사람이라고? 너 뭐야? 눈이 멀었나? 아니면 귀가 먹은 거야? 이 베르베르인*의 피부를 보고도 그런 말이 나와? 여길 보라고." 그가 자기 팔뚝을 꼬집었다. "이건 프랑스인의 피부가 아니야, 친구." 마치 내 말에 모욕감을 느낀 듯했다. 그는 베르베르인의 피부를 자랑스러워하고 있었

---

* 북아프리카 산지의 한 종족.

다. "이건 밀과 황금의 빛깔이잖아."

"미안합니다, 내가 실수했네요."

나는 내 자리로 돌아가서 엎었던 몽테뉴를 다시 집어 들 생각이었다.

"자넨 어떤데, 프랑스인이야?" 그가 물었다.

더는 참을 수가 없었다.

"이 코를 보고도 그런 말이 나와요?"

그가 나와 장난을 치려는 건가 싶었다. 나는 그가 프랑스인이 아니란 걸 알았고, 그도 내가 프랑스인이 아니란 걸 알아차렸을 것이다. 그럼에도 우리 둘은 상대방이 프랑스인처럼 보인다는 듯이 굴고 있었다. 두 사람 모두에게 효과 있는 암묵적인 칭찬이었다.

"프랑스인도 아니면서 어떻게 프랑스어를 하지?"

프랑스령 식민지에서 태어난 사람은 누구나 그 질문의 답을 알 것이다. 그는 확실히 장난을 걸고 있었다.

"당신이 프랑스어를 하는 것과 같은 이유에서죠." 내가 대답했다. 그가 웃음을 터뜨렸다. 우리는 서로를 완벽하게 이해했다.

"우리 같은 사람이 한 명 더 있네." 그는 노스트라다무스가 오늘날의 복잡한 지정학적 갈등에서 어떤 중요한 의미를 가질 수 있는지 이해하려고 아직도 애쓰고 있는 어린 헤밍웨이에게 말했다.

"우리 같은 사람이라니 그게 무슨 뜻이죠?"

"일 느 콩프랑 리앵 뒤 투 슐뤼-라, 이 친구는 아무것도 이해 못 하는군." 전형적인 가짜 적개심이 콕콕 박힌 목소리로 그가 말했다.

우리는 통성명을 했다. "내 이름은 칼라슈니코프. 그냥 칼라지라고 불러." 그가 말했다. 본명보다 그 별명을 선호하는 것처럼 보였지만, 자기가 상대방을 더 잘 알게 될 때까지 '당분간' 그렇게 부르라는 뜻인 것도 같았다.

그는 여기 온 지 육 개월밖에 안 됐다고 했다. 그전에는 밀라노에 있었고, 이젠 여기가 고향이라고 했다.

그가 아랍어 단어 한 개를 내게 던졌다.

나는 다른 단어로 맞받았다.

우리는 유쾌하게 웃었다. 서로를 시험한다기보다는 임시 배다리*를 만들기 위한 공간을 고르는 듯한 과정이었다.

"억양이 완벽한데." 그가 말했다. "이집트식 아랍어지만."

"당신 아랍어는 어디 식인지 잘 모르겠는데요."

"난 아랍어 거의 안 써." 그가 말하더니 덧붙여 물었다. "유대인?"

---

*   작은 배를 한 줄로 여러 척 띄워놓고 그 위에 널판을 건너질러 깐 다리.

"무슬림?" 내가 맞받았다.

"영락없는 유대인이구먼, 질문으로 대답을 대신하는 걸 보니."

"영락없는 무슬림이네, 질문에 엉뚱한 대답을 하는 걸 보니."

우리는 함께 웃었고, 어린 헤밍웨이는 종교 비하 농담을 주고받는 대화에 끼지 못한 채 불안한 눈초리로 우리를 바라봤다.

"아랍인 가게 주인이 유대인에게서 청바지 50장을 샀어. 왜 그랬을까?"

"모르겠는데요."

"이삭이 아브두*에게 약속했거든. 높은 가격에 되사겠다고."

웃음.

"결국에는 이삭이 그걸 다시 샀어. 왜 샀을까?"

나는 이 질문에 대한 대답도 알지 못했다.

"아랍인이 반값에 팔겠다고 했거든."

"그다음에도 아랍인이 유대인에게서 청바지를 다시 샀어요?" 내가 물었다.

---

*   각각 성경과 쿠란의 인물.

"계속 샀지! 청바지는 이집트에서 만들고 생산단가는 유대인이 사는 가격에 비하면 턱도 없이 낮았거든." 우리는 유쾌하게 웃었다.

"중동이잖아!" 그가 말했다.

"중동이 왜요?" 헤밍웨이가 어리둥절한 표정으로 물었다.

칼라지는 그 질문을 못 들은 척했다.

"누굴 기다리고 있었나 보지?" 그가 나에게 물었다.

"아뇨, 책을 읽고 있었어요."

"몇 시간째 읽고 있던데. 잠깐 합석해서 이야기나 하지 그래? 책 가지고 이리로 와."

그러니까 그는 내 존재를 인식하고 있었던 것이다. 그는 자신을 택시운전사라고 소개했다. 나는 곧 종합시험을 앞두고 있다고 말했다. 우리는 대화를 이어갔다. 대화는 인간이 다른 인간과 함께 있을 때 즐기는 것이자 자연스러운 것이다. 일요일 오후에 사람들은 대화하고 웃고 커피를 마신다. 나는 사람들이 이러고 산다는 걸 거의 잊고 있었다. 나도 모르는 사이에 그는 우리 세 사람을 위해 커피를 한 잔씩 주문했다. "수다도 좋지만, 누군가는 커피를 시켜야지." 그가 말했다.

그가 커피를 돌린 건 나에 대한 환영의 표시였는데, 그 일이 너무나 빨리 일어나서 알아차리지 못할 뻔했다. 불 뿜는 활화산이 성격은 친절한가 보네, 나는 생각했다. 하지만 교활

하고, 성질이 불같고, 정신이 이상한 것 같아. 너무 가까이하지는 말자.

나는 그와 정반대였다. 타인에 대한 관심이야 당연히 있었지만, 너무도 많은 굽잇길과 장애물, 의심과 망설임을 극복하며 먼 길을 돌아오기 때문에, 우정을 향해 절반쯤 나아가다 보면 반드시 좌절과 실망감이 찾아왔고, 그러면 그냥 포기해 버리고 말았다.

칼라지는 또다시 미국 여성에 대한 험담을 늘어놓았다. 그는 어떤 외설적인 농담을 우리에게 들려주었다. 어느 아랍인이 북아프리카의 인적 드문 해변에서 일광욕하던 벌거벗은 금발 여성을 강간한 혐의로 경찰에 체포되었다. 경찰이 그에게 쇠고랑을 채우고 그를 두들겨 패며 시신을 모욕했다고 비난했다. "여자가 죽은 것도 안 보여?" 아랍인이 자기방어를 위해 할 수 있는 일이라고는 맞받아 소리치는 것밖에 없었다. "봤는데, 미국인인 줄 알았죠."

칼라지는 카페에 앉아 있는 여성들을 가리켰다. 저쪽에 앉은 한 여자는 그가 피임을 거부했다는 이유로 그와 말도 하지 않으려고 했다. 이쪽에 남자친구와 앉아 있는 여자는 사귀자는 그의 제안을 "아쉽지만, 사양할게요"라면서 거절했었다. 칼라지는 그렇게 무미건조한 말은 들어본 적이 없다며, 외계인이 말한 주문을 입 모양으로 되뇌듯이 우리에게 그 말을 다시 해주었다. **아쉽지만, 사양할게요.** 그가 서툴게 내뱉은 그 영어 문장이 갑자기 그 말의 본질을 드러냈다. 부드럽고 정중하지만, 너무나 인위적인 냄새가 나는 말, 리놀륨 타일이나 포마이카 테이블처럼 열정도 자극도 없는 말이었다. 그는 키 크고 날씬하고 대단히 아름다운, 모델 같은 여자를 가리켰다. "저 여자는 내가 곧 자기에게 말을 걸 거라고 생각하지만, 여기 들어와서 화장실을 너무 자주 들락거려. 소화장애가 있는 거야. 내 스타일은 아냐!"

"내 스타일은 아니란 게 무슨 뜻이죠?" 어린 헤밍웨이가 끼어들었다. 칼라지의 극단적인 여성 혐오에 분노한 기색이 역력했다.

"저런 여자하고는 안 잔다는 뜻."

항상 그렇듯이 칼라지는 카페 안에 있는 모든 여성을 의식하고 있었다. "저 여자들이 여기 온 이유는 딱 한 가지야, 바로 우리 세 남자 때문이지." 어린 헤밍웨이는 그렇게 확신하면 가서 말이라도 걸어보지 왜 가만히 있느냐고 물었다. "아직 일러." 내가 이제까지 본 사람 중에 이런 식으로 말하는 사람은 어부밖에 없었다. 그들은 하늘을 보고, 바람과 구름을 살피고, 모든 것에 육감을 갖고 있으며, 우리가 전혀 예상하지 못할 때 갑자기 "지금이야!"라고 말한다. 그때 그 모델 같은 여자가 우리 테이블을 흘끔거렸다. "우릴 봤어!" 칼라지가 조심성 없이 낄낄거리며 큰 소리로 말했다. 우리는 그녀의 얼굴에 번지는 미소를 보았다.

프랑스에는 두 종류의 남자가 있는데, **플라뇌르** 빈둥거리는 사람, 건달 **와 드라괴르** 여자를 꼬시는 남자, 바람둥이 **이다. 라 드라그** 여자 꼬시기는 취미나 과학, 혹은 예술이 아니고, 가능성과 확률의 문제도 아니다. 칼라지에게 있어 **라 드라그**는 의지와 욕망의 완벽한 조화였다. 여자에 대한 그의 욕망이 걷잡을 수 없이 컸기 때문에 그는 여자가 자기를 원하지 않을 수도 있다는 생각은 해본 적이 없었다. 그는 여자가 자신을 원한다는 것을 결코 의심하지 않았다. 모든 여자가 자기를 원한다고 생각했다. 여자들은 모두 남자를 원하고, 반대로 남자들도 여자를 원한다고 생각했다. 카페 알제에서 남녀를 가로막는 것은 의자와 테이블, 문과 같은 물리적 장애물밖에 없다. 남자에게 필요한 건 의지, 그리고 여자의 망설임을 끝까지 기다리고 망설임을 물리치도록 도와주는 인내심이 전부다. 페니 포커 게임에서처럼, 중요한 건 판돈을 한 번에 1페니씩 계속 올리려는 의지라고 그는 설명했다. 2페니도 아니고 꼭 1페니씩만. 1페니는 너무나 적은 돈이라 부담이 없다. 대신 여자도 1페니를 올리기를 기다려야 하고, 그런 다음엔 당신이 1페니를, 그다음엔 그녀가 1페니를 올리는 식으로 나아가야 한다. 사람들이 하기 싫은 일을 하도록 강요하는 건 유혹이 아니다. 유혹은

1페니가 계속 나오게 만드는 것이다. 그러다가 1페니가 떨어지면 당신은 마법사처럼 손가락을 빙빙 돌리다가 그녀의 왼쪽 귀 뒤에서 1페니를 꺼낸다. 이렇게 유머를 가미함으로써 웃음을 유발한다. 어느 날 오전에는 그가 어떤 여자에게 **생캉트-카트르**, 세금 포함해서 54센트짜리 커피 한 잔을 사고, 너털웃음을 터뜨릴 때마다 한 팔로 그녀를 감싸 안더니 그녀와 함께 카페를 나갔다. 단 십오 분 만에 벌어진 일이었다.

"근데 내 말 오해하지 마. 마지막 선택은 항상 여자가 하는 거야, 남자가 아니고. 먼저 다가오는 것도 항상 여자고."

"1페니씩 판돈을 올리라는 얘기는 또 뭐예요?" 어린 헤밍웨이가 물었다.

"그냥 해본 말이야." 칼라지가 대답했다.

"그럼 노스트라다무스는요?"

"그것도."

헤밍웨이가 화장실에 가려고 씩씩거리며 일어섰다. "허참! 노스트라다무스라니."

그가 테이블을 떠나자마자 칼라지가 말했다. "쟤 정말 참아주기 힘드네."

"둘이 친구인 줄 알았는데."

칼라지가 경멸하듯 히죽 웃었다. "저런 면상을 가진 인간하고? 진심으로 하는 말이야?"

갑자기 칼라지가 골난 표정을 지으며 자신의 커피잔을 뚫어지게 보더니 찻잔 받침 위에 있는 잔을 아주 천천히 돌리기 시작했다. 나는 그가 뭘 하는 건지 금방 알아차렸다. 그는 자신의 입에서 나오는 모든 말을 곱씹던 어린 헤밍웨이의 모습을 흉내 내고 있었다. 나는 와락 웃음을 터뜨렸다. 칼라지도 함께 웃었다.

*

카페 알제에서 사람들은 그를 체 게바라나 **엘 레볼뤼시오네르**혁명가로 부르거나, 칼라슈니코프의 줄임말인 칼라지라고 불렀다. "칼라지 봤어?" "칼라지가 카사블랑카에서 형제들에게 장광설을 늘어놓고 있어." 그 말은 그가 케임브리지에서 가장 인기 있는 술집에서 정치에 관해 논쟁을 벌이고 있다는 뜻이었다. "칼라지가 금방 나타날 거야, 곧 **뢰르 뒤 테,** 티타임이잖아." 단골손님 중에 몇몇은 그가 오후 5시의 티타임 같은 고상한 의식에 어울리지 않는 인물이라는 사실을 비웃기 위해 이렇게 말했다. 때로는 그가 카페로 걸어오면서 다른 사람과 언쟁을 벌이는 소리를 듣기도 했다. 그는 항상 목소리가 크고 전투적이었다. "우리 군인 아저씨 오시네." 카페의 종업원은 이렇게 말하곤 했다. 누가 그에게 이제 언쟁 좀 그만하라고 말하면, 그는 "누가 언쟁을 벌였다고 그래?"라고 날카롭게 맞받았다.

"그럼 그게 언쟁이 아니고 뭐예요?"

"내 말투가 원래 그래. 말투를 어떻게 바꾸나. 그게 내 본질인데."

그러고는 더 큰 목소리로 자기주장을 펼쳤다. 그는 쉬쉬하면서 사생활을 중시하는 특대형 대용품 애호가 미국인이 아니었다. 그는 또한 하버드 광장의 술집과 카페에 모여드는, 히죽 웃으면서 **네 일에나 신경 써, 난 내 일을 할 테니, 그럼 우린 잘 지낼 수 있어**라는 식으로 말하는 사람도 아니었다. **내 본질이 아니라니까.** 그가 단호한 목소리로 이 말을 복잡한 삼단논법의 단순화된 표현인 것처럼 되풀이했다. 여러 해 전 그는 파리의 무프타르 거리, 노동자들이 드나드는 카페에서 정체성과 수다, 위트에 관한 집중강의를 듣고 이 표현을 배웠다. 그 카페에서는 각자의 별명이 온몸 구석구석에 새겨져 있다. **내 본질, 성격, 감정은 내 얼굴에 다 적혀 있어. 난 사나이거든, 알겠어?**

그는 천박하지만 실존적인 말부터, 전쟁을 겪고 삶에 지친 노병마저도 일깨울 정도로 설득력이 있지만 꿰매고 기운 기성복처럼 낡은 클리셰까지, 자기 대화를 엿듣고 있는 여자에게 깊은 인상을 줄 수 있는 말이라면 어떤 말이건 능숙하게 했다.

그리고 대다수의 여자들이 그의 말을 엿들었다. 내가 그를 처음 만난 날 카페 알제에 있던 여자들은 모두 그의 말을 엿듣고 있었다. 그러나 그의 말과 행동 모두가 사실 여자의 관심을 끌려는 한 가지 목적을 달성하기 위해 의도된 것이었음을 깨닫기까진 수 주가 걸렸다. 모든 것이 쇼였다. 다들 그 사실을 알고 있었고, 다들 그 사실을 받아들였다. 연극적 정체성, 가식적인 카페 무프타르. 때론 변장이 필요한 정체성의 전부일 때도 있었다. 분노가 열정이나 웃음, 굳건한 믿음과 마찬가지로 쇼에 불과할 때도 있었다.

가끔은.

가끔은 카페 알제의 단골인 알제리인 모우모우와 옥신각신하다가 말다툼 직전에 겨우 멈추기도 했다. 나는 칼라지의 곁으로 다가앉아 "그 사람이 무슨 의도가 있어서 그렇게 말한 건 아닐 거예요" 같은 판에 박힌 말로 상황을 정리하려 했다. 그러면 그는 이제 나와 언쟁을 시작하려는 것처럼 "의도가 있어서 한 말 맞거든" 하고 언성을 높였다. 우리는 칼라지와 있을 때 인내심을 가져야 했고, 양보하고, 이성적으로 행동해야 했으며, 울화가 많은 그가 그 울분을 터뜨릴 기회를 주어야 했다. 그와 마찬가지로 튀니지 출신에 화를 잘 내는, 특히 팁을 잘 주지 않거나 리필을 너무 자주 요구하거나 카페의 빈약한 메뉴에 대해 기억하기 힘들 만큼 다양한 변형을 요구하는 손님에겐 자비를 베풀지 않는 자이냅이라는 여종업원은 다른 단골손님과 언쟁하는 칼라지를 보면 다정함의 화신으로 변하곤 했다. **"위, 몽 트레조르, 위, 몽 앙주,** 그래요, 내 보물, 내 천사." 그녀는 방금 사나운 개를 만나 헝클어진 고양이의 털을 쓰다듬듯이 이렇게 속삭였다. 우리는 칼라지가 몹시 화를 낼 땐 그와 말다툼을 하지 않았다. 다정하고 위로가 되는 말을 해주었다. "무슨 느낌인지 알아요. 그럼요, 그럼요." 논리적으로 말해도 될 때까지. 그리고 내가 속삭이듯 "근데 그가 그런 의도로 말했다는 건 어떻게 알아요?"라고 묻자 그가 대답했다. "그냥 알아, **오케?"** 그는 오케이를 **오케**라고 발음했는데, 그 말은 **논쟁 끝, 더 말하지 마, 알아들어?** 라는 뜻이었다. 내가 그의 화를 가라앉히는 방법을 항상 알고 있는 것은 아니었다. **오케**는 그가 쉽게 악화될 수 있는 말다툼의 싹을 자르려고 하는 말이었다. "왜 그렇게 확신해요?" 나는 이렇게 속삭이면서 우리의 대화가 언쟁으로 이어질 위험은 전혀 없다는 생각을 내비치고, 다른 사람들이 '또 다른 관점'이라고 부르는 것에 따라 그가 세상을 볼 수 있게 하려고 노력했다. 또 다른 관점이란 칼라지에게는 완전히 낯선 개념이었다. 그의 세계에는 또 다른 관점 따위는 없었고 앞으로도 없을 것이었다. 우리가 합의에 도달하지 못하면 그는 항상 나를 외면하며 "그냥 내버려둬"라고 말하곤 했다. 그러고는 침묵. 잠시 후 그는 다섯 잔째의 커피를 주문하고 되풀이했다. "그냥 내버려두라고."

우리 사이에 무겁게 내려앉은 침묵을 강조하기 위해서 그는 조용히 빈 커피 컵을 집어 들고, 커피를 마실 때도 항상 컵 속에 그대로 두는 찻숟가락을 꺼내 찻잔 받침에 조심스럽게 내려놓았다. 마치 주변을 정리하고 자신의 삶에 질서를 부여하려고 노력하는 것처럼. 그건 **봤지, 자네가 날 화나게 해서 진정하려고 애쓰는 거야. 그러게 그런 말을 왜 해, 하지 말았어야 지**라는 말과 같았다. 잠시 후엔 다시 껄껄 웃으면서 농담을 하는 사람으로 돌아왔다. 그사이 카페에 여자가 들어온 것이다.

카페 알제에서 칼라지는 항상 같은 자리에 앉았다. 중앙 테이블. 남들 눈에 띄기 위해서가 아니라 누가 드나드는지 보기 위해서였다. 그는 실외가 아니라 실내를 좋아했고, 지중해 지역에서 나고 자란 다른 모든 사람과 마찬가지로 햇빛보다 그늘을 좋아했다. "여기가 바로 칼라슈니코프가 자리 잡고 총을 쏘는 곳이구먼." 모우모우가 말했다. 그도 칼라지처럼 택시운전사였고 칼라지 놀리기가 취미였다. 알제리인 모우모우와 튀니지인 칼라지는 서로를 놀리고 성질을 건드리다가 결국에는 농담이 말싸움으로, 더 나아가 격한 언쟁으로 번지곤 했다. 어느 한 사람 혹은 두 사람 모두가 흥분하면 반드시 그런 일이 일어났다. "그는 칼라슈니코프를 다리 사이에 끼우고 앉아서 내가 자기 신경에 거슬리는 행동을 하기만을 기다리고 있어. 아니면 담배 연기를 뿜어대서 질식시켜 죽이려고 하거나, 듣고 싶지도 않은 온갖 푸념을 늘어놓아서 지루해 죽게 만들지. 자기가 만난 여자들, 비자 문제, 치통, 천식, 알링턴 거리에 있는 수도자 독방 같은 자기 방에 대해서 떠들어댄다고. 집주인 여자가 여자를 들이지 못하게 한대. 자꾸 비명을 질러대서 듣기 민망하다나? 또 뭐 빠뜨린 거 있나? 완벽한 야간 시력을 가진 칼라슈니코프. 뭐든지 백발백중이지." 그들의 언쟁은 전설적이고, 서사적이고, 극적이었다. "난 스라소니의 눈과 코끼리의 기억력과 늑대의 본능을 가졌어"라고 칼라지가 말하면, "그리고 닭의 대가리도"라고 그의 천적인 알제리인이 덧붙였다. 칼라지는 이렇게 대꾸했다. "반면에 자넨 전갈의 얼굴과 입을 가졌지만, 꼬리 없는 전갈, 독이 없는 꼬리, 화살 없는 화살통, 현이 없는 바이올린이지. 더 해야 되나? 아님 알아들었어?" 그는 알제리인의 유명한 발기부전을 비웃었다. 그러면 알제리인도 지지 않고 맞받았다. "적어도 이 전갈은 누구라도 산꼭대기까지 데리고 올라가긴 하거든. 근데 자네와 함께하는 여자들은 기껏해야 두더지가 파놓은 흙무덤 위에 올라가서, 예의 바르게 소리 한

번 질러 주인 할머니 잠을 방해하고는 끝이잖아. 원한다면 나도 더 말해줄 수 있는데⋯⋯." 알제리인은 겨우 이 주 만에 막을 내린 칼라지의 결혼생활을 암시했다. "하지만 난 그 작은 흙무덤에 데리고 올라간 다음에는 자네가 열두 살 이후론 기억도 없는 일을 해낸다고. 듣자 하니 하루에 네 번이나 약을 먹는데도 별 효과가 없다면서. 새끼손가락 같아서 귀 팔 때나 쓴다던데." "쉿, 다들 주목!" 알제리인은 이른 아침 카페가 한산해서 투닥거려도 다른 손님들에게 큰 방해가 되지 않겠다고 판단하면 튀니지인의 말을 자르고 큰 소리로 반격을 가하곤 했다. "므시외 칼라슈니코프가 내 남성성에 의문을 제기하네요. 여러분, 용기가 있으면 나 좀 도와줘요, 대신 방탄조끼부터 입으시고." "오, 우리 아랍 코미디언이 마술 램프에서 나타나시는구먼, 궁둥이부터 치켜들고." 칼라지는 어제자 〈르몽드〉를 내려놓으며 맞받아쳤다. 그는 하버드 광장 신문 가판대에서 스물네 시간이 지나 아무도 원하지 않는 어제자 신문을 들고 오곤 했다.

가끔은 둘 사이에 몰려오는 폭풍우를 잠재우기 위해서 팔레스타인 사람인 카페 알제 사장이 아랍 노래를 틀곤 했는데, 주로 옴 칼숨의 노래였다. 노래가 흐르고 몇 초가 지나지 않아, 재치를 다투는 싸움은 완전한 정전 상태에 이르렀고, 이집트 출신 여가수의 애절한 목소리가 조용한 카페 안을 가득 채우곤 했다. "소리 좀 높여줘, 더 크게, 제발." 칼라지가 말하곤 했다. 항상 같은 노래였다. **'엔타 오므리'**, 너는 내 생명. 여자와 함께 아침식사를 하고 있을 때 그 노래가 흐르면, 칼라지는 하던 이야기를 멈추고 노래 가사를 서툰 영어로 직역하곤 했다. "당신 눈을 보니 우리가 함께한 옛날이 생각났어요." 그는 자신의 눈과 여자의 눈을 가리키며 말을 이었다. "당신 눈을 보니 그 옛날의 상처가 다시 아파오네요." 그러고는 손바닥을 움직여 고통스러운 세월의 흐름을 표현했다.

아침에 우리 둘이 커피와 크루아상을 먹고 있을 때 그 노래가 나오면 그는 나를 위해서도 가사를 번역해주었다. 내가 이집트에서 어린 시절을 보냈기에 가사의 뜻을 웬만큼은 파악하고 있다는 걸 알면서도. 그가 혼자 앉아 있을 때 그 노래가 흐르면, 컵의 가장자리를 잡고 입으로 가져가다 말고 그대로 들고서 마법에 빠진 것처럼 그 노래를 흥얼거리고는 자신을 위해 프랑스어로 번역을 하곤 했다.

상상 속 지중해 해변의 카페에서 편안하게 막간 휴식을 즐기다가 카페 알제에서 나와 하버드로 걸어가는 게 항상 쉬운 일은 아니었다. 하버드 캠퍼스는 바로 길 건너편에 있었지만, 해가 눈부시게 쨍쨍한 그 무더운 날 아침에는 몇 광년은 떨어진 듯이 느껴졌다.

아침마다 자이냅이 카페 안에 있는 작은 테이블 위에 의자를 엎어놓고 바닥을 닦을 때 나던 표백제와 양잿물의 냄새가 아직도 기억난다. 청소할 땐 손님을 받지 않았지만, 아랍어와 프랑스어를 쓰는 단골손님들은 들어와서 커피를 내릴 때까지 기다리게 해주었다. 커피를 기다리는 동안 티파자 포스터를 보면 언제부터 잊고 있었는지도 모를 바다와 해변의 의식이 사무치게 그리워졌다. 카페 알제의 모든 것이 나를 알렉산드리아로, 칼라지를 튀니스로, 알제리인 모우모우를 오란으로 데려갔다. 우리가 매일 카페 알제에 들르는 건 아마도 우리가 북아프리카에 두고 온 사람을 만나기 위해서였을 것이다. 우리는 삶이 길을 잘못 든 바로 그 순간으로 돌아가려고 애를 썼고, 그것은 마치 골절과 뼈에 간 금, 탈구가 치유되고 뼈가 완전히 붙을 때까지 부목을 대고 기다리는 것과 같았다. 우리는 오전의 태양을 피해 카페 알제로 들어와 강한 커피 향과 세제 냄새를 맡으면서, 자기 어머니에게로 돌아가는 길을 찾았다.

그러나 오전의 시간은 작은 마법을 발휘하여 우리 세 사람의 마음속에 공통의 고향과 같은 파리와 프랑스 카페에 대한 기억을 되살려냈다. 프랑스의 카페에선 새벽녘에 웨이터들이 문을 열 준비를 하며 분주히 움직이고, 거리의 청소부와 신문 판매원, 배달원 소년과 빵집 주인 등 모두와 인사를 나눈다. 다들 카페에 들러 커피 한 잔 마시고 일하러 간다. 칼라지는 무프타르 거리에 있는 카페에서 아침 일찍 커피를 마시는 습관을 들였다. 잠깐 들러서 단골손님들과 인사를, 대화와 불평, 비난을 나누고, 어젯밤 느즈막이 하루를 마감한 바로 그곳에서 새로운 하루를 다시 시작했다.

칼라지는 항상 카페 알제에 제일 먼저 도착했다. 체 게바라처럼 베레모를 쓰고 덥수룩한 콧수염과 뾰족한 턱수염을 길러, 마치 케임브리지 곳곳에 설치한 다이너마이트에 어서 빨리 불을 붙이지 못해 안달이 났음에도 커피와 크루아상은 포기할 수 없다는 사람처럼, 자신만만하고 으스대는 걸음걸이로 들어왔다. 그는 아침에는 말수가 적었다. 카페 알제는 그가 날마다 제일 처음 들르는 곳, 세상 속으로 나아가기 위한 관문과도 같은 곳이었다. 이곳에서 커피를 마시면서 그는 가까스로 배를 타고 찾아온 이 낯선 신세계를 받아들이는 방법을 배우곤 했다. 때로는 재킷을 벗기도 전에 작은 카운터 뒤쪽의 접시를 집어 그날 아침에 배달된 신선한 크루아상을 한 개 담아와 먹곤 했다. 그는 자이넵을 바라보며 크루아상을 흔들어 보이고는 고개를 끄덕였다. **돈 낼 거니까, 계산서에서 뺄 생각은 하지도 마**라는 의미였다. 그러면 그녀도 고개를 끄덕였다. **봤어요, 알아들었고. 빼주고 싶지만, 사장님이 있어서 오늘은 안 돼요.** 그러면 그가 단호하게 고개를 몇 번 가로저었다. **내가 언제 공짜로 뭐 달라고 한 적 있어?** 지금도 예전에도 그런 적 없잖아. 그러니까 맨날 공짜로 준 것처럼 그러지 마. 그리고 사장 있다는 거 나도 알아. 그녀는 어깨를 으쓱했다. 당신이 무슨 생각하든 관심 없거든요. 칼라지는 한 번 더 고개를 끄덕이는 것으로 질문을 했다. 커피는 언제 되는데? 그녀는 다시 어깨를 으쓱했다. 알다시피 난 손이 두 개밖에 없다고요. 그러면 그는 달래는 듯한 눈빛으로 그녀를 바라보았다. 당신이 열심히 일하는 거 알아. 나도 열심히 일하거든. 그도 어깨를 으쓱했다. 아침부터 기분이 별로야? 나도 진짜 별론데. 그들에겐, 특히 중동식 대화에선 기분은 늘 별로였다. 좋은 날이라곤 없었다.

오후로 접어들면서 그는 다른 사람이 되었다. 칼라슈니코프를 발사할 준비가 된, 본래의 활기찬 모습으로 돌아왔다. 이곳은 그의 본거지였고, 시간은 많았다.

나는 칼라지가 360도를 다 볼 수 있는 시야를 가졌다는 사실을 알게 되었다. 그는 누군가가 자신을 지켜보고 있거나, 말을 엿듣고 있거나, 처음에 내가 그랬듯이 자기를 보고 놀라워하고 있다는 사실을 항상 알아차렸다. 그는 알제리인 천적인 에타 마조르, 그의 본부라고 부르는 중앙 테이블에 앉아서 걸음 소리만 듣고도 누군지 즉시 알아맞히곤 했다. 누군가의 걸음 소리를 들었는데도 돌아보며 인사하지 않았다면, 그건 그를 의식하고 있다는 걸 드러내고 싶지 않기 때문이었다. 혹은 다른 사람과 이야기하느라 바빴을 수도 있다. 아니면 그 누군가의 얼굴을 다신 보고 싶지 않기 때문이거나. 칼라지는 1000분의 1초 안에 상황을 정확히 파악하곤 했다. 손님들로 붐비는 술집에 들어갔다가 곧바로 "나가자"라고 말하기도 했다. "왜요?" 내가 물었다. "여긴 여자가 없잖아." "저기 두 명 있잖아요." 그가 놓쳤나 보다고 생각하면서 아름다운 여자 두 명을 가리켰다. "검은 옷 입은 여잔 사이코야." "어떻게 알아요?" "그냥 알지, 뭘 어떻게 알아." 초조함과 빈정거림, 분노가 가득한 목소리로 그가 말했다. "난 다 알아, 알았어? 그러니까 가자고."

언젠가는 출입문을 등지고 앉아서 말했다. "지금은 쳐다보지 마. 어떤 친구가 우리를 향해 오고 있어." 칼라지는 그가 걸어오는 것을 언제, 어떻게 알아차렸을까? 그런 기술은 어디서 배웠을까? "저 친구가 나에게 커피와 페이스트리를 살 거야. 그러고는 우리와 어울리려고 할 거고." 물론 나는 칼라지가 그 말을 하자마자 쳐다보았다. "지금은 쳐다보지 말라고 한 말 못 들었어?" "아뇨, 들었어요." "근데 왜 쳐다봤어?" 사과하는 수밖에 없었다. 나는 말귀를 알아듣는 게 느리다면서 사과했다. "느려도 이렇게 느리다고?"

칼라지가 피하고 싶은 여자가 있을 때도 있었다. 그러나 제때 피하지 못하면 그는 그녀를 반갑게 끌어안고 큰 소리로 인사하면서 두 뺨에 키스 세례를 퍼붓고는, 재빨리 나를 돌아보며 물었다. "그 사람 왔어?" "누구요?" 내가 눈치 없이 물었다. "이민 전문 변호사. 여기서 만나기로 했잖아." 그는 싱긋 웃으면서 낮은 목소리로 으르렁거리듯 말하곤, 살기등등한 눈빛으로 나를 노려보았다. 눈치가 전혀 없는 나를 패 죽이고 싶다는 표정이었다. 내가 그 말뜻을 이해하기까진 꽤 시간이 걸렸다. "아뇨." 내가 대답했다. "길 건너 카페에서 기다리겠다고 했잖아요. **"길 건너 카페에서 기다린다, 길 건너 카페에서 기다린다."** 그는 나와 함께 카페 알제를 서둘러 빠져나오면서 중얼거렸다. "그 똑똑한 머리에서 어떻게 길 건너 카페에서 기다린다는 어리석은 생각이 튀어나오지?" "그게 왜 어리석어요?" 나는 항변했지만, 속으로는 한심한 대답이었다는 걸 알고 있었다. "그 여자가 따라오겠다고 나서면 어쩌려고!"

내가 일상생활에서 이렇게 쓸모없고 미숙하다고 느낀 적은 한 번도 없었다. 나는 거인의 몸에 붙어 있는 벼룩이었다. 그는 모든 사람의 행방을 알았고, 무슨 일이 왜, 어떻게 일어나는지를 이해했으며, 아무도 믿지 않았고, 누구한테서든 최악을 예상했다. 사람들이 무슨 행동과 말을 할지 미리 알았고, 어떤 일에 대해 아무것도 모를 때라도 어떻게든 이해하고 알아냈으며, 대다수의 사람들은 존재하는지조차 몰랐을 속임수와 지름길을 직감적으로 알아냈다. 다른 많은 경우처럼 여기서도 그는 다른 종의 생명체에 속했다. 그가 천지창조 다섯 번째 날, 완성형으로 튀어나왔을 때 신과 영웅, 괴물은 아직 창조되기도 전이었을 것이다. 인류는 그보다 훨씬 뒤에 나왔고.

칼라지는 사람 얼굴도 잘 기억했다. 어느 날 함께 길을 가다가 내가 아는 불가리아인 친구를 우연히 만난 후 "좋은 사람이에요"라고 말한 적이 있었다. "아니, 개새끼야" 칼라지가 대꾸했고, 그렇게 생각하게 된 경위를 설명했다. 몇 주 전 그 남자가 보스턴 시내에 있는 나이트클럽 밖에서 여자친구와 싸우다가 그녀의 뺨을 때리는 것을 봤다고. "사실 여기서 내가 아는 사람들 중에서 내가 무서워하는 사람은 저 인간밖에 없어. 아무렇지도 않게 내 등에 칼을 꽂고, 따라다니면서 괴롭히다 차로 치고 지나갈 인간이야. 저 인간이 스파이라는 데 내 전 재산이라도 건다."

당시에는 칼라지의 말을 믿지 않았지만, 여러 해가 지난 후 그 친구가 폭행, 강간, 구타 혐의로 매사추세츠 교도소에서 복역하고 나와서는 불가리아 대사관의 지원을 받아 남부에서 유명한 경매인이 되었다는 소식을 들었다.

칼라지는 다른 재능도 갖고 있었다. 그는 얼굴을 잘 기억할 뿐만 아니라, 마음을 읽을 수도 있었다. **자네 친구 A 있잖아, 못 믿을 인간이야. 또 다른 친구 B는 말이야, 자네를 되게 싫어**

해. 그런 이야기가 끝도 없었다. A가 항상 삐딱하게 앉는 건 자네 눈을 보기 싫어서야. B는 친절해 보이지만, 사실은 자넬 싫어한다는 말을 하기가 두려운 거야. 저기 저 친구는 지적인 게 아니라 잔머리를 잘 굴리는 거고. 저 여잔 깔깔 웃기는 잘 하는데 행복하진 않네. 저기 저 여잔 열정적인 게 아니라 주의가 산만한 거고. 저 친구는 현명한 게 아니라 신랄한 거야. 신경질적인 웃음은 아무 의미 없어. 술집에서 오가는 잡담이나, 통화하면서 친한 척하는 거랑 비슷한 거지. 간단히 안녕이라고 하면 될 걸 굳이 사랑한다고 말하는 거나 마찬가지고. 난 그런 여자가 진짜 싫어. 그건 사랑하지 않는다는 뜻이거든. 영화 보면서 질질 짜는 사람들도 안 믿고. 그건 그들이 아무것도 느끼지 못한다는 뜻이니까. C는 항상 들뜬 척하지만, 실은 자네한테 진실을 말하지 않으려고 그러는 거야. D는 자기가 유머감각이 뛰어나다고 말하는데, 웃는 걸 한 번도 못 봤네. 그건 발기도 되지 않았는데 흥분된다고 말하는 거나 마찬가지야.

애는 이렇고, 쟤는 저렇고. **따다다다다, 따다다다다다.**

어린 헤밍웨이가 턱수염을 기르는 이유를 내가 말했던가?

왜죠?

턱이 없는 걸 숨기려고.

아무개가 웃을 때 입을 가리는 이유를 말해줬었나?

왜죠?

잇몸이 다 드러나는 걸 숨기려고.

왜 다들 아무개가 똑똑하다고 하는지 말해줬어?

남들이 다 그렇게 말하니까.

왜 아무개가 물가가 너무 비싸다고 불평하는지 알아?

남들이 자기를 부자 아버지한테 빌붙어 사는 인간이라고 생각할까 봐.

그가 왜 비싼 옷을 이젠 그만 사야겠다고 말하는지 내가 말해줬었나?

남들이 자기를 고상한 취향을 가진 사람이라고 생각하기를 바라서.

이런 이야기가 끝도 없이 이어졌다.

그는 열정이나 진실성을 측정하는 리히터 지진계로, 혹은 서로를 함축하는 열정과 진실성을 동시에 측정하는 리히터 지진계로 모든 이를 측정했다. 그 테스트를 통과한 사람은 한 명도 없었다. 그의 우주에는 자기가 주장하는 자신과는 거리가 먼 사람들이 넘쳐났다. 이런 식으로 생각하는 법을 어디서 배웠을까? 그중에 진실한 게 단 하나라도 있을까? 아니면 모두 악몽과 미친 악마들이 만든 알라딘의 마술 램프에서 뿜어져 나온 순전한 헛소리였을까? 아니면 매우 불운한 이 남자가 살아남기 위해 고안한 방법이었을까? 이 새로운 세상의 비열하고 달콤한 술수에 대해 잘 안다고 생각하지 않고는, 가면 뒤에 가려진 얼굴을 볼 수 있다고 생각하지 않고는, 이 세계가 그에게 너무나도 자주 등을 돌렸기 때문에 세계가 어떻게 변했는지 알고 있다고 생각하지 않고는, 어떤 세계인지 가늠조차 할 수 없는 이곳에서 살아남기 위해.

결국 그에게 남은 건 추측과 속사포, 그리고 제3 세계의 엄포와 피해망상이 전부였다. 사막을 보는 사람과 거리의 사기꾼 사이의 완벽한 잡종.

"자네가 항상 비스듬히 길을 건넌다는 거 알아?" 어느 날 그가 내게 물었다.

"그게 최단거리니까요." 나는 삼각형의 빗변을 생각하면서 대답했다.

"그렇지, 하지만 그 이유 때문은 아니잖아."

나는 그런 생각을 해본 적이 없었고, 하지 않으려고 노력했었다. 하지만 나는 그가 나를 꿰뚫어 보았다는 것을 알아차렸다. 나는 모든 일을 은밀하게 하며, 애초에 삐딱한 사람으로, 다시 말해 불충실한 사람으로 태어났다는 사실을 그는 알고 있었다.

나는 못 들은 척했다.

그는 그것도 알아차렸을 것이다.

나는 이것저것 숨기는 게 많았지만 그는 솔직했다. 나는 목소리를 높인 적이 없었지만 그는 하버드 광장에서 목소리가 가장 컸다. 나는 속 좁고 조심스럽고 소심한 반면 그는 무모하고 잔인하며 작은 불씨에도 곧 터질 화약고 같았다. 그는 자기 마음을 솔직히 말했지만 내 마음은 수장고에 있었다. 그는 항상 정면에 대고 말했지만 나는 상대방이 돌아설 때까지 기다렸다가 구시렁거렸다. 그는 그 무엇도 지지하지 않았고 일절 타협하지 않았으며 모두를 가차 없이 비판했다. 나는 모두를 포용했지만 단 한 사람도 사랑하지 않았다. 그는 사랑을 솔직하게 표현했지만 내 사랑은 마음속 깊은 곳에 묻혀 있었다. 그는 미국에 온 지 얼마 되지 않았지만 벌써 케임브리지에 사는 거의 모든 주민과 말을 튼 반면, 나는 하버드 대학원에서 사 년째 공부했지만 그해 여름에는 거의 모든 날을 아무하고도 말하지 않은 채 보냈다. 그는 기분이 상하거나 지루할 땐 발끈해서 안절부절못하다가 폭발했지만 나는 그야말로 평정심의 화신이었다. 그는 모든 일에 대해 확고한 자기 의견을 갖고 있었지만 나는 타협이란 이름과 평정심이란 별명을 갖고 있었다. 그가 무슨 일을 시작하면 아무도 그를 막을 수 없었지만 나는 누가 조금만 얼굴을 붉혀도 아무것도 못 했다. 그는 누군가를 버리고 깨끗이 잊을 수 있었지만 나는 누군가를 버리기로 결정하고 나서도 영원히 그에게 앙심을 품곤 했다. 그는 잔인해질 수 있었지만 나는 친절했던 적이 별로 없었다. 우리 둘 다 돈이 없었지만 내가 그보다 훨씬 더 가난했던 날이 많았다. 그는 가난을 부끄러워하지 않았고, 가난했던 과거를 숨기지 않았다. 나는 자의식보다 부끄러움을 더 많이, 더 깊이 느꼈다. 수치심은 언제나 내 목숨과 내 영혼을 쉽게 빼앗고, 내 마음 깊숙이 파고들어 나를 헌 양말 뒤집듯 뒤집어서 내가 결국 어떤 사람이 되었는지 보여줄 수 있었다. 스스로에게 더 보여줄 것이 없고 나 자신을 더 참아줄 수도 없으며, 다른 모든 사람을 경멸함으로써 못난 내 모습을 만회하려 하는 지경까지 나를 끌고갈 수 있었다. 그는 나를 안다는 걸 자랑스러워했지만 나는 그 작은 카페를 나오면 그와 함께 있는 모습이 남들 눈에 띄지 않기를 바랐다. 그는 택시운전사였고 나는 아이비리그 학생이었다. 그는 아랍인이었고 나는 유대인이었다. 그렇지 않았다면 우린 즉시 역할을 바꿔서 살아볼 수도 있었을 것이다.

　　스스로의 걷잡을 수 없는 분노와, 등 떠밀려 시작한 방랑 생활에도 불구하고 그는 이 행성에 속해 있었지만 나는 이 행성에 속해 있다는 확신이 든 적이 단 한 번도 없었다. 그는 세상을 사랑했고 사람들을 이해했다. 누군가 그를 힘껏 밀쳐도 그는 곧 중심을 잡고 자기가 갈 방향을 찾을 것이다. 반면에 나는 조금도 움직이지 않고도 항상 제자리를 벗어나 있었고 항상 뒤처진 느낌이었다. 내가 어디에 자리를 잡은 것처럼 보인다면 그건 단지 내가 꼼짝도 하지 않았기 때문이다. 그는 일시적으로 불안정을 겪을지라도 끊임없이 돌아다녔지만 나는 영원히 움직이지 않았다. 혹시라도 내가 움직였다면 급류가 흐르는 여울에서 흔들리는 뗏목 위에 다리를 벌리고 서 있는 사람 같았을 것이다. 뗏목이 움직이고 강물이 움직일지라도 나는 움직이지 않는다.

나는 그를 부러워했다. 그에게서 배우고 싶었다. 그는 진정한 남자였다. 나는……. 나는 어땠는지 모르겠다. 그는 목소리였고, 내 과거와의 잃어버린 연결고리였으며, 내가 다른 길을 택했다면 나의 롤모델이 되었을 사람이었다. 그는 야성적이었지만 나는 길들여지고 억눌려 있었다. 그러나 누군가 나를 강력한 용액에 담가서 내가 학교에서 배운 모든 습관과 미국에 양보한 모든 것을 내 피부에서 벗겨낸다면 내가 아니라 그가 발견될 것이다. 내가 처음 카페 알제에서 용기를 내 그의 테이블로 걸어가 침묵을 깼을 때 그가 내게 불쑥 다가온 것처럼, 별안간 푸른 지중해가 펼쳐질 것이다.

다른 나라, 다른 도시, 다른 시대에 있었다면 나는 그에게 다가가지 않았을 것이고, 그가 내게 말을 걸었을 것이다. 나는 낯선 사람에게 다가서는 성격이 아니었다. 그에게서 나와 닮은 점을 보지 않았다면, 내 안에서 재갈이 물린 채로 잊히던 무언가를 그의 말 속에서 발견하지 않았다면 절대로 그에게 다가가지 않았을 것이다. 편향적이고 무분별하게 느껴지는 그의 투덜거림이 내게 말을 걸었고, 나를 과거로 데리고 갔다. 마치 카페 알제가 내 마음 한 구석에서 이름도 붙여지지 않은 채 무시당하고 있던 무언가에게로 나를 데려다준 것처럼.

곧 알게 될 일이었지만, 케임브리지에서 〈스타워즈〉를 보지 않았고 보기를 거부했으며 그해 여름 갑자기 불어닥친 스타워즈 열풍을 경멸하고 개탄한 사람은 나와 칼라지밖에 없었다. 오비완 케노비와 다스 베이더와 루크 스카이워커가 셰익스피어의 희곡에 나오는 유명한 등장인물이라도 되는 듯이, 그리고 R2-D2와 C-3PO가 그들을 따라다니는 어릿광대나 아부하는 신하라도 되는 듯이 모두의 입에 오르내리고 있었다. 그러나 칼라지에게는 그 모든 것이 특대형 대용품의 상징일 뿐이었다.

처음에 내가 칼라지에게 끌린 이유 중 하나는 그의 심술궂은 육감이나 생존본능, 갑자기 웃음을 터뜨리기 전까지 상대방의 숨통을 죄는 고약한 성질과는 아무 상관이 없었다. 많은 사람을 떨어져나가게 한 짐짓 거친 척하는 그의 태도도 아니었다. 내게는 그 태도가 너무나 익숙하고 친근하게 느껴졌다. 그건 한 아이가 다른 아이의 엄마를 욕하면 그 다른 아이도 질세라 상대방 아이의 엄마 욕을 하고, 그러면서 열 살짜리들이 평생 친구가 되는, 내 어린 시절을 생각나게 했다.

아마도 그는 나의 대리인이었을 것이다. 내가 미국에서 잃어버린 원시적인 모습의 나. 나의 그림자, 나의 도리언 그레이의 초상, 다락방에 숨어 사는 미친 형제, 나의 하이드 씨, 나의 아주 아주 거친 초고草稿. 가면을 벗고 속박의 쇠사슬에서도 벗어난, 완성되지 않은 나. 속박받지 않는 나, 누더기를 걸친 나, 격분한 나. 책을 들고 있지 않은, 세련된 매너가 없는, 영주권이 없는 나. 칼라슈니코프를 들고 있는 나.

내가 그의 이야기를 듣는 걸 좋아한 이유는 그가 날마다 카페 알제에서 떠들어대는 이야기를 믿거나 존중해서가 아니었고, 옛날 잡동사니를 뒤지는 듯한 그의 음색과 어조에서 내가 됐어야 했던, 그러나 운명을 거스르고 되지 않은 어떤 모습을 보았기 때문이다. 그가 날마다 늘어놓는 미국 비판을 심각하게 받아들이지 않은 이유는 그가 통렬히 비판하는 대상이 실은 미국이 아니었고, 그의 목소리가 막강한 서구 세계를 막아내려고 애쓰는 중동의 목소리가 아니었기 때문이다. 대신 내가 들은 것은 나이 든 인간의 거칠고 쌕쌕거리며 겁먹은 목소리, 인류애처럼 보이고 그것을 표방하는 듯하지만 실제로는 전혀 아닌, 새로운 흐름을 거부하고 비판하는 목소리였다. 그것은 문명이나 가치관, 문화의 충돌이 아니었다. 그것은 인간이 현대를 살아가기 위해서는 어느 장기를, 어느 쪽

심실을, 소중한 오감 중 어느 감각을 잘라버려야 하는가 하는 문제였다.

그게 바로 그가 **브뤼뇽***, 즉 천도복숭아를 싫어한다고 말한 이유이기도 했다. 사람들은 천도복숭아처럼 달콤해지고 있었다. 친절함과 진심은 없이 달달한 말만 하고, 조작되고, 꿰매지고, 제왕절개 수술을 받았지만, 단 한 번도 진짜로 태어나지 못한 천도복숭아. 머리는 자두 모양, 엉덩이는 복숭아 모양, 고환은 초콜릿 과자 모양. 과일 왕국에 사는 실제 친척은 단 하나도 없는 천도복숭아. 그들의 모든 것이 접붙여진 거였다.

"우리처럼 말이죠?" 어느 날 카페 알제에서 칼라지가 카터 대통령에 대해 웃는 꼴은 물론이고 얼굴 자체가 천도복숭아처럼 달달하고 가식적이라며 비난하는 말을 듣고서 내가 그에게 물었다. 나도 카터 대통령의 얼굴이 천도복숭아 같다는 점엔 동의했다. 하지만 우리라고 뭐 다른가? 우리도 그와 다르지 않았다. 세 개의 대륙에서 살아본 우리야말로 진정으로 접붙여진 천도복숭아가 아닌가?

"응, 자네와 나처럼." 칼라지가 인정했다. 그러나 잠시 후엔 말을 바꿨다. "아냐, 자네와 나와 같진 않지. 천도복숭

---

* 프랑스에서 탄생한 천도복숭아로, 복숭아나무 위에 서양 자두나무를 접붙인 것이다.

아는 자기가 과일이라고 생각해. 자연적이지 않다는 걸 모르거든. 우리가 아무리 열심히 설명해도 믿으려 하지 않을 거고. 그리고 그걸 입증하기 위해서 심지어 자식을 낳을 수도 있어. 로봇도 언젠가는 자식을 낳을 거고."

그는 갑자기 깊은 생각에 잠겼고, 슬퍼 보이기까지 했다.

"인간은 자식을 낳기 전에는 자기가 인간인 걸 모른데."

그런 생각은 또 어떻게 하게 됐을까?

"자식이 있어요?" 내가 물었다.

"없어."

"그럼?" 나는 그를 괴롭히고 있었다.

"내 살가죽이 있지. 이게 전부야." 그러고는 나와 처음 만난 날 그랬던 것처럼 자신의 팔뚝을 꼬집었다. "이거. 이게 내 증거야. 내 조국의 색깔, 밀의 색깔. 하지만……." 그는 다시 생각해본 것처럼 덧붙였다. 그는 항상 자기가 한 모든 말에 대해 다시 생각하는 습관이 있었다. "자식이 있어도 좋았을 것 같군."

그는 옆 테이블에 앉은 여자를 의식해서 프랑스어로 크게 말했다. 여자는 자신이 천도복숭아인지 고뇌하고, 아니기를 바라는 것 같았으며, 이 거만한 전도사 같은 낯선 남자가 침대에서는 어떤 능력을 보여줄까 상상하는 듯했다.

이 천도복숭아 비판론의 진짜 목적이 바로 그 여자였다.

어쨌든 처음부터 우리의 우정을 공고히 해준 것은 프랑스와 프랑스어에 대한 사랑, 아니 프랑스라는 이데아에 대한 사랑이었다. 사실 우리에게 진짜 프랑스는 더 이상 쓸모가 없었고, 마찬가지로 우리도 프랑스에게 쓸모가 없었다. 우리는 이 사랑을 죄책감이 깃든 비밀로 간직했다. 이 사랑을 버릴 수도 없었고, 그렇다고 믿지도 않았고, 사랑이라는 이름으로 성스럽게 만들고 싶지도 않았기 때문이었다. 그러나 그 사랑은 우리가 북아프리카 식민지령에서 어린 시절을 보낼 때 물려받은, 이제는 초라해지고 빛이 바랜 가보家寶처럼 우리의 삶을 맴돌고 있었다. 우리가 사랑한 것은 프랑스도, 프랑스의 설레는 분위기도 아니었다. 프랑스는 우리가 삶에서 필사적으로 붙잡으려 했던 단단한 무언가에 붙인 별명이었다. 우리가 꼭 붙들어야 했던 가장 단단한 것이 과거였고, 그 과거가 프랑스어로 쓰였을 뿐이었다.

우리는 매일 밤 케임브리지의 술집이나 카페에서 서로를 찾아내 마주 앉아 우리가 사랑했지만 잃어버린 프랑스에 대해 프랑스어로 이야기를 나누었다. 그는 빚과 위자료, 불운한 송사와 불법적인 사업을 피해 케임브리지에 와 있었다. 내가 케임브리지에 있는 이유는 짐을 싸 들고 프랑스로 갈 용기를 내지 못했기 때문이었다. 매일 밤 서로를 만나면 마치 프랑스에 있는 듯한 기분이 들었다. 그가 무프타르 거리의 노동자들이 드나드는 카페에서 주워듣고, 어둠침침한 술집 카사블랑카에서 풀어놓는 경박하고 유쾌한 이야기들이 그런 착각을 지속시켰다. 마지막 주문 때까지. 마지막 주문 시간이라는 말을 들으면 마음이 다급해지고 절박해졌다. 술집에 환하게 불이 켜지고 결국 쫓기듯 술집을 나와 인적 끊긴 브래틀 거리를 볼 때면, 다른 모든 밤과 마찬가지로 그날 밤에도 차가운 깨달음과 마주했다. 이곳은 프랑스가 아니고, 앞으로도 아닐 것이며, 이곳은 항상 부적절하고, 앞으로도 항상 그럴 거라는 생각. 프랑스도 마찬가지고. 그것은 여기 케임브리지나 프랑스, 이제는 우리의 조국이 아니게 된 우리 각자의 출생지에서 우리가 틀려먹었기 때문이라는 생각이 들었다. 내가 케임브리지를 떠나온 후 케임브리지와 같지 않다는 이유로 많은 곳을 비난했듯이, 우리는 파리와 같지 않다고 케임브리지를 비난했다. 그건 마치 A에게 B가 아니라고, A가 B처럼 되겠다고 주장하지도 않았는데 B처럼 살지 않는다고 비난하는 것과 마찬가지였다.

서로 작별인사를 나눈 뒤 멀쩡한 정신으론 집이라고 부를 수도 없는 너저분한 곳으로 돌아가는 동안 우리의 마음속에서는 그날 밤 주고받은 프랑스 농담이 메아리쳤다. 우리는 그 농담을 주고받으며 즐거움과 씁쓸함을 동시에 느꼈는데, 그것은 우리가 온통 틀린 억양의 프랑스어로 말했기 때문이었다. 프랑스어가 우리의 모국어이긴 하지만 진짜 모국어는 아니었다. 우린 진짜 모국어가 무엇인지도 몰랐다.

베르베르인인 칼라지는 튀니스에서 자라며 프랑스를 사랑하게 되었고, 나는 어릴 때부터 알렉산드리아에서 살면서 파리를 동경하게 되었다. 튀니스가 칼라지를 필요로 하지 않게 되자 그는 열일곱 살 때 마르세유에서 해군에 입대했고, 이집트는 내가 열네 살 때 유대인이라는 이유로 나를 추방했다. 그가 술집에서 만난 여자들에게 즐겨 자랑했듯이, 우린 서로 거울을 보듯 닮은 점이 많았다.

내가 유대교를 못 견딘 것처럼 칼라지는 이슬람교를 참아주지 못했다. 우리 두 사람은 종교와 민족, 중동에서 끊임없이 벌어지고 있는 갈등, 우리 사이에 쉽게 쐐기를 박을 수도 있었을 너무나 많은 문제에 대해 무관심했고, 애국주의와 국기, 대의명분, 1960년대 말부터 유럽 전역을 휩쓴 산뜻한 이데올로기 전부를 경멸했다. 그런 무관심과 경멸은 우리와 비슷하게 생각하는 사람, 우리와 같은 부류에 대한 일그러진 충성심을 갖게 했다. 칼라지는 그것을 **콩플리시테,** 공범자끼리의 동류의식이라고 불렀다. 그러나 '우리와 같은 부류'란 없었다. 우린 그게 무슨 의미인지도 몰랐던 것 같다. 우리는 남들과 너무나 달랐으므로. 우리는 아무것도 고수하지 않았고, 무엇도 우리를 붙잡지 않았다. 우리의 수도는 상상 속의 파리였다. 우린 우리 둘만의 국가에 살았다. 나머지는 다 허상이었다. **드 라 메르드**똥. 너절하고 시시한 것. 여권도, 신문도 허상이었다. 케임브리지도 허상이었다. 내 시험도, 내가 읽고 있는 책들도 허상이었다. 그의 앙숙 알제리인이 **르 티타니크**라고 부르던, 칼라지가 매일 운전하는 거대한 체커 택시도 허상이었고, 그의 여자들, 조금도 진척이 없는 그의 영주권 신청도, 그의 변호사도, 카사블랑카도, 다른 치아에 덮여 자라지 못하는 그의 사랑니도, 그의 첫 번째 아내도, 두 번째 아내도, 첫 번째 아내와 이혼하기도 전에 두 번째 아내와 결혼했지만 두 번째 아내를 첫 번째 아내만큼 혐오하게 된 사실도, 그 이유는 두 여자 모두 그를 자신들의 삶에서 내쫓았기 때문이라는 사실도, 모두가 그를 자신의 삶에서 밀어낸다는 사실도, 모두 허상이었다. 〈보스턴피닉스〉에 실리는 날 바로 읽곤 했던 개인광고란도 허상이었고, 그를 위해 내가 영어로 대신 써주던 편지들도 허상이었다. 그는 모든 사람과 모든 것에 반박했다. 그러는 동안은 자신의 본래 목소리를 들을 수 있었기 때문이었다. 그러나 그는 자기 목소리를 듣자마자 태도를 바꿔 스스로의 말에 반박하면서, 자기가 옆에 앉은 친구만큼이나 허상으로 가득 차 있다고 말했다. 결국 우리가 오랫동안 열심히 이야기한 프랑스조차도 허상이었다. 그는 오직 가족과 혈통만이 예외라고 말했다. 그의 막내 남동생, 어머니, 가족만큼은 허상이 아니라고 했다. 심지어 파리에서 알제리 남자와 눈이 맞아 도망간 여동생까지도. 그는 그 여동생과 인연을 끊었다면서도 가끔 생필품을 잔뜩 사서 보내주곤 했다. 그리고 나중에는 나도 그의 작은 씨족 집단에 포함시킨 듯했다. 그는 필요하다면 우리를 위해 자신의 삶을 내려놓았을 것이다. 그리고 내가 항상 알고 있었듯이, 나는 그를 위해 위험을 무릅쓸 용기와 헌신적인 마음이 없었음을 그 역시 알고 있었을 것이다.

내가 그를 도운 것은—실제로 그의 이민국 인터뷰 준비를 몇 시간 도와준 적이 있었다— 단순히 별 생각 없이 한 일이거나 요청을 거절할 좋은 핑계를 찾지 못했기 때문이었다. 아니면 잠깐 머리를 식히기 위해서, 다시 읽는 일이 절대로 없을 그 모든 책을 읽는 것 말고도 뭔가 가치 있는 일을 하는 나 자신을 보고 싶어서였을 수도 있다. 그는 굉장히 고마워했고, 살면서 도움을 거의 받지 못해 조금이라도 도와주는 사람이 얼마나 고맙고 소중한지 안다고 말했다. 나는 그런 말 말라고, 별일 아니라고 답했다. 그는 내 말이 틀렸다면서, 자신이 얼마나 좋은 친구인지 모르는 것이 좋은 친구의 특징이라고 주장했다. 나는 그 점을 두고 논쟁을 벌일 만큼 어리석지는 않았다. 내 몸짓은 너무 쉽게, 어떤 위험이나 의무, 양심의 가책, 망설임, 극복해야 할 어려움 없이 나왔다. 나는 거지에게 던져주는 동전 한 닢 같은 값싼 자선과 선행의 차이를 알고 있었다. "그냥 나를 도와주는 행위가 자넬 행복하게 했다고 해두자고." 어느 날 그는 커피를 다섯 잔이나 마신 후 카페 알제를 나서면서 이런 말로 논쟁을 마무리했다. 아마도 그는 항상 품었던 의심, 즉 본인은 카페 알제에서 마주치기 전에는 있는지도 몰랐던 나를 다시 만난 형제처럼 여기는데, 나에게 그는 스쳐 지나가는 지인에 불과할지 모른다는 생각을 감추기 위해서 과하게 고마움을 표시한 것인지도 몰랐다. "언젠가는 나를 친구로 받아준 이유를 말해야 할 거야." 그가 말했다. "그럼 나도 자넬 친구로 받아준 이유를 얘기할게. 근데 자네부터 말해야 돼." 그가 이런 말을 할 땐 나는 항상 **또 시작이에요? 도대체 무슨 말을 하는 거예요?**라고 묻는 듯한 표정으로 멍하니 그를 바라봤다. "지금 말고, 나중에." 그는 내가 의도적으로 멍한 표정을 짓는다는 걸 알아차리고 이렇게 말했다.

우리가 서로의 마음을 그렇게 잘 읽은 이유는 우리가 모든 것과 모든 이를 경멸한다는 또 하나의 공통점을 갖고 있었기 때문이다. 경멸하는 마음은 서로 다르게 표현됐지만 자기혐오라는 똑같은 원천에서 흘러나온 게 틀림없었다. 내 자기혐오의 원천에서는 증오와 반감이, 그의 원천에선 분노가 터져 나왔다. 처음부터 자기 혐오자인 사람은 없다. 그러나 실수가 쌓이고 길을 잘못 드는 횟수가 많아지면 자신을 용서하려는 노력을 멈춘다. 어디를 보아도 자신을 노려보고 있는 수치심과 패배감을 발견할 뿐이다.

그가 그랬고, 내가 그랬다. 사방에 실수들이 있었고 각각의 실수는 작고 은밀한 방식으로 곪아 터지고 있었다. 실수와 헛소리. 헛소리는 우리만의 저항이었다. 상처가 덧나지 않게 하려고 알코올을 들이붓듯이 그는 '**헛소리**'와 '**개소리**'를 외쳐댔다. 처음 한 대를 맞을 때 '헛소리'를 외쳤고, 마지막에도 '헛소리'를 외쳤다. 더 많은 것이 있다는 것을 보여주기 위해, 남들 앞에서 기죽지 않기 위해 '헛소리'를 외쳤다. 또한 우리 자신을 향해서도 '헛소리'를 외쳤다. 욕지거리는 우리의 자존감을 지탱하는 마지막 보루였고, 존엄성이라는 흔들리는 매립지에 세워진 마지막 정거장이었다. 그다음에는 울었다.

나는 그가 우는 걸 두 번 보았다. 처음에는 튀니스에 계신 아버지가 복막염으로 병원에 실려 갔다는 소식을 들었을 때였다. 그 소식 이후 튀니스에선 편지도 전화도 없이 감감무소식이었다. 그동안 그는 여기 머나먼 케임브리지에 숨어 살고 있었다. 그는 영화 〈카사블랑카〉의 등장인물처럼 나오지 않는 통행증을 기다리며 수상한 장소에서 온갖 종류의 사람들과 우정을 맺는, 오도 가도 못하는 사람 같았다. 그는 왜 카사블랑카에 있었나? 영화에서 보가트가 말했듯 잘못된 정보를 갖고 있었기 때문이었다. 그는 여기 오지 말았어야 했다. 그는 분노하고 자기를 혐오하는 반영웅들이 밀려나는 세상에 사는 외로운 총기 밀반입자 같은 신세였다. 이곳에서 반영웅들은 헛소리와 **파세**구식가 된 지 오래였다.

그가 오로지 아버지만을 위해 운 것은 아니었다. 자신을 위해서도 울었다. 곧바로 비행기를 타고 튀니스로 날아갈 수 없었기 때문에, 십칠 년 전 떠나올 때보다 더 가난해져서 돌아갈 수는 없었기 때문에, 지금 떠난다는 것은 다시는 미국 땅을 밟을 수 없다는 걸 의미했기 때문에, 자신의 처지가 부끄러웠기 때문에, 울었다. 그는 덫에 걸렸다. 나는 그렇게 두 주먹으로 자기 머리를 사정없이 때리는 사람을 처음 보았다. 계속 머리를 때리는 그의 두 손을 꽉 붙들고 내가 말했다. "그만, 그만. 아 진짜, 그만 좀 때려요."

우린 둘 다 신을 믿지 않았다. 나는 그의 어깨를 한 팔로 감싸 안았다. 전에는 이런 행동을 해본 적이 한 번도 없었다. 그는 내 어깨에 머리를 기대고 계속 흐느꼈고, 가슴이 들썩거리는 것을 느낄 수 있었는데, 잠시 후에는 와락 웃음을 터뜨렸다. 이십 분 후에는 자기가 여자처럼 내 팔에 안겨 흐느꼈다고 카페에 있는 모든 사람에게 떠벌리고 있었다. 여자처럼 말이야. 그가 되풀이했다.

나는 그가 하는 행동의 의미를 알고 있었다.

활화산처럼 분노를 표출하고 인류 전체에 대해 과장된 비난이나 쏟아냈을 뿐 그는 조금도 성장하지 않은 것이다. 그는 자신이 성장했다고 생각하거나 성장한 척했다. 우리가 그에게 가할 수 있는 최악의 폭력은 그에게서 열일곱 살 소년을 발견하는 것이었다. 그의 삶이 멈춰버린 시기가 바로 그때였다. 그 이후로는 실수와 헛소리로 점철된 삶을 살아왔을 뿐이었다.

*

"난 배가 고픈데. 식사했어?" 우리가 처음 만난 날, 카페 알제에서 칼라지가 물었다.

"아뇨."

"그럼 공짜 밥 좀 먹으러 갈까?"

일어선 그의 옷차림이 너무도 지저분하고 후줄근해서 나는 그가 무료급식소에 가자는 줄 알았다. 모든 일에는 처음이 있기 마련이고, 나는 마침 주머니 사정을 고려해서 담배를 위해 끼니를 희생하던 중이었다. 패배를 인정하고 무료급식소에서 주는 닭고기 수프나 극빈자를 위한 다른 메뉴를 한 그릇 얻어먹자는 생각으로 그를 따라나섰다.

"세자리옹에서 **아삐 하워**를 팔거든." 그는 '해피 아워'를 프랑스인이 흔히 그러듯 'h'를 발음해야 할 곳에선 안 하고 발음하지 말아야 할 곳에 집어넣어 발음했다.

나는 해피 아워가 무엇인지 몰랐다. 그가 황당한 표정을 지었다. "1달러 22센트를 내고 레드 와인 한 잔을 주문하면 **프티 상드위치**작은 샌드위치까지 무제한으로 먹을 수 있는 시간이야." 그가 설명했다. 난 왜 그 좋은 걸 몰랐을까?

카페 알제를 나온 우리는 좁은 골목길을 걸어 하비스트 앞에 있는 작은 임시 주차장으로 향했다. 거기서 조금만 더 가면 마운트 오번 거리에 세자리옹이 있었다. 칼라지는 그 주차장에 택시를 세워두곤 했다.

그는 식당 사장이나 지배인, 수석 웨이터의 오랜 친구가 보여줄 법한 침착함과 자신감에 찬 모습으로 세자리옹에 들어갔다. "솔직히 버팔로윙은 질렸는데." 그가 커다란 세라믹 그릇에 가득 담긴 기름진 닭 날개 튀김이 걸쭉한 바비큐 소스의 늪에서 허우적거리는 꼴을 보자마자 말했다. 우리는 레드 와인 두 잔을 주문했다. **콤 사**그렇게 작은 접시를 들고 **프티 상드위치**나 **브로셰트**꼬치구이나 버팔로윙을 담아오면 돼, **콤 스시**이렇게. 그가 설명했다.

곧 카페 알제에서 보았던 얼굴들이 어슬렁거리며 세자리옹 계단을 내려오기 시작했다. 나는 이 식당이 비싼 음식점이라고 생각했었다. 그런데 케임브리지의 극빈자 절반이 이곳에 모여서 튀긴 닭 날개와 **프티 샌드위치**를 입에 쑤셔 넣고 있었다. 케임브리지에서 사 년이나 산 사람은 난데, 일요일에 거의 무료로 운영하는 식당을 모조리 꿰고 있는 사람은 불과 육 개월 전에 로건 공항에 내린 칼라지였다. 그는 어떻게, 어디에서 이런 기술을 배웠을까?

"저 친구 있잖아, 어제도 여기 왔었다. 그제도 왔었고." 넓은 가죽 챙이 있는 중절모를 쓰고 턱수염을 기른 남자를 가리키며 칼라지가 말했다. "나와 똑같은 목적으로 오는 거야, 공짜 식사." 칼라지는 치즈가 있는 곳으로 끼어들었다. 나도 그를 따라갔다. 그는 와인 잔을 든 여자를 가리켰다. "아까 오후에 카페 알제에 있던 여자네." 나는 그를 멍한 표정으로 바라보았다. "기억 안 나? 자네 옆 테이블에 두 시간이나 앉아 있었는데."

"그랬어요?"

"**프랑슈망,** 솔직히……." 화가 난 목소리였다. "저 친구 좀 자세히 봐봐."

나는 **저 친구**를 자세히 보았다. 어린 헤밍웨이와는 달리, 턱수염을 기르지도 깎지도 않고 까칠까칠한 상태로 유지하고 있는 것 같았다. "볼 게 뭐 있다고 그래요?" 마침내 내가 말했다. "있지, 왜 없어." 칼라지가 날카롭게 맞받았다. "사람

보는 법 좀 배워!" 그가 심호흡을 했다. "저 친구가 조금 전에 저 구석에 있는 여자를 찍었거든. 곧 저 여자한테 집적댈거야. 절대 성공은 못 하겠지만."

과연 그 까칠한 수염이 페이즐리 무늬 원피스를 입고 있는 여자에게 쭈뼛거리며 다가가더니, 그녀를 똑바로 보지도 못한 채 무슨 말을 중얼거렸다. 여자는 살짝 웃기만 할 뿐 아무 말도 하지 않았다. 청년이 또 뭐라고 중얼거렸다. 여자는 좀 더 조심스러운 미소를 보였다. 억지로 웃는 것 같았다. 그녀가 기둥에 기대선 자세만 봐도 청년에게 관심이 없다는 건 누구나 알 수 있었다. "도대체가 교훈을 못 얻어요." 하지만 난 저 친구의 용기와 집요함이 대단해 보인다고 말했다. "그래, 용기는 대단해, 집요하기도 하고. 근데 수치심이 없어. 욕구는 너무 많고. 그리고 그 모든 게 머리에 있어, **여기가** 아니라. 그래서 여자에게 확신을 못 주는 거야. 스스로도 확신이 없기 때문이지. 오십 살은 돼서야 어느 날 정신이 퍼뜩 들 거야. 자기가 사실은 여자를 좋아하지 않는다는 걸 알게 되겠지."

"당신은 그런 걸 어떻게 다 알아요?"

"어떻게 아느냐고? 쉽잖아. 저 친구는 여자에게 집적거리면서도, 여자가 그만하라고 말하기를 바라고 있어. 아니면 여자를 꼬실 가망이 없다는 건 벌써 깨달았지만 적어도 노력은 해봤다고 자위하려고 계속 말을 거는 것일 수도 있고. 그리고 또 다른 이유도 있지." 칼라지는 벽에 등을 기대고 서더니 카페 알제에서 말아서 줄곧 입에 물고 있던 담배에 이제야 불을 붙였다. "사실 저 친구 못생겼잖아. 그걸 본인도 알고. 턱수염도 멋있어 보이려고 기른 거야. 별 효과는 없지만."

그가 나에 대해서는 어떻게 생각하는지 궁금해지기 시작했다. 이미 나를 간파했나? 내가 그 답을 진짜로 알고 싶은 건지는 알 수 없었다.

웨이터가 다가오더니 와인을 더 마시겠느냐고 물었다. "조금 있다가." 칼라지가 말했다. 음료 주문을 강요하는 태도에 화가 난 표정이었다. "마시고 있는 게 안 보이나?"

빈 버팔로윙 그릇을 가져갔던 여종업원이 윙을 가득 담은 사발을 가져다 놓았다. "좀 더 먹어도 나쁘지 않겠군." 칼라지가 말했다.

잠시 후 카페 알제에 두고 온 친구가 들어왔다. "쟤 또 왔다. 가자."

나는 세자리옹이 좋아졌다. **프티 상드위치**가 마음에 들었고, 치킨 윙도 나쁘지 않았다.

"오늘 밤엔 여기서 아무 일도 안 일어나겠군."

"그게 무슨 말이에요?"

"여자들이 다 임자가 있어."

"저기 기둥에 기대선 여잔 어때요?" 나는 그의 입에서 좀 더 있다가 가자는 말이 나오기를 바라면서 그 여자를 가리키며 물었다.

"여기 종업원이야."

굳이 그를 따라다닐 필요는 없었지만 그와 함께 세자리옹을 나왔다. 초저녁의 거리로 나오자 그가 중얼거렸다. **"즈 데테스트 아삐 하워**나는 해피 아워가 싫어."

일몰이 다가오고 있었다. 나는 해 질 녘의 하버드 광장을 좋아하지 않았고, 마운트 오번 거리도 좋아하지 않았다. 특히 일요일 늦은 오후에는 마운트 오번 거리의 지치고 힘을 잃은 듯한 햇빛과 셔터를 내린 뉴잉글랜드 구시가지 같은 모습에서 여전히 남아 있는 부유함과 이제 막 시작된 노쇠함이 느껴져서, 그리고 조용한 양로원에서 면회객이 떠나자마자 이른 저녁을 내놓느라 은밀하게 부산을 떠는 모습이 연상되어서 더 싫었다. 마운트 오번은 언제나 케임브리지의 더러운 뒷골목을 상징했고, 학생들이 떠나 텅 빈 거리와 흉측한 우체국 건물이 화장하지 않은 초로의 과부처럼 우울하고 비참해 보였다.

나는 점점 더 불안해졌고 빨리 돌아가서 책을 읽고 싶었다. 게다가 칼라지는 듣는 사람은 신경 쓰지 않고 자기 하고 싶은 말을 쏟아냈다. 나는 그런 그가 마음에 안 들었다.

그런데 거리로 이어지는 계단을 올라가다가 그가 갑자기 걸음을 멈추더니 내게 악수를 청했다. "어느새 시간이 이렇게 됐네. 택시 몰러 가봐야 돼."

내 마음을 읽은 것이 분명했다. 대화를 갑작스럽게 끝내는 게 역시 그다웠다. 덕분에 작별인사를 하기가 쉬워졌다. "나중에 또 보자고. **본 수아레**좋은 저녁." 그러고는 먼저 계단을 올라갔다.

나는 충동적으로 세자리옹으로 가는 계단을 다시 내려갔다. 나는 항상 소식가였고 해피 아워 때 먹은 것으로 본전은 충분히 뽑았다고 생각했지만, 윙을 좀 더 먹고 싶었다. 혼자 계단을 다 내려가 식당으로 들어가니 어색해서 견딜 수가 없었다. 나에게 익숙한 사람들도, 익숙한 장소도 아니었다. 칼라지가 없고 그가 그날 오후 모든 것에 투영시켜 보여준 상상 속의 프랑스가 없으니 발가벗은 채 구경꾼 앞에 선 느낌이 들었다. 여기 있는 손님들은 다들 단골처럼 보였는데, 나는 말할 사람 하나 없어서, 해피 아워라는 이상한 행사를 잘 알고 주변인으로 오랜 세월을 살아서 오 분 이상 형편없는 곳에 있다가 목격돼도 불편해하지 않는 그런 사람이 곁에 없어서, 너무 어색하고 불편했다. 치킨 윙 한 개를 집어 들 용기조차 없었다. 그래서 잠깐 망설이다가 결국 와인 한 잔을 더 주문했다. 바텐더가 레드 와인 한 잔을 가져다주고 간 뒤에 돌아보니, 치킨 윙을 가득 담은 커다란 사발이 사라지고 없었다. 곧 다시 담아 내오려나 보다고 생각했다. 하지만 **프티 상드위치**를 담은 그릇도 사라졌다. 나는 한참이 지나서야 해피 아워가 끝났음을 알았다. 바텐더에게 계산을 할 땐 와인 가격이 두 배로 올라있었다.

나는 풀이 죽어서 광장으로 돌아가 로웰 기숙사로 향했다. 자물쇠로 잠긴 대문을 보니 외로움과 고향에 대한 그리움이 더 사무치게 느껴졌다. 그러나 한편으론 칼라지가 광장 근처에서 택시에 앉아 있다가 로웰 기숙사로 걸어가는 나를 우연히 보기를 바랐다. 지금 내가 들어가는 이 세계는 1달러 22센트만 내면 멀건 레드 와인 한 잔과 함께 나오는 허섭스레기를 마구 집어삼키는 해피 아워 거지들은 감히 상상도 못할 곳이라는 사실을 그가 알기를 바랐다. 나는 화가 나 있었다. 나는 그가 나를 부러워하길 바랐다. 아마도 내가 내 인생을 보다 긍정적으로 보기 위해서는, 그리고 이 여름 케임브리지에 남아 있는 수많은 사람처럼 나도 해피 아워 거지로 전락하고 말았다는 사실을 보지 않기 위해서는, 나를 우러러볼 다른 사람의 시선이 필요했던 것 같다. 아마도 난 그에게, 그리고 그를 통해서 나 자신에게 내가 그렇게 깊이 침몰하진 않았다는 사실을 증명하고 싶었던 것인지도 모르겠다. 그 옛날 알렉산드리아에서 특혜를 누리고 살았던 내가 이젠 중동과 유럼을 떠나와서 어리석은 사람에게는 귀족의 영지처럼 보일 수도 있는 새로운 세계에 자리를 잡았다는 사실을 자랑하고 싶었던 것인지도 모르겠다. 그러나 나는 이곳을 집이라고 생각할 수는 없었다. 하버드가 나 같은 사람들에게 나눠주는 몇 개의 불안한 특전은, 로이드-그레빌 교수가 몬테그라파 만년필로 서명 한번 휘갈기면 즉각적으로 주어지는 그 특전은 너무도 쉽게 빼앗길 수 있었고, 1월 중순에는 내가 길거리로 내몰릴 수도 있기 때문이었다.

나는 로웰 기숙사의 잠긴 대문을 향해 나 있는 자갈길을 조용히 걸으면서 오래전 이집트에서 보낸 여름을 어린 시절 추억의 앨범에서 꺼내 떠올려보았다. 그곳에서 나는 하루 종일 해변에서 놀고, 샤워하고, 깨끗한 옷으로 갈아입고, 저녁을 먹기 위해 식탁에 앉아 그날 저녁 인생이 나에게 던져줄 선물을 기다리고 있었다. 나는 로웰 기숙사의 잠긴 대문 사이로 텅 빈 잔디밭을 들여다보았다. 몇 달 전엔 학부생들이 야외 수업을 하자고 졸라서 그 잔디밭에 둘러앉아 수업을 했었다. 이제 학생들과 강사들은 케임브리지를 떠나 어딘가에서 여름을 보내고 있었지만, 그들이 이 동부 해안의 어디에 있는지 나는 짐작조차 못 했다. 나는 그들의 해변과 그들의 여름이 부러웠다.

칼라지와 나는 사실 그렇게 많이 다르지 않았다. 우리가 가진 모든 것은 일시적이고 잠정적이었다. 마치 역사가 우리에 대한 실험을 다 끝내지 못했고, 다음엔 무엇을 할지 결정하지 못하고 있는 것처럼.

하지만 차이점도 분명히 있었다. 그는 실험에서 대조군이었고 나는 실험군이었다. 그에겐 가짜 약이, 내게는 진짜약이 주어졌다. 나는 신약의 효과를 경험한 반면 그는 왜 약이 효과가 없는지 이해하지 못했다. 우리 둘 다 어디에도 속하지 않았지만, 내겐 버티고 설 땅이 있었고 그는 언제나 방랑자였다. 내게는 영주권이, 그에게는 운전면허증이 있었다. 그는 날마다 벼랑 끝에 서 있었지만 나는 벼랑 밑을 내려다봐야 했던 적이 한 번도 없었다. 내게는 그 심연을 가릴 담장이나 생울타리가 항상 있었던 반면 그에게는 그런 것이 주어지지 않았다. 한편 또 다른 차이도 있었다. 그는 그 벼랑에서 물러서서 살아나올 방법을 알고 있었지만 나는 벼랑과 나 사이에 그를 세워놓았다. 그는 내 가림막, 내 스승, 내 목소리였다. 어쩌면 내가 그토록 필사적으로 추구했던 삶이 그의 삶이었는지도 모르겠다.

2

일주일이 지난 그다음 일요일, 나는 다시 카페 알제로 향했고, 칼라지가 오지 않기를 바라면서도 올 거라는 것을 느끼고 있었다. 이날도 숨이 턱턱 막히는 늦여름 날씨였는데 영화관을 제외하고는 더위를 피할 시원한 곳이 없었고 나는 영화에 돈을 쓰고 싶지 않았다. 지난주에 칼라지가 앉아 있었던 곳을 돌아봤지만, 그곳엔 젊은 부부가 아기를 데리고 앉아 있었다. 나는 다른 쪽 테이블에 자리를 잡고 앉아서 라 로슈푸코의 《메무아르 회고록》를 꺼냈다. 그런데 갑자기 그의 목소리가 들렸다. 내게서 그리 멀지 않은 곳에 앉아서 백개먼 상대와 언쟁을 벌이고 있었다.

"아, 또 그러네, 진짜. 그러지 마. 경고야."

백개먼 하는 사람들끼리 으레 주고받는 말인지 진지한

경고인지 가늠할 수가 없었다. 바로 그때 칼라지가 흑색 칩한 개를 바 위에 매우 큰 소리가 나게 내려놓았다. 분노에 찬 행동이었다.

"**니크 타 메르**, 이 개자식아!"

칼라지가 주사위를 던지자, 알제리인 모우모우가 소리쳤다. "**니크 라 티엔느**, 이 빌어먹을 새끼가!"

"내가 빌어먹는지 네가 봤어?" 칼라지가 맞받았다.

"그냥 계속해!" 모우모우가 말했다.

칼라지가 다시 주사위를 굴렸고, 자세히는 모르겠지만 더블이 나왔다. 더블이라고 안 것은 주사위를 굴리자마자 거칠게 책상을 **쾅쾅쾅쾅** 내려치는 소리가 네 번 들렸기 때문이었다. 이 판이 마지막 판이었고 칼라지가 이길 것 같았다. 그런데 곧바로 그가 폭발했다.

"내가 너랑 다시는 백개먼 하나 봐라! 절대 안 해!"

"왜?" 알제리인이 물었다.

"다시는 너랑 백개먼 안 한다고, 진짜, 진짜, 진짜로."

"내가 속였냐?"

"누가 속였대?"

"그럼 왜 그래? 왜 안 한다는 건데?"

"어떻게 매번 주사위를 던질 때마다 3과 1이 나오느냔 말이지."

"왜 그럼 안 돼?"

"파스크 세 마테마티크망 앵포시블르 왜냐면 그건 수학적으로 불가능하니까."

칼라지는 알제리인이 주사위를 잡는 방법이 수상하다면서 주사위를 다시 던지라고 요구했다. 알제리인은 기꺼이 다시 던지겠다고 했고, 그래도 이미 나온 3과 1은 유효하다고 주장했다. 이번에는 5와 6이 나왔다.

"아냐, 그렇게 말고." 칼라지가 항의했다. "원래 잡던 대로 다시 잡아봐, 백개면 상자 구석을 향해 던지듯이, 언더핸드로. 자넨 모든 걸 언더핸드로 하잖아. 숨어서 비밀스럽게. 알제리인이 다 그렇지만."

"이렇게?" 알제리인이 칼라지가 하라는 대로 주사위를 쥐어 보이며 물었다.

"그래, 그렇게."

"근데 난 항상 이렇게 던지는데."

"어서 던져!"

알제리인이 주사위를 던지자 또 3과 1이 나왔다.

"내가 뭐랬어. 그런 식으로 던지면 항상 3과 1이 나온다니까."

"자네 완전히 미쳤구먼, 머리는 보나 마나 닭대가리일 거고."

"나 안 미쳤거든."

"자네가 던질 차례야."

칼라지가 주사위를 던지자 4와 2가 나왔다.

"너처럼 던지는 방법을 모르니까 이런 거야. 다신 너하고 백개먼 안 해. **본 주르네**좋은 하루."

칼라지는 일어서서 주위를 둘러보다가 나를 발견하고는 내 테이블로 걸어왔다. 나는 독서를 포기해야 한다는 걸 알았다. 그는 내 테이블 앞으로 의자를 끌어와 내 손을 잡고 과장되게 흔들면서 내 머리를 헝클어뜨리더니, 자기가 백개먼을 하는 동안 혹시 놓친 것이 있나 알아보려는 듯 주위를 훑어보고 커피를 주문했다. "여긴 진짜 너무 덥다." 그가 말했다. 십 분쯤 후 그는 일어서서 남은 커피를 다 마시더니 좀 더 시원한 곳을 알고 있다고 말했다. "가자!"

우리는 홀리요크 거리에 있는 작은 프랑스식 제과점으로 갔다. 이곳은 하버드 대학교의 젊은 교수들이 가끔 친목을 다지기 위해 대학원생들과 커피를 마시는 곳이었다. 나같은 대학원생들이 호의는 있지만 시스템을 바꿀 권한이 없고 어떤 도움도 줄 수 없는 교수들에게 불만을 쏟아내는 동시에 진심으로 도움을 구하는 곳이기도 했다. 또한 이곳은 교수들이 종신 재직권을 얻지 못한 불만을 우리에게 토로하고, 서로가 서로에게 아무런 도움이 되지 못한다는 사실을 깨닫게 되는 곳이기도 했다. 그러나 나는 칼라지에게 이곳은 지난 봄 학기 때 일주일에 두 번씩 헤더에게 프랑스어를 가르친 곳이라고만 말했다.

"**헤저**가 누군데?" 칼라지가 물었다. 헤더는 학부생이고 조정선수였다. 칼라지가 그녀를 보고 나보다 훨씬 더 낮고 굵은 목소리를 가진 여자라며 농담하는 모습이 자연스레 떠올랐다. 언젠가 헤더가 수업 중에 나를 올려다보며 로웰 기숙사 지도강사 자리에 관심이 있느냐고 넌지시 물었다. 물론 관심 있었다. 나는 헤더에게 그런 건 왜 묻느냐고, 날 도와줄 수 있느냐고 물었다. 그녀는 그보다 더 단호할 수 없는 말투로 대답했다. "그럼 아무 문제 없네요." 나는 '아무 문제 없다'는 말이 무슨 뜻인지 알 수 없었다. "아무 문제 없다고요, **파 드 프로블렘므**." 그녀가 형편없는 프랑스어로 말했다. 목이 약간 쉰 듯한 거친 목소리로. "쉽게 될 거라고요!" "진짜?" "그럼요, 진짜죠." 하지만 내가 계속 미심쩍어하자 그녀가 실토했다. "연줄이 있어요." 급작스럽지만 간단하고 확실한 대답이었다. 나중에 안 사실인데, 파크 거리에 사는 와스프*는 늘 이런 식으로 솔직하게 말하고, 바라는 일이 제때 일어나도록 애썼다. 나는 그녀에게 실제로 연줄이 있다고는 믿지 않았다.

---

* 앵글로색슨계 백인 개신교 신자로, 미국 사회의 가장 영향력 있는 계층.

그러나 한 달 후 로웰 기숙사 비거주 지도강사직에 지원하라는 제안이 들어왔다.

헤더는 매일 아침 조정 연습하는 것을 좋아했고, 조지 엘리엇*을 사랑했으며, 〈파르지팔〉**에 흠뻑 빠져 있었다. 참 독특한 학생이었다.

칼라지는 전혀 놀라지 않았다. 그 일이 있고 나서 그녀와 잤느냐고 물었다. "아뇨," 내가 대답했다. "이건 섹스 얘기가 아닌데."

"아니긴 뭐가 아니야, 섹스 얘기지." 그가 날카롭게 맞받았다. "그런 일은 언제나 섹스와 관련이 있다는 걸 모르는구면. 항상 그래, 항상." 헤더가 어떤 메시지를 계속 보냈는데 내가 알아차리지 못했던 게 아닌가 하는 생각이 문득 들어서, 어쩌면 그의 말이 맞는지도 모르겠다고 말했다. "못생겼어?" 그가 물었다. "아뇨. 목소리가 별로긴 한데, 꽤 섹시해요." 그는 내게 그녀의 목소리와 말투, 몸짓을 묘사해보라고 했고, 마침내 내가 그녀의 프랑스어 발음을 흉내 내자 웃음을 터뜨렸다.

"하여튼 여자들은 이상한 족속이야." 그가 말하더니 곧바로 천도복숭아에 대한 설교를 시작했다.

---

*   영국 빅토리아 여왕 시대의 여성 소설가.
**   리하르트 바그너의 마지막 오페라.

이 분 동안.

그날 밤 애냐츠카는 텅 비어 있었고, 커다란 유리문이 활짝 열려 있었다. 에어컨이 고장 났다고 했다. 우리는 **크로크 므시외**프랑스식 샌드위치 두 개를 시켰다. 내 주머니 사정을 생각하면 너무 비쌌지만, 여름방학이었고, 나도 한 번쯤 호사를 누리고 싶었다. 희미한 불빛 아래에서 천장에 달린 선풍기가 윙윙거리며 돌아가는 가운데, 그는 튀니지에서 보낸 어린 시절과 프랑스에서의 학창시절 이야기를 내게 들려주었다. 그는 **앵포르마티크**, 전산을 전공했다. 그는 숫자 1과 0 이야기를 하면서 바이트가 무엇인지를 설명해주었다. 나는 무슨 말인지 전혀 이해가 안 됐다. 그가 다시 설명했다. 여전히 알아들을 수가 없었다. 그는 세 번째 시도 후에 포기했다. "정말 **앵카파블르**, 구제 불능이야." 그는 **앵포르마티크**에서 즉각적인 성공 가능성을 발견하지 못해 출장뷔페 회사를 차렸다. 그는 부주방장과 결혼했고, 그 여자의 돈으로 사업체를 차렸다. "그 여자가 날 배신했어. 날 파괴했지. 날 완전히 몰락시켰어." 지금 그는 미국 여자와 재혼한 상태였다.

"지금 와이프는 어디 있어요?" 내가 물었다.

"글쎄."

"와이프가 여행을 많이 다녀요?"

"말했잖아, 모른다고. 내 말을 잘 못 알아듣겠어?"

따다다다, 이번에는 속사포가 나를 겨냥했다. 그걸 듣고 있자니, '내가 이런 미친놈하고 뭐 하는 거야?'라는 생각이 들었다. 나는 내 질문의 뜻을 설명하려고 했다.

"사과할 필요 없어. 신경 안 쓰니까." 그가 마음을 바꿨다. "그래, 얘기해줄게."

오 분.

칼라지와 지금의 아내는 보스턴의 지하철역에서 처음 만났다. 그는 파크 광장행 지하철을 놓쳐버려서 프랑스어로 욕을 했다. 생각 없이 나온 말이었다. 화가 났나 봐요. 플랫폼에서 있던 여자가 말했다. 맞아요, 화가 나네요. 그녀는 그가 자기한테 욕하는 줄 알았다고 했다. 하지만 그는 큰 소리로 욕을 내뱉었을 뿐이었다. 그러나 그 우연한 일이 다른 일로 자연스럽게 이어졌다. 그에게는 모든 일이 그랬다. 며칠 후 그들은 결혼했다. 결혼식을 올리자마자 그는 영주권 신청을 했다.

그가 미국에 오게 된 이유는?

"설명할게."

사 분.

어떻게 컴퓨터에 관심을 갖게 되었나?

"그건 말이야……."

사 분 더.

이야기가 얽히고설켜 제대로 파악하는데 꽤 시간이 걸

렸지만, 현대판 악한소설이라고 해도 될 만큼 흥미진진한 이야기라 저절로 귀 기울여 듣게 되었다. 그의 프랑스인 아내가 그를 떠난 뒤—정확히 말하면 차인 거였다— 그는 파리에 머물던 이탈리아 출신의 여성 사업가와 친해졌고 그녀의 개인 요리사로 고용되었다. 곧 그는 그녀의 운전사가 되었다가 비서로, 나중에는 더 의미 있는 직업으로 옮겨갔다. 그녀와 함께 밀라노로 가서 남편이 집을 비우는 동안에 그 집에서 그녀와 함께 살았다. 나중에 남편이 돌아와 그동안의 일을 다 듣고는, 칼라지를 살려두지 않겠다고 협박했다. 그러자 칼라지는 도피를 결심했고, 연인의 연줄을 통해서 하고많은 곳 중에서도 하버드 광장으로 오게 되었으며, 연인의 절친한 친구인 하버드 대학원생의 집에 얹혀 살게 되었다. 우연한 일이었지만, 나도 그 이탈리아인 유학생을 잘 알았고 좋아했다. "그래, 그래, 실컷 좋아하라고." 그가 말했다. 이 주쯤 후, 그 대학원생과 동거 중인 그녀의 남자친구가 칼라지를 따로 불러서 다른 데로 이사 나가는 걸 고민하기 시작해야 할 것 같다고 통보했다.

다른 데로 이사 나가는 걸 고민하기 시작해야 할 것 같아요. 칼라지가 그들의 애매한 언어를 흉내 내면서 비웃었다. 그는 그날 오후에 바로 짐을 싸서 나왔다. 공원 벤치가 더 나았다. 무료급식소의 더러운 바닥이 더 편했다. 공중 화장실이 더 좋

왔다. 그들에겐 **공간**이 필요하다고 했다! **공간***은 그에게는
완전히 낯선 개념이었다. 마치 인간이 거대한 자기장이 필요
한 은하계의 변종이 된 것 같은 느낌이 들었다. "내가 다른
사람 일에 주제넘게 나선다고? 어림도 없는 소리!" 사실 그
가 파크 광장행 지하철을 놓쳤을 때가 바로 그 새로운 숙소에
서 쫓겨난 길이었다. 일 년 전 이맘땐 하버드 광장은 말할 것
도 없고 케임브리지에 대해서도 들어본 적이 없었는데. 그가
말했다. 이제 그는 케임브리지의 구석구석 모르는 데가 없었
다. 그와 그의 **아메르로크**양키, 미국인 아내는 갈라섰다. 이번에도
차인 거였다. 그녀는 아마추어 정신분석가였다. 셸리. 부모가
대부호였고, 유대인이었다.

"아랍계 택시운전사가 남편감으론 마음에 안 들었나 보
네요." 내가 말했다.

"아냐, 그런 거."

"그럼 그녀는 프랑스어를 잘 모르고 당신은 영어를 잘
몰라서?"

"아니, 그것도 아니고."

"그럼 뭐예요?"

미국 여자들에 대한 불평불만이 또 쏟아져 나왔다. 아랍

---

*   space. 공간 말고도 우주라는 뜻도 갖고 있다.

인 시간증 환자 이야기 알아? 그래요, 알아요. 그가 지난주에 그 농담을 들려주었다. 그 미국인 아내는 그의 침대에선 죽은 여자와 마찬가지였다. 그의 왼손이 차라리 더 관능적이었다. 섹스를 마친 후는 마치 모텔방을 나가는 것과 같았다. 문을 쾅 닫고, 열쇠를 도어매트 밑에 밀어 넣은 후, 차를 향해 걸어 갔다. TV는 굳이 끌 생각도 하지 않았다.

근데 그 여자가 그에게 이혼을 요구했다.

"어느 순간부터 그 여자하고는 안 되더라고." 그가 말을 이었다. "서질 않는 거야. 항해를 못 하는 배, 날아갈 수 없는 화살. 우리 친구 알제리인처럼. 무슨 뜻인지 알지? 불쌍한 녀석. 그 친구한테 무슨 약을 먹어야 되느냐고 물어보고 싶진 않았어. 다른 친구가 그러더군, 땅콩버터가 꽤 도움이 된다고. 땅콩버터를 얼마나 퍼먹었는지 피부색이 바뀌기 시작할 정도였어. 하지만 내 '소중한 친구'는 깨어날 생각을 안 하더라고. 난 너무 걱정이 됐어. 그 친구가 없으면 난 아무것도 아니거든. 아무것도 없는 빈털터리라고. 그 친구가 내 전 재산이니까. 근데 그때 다른 여잘 만났는데…… **빵!** 내가 다시 스푸트니크*가 된 거야. 칼라슈니코프가 됐고, 프리틀란트 전투에 참가했던 기마병의 마력보다 세 배는 힘이 센 시베리아 횡

---

*　구 소련이 발사한 세계 최초의 인공위성.

단 열차가 됐고, 떡갈나무보다 굳건하고 대리석보다 단단하고 마녀의 빗자루보다 커졌더라고." 그가 껄껄 웃었다. "그래도 가끔 그 여자가 그립긴 해. 어찌 됐든 내 마누라였잖아."

"여기." 칼라지가 작은 수첩을 꺼내면서 말했다. 그는 수첩에 두른 고무줄을 빼서 자기 손목에 꼈다. 그의 글씨를 보는 것은 처음이었다. 그답지 않게 단정하고 소심한 글씨였다. 프랑스인 혼혈아에게는 자신의 정체성에 대해서, 아랍인 아이에게는 프랑스인이 아니라고, 프랑스인이 될 가능성이 전혀 없는 아이에게는 프랑스인이 되지 못했다는 자기 혐오를 주입하는 살벌한 프랑스령 식민지 학교에 다녀 잔뜩 주눅 든 어린아이의 글씨였다. 성장하지 못한 사람, 글씨를 힘들게 배우고 익힌 사람의 글씨였다. 그래서 더 놀라웠다. "읽어봐." 그가 말했다.

서랍장.

턴테이블.

텔레비전.

줄무늬 다리미판.

왼쪽엔 스탠딩 램프.

오른쪽엔 침실용 탁자.

침대 머리판에 붙은 작은 독서등.

그녀는 밤에 벌거벗은 채로 잔다.

고양이가 그녀 옆으로 파고든다.

고양이 변기통에서 나는 악취.

화장실 문이 안 잠긴다.

변기 물을 두 번 내린다.

수리 불가. 샤워기에서도 물이 샌다.

찰스 강이 보인다. 롱펠로 다리도.

안개 때문에 아무것도 안 보일 때도 있다.

아무 소리도 들리지 않는다. 가끔 비행기 소리만 들린다.

옆방에선 아무도 자지 않는다.

예전에 그녀의 어머니의 방이었다고 한다.

자다가 돌아가셨단다.

돌아가신 어머니의 옷장은 전혀 비우지 않았다.

서랍장과 턴테이블도 어머니의 유품이다.

이 집에선 아무도 음악을 듣지 않는다.

지금의 아내를 깎아내리는 험한 말을 쏟아낼 땐 언제고, 자크 프레베르* 스타일로 그녀에 대해 쓴 시라니. 그녀를 좋아하게 되었다는 의미일까?

* 프랑스의 시인.

"다 사실이야." 칼라지가 말했다. 그는 수첩을 받아서 고무줄을 두른 후 조끼 주머니에 다시 집어넣었다.

나는 그 시가 내게도 진실하게 느껴진다고 말하고 싶은 충동을 느꼈다. 그 시를 아내에게 보여줬을까? "미쳤어?"

나는 너무 황당하고 어이가 없었다.

"그냥 그 여자 아파트가 어떻게 생겼는지 잊어버리고 싶지 않아서 쓴 거야."

잊어버리고 싶지 않아서가 시의 심장이자 영혼이다. 어느 시인이 자신의 기교에 대해 이보다 더 솔직했던가?

나는 감탄해서 말문이 턱 막힐 정도였다. 이 택시운전사는 미니멀리스트 시인이었다. 그는 새롭고도 삐딱한 시선으로 주변 세상을 바라보았을 뿐만 아니라, 길 잃은 물건들을 묘사함으로써 사물의 본질을 꿰뚫어 보았다. 특히 **옆방에선 아무도 자지 않는다**와 **이 집에선 아무도 음악을 듣지 않는다**, 대구對句를 이루는 두 문장이 압권이었다. 북아프리카에서 태어난 사람이 케임브리지 사람들의 불행하고 불편한 삶을 정확히 짚어낸 것이 너무도 놀라웠다.

"그 여잔 내가 영주권 때문에 자기와 결혼했다고 생각해."

"진짜 그래서 결혼한 거예요?" 그가 노발대발하면서 단호하게 부인할 거라고 예상하며 내가 물었다.

"물론이지. 그럼 예뻐서 결혼했을까 봐."

"근데 시는 왜 썼어요?"

"시라니?"

"이거요, 서랍장, 턴테이블, 다리미판."

이젠 그가 황당한 표정을 지을 차례였다.

"뭐라는 거야, 바보같이?" 우리 둘 다 어리둥절한 표정이 되었다. "시? 내가? 변호사한테서 이민국 인터뷰 예상 질문 목록을 받았어. 이민국 직원들이 아주 간교해서 내가 진짜로 그녀와 부부로 함께 살고 있는지, 영주권을 받으려고 거짓으로 꾸민 일이 아닌지 확인하고 싶어한대. 그래서 침실을 묘사해봐라, 아내가 입는 잠옷을 설명해봐라, 부엌에서 관계를 맺을 땐 페서리*를 어디다 끼우느냐 등등 별별 질문을 다 한다는 거야……."

따다다다다.

"내가 시를 쓴다고? 그 여자를 위해서? 자네가 그 여자 얼굴을 봤어야 해."

그는 아랫입술을 밑으로 쭉 내려 잇몸이 다 드러나게 하면서 그녀의 입 모양을 흉내 냈다. "이렇게 잇몸을 드러내며 웃는 걸 보면 성기가 다 쪼그라든다니까. 키스할 땐 치과의사 생각만 나고. 오럴 섹스는……." 그가 어깨를 들썩이더니 부

---

*   여성용 피임 기구.

르르 떠는 시늉을 했다. 그러고는 와락 웃음을 터뜨렸다.

"근데 그 여자가 이 나라에서 내가 가졌던 유일한 지붕을 빼앗아버렸어. 이제 내가 가진 건 택시밖에 없어. 내 성기하고. 그뿐이야. 여자처럼 단추도 내가 달고 어부처럼 셔츠도 내가 수선해 입어야 돼. 난 생선도 싫어하는데. 내가 살던 세계에선 자기 양말을 꿰매 신는 남자는 남자도 아니라고 했는데."

그의 손가락이 방아쇠를 향해 가고 있었다. 이제 곧 그의 입에서 온갖 쌍욕이 터져 나올 것이었다.

그런데 그때 한 여자가 애냐츠카로 걸어 들어왔다. 날씬하고 아름답고 피부가 고운 여자였다.

"프랑스 사람이네." 칼라지가 말했다. "프랑스인과 유대인 혼혈."

"어떻게 알아요?" 내가 속삭여 물었다.

"그냥 알아. 내 말 믿어!"

나는 그에게 조용히 하라고 말했다. "우릴 봐요."

"더 잘됐군. 우리와 말하고 싶어서 보는 거야."

그러나 그는 아내와 그녀의 이와 자신의 이에 대해 계속 불평을 늘어놓았다. "자네 이도 뭐 그리 섹시한 건 아니네." 그가 말했다. 그리고 크게 한숨을 쉬었다. "곧 카페 알제로 돌아가야 돼. 오늘 밤에 기타리스트 사바티니가 공연을 하거든. 내가 기타 음악 좋아하잖아."

그가 **사바티니**라고 발음하는데 뭔가 긴장되고 작위적이면서도 아주 부드러운 느낌이 났다. 그의 목소리가 한 옥타브 올라가자 음절마다 열변을 토하는 것처럼 들리기도 했다. 아, 이건 방금 들어온 여자를 위해 하는 말이구나 하는 생각이 불현듯 들었다. 그가 그녀를 위해 상황을 설명하고 있었다. 그녀를 보진 않았지만, 그의 생각과 말은 다른 누구도 아닌 그녀를 향해 있었다.

어느 순간 그는 우리와 그녀의 테이블 사이 침묵을 참을 수 없게 된 듯했다.

"우릴 자꾸 보는 걸 보니까 우리 말을 알아듣는 것 같군요."

"네, 맞아요." 그녀가 프랑스어로 말한다. 얼굴을 붉히고 있었다.

"우리가 불쾌한 말을 하진 않았죠?"

"안 했어요."

"우린 여기 저녁 먹으러 왔어요. 다른 데는 너무 더워서." 그가 말했다. 그녀가 그를 향해 미소를 지었다. "오늘 같은 날은 **크로크 므시외**나 차가운 수프가 딱이죠."

"차가운 수프 좋네요." 그녀가 쭈글쭈글한 메뉴판은 들춰보지도 않은 채 말했다. 여종업원이 와서 주문을 받아갔다. 이날 저녁에는 손님이 우리 셋뿐이었다. 그가 그녀를 바라보자 그녀도 그를 바라보다가, 고개를 돌렸다.

"혼자 먹고 싶다거나 다른 계획이 있는 게 아니라면 합석할래요?"

그녀는 다른 계획이 없었고, 기꺼이 제안을 받아들였다.

칼라지는 즉시 옆으로 자리를 비켜주었다. 다음 순간 우리 셋은 테이블에 둘러앉아 있었다. 여자는 보스턴이 여름에 이 정도로 더울 수 있다는 걸 아무도 말해주지 않았다고 투덜거렸다. 고향이 그립다면서 자신이 프랑스의 툴루즈에서 왔다고 말했다. 칼라지는 자기도 고향이 그립긴 하지만 여기보다 거기가 훨씬 덥다고, 바닷가라 시원한 편인데도 그렇다고 말했다. 그녀가 고향이 어디냐고 물어볼 때까지 기다리는 걸까? 결국 그녀가 물어봤다. 그는 마지못한 듯, 튀니지의 시디 부 사이드라는 작은 마을이라고 대답했고, 건물마다 흰 페인트가 칠해진 그 마을은 판텔레리아 남쪽에 있는, 지중해 연안에서 가장 아름다운 마을이라고 덧붙였다. 들어본 적 있어요? 아뇨, 전혀. 대다수가 한 번도 들어본 적이 없는 데는 그만한 이유가 있어요. 그게 뭔데요? 그녀가 물었다. 튀니지 관광청이 매사추세츠 관광사무소보다 훨씬 더 무능하기 때문이죠. 그녀가 깔깔 웃었다. 왜죠? 도대체 왜? 그는 과장된 어조로 물었다. 왜 다들 폴 리비어, 존 핸콕*, 그리고 월든 폰드**에 대해서 얘기하죠? 그는 월든 폰드가 미국 독립전쟁에서 어떤 역할을 한 사람이라 믿는 듯했다. 나는 그녀가 예의상 웃고 있는 게 아니라는 것을 알아차렸다. 그녀는 진심으로 웃고 있었고, 칼라지는 더없이 행복해하고 있었다.

서먹한 분위기가 깨졌다. 칼라지는 그녀에게 자신과 내 소개를 했다. 그냥 칼라지라고 불러줘요. 미국에 온 지 얼마나 됐어요? 육 개월요. 나하고 똑같네. 그는 그 우연의 일치가 대단히 의미 있는 징조라도 되는 양 펄쩍 뛰며 말했다. 그녀가 말한 모든 것이 운명의 서書에서는 상당한 의미가 있었다. 툴루즈보다 여기에서 더 행복해요? 말하자면 길어요. 그녀가 대답했다. 당신은요? 그녀가 물었다. 내 사연은 당신 사연보다 훨씬 더 길 거예요. 좋은 사람도 많지만 못된 인간들도 꽤 등장하죠. 당신 이야기에는 좋은 사람들이 많아요? 그가 명백한 유도 신문을 했다. 글쎄요, 좋은 사람이 생각보다 적은 것 같아요. "다른 사람들은 잔인해질 수 있어요, 우리도 마찬가지고. 살다보면 의롭지 못한 일을 하게 될 때도 있죠, 안 그래요?" 그가 말했다. 사람들 중에는 비난을 받아들이고 실수에서 교훈을 얻는, 그릇이 큰 사람들도 있다는 걸 보여주고 싶은 모양이었다. 그녀는 어깨를 으쓱여서 자신은 잘 모르겠고, 그런 생각을 해보지도 않았고, 지금은 그런 얘기를 하

*   미국 독립전쟁의 지도자들로, 매사추세츠의 위인들이다.
**   월든 호수. 하버드에서 멀지 않은 거리에 있다.

고 싶지도 않다는 뜻을 전했다. "하지만 이거 알아요?" 그가 말하더니 말을 잇지 않고 몇 초 기다렸다. 그녀는 그를 돌아보며 어떤 말이 나올지 기다렸다. "그래도 멋진 일은 계속 일어난다는 것."

"정말요?"

"오늘 밤만 해도 그래요. 나는 친구를 만날 거라고는 생각도 못 했는데 여기서 우연히 만났어요. 카페 알제가 펄펄 끓는 듯이 더워서 여기로 왔거든요. 하지만 저녁 먹고 나서는 사바티니의 기타 공연을 보러 카페 알제로 돌아갈 거예요. 그런데 그 사이에 이렇게 당신을 우연히 만났잖아요." 그 말은 **인생이 온통 기적 같지 않나요?**라는 뜻이었다. 그리고 칼라지는 와인 석 잔을 주문했다. 그가 조용히 나를 응시했는데 그것은 와인을 더 주문해도 되느냐, 와인 값을 나눠 내자는 뜻이었다. 나는 고개를 끄덕였다. 그런데 그때 문득 떠오르는 생각에 경악했다. 나는 즉시 그에게 최대한 조심스럽게 신호를 보냈다. **10달러 빌려줄 수 있어요?** 그는 내 신호의 뜻을 분명히 이해했다. 그가 즉시 **파 드 프로블렘므**문제 없어 신호를 보내며 테이블 밑으로 빳빳한 20달러짜리 지폐 한 장을 내게 건넸다. **내일 갚을게요, 꼭**이라고 내가 신호를 보냈다. 그는 화난 표정으로 **제발!**이라고 신호를 보냈다. **걱정하지 말라**는 뜻이었다. 우리 모두 행복했다. 와인이 왔고, 그는 월든 폰드와 튀니지 관광청과 시디 부 사이드에 대한 농담을 계속하다, 잠시 후엔 사바티니로 넘어갔다. "인정할 건 인정합시다." 그가 덧붙였다. "사바티니가 콘서트의 대가는 아니죠. 하지만 오늘은 일요일이고, 오늘 밤 케임브리지는 쥐죽은 듯 고요하며, 난 항상 최선을 다한 후 친구들과 기분 좋게 한 주를 마감하는 걸 좋아하거든요. 당신도 그렇죠?"

"네, 저도 그래요." 여자가 말했다.

상태건배!

와인을 마시면서 그와 나는 걱정거리를 잠시 옆으로 밀어놓았다. 그는 영주권에 대한 걱정을 잊었고, 나는 종합시험과 박사과정, 다른 모든 일에 관한 근심을 잠시 내려놓았다. 걱정거리를 잊고 싶었다. 그러나 진짜로 잊지는 못했고, 와인 덕분에 잠시 겁이 안 날 뿐이었다.

*

그날 저녁 우리는 우리가 가진 소박한 것들로 프랑스를 재창조했다. 빵, 버터, 브리 치즈 세 조각, **크로크 므시외**, 그녀를 위한 감자 크림 수프, 셋이 나눠 먹을 그린 샐러드, 훨씬 더 많은 와인, 은은한 카페 조명, 웃음소리, 배경으로 들리는 상송까지. 케임브리지는 작은 디테일에 불과했다.

여자의 이름은 레오니 레오나르였다. 칼라지는 한마디하지 않을 수가 없었다. 플레오나즘* 같네. 맞아요, 그녀가 수줍게 말했다. **플레오니 플레오나즘.** 모두가 웃고 또 웃었다.

몇 분 만에 우리는 그녀의 전 생애를 파악할 수 있었다. 칼라지는 질문과 유도 신문을 했으며, 대답에 귀를 기울였고, 농담을 했고, 가끔, 특히 웃을 때 팔을 뻗어 그녀의 팔꿈치나 손목을 만지기도 했다. 그는 케임브리지에서 만난 여자들에게서 여성 심리에 대해 많은 정보를 얻었던 터라, 여자가 일단 자신의 영혼을 보여주면 더 이상 숨길 것이 거의 없다는 사실을 알고 있었다. 그의 식대로 말하자면, 여자가 당신을 꿈꿔왔다고 말하면 그건 당신과 자고 싶다는 의미였다. 문제는 여자를 그 목적지로 어떻게 인도하느냐는 점이었다. 그가 질문했고, 그녀는 대답했고, 그가 다시 질문하면 그녀는 대답하고 나서 곧바로 자신이 질문을 했다. 누구도 너무 앞서가지 않고 중도 포기하지 않는다는 전제로 서로가 서로를 조금씩 유혹하고 있었다. 게임에서 빠지는 것은 허락되지 않았다. 그것이 그의 규칙이었다. 모두가 자신의 패를 보여줄 때까지 게임에 남아 있어야 했고, 테이블 앞에 앉아 있어야 했다. 그가

---

*   pleonasm. see(보다)라고 하는 대신 see with your eyes(눈으로 보다)라고 하는 것처럼, 강조나 수사적 효과를 높이기 위하여 논리적으로는 불필요한 말을 덧붙이는 표현법.

언젠가 얘기했듯, 지루해지는 건 상상도 할 수 없는 일이었다. 그들의 대화를 내가 한두 번 방해했는데, 둘 중 누구라도 내 말에 조금이나마 관심을 기울였다면 그들의 매끄러운 모차르트 이중창이 흐트러졌을 테지만, 그런 일은 벌어지지 않았다.

나는 그때까지 **라 드라그**여자 꼬시기를 삶의 한 방식으로 삼은 사람을 본 적이 없었다. 칼라지는 다른 누구보다도 여자를 원했고, 그렇다고 그가 다른 남자보다 잘생긴 건 아니었다. 그러나 여자가 없으면 그는 아무것도 아니었다. 자기 입으로 그렇게 말했지만, 그 말의 뜻을 완전히 이해하는 것 같지는 않았다. 그러나 여자들은 이해했다. 그는 항상 여자를 원했다. 여자를 보자마자 눈에 광채가 났다. 흥분하고, 눈을 빛내고, 감사할 줄 알며, 다정해졌다. 그는 여자를 만지고 더듬고 키스하고 깨물고 싶어했다. 여자들은 그런 그의 마음을 즉시 알아차렸다. 여자들의 피부와 무릎과 발을 보는 그의 눈빛이 **저걸 만지지 않으면 난 죽은 거나 마찬가지야, 이 세상에 존재하지 않는 거야**라고 소리치고 있었다. 그는 여자들의 눈을 물끄러미 바라보다가 입술을 가늘게 떨면서 미소를 짓곤 했다. 그는 늘 열정부터 느꼈고, 사랑은 훨씬 나중 일이었지만, 관심은 항상 가졌다. 그토록 눈에 띄게, 용감하게 자신을 욕망하는 모습에 여자들도 그를 원하게 되었고, 그 사실이 그의 욕망을 더욱 자극했다. 다른 일에서도 마찬가지지만 이런 일에서는 애매함이나 망설임, 수치심이나 숨고 싶은 마음이 차지할 공간은 없었다. 여기서 얻을 수 있는 교훈은 이보다 더 단순할 수 없다. 당신이 누군가를 진심으로 원하면 상대방도 당신을 진심으로 원하게 된다. 당신이 무엇을 입고, 어떤 사람이고, 어떻게 생겼는지는 전혀 중요하지 않다.

그는 어떤 유형의 여자라도 상관없다고 했지만, 항상 똑같은 유형의 여자를 고르곤 했다. 그 여자들은 스물다섯 살에서 서른다섯 살 사이, 때로는 사십 대 초반이기도 했다. 기혼녀였거나 끔찍한 관계에서 빠져나온 지 얼마 안 됐음에도, 더 좋은 것을 보장해주지 않는 관계 속으로 다시 뛰어들 준비가 되어 있었다. 다들 일종의 수공예 예술가였는데, 그것을 그는 그 여자들이 어느 정도 재산을 가졌고 모두 심리 치료를 받고 있다는 뜻으로 이해했다. 간호사도 있었고, 법률사무소 직원, 꽃집 주인, 음악가, 치위생사, 인테리어 업자, 미용사, 베이비시터도 있었다. 한 명은 옷장 정리 전문가이자 컨설턴트였고, 다른 한 명은 애견 산책 도우미였다. 그들이 무슨 일을 하고, 무슨 말을 하고, 어떤 성품인지는 중요하지 않았다. 그는 정열이 넘쳐서 정열을 추구했고, 희망이 거의 없어서 희망을 추구했으며, 평등한 경쟁 조건을 만들어주기 때문에 섹스를 추구했다. 섹스는 그의 지름길, 도관, 차갑고 윤기 없는 세상에서 인간성을 찾기 위한 그의 방법이었고, 부랑자가 인류라는 가족의 품으로 돌아갈 수 있는 마지막 비장의 카드였다. 그러나 그에게 인생에서 가장 원하는 게 뭐냐고 물었다면, 그는 조금도 망설이지 않고 "영주권"이라고 대답했을 것이다. 그것은 당시의 그가 어떤 사람이었는지, 어떻게 살았는지, 섹스를 포함하여 모든 일을 무엇을 얻기 위한 의도로 행했는지를 보여주는 답변이었다. **라 그린 카르트**영주권. 난 **그린 카르트**가 있었다. 카페 알제의 여종업원 자이넙도 **그린 카르트**를 갖고 있었고, 자이넙의 오빠이자 택시운전사인 알프레드도 있었다. 칼라지는 더 낮은 지위의 신화적 존재들이 금단의 구역인 험준한 바위산을 오르는 걸 물끄러미 지켜보는 티탄*처럼 구경만 하고 있었다. 흥분하면 칼라슈니코프를 쏘듯이 말을 하고, 지체없이 손을 뻗어 손목을 낚아채며, 하버드 광장에서 가장 날카로운 심리치료사를 능가하는 칼라지. 그 남자를 위해서라면 무슨 일이든 할 여자들은 살면서 **그린 카르트**를 본 적조차 없었다. 그들은 하나부터 열까지 진실했다. 한편 그는 므시외 파리아**였고, 장구 하나 부착하지 않은 순종 말이었으며, 맨주먹에 처세술이 뛰어난 남자였다. 자유분방하고 품행이 바르지 못한 딸을 둔 중산층 부모들은 그를 보고, 딸이

---

*　그리스 신화에 등장하는 거대한 신 혹은 신의 종족.
**　어거스트 스트린드버그의 희곡에 나오는 주인공. 파리아는 '버림받은 자'라는 뜻.

정말로 이웃들을 놀라게 할 생각이었다면 훨씬 더 안 좋은 남자를 데려왔을 거라 생각하며 위안을 삼았다.

애냐츠카를 나온 우리 셋은 카페 알제를 향해 천천히 걸어갔다. 레오니는 우리 사이에서 친근하고 느긋하게 걸었다. 우리는 아무런 이유 없이 걸음을 멈춰 이야기를 나누다가 다시 걷고, 그러다 또 걸음을 멈추곤 했다. 그녀는 길을 건너지 않고 멈춰서서 내가 영어 문법에서 제일 이상한 점들에 대해 이야기하는 걸 듣기도 했다. 그들은 유쾌하게 웃었다. 나도 웃고 있었다. 나는 아이스 커피와 음악, 앞으로 우리 셋이 나눌 이야기가 기대됐다. 그런데 레오니가 갑자기 그만 가봐야겠다고 말했다. **본 수아레**좋은 저녁. 그녀의 이별 통보만큼이나 갑작스럽게 칼라지가 말했다. **본 수아레**는 그가 정중하면서도 쾌활하게 작별을 고할 때 쓰는 인사말이었다. 그 말은 저녁이 끝나려면 아직 멀었고 예기치 않은 어떤 멋진 일이 생길지 모른다는 전망을 담고 있었다.

"열기가 느껴졌나 본데요." 내가 말했다. 나도 여자에 대해서 어느 정도 안다는 걸 보여주고 싶었다.

"그럴 수도. 내 생각엔 입주 베이비시터라서 아기 보러 들어갈 때가 된 것 같아. 다음에 또 기회가 있겠지."

그는 우리 둘을 위해 **생캉트─카트르** 두 잔을 시켰다.

"늦어도 이삼 일 후엔 다시 나타날 거야."

"어떻게 알아요?"

"그냥 알아."

"그녀가 어떤 **신호**라도 줬어요?" 나는 농담조로 말하면서 그의 추측이 근거가 없다는 걸 의미하려고 '신호'라는 단어를 강조했다.

"신호는 무슨. 그냥 안다니까." 그가 나를 물끄러미 보았다. "하버드에 다녀도 여자에 대해선 아무것도 모르는구나, 그렇지?"

"그렇게 보여요?" 나도 여자에 대해 알 만큼은 안다는 의미로 목소리에 짜증 섞인 빈정거림을 담아 말했다.

"아무것도 몰라. 너무 갈팡질팡하고. 그래서 잠자코 있거나 너무 서두르지. 여자 문제뿐만 아니라 모든 일에서 그래. 가만히 앉아서 뭔가 일어나기를 기다리지. 그게 자네가 시간을 다루는 방식이야." 그는 내가 순간을 팽창시키고 오래 끄는 방법을 알고, 발을 질질 끌면서 원하는 일이 일어나길 가만히 기다린다고 말했다. **사부아르 트레네**질질 끄는 지식인. 그저 행운이 찾아오길 바라고 있는 거라고.

나는 혼나는 기분이 들어 아무 말도 하지 않았다. 내가 그렇게 속이 훤히 들여다보이는 인간인가?

그는 미래도 내다보았을까?

사바티니는 스페인 노래 몇 곡을 기타로 연주했다. 연주가 너무 느렸다. 그러나 사람들은 박수를 쳤고, 환호성을 지르는 사람들도 있었다. 전형적인 일요일 청중. 주변인. 나도 주변인이었다. 그때 사바티니의 제자라는 십대 초반의 소년이 스승의 기타를 빌려서 짧은 곡을 연주했다. 우레와 같은 박수갈채가 터져 나왔고, 환호가 잦아들기 전에 소년은 쇼팽의 '안단테 스피아나토'를 연주하기 시작했다. 몽환적인 그 공연은 스승에 대한 감동적이고 광대한 헌사였다. 연주가 끝나고 박수갈채가 잦아들자 칼라지는 소년의 아버지에게 다가가서 말했다. "두고 보세요, 아드님이 머지않아 언젠가는……." 그는 적당한 말을 찾지 못했고 문장을 완성할 수도 없었지만, 소년의 아버지는 감사하게 받아들였다.

나는 칼라지가 충격받았다는 사실을 눈치챘다. 어쩌면 그건 소년의 젊음 때문이었는지 모르겠다. 혹은 그가 갖지 못한, 혹은 갖고 있다는 걸 알지 못했던, 혹은 갖고 싶었던 아들 때문이었는지도. 어쩌면 단순히 쇼팽 때문이었는지도 모르겠다.

"연주를 더 하면 좋겠는데, 그렇죠?" 내가 말했다. 칼라지의 표정에 드러난 긴장감을 완화하고 나에게 더 있어도 되냐고 물어볼 필요 없이 더 있게 해주고 싶어서 한 말이었다.

"아냐, 됐어. 클래식 음악은 충분히 들었어."

나는 그의 속내를 알았다. 그날 저녁 카페 알제에는 여자가 없었다.

그날 밤 우리는 브래틀 거리와 마운트 오번 거리를 이어 주는 좁은 골목길 건너편의 하비스트로 자리를 옮겼다. 와인을 마시기로 했다. 하비스트는 와인 가격이 저렴했다. 1달러 22센트보다는 비쌌지만, 많이 비싸지는 않았다. 칼라지는 담배를 말았다. 줄담배를 피워댔기 때문에 그렇게 말아 피우는 게 비용 절감에 큰 도움이 됐다. 한 여자가 담배를 마는 그를 힐끔거리고 있었다. 그는 주변 사람들은 전혀 신경 쓰지 않는 듯한 모습으로 계속 담배를 말았고, 한 개비를 말아서 살펴보더니 만족스러운 얼굴로 갑자기 돌아서서 내내 그 모습을 지켜보던 여자에게 완성된 담배를 내밀었다. 그 담배는 이야깃거리가 되었다. 모든 것이 이야깃거리가 되었다. 아주 사소한 것부터 이야기를 시작했고, 일단 이야기가 시작되면 이야깃거리가 무엇인지는—월든 폰드든 날씨든, 감자 크림 수프든, 다른 무엇이든— 별로 중요하지 않았다. 상대방이 관심이 있으면, 그리고 관심을 갖지 말아야 할 이유가 없다면, 그녀는 그에게 건 판돈을 올릴 것이다. 그러면 그가 다시 그녀에게 건 판돈을 1페니 올린다. 항상 1페니씩 올려야지, 더 많이 올리면 안 된다. 절대로 서두르지 말고, 망설이지 말고, 바라보는 것을 멈추지 말고, 포기하지 말아야 한다. 그리고 유쾌하게 즐겨야 한다. 그가 즐겨 말했듯이 이 과정은 항상 어딘가로, 아마도 침실로 우리를 이끌고, 판돈을 1페니씩 계속 올리는 한 우리는 항상 놀라운 목적지에 가닿게 된다. 심지어 우리가 어디로 향하는지 알고 있을 때도. 어느 날 파리의 아주 작은 카페에서 그는 계속 판돈을 올렸다. 여자는 이탈리아 출신의 부유한 잡지 편집장이었다. 그들은 음식에 대해 이야기를 나누었고, 그녀는 음식을 사랑했으며 요리사가 필요했는데, 마침 또 그는 요리를 곧잘 했고……. 뒷 이야기는 이미 그가 케임브리지에 사는 모든 이에게 말한 그대로였다.

칼라지가 담배를 건넨 여자는 그 전 주에 카페 알제에서 보았던, 소화장애가 있다는 모델이었다. 내가 알아보기도 전에 그는 벌써 카페 안을 쫙 둘러보고, 그녀를 발견하자 명사수처럼 정확하게 그녀의 옆자리를 노렸다. 대화가 시작됐다. 아무것도 아닌 주제로.

"담배 좋아해요?"

"네, 많이." 그녀가 대답했다.

그는 그녀의 대답에 고개를 끄덕이더니, 그 말의 깊은 의미를 가늠하는 것처럼 잠시 아무 말도 하지 않았다.

"알겠지만, 네덜란드 담배가 버지니아보다 좋아요."

그녀가 고개를 끄덕였다.

"하지만 내가 제일 좋아하는 건 터키 담배죠."

"아, 터키 담배. 네, 좋죠, 물론." 그녀가 즉시 답했다. 마치 자신도 담배에 관해서는 전문가인 듯이. 나는 웃음이 나올 뻔했다. 내가 웃음을 애써 참는 것을 감지한 듯 반짝이는 그의 눈빛은 자기도 그녀가 담배에 관해 아는 척하려 애쓴다는 걸 감지했다고 말하고 있었다.

"고향에서 터키제로 담배를 배웠거든요."

"고향이 어딘데요?"

"시디 부 사이드라고, 건물 벽마다 하얗게 페인트칠을 한 동네죠. 지중해에서 가장 아름다운, 판텔레리아 남쪽에 있는 마을이에요. 여름이면 수정석이 해변으로 굴러 내려오곤 하는데, 아이들이 커다란 바구니에 그 돌을 주워 모아서 관광객에게 저렴하게 팔곤 했죠."

그녀는 그의 이야기를 홀린 듯이 들었다. "판텔레리아가 어디 있는데요?"

"판텔레리아가 어디 있냐고요?" 그것도 모르냐는 듯이 그가 되물었다. "판텔레리아는 시칠리아 해협에 있는 아름다운 섬이에요. 시칠리아에 가본 적 있어요?"

"아뇨. 당신은요?" 그녀가 물었다.

그는 생각에 잠긴 표정으로 천천히 고개를 끄덕였는데, 마치 판텔레리아는 단순히 한 지역이 아니라 말로는 다 표현할 수 없는 경험이라고 말하는 듯했다.

이 이야기가 어디로 향할지 뻔해서 나는 잠깐 실례한다

고 말하고 화장실에 갔다.

화장실에 가는 길에 나는 별실을 들여다보았는데, 거기서 로이드-그레빌 교수와 눈이 마주쳤다. 종합시험에 떨어진후 최근 학과에서 좁아진 내 입지를 생각하면, 로이드-그레빌 교수만큼은 바에서 마주치고 싶지 않았는데. 그는 아내와파리에서 온 객원교수 부부와 함께 더 세련되고 더 고급스럽게 프랑스식으로 꾸며놓은 방에서 저녁식사를 하고 있었다.잠깐 들어와서 인사하지 않겠나? 내키진 않았지만 거절할 수는 없었다. 로이드-그레빌 교수의 부인은 학과 파티에서 여러 번 봐서 이미 아는 사이였다. 그녀와 나는 교수의 집, 찰스 강이 내다보이는 커다란 거실, 그녀가 "우리의 아늑한 아지트"라고 부르는 공간에서 사담을 나누곤 했다. 학과 파티는 교수 부인들에게 보통 골칫거리이기 마련인데, 그녀는 도리어 파티에서 남편의 지위를 이용해 자신이 운영하는 부동산 중개소의 고객을 상당수 확보했다. 그녀는 부동산 중개사무소를 휴무 없이 계속, 심지어 남편과 함께 노르망디에서 긴여름 휴가를 보낼 때도 열어놓았다. 그녀는 독일 출신이지만프랑스에서 공부했고, 프랑스에서 쫓겨나 뉴잉글랜드의 해안가로 떠밀려 온 불쌍한 영혼 역할을 즐겼으며, 똑같이 쫓겨난 자매들에게는, 특히 그들이 젊고 미숙한 대학원 학생일 경우에는 무한한 공감과 연대감을 보여주었다. "논문은 잘 되어가요?" 그녀가 물었다. 나는 **사모님, 제발요, 아직 여름인데요**라고 말하는 것처럼 놀라서 숨을 헐떡이는 시늉을 했다. 그녀는 즐거우면서도 짐짓 눈살을 찌푸리며 부루퉁한 표정을 지었는데, 그것은 **올여름엔 무슨 사고를 치고 다니느라고 공부도 안 하고 있어요?**라는 뜻이었다. 그건 남녀 간의 밀고 당기기가 아니라 단순히 말로 하는 탁구였다. 나는 강스파이크를 날리고 게임을 끝내고 싶었지만, 너무 예의를 차리느라고 질질 끌었다.

나는 로이드-그레빌 교수 부인에게 종합시험 이야기를 해주었다. 그녀는 슬픈 표정으로 잠깐 생각하더니 살짝 윙크했는데, 자기가 이 문제를 살펴보겠다는 뜻인 듯했다. 그러고는 나 같은 청년을 떨어뜨리다니 왜 그랬느냐고 비난하는 눈초리로 남편을 쏘아보았다. **내가 할 수 있는 일이 있는지 알아볼게요**라는 뜻이었다. 그러나 그 모든 건 아무 의미 없는 제스처일 가능성이 더 높았다.

로이드-그레빌 교수 부인은 언젠가 내가 교직원 식당에서 혼자 점심을 먹는 걸 본 후로 그 일을 잊지 않았다. **가난한 대학원생 흉내를 내도 소용없어요, 아무도 속지 않으니까.** 그런 게 아니라고 해명하려면 너무나 많은 것을 인정해야 했고, 그러더라도 그녀는 나를 거짓말쟁이로 생각할 거고, 상황은 더 악화됐을 것이다. 그래서 내가 굶주리지 않는다고 생각하도록 내버려뒀다. 그녀가 생각하는 내 모습을 유지하기 위해, 나는 매달 그녀의 거실에서 저녁 모임을 할 때 "우리의 아늑한 아지트"에서 이야기를 나눴던 책을 선물로 보냈다. 하드커버 장정의 새 책을 사는 건 내 형편에는 어림도 없는 일이었지만, 뉴욕에 있는 출판사에 전화를 걸어 어떤 책에 대해 서평을 쓸 계획이라고 주장하는 일은 쉬웠다. 내가 어느 모호한 저널에서 서평 의뢰를 받았다고 말하면 출판사 사람들은 항상 속아넘어갔다. 나는 그 일을 '외상 독서'라고 불렀다. 포장지로 싸서 우리 학과 비서인 메리-루에게 맡기기 전에 내가 먼저 쭉 한번 읽어보기 때문이었다. 메리-루는 로이드-그레빌 교수님 사모님께 **프티트 쉬르프리즈**작은 깜짝 선물가 기다리고 있다고 전했다. 며칠 후엔 작고 두꺼운 정사각형의 봉투가 내 우편함에 들어와 있었는데, 열어보면 바깥쪽에 교수 부인의 이름이 양각으로 새겨진 은회색 편지지에 감청색 잉크로 고맙다는 인사가 적혀 있었다. 고급 보석 브랜드 이름이 적힌 희미한 워터마크는 눈에 띄는 것을 의도한 건 아니겠지만 절대 놓치고 못 볼 수는 없었다. 그날 그 자리, 하비스트 식당 별실에 앉은 로이드-그레빌 교수와 그의 친구는 종합시험과 논문에 관해 의례적인 이야기를 나눴고 자기들이 파리에서 대학 다닐 땐 그런 일들이 얼마나 공포스럽고 굴욕적이었는지를 회상했다.

"이랬고 저랬던 일 기억나?"

"말해 뭐해." 그의 손님이 대꾸했다. "요즘 학생들은 편하게 공부하는 거지." 손님이 나를 돌아보며 말했다.

"글쎄요, 그건 아닌 것 같은데." 로이드-그레빌 부인이 미간을 찌푸리더니 빠르게 두 번 윙크해서 나에게 암묵적인 연대감을 표시하며 말을 이었다. "아직도 언젠가는 《라 프랭세스 드 클레브》*에 관해 논문을 쓸 생각이에요?" **봐요, 안 잊었죠?**라고 말하듯 생긋 웃으면서 그녀가 말했다. 나는 고개를 끄덕였다.

"아, 《라 프랭세스 드 클레브》, 아주 옛날 작품인데." 로이드-그레빌의 손님이 말했다.

"제가 최근에 다시 읽었거든요." 로이드-그레빌 부인이 말했다. 점수를 따려고 저러나? 그 자리에 있는 다섯 명 모두 한동안 아무 말도 하지 않았다.

"와인 한잔하겠나?" 내가 눈치도 없이 그 제안을 받아들일 경우 의자 하나가 들어올 공간을 만들기 위해 일어서려는 동작을 취하면서 교수가 물었다. 내가 잠깐 망설이며 그럴까 생각하는데, 그 순간 로이드-그레빌 교수 부인이 아티초크의 가장자리를 나이프로 자르는 모습이 눈에 띄었다. 마치

---

*　　《클레브 공작 부인》. 1678년 라파예트 부인이 익명으로 발표한 소설.

남편의 제스처를 전혀 보지 못했고, 갑자기 불쑥 나타나 자리 차지하고 서 있던 대학원생이 이제야 떠나줘서 식사를 계속 할 수 있게 되었음을 표현하는 듯했다. 나는 죄송하지만 바에서 친구들이 기다리고 있다면서 제안을 거절했다. "아, 젊음이여!" 그들이 합창했다. 그러고는 고개를 한두 번 끄덕이더니—그게 무슨 의미인지 알아차리기도 전에— 특대형 전채 요리로 돌아갔다. 잠깐 침묵이 흘렀다. 그제야 **콩제디에** 해산, 이만 가보라는 거구나 하는 생각이 퍼뜩 들었다. 그 작은 집단이 내 면전에서 아주 예의 바르게 문을 닫아버린 것이다.

나는 그들과 합석하기를 바란 적도 없었지만, 길거리에서 격분해서 칼라슈니코프를 난사하고 실제 혹은 상상의 적들을 쓰러뜨리는 사람들의 마음이 갑자기 이해가 됐다. 실제냐, 상상이냐는 중요하지도 않았다. 어차피 누구도 진정한 친구가 아니고, 어디를 돌아보든 사방에 허위와 가식이 판치기 마련이니까. 그들의 고급스러운 미각은 가식이었고, 《**라 프랭세스 드 클레브**》도 가식이었으며, 그들이 고개를 끄덕인 후 내가 우아한 퇴장을 모색하며 머뭇거릴 때, 빨리 먹어치우지 않으면 식어버릴 **카르쳐피 알라 쥬디아***를 음미하며 주름진 미소 뒤에 숨긴 독기 찬 흰 송곳니들도 가식이었다. 나는 왜 거기

---

*   로마에 사는 유대인들이 즐겨 먹던 아티초크 튀김.

서서 내가 구제불능이고 무력하고 단정치 못하며 어디서도 환영받지 못하는 철저한 부적응자라는 사실을 곱씹고 있었을까?

나는 결코 그들을, 그리고 나 자신을 용서하지 못할 것 같았다. 그들은 왜 나를 자기들 테이블로 불렀고, 나는 왜 눈치도 없이 오래 머물렀으며, 왜 환영받지 못한다는 신호들을 알아차리지도 못했을까? 칼라지였다면 분명히 그런 신호들을 읽었을 것이다.

문득 내가 칼라지와 조금도 다르지 않다는 생각이 들었다. 칼라지는 아랍인 사이에서는 베르베르인이었고, 프랑스인 사이에서는 아랍인이었으며, 스스로를 보잘것없는 사람으로 여겼다. 마찬가지로 나는 아랍인 사이에서는 유대인이었고, 낯선 이들 사이에서는 이집트인이었으며, 지금은 와스프 사이에서 철저한 외계인, 라크로스팀이나 폴로팀*에 지원하는 멍청한 잡역부였다.

나는 대서양 이편에 있는 모든 것을 증오했다.

그리고 보니 대서양 저편에 있는 것도 증오했다.

나는 미국과 유럽과 북아프리카를 증오했고, 지금 이 순간은 프랑스를 증오했다. 케임브리지 사람들이 숭상하는 프

---

* 각각 명문 여학교와 남학교에서 즐기는 상징적인 스포츠.

랑스는 내가 이집트에서 자라면서 사랑했던 상상 속의 평화로운 프랑스가 아니었고, 바바*와 땡땡**의 프랑스가 아니었으며, 항상 카이사르의 가차 없는 알레시아 원정으로 시작해서 북아프리카의 프랑스 부대원들과 독일 제국의 군인들 사이에 벌어진 영웅적인 비르하켐 전투로 끝나는, 그림이 많이 실린 오래된 역사책에 등장하는 프랑스도 아니었다. 프랑스인조차 이젠 기억하려 하지 않고 좋아하지 않는 프랑스였다. 프랑스도 특대형 대용품의 세상, 주름진 입술과 상류층 대식가들을 위한 천국이 되었다.

십 년 전이었다면 그들 중 내 부모님의 집에 초대를 받아 올 만큼 좋은 사람은 한 명도 없었다. 그런 그들이 이젠 내 할머니라면 절대로 손님들에게 대접하지 않을 유대 음식을 갖고 나를 무시하고 있었다. **아티초크 알—라 주이쉬**유대식 아티초크 요리!

그런 생각을 하니 나도 모르게 비웃음이 나왔지만 마음이 누그러지지는 않았다. 나는 불쌍한 아티초크와 먼 사촌인 천도복숭아에게 특대형 대용품이라고 소리치고 싶었다. 그러고 나서 그들의 접시에 있는 아티초크를 집어 로이드—그레빌 부인의 음흉한 입에 강제로 밀어 넣고 늘어진 목구멍으로 내

---

*   1931년 프랑스 아동도서 《바바의 역사책》에 등장하는 코끼리 캐릭터.
**   벨기에 만화가 에르제의 만화 《땡땡의 모험》에 나오는 캐릭터.

려보내고 싶었다.

내가 칼라지처럼 말하기 시작했다는 것을 알고 있었다. 칼라지처럼 말하는 게 좋았고, 칼라지처럼 말하고 싶었다. 칼라지처럼 말할 때의 느낌이 좋았다. 그는 내 분노의 목소리였고, 오늘은 모욕당했다는 상상을 하지 않았다고 상기시켜주는 사람이었다. 심지어 어떤 모욕도 의도되지 않았다는 걸 알고 있을 때라도. 나는 온몸에 멍이 들었지만 누구도 나를 해칠 의도는 없었다. 그렇더라도 나는 그의 분노를 흉내 내기를 즐겼다. 어리석어 보일지는 몰라도 더 강해진 기분이 들었고, 상황이 더 단순해졌고, 용기가 생겼으며, 내 가슴도 펴지곤 했다. 그의 분노는 여기 있는 내가 누구인지를 상기시켜주었다. 내가 누구인지를 너무나 오랫동안 잊고 있었던 나는 완전한 이방인이 필요했던 것이다. 내가 천도복숭아가 아니라는 것을 깨닫기 위해, 그리고 이 사회에 접목하지 못한 것에 대한 대가가 따르긴 했지만 나 자신이 적어도 낙오자는 아니라는 사실을 깨닫기 위해.

나는 외치고 싶었다. **천도복숭아 대용품, 천도복숭아 대용품!**

그러나 화장실에 들어가서 문을 닫자마자 소변기 위에 예언처럼 적힌 낙서가 눈에 들어왔다. **난 괜찮아, 네가 형편없을 뿐.**

모두가 형편없었다. 모든 것이 형편없었다. 온 세상이 형편없었다. 칼라지가 형편없었다. 내가 형편없었다.

*

테이블로 돌아와보니, 칼라지는 벌써 옆 테이블에 앉은 여자를 우리 테이블로 초대했다. 여자가 쿠션이 있는 긴 의자에, 칼라지 옆에 앉아 있었다. "미안한데……" 칼라지가 내 책을 가리키면서 속삭였다. 책들이 테이블 한쪽에 차곡차곡 쌓여 있었다. "이제 그만 찢어지자."

내가 방해가 되고 있는 것이 분명했다. 나는 기분이 약간 상했지만 그의 솔직함이 좋았다. 솔직함은 우리의 동지애를 확인시켜주었다. 그는 생존자였다. 오늘 밤 그는 혼자 잠들지 않을 것이다. 그를 보면 새벽에 일어나 씨족 전체를 먹일 동물을 끌고 올 때까진 돌아오지 않겠다고 다짐하는 사냥꾼이 떠올랐다. 반면에 나는 채집인이었다. 열매가 저 혼자 자라 알아서 내 손에 떨어질 때까지 기다렸다. 그는 나가서 직접 잡았고, 나는 가만히 기다렸다. 우리는 그렇게 달랐다. 에서와 야곱*처럼.

* 이삭의 두 아들. 에서는 사냥을 즐겼으나 야곱은 집에만 틀어박혀 있었다.

이 말도 완전히 맞는 말은 아니었다. 나는 사실 기다리는 방법조차 알지 못했다. 나의 기다림에는 희망이 아니라 초조함이 있었다. 칼라지도 그것을 꿰뚫어 보았다. 그는 그런 나를 **사부아르 트레네**질질 끄는 지식인라고 불렀다.

그날 저녁 하비스트를 나온 나는 버클리 거리를 걸어 집으로 향했다. 거리에는 가든파티에 참석했던 사람들이 파티가 끝나고 한참이 지났는데도 그대로 앉아 있었다. 걸어가는데 문득 마침내 칼라지에게서 벗어나서, 몇 시간이고 붙잡혀 있을 수 있었는데 빠져나와서 다행이라는 생각이 들었다. 그를 물리칠 방법을 모른다는 이유만으로 그에게 끌려다니며 그가 여자 꼬시는 걸 지켜보는 수밖에 없다고 생각했었는데. **추잡한 괴짜.** 그게 그의 본모습이었다. 나는 며칠간은 카페 알제 출입을 자제하기로 결심했다.

칼라지와는 대조적으로 자기 삶에 조용하게 만족하는 학생들이 넓은 현관 밖 테이블에 삼삼오오 모여 앉아 진토닉을 마시면서 여유로운 주말을 즐기고 있었다. 그 일요일 저녁 어둠 속에 모여 앉은 그들의 유일한 걱정거리는 달려드는 곤충이었다. 나는 늘 버클리 거리의 내 이웃들이 부러웠다.

칼라지와 함께 있을 때 하버드 사람과 마주치지 않아 천만다행이었다. 내가 결코 원하지 않았던 것은 칼라지가 어딘가에서 나타나 내 옆에 쓱 다가와, 태도와 옷차림은 물론이고 찡그림이나 투덜거림, 말 한마디로 우리를 하나로 묶는 지저분한 지하 세계 분위기를 확 풍기는 것이었다. 칼라지를 쓱 훑어본 로이드-그레빌 교수가 아내를 돌아보며 "이젠 떠돌이랑 어울려 다니나 봐"라고 말하는 모습이 상상됐다.

그 순간 그들의 아티초크가, 클라레*와 학문에 찌든 식도락가들의 주둥이가 떠올랐다. 학문의 펌프장에 살고 있는 천도복숭아들. 세상에는 달달하기만 하고 별 의미 없는 일을 부지런히 하면서 달달한 맛에 빠져 사는 천도복숭아 애호가들이 넘쳐났다.

내가 그곳을 빠져나올 용기가 있다면 얼마나 좋을까.

*

내가 우리 아파트 건물에 도착했을 때, 42호 아가씨가 한 손에 책을 다른 손에 담배를 들고 공용 현관 앞 계단에 앉아 있었다. 그녀는 흰색 민소매 티셔츠를 입었고, 햇볕에 그을린 맨 어깨가 현관 불빛 아래 부드럽게 반짝이고 있었다.

"더워서 나와 있어요?" 나는 그녀에게 약간 농담조이긴

*   프랑스 보르도산 적포도주.

했지만 세상에서 가장 밋밋한 인사말을 건넸다. 날씨가 아닌 다른 뭔가가 그녀를 성가시게 한다는 생각도 들었지만, 아무 말 안 하는 것보다는 날씨 이야기라도 하는 게 나았다.

"네. 더워 죽겠어요. 선풍기도 없고, 에어컨도 없고, TV도 없고, 바람도 안 불고, 나다*네요. 나다. 그래도 집 안보다는 밖이 낫네요."

"옥상 테라스에 가지 그랬어요?" 내가 물었다.

그녀가 고개를 가로저었다. "아뇨, 밤에는 너무 무서워서."

이걸로 끝이군. 나는 생각했다. 더 할 말이 없었다. 물론 실없는 말은 많았지만, 작은 칩 한 개만큼 판돈을 올릴 말은 생각나지 않았다. 그런데도 나는 들어가지 않고 현관 앞에서 우물쭈물하고 있었다.

"근데 옥상 밤 풍경이 환상이에요. 올라가본 적 있어요?" 내가 물었다. "이제까지 본 적 없는 케임브리지를 볼 수 있죠. 항상 산들바람이 불고. 어둠 속에 작은 불빛들이 수를 놓은 듯 반짝이는 걸 보면 지중해의 작은 마을이 생각나기도 하고요."

그녀가 어느 마을이냐고 물어보기 전에, 그래서 내가 그 마을의 이름을 빨리 생각해내야 하기 전에, 무슨 생각에 사로

---

*   nada. 아무것도 없다는 뜻의 스페인어.

잡혀서 그랬는지는 모르겠지만 나는 그녀에게 마실 것을 가지고 옥상 테라스에 올라갈 거라고 말했다. "진짜 아름다워요, 가보면 알겠지만."

그 순간 나 자신도 밤에는 물론이고 해가 지고 난 이후에 옥상에 올라가 본 적이 없다는 사실과, 그녀의 말이 옳다는 생각이 머릿속을 스쳤다. 분명 으스스할 것 같았다.

가보면 알겠지만은 그녀의 손목을 잡아끄는 말이었다.

"의자 끌고 올라가기 귀찮은데."

"내가 당신 것까지 갖고 갈게요." 내가 말했다. "감독 의자로." 나는 마치 그 정보에 그녀가 당연히 설득될 것처럼 말했고, 그 말에 우리 둘은 웃음을 터뜨렸다.

그녀는 나를 따라 계단을 올라왔다. 5층짜리 그 건물에 우리가 사는 층은 맨 꼭대기 층이었다. 계단은 이웃 간의 화목을 다지는 좋은 도구였다. 계단을 오르내리며 이웃을 만날 때마다 엘리베이터를 들여놓아도 좋았을 건물에 계단만 넓게 만든 구조에 대해 농담을 주고받았다. **덕분에 임대료가 싸잖아요**라는 말과 **그건 그렇죠**라는 대답이 공식처럼 오갔다. 하지만 그녀와 나는 불편한 침묵 속에서도 계단이나 임대료, 혹은 더위에 대해서 이야기를 나누려 하지 않았는데, 그건 아마도 가슴이 두근거리고 숨이 찬 이유가 계단을 오르고 있기 때문이 아니라는 것을 들킬까 봐 두려워서였을 것이다. 내 방에 도착했을 때, 나는 느긋해 보이려고 애를 쓰면서 현관문을 활짝 열어두었다. 의자를 찾고 음료를 만들어 그녀와 함께 옥상 테라스로 올라가려는 의사를 보여주는 몸짓이었다. **금방 끝나요.** 나는 신호를 보내고 있었지만 서두름을 암시하는 이 몸짓 언어가 그녀나 나 자신을 편안하게 해주는지는 확신할 수 없었다. 그녀는 가슴에 팔짱을 끼고 현관 앞에 서서 부엌으로 가는 나를 보고 있다가 천천히 따라 들어왔다. 여전히 팔짱을 낀 채 음료를 기다리는 그녀의 몸짓은 **너무 오래 걸리지만 말아요**라고 말하고 있었다. 그녀는 집 안을 둘러보았다. 자신의 단칸방도 구조가 내 집과 똑같다고 말했고, 그런데 이상하게도 문 손잡이까지 모든 것이 왼쪽 오른쪽이 바뀌어 있다고 말했다. 내 집은 서향인데, 그녀의 집은 동향이었다. 나는 그녀의 이야기를 들으면서 냉장고에서 얼린 라임 주스 한 캔을 꺼내 뜨거운 물을 틀어 녹였고, 얼음 그릇의 얼음을 전부 커다란 사발에 쏟았다.

"그건 뭐예요?" 수납장에서 꺼내 조리대에 올려둔 고무망치를 가리키며 그녀가 물었다.

"봐봐요." 나는 키친 타월 두 장을 뜯어내 그 위에 얼음 몇 개를 놓았다. 그러고는 고무망치로 얼음을 쳐서 부서진 얼음을 유리 단지에 담았다.

"그런 용도로 쓰는 거예요?" 그녀가 물었다.

나는 숨이 차서 그녀의 말을 반복하는 것밖에 할 수 없었다. "그런 용도로 쓰는 거예요." 해보고 싶은 건가? 나는 그녀에게 고무망치를 건넸다. 무거울까 봐 망치를 함께 잡았다가 놔서 그녀가 내려치게 했다. 그녀는 얼음 깨기를 재밌어했다. 다시 한번 내려치고, 또 내려쳤다. 깬 얼음 조각들을 사발에 쏟았다. 나는 냉장고에서 꺼낸 진 병을 열려다가 갑작스러운 충동에 사로잡혀 그녀에게로 돌아서서 그녀의 어깨와 목에 입을 맞췄다. 그녀는 깜짝 놀란 듯했지만 싫은 것 같지는 않았다. 아니 놀라지도 않은 것 같았다. 그녀는 내가 여러 날동안 꿈꿔왔던 바로 그 자리에 입술을 대도록 허락했다. 그러고는 나를 똑바로 보며 내게 입을 맞추더니 혀를 내 입 안으로 밀고 들어왔다. 마치 내가 키스를 결심하는 데 너무 오래 걸려서 더는 못 참겠다는 듯이. 그날 저녁 우리는 옥상 테라스로 올라가지 않았다.

다만 새벽 4시쯤, 방 안이 더는 못 참을 정도로 더워졌을 때, 우리는 잠깐 옥상에 올라갔다. 주변의 건물들이 다 보이는 어두운 옥상에 벌거벗은 채로 서서, 안개 낀 여름밤 해뜨기 직전에 케임브리지가 반짝이는 모습을 바라보았다. 그녀의 아이디어였고, 모든 게 미치도록 좋았다. 우리는 내 방으로 내려와서 다시 사랑을 나누었다.

다음 날 아침 잠이 깼을 때 그녀는 벌써 가고 없었다. 나는 옷을 입고 그녀의 집 문을 두드렸다. 대답이 없었다. 벌써 도서관에 간 것이 틀림없었다.

그녀의 체취가 아직도 내 시트와 내 피부에 남아 있었다. 나는 그 체취가 사라지기를 원치 않았다. 그래서 샤워도 나중에 하기로 했다. 나는 간단하게 뭘 먹지도, 커피를 마시지도 않고, 곧장 카페 알제로 갔다.

브래틀 거리를 걸어 내려가는 동안 머릿속에서 의문이 꼬리를 물었다. 내가 왜 이렇게 서두르지? 어젯밤 일이 그렇게 만족스러운가? 벌써 그녀를 잊고 칼라지에게 자랑할 생각만 하는 거야? 그녀는 왜 그렇게 조용히 떠났을까? 알 수가 없었다.

내가 왜 기쁨을 느끼는지 이해하기 전에, 공포심이 어두운 날개를 접으며 내 어깨에 내려앉았다. 우리가 나눈 사랑은 내가 화가 나 있었기 때문에 가능했던 걸까? 섹스가 아름다움과 사랑, 행운, 웃음, 양심, 슬픔, 욕망, 용기, 절망을 먹고 살듯, 분노를 먹고 살기 때문일까? 섹스가 경쟁을 공평하게 만들기 때문일까? 섹스는 줄 게 아무것도 없는 우리가 세상에 손을 내미는 방법인 걸까? 로이드-그레빌 교수가 나를 내

쳤기 때문에, 내가 칼라지를 방랑자 친구로 받아들이려던 바로 그 순간 그가 나와 거리를 뒀기 때문에 이런 일이 생긴 걸까? 내가 그의 욕정을 빌린 것일까, 열병에 걸리듯 욕정에 걸려버린 것일까?

거기에 대한 답도 알 수가 없었다.

칼라지는 벌써 카페 알제에 와서 늘 앉는 테이블에 **생캉 트-카트르**를 시켜놓고 앉아 있었고, 테이블에는 늘 있던 소지품을 어지러이 늘어놓았으며, 여전히 젖은 머리를 하고 있었다. 그는 담배를 말면서 옆에 서 있는 자이넵에게 아스파라거스가 이뇨제이자 해독제라서 신장 청소에 좋다고 말하고 있었다. 아스파라거스가 배뇨작용을 활발하게 해, 신장에서 독소가 씻겨 내려가게 도와준다고 했다.

그들은 항상 프랑스어로 말했다.

"난 그 냄새가 몸속 어디가 감염이 돼서 나는 거라고 생각했는데." 자이넵이 한 손으로 나무 쟁반을 쥐고 서서 말했다.

"아냐, 그 냄새는 몸이 스스로 청소를 하고 있다는 증거야. 몸이 아스파라거스를 분해할 때 아스파라긴이라는 아미노산을 만들어내는데, 아스파라거스를 먹은 사람들의 소변에서 흔히 검출되지."

자이넵이 감탄한 표정으로 칼라지를 바라보았다. "도대체 모르는 게 없네요, 칼라지?"

"내가 헛소리의 백과사전이잖아."

자이넵은 칼라지의 자기 비하 발언을 듣고 미소를 지었는데, 스스로를 낮잡아 말하는 그에게 연민을 표시함과 동시에 자신은 그 말에 조금도 동의하지 않는다고 표현하고 싶은 것 같았다. 그녀는 그가 다른 누구에게도 털어놓지 않을 개인적인 약점들을 친한 자신한테만 솔직히 인정한다고 생각하는 듯했다. "자신에 대해 그런 식으로 말하지 말아요. 당신에 비하면 나야말로 무식하기 짝이 없는데."

"그래, 자이넵. 좀 무식하긴 하지." 그가 꼼짝도 않고 앉아서 숨을 들이쉬었다. "하지만 당신은 내 여동생이나 마찬가지야. 누구라도 귀찮게 구는 놈 있으면 나한테 말해. 내가 확 죽여버릴 테니까."

"난 당신 여동생 아니니까 나를 위해 누굴 죽일 필요 없어요, 칼라지. 내 몸은 내가 잘 지킬 수 있으니까."

"당신은 아직 어린애야."

"나 어린애 아니에요. 원한다면 일 초 안에 증명할 수 있는데. 무슨 말인지 알죠? 알면서 모른 척하지 말고."

"그런 말 마."

놀랍게도 그가 얼굴을 붉혔다.

"당신 마음대로 해요, 칼라지. 난 기다릴 수 있으니까."
자이넵은 중간에 우두커니 서 있는 나는 신경도 쓰지 않고 말했다. "나한테 신호만 줘요. 그러면 당신이 원할 때까지 당신 여자가 될 테니까. 그러다 싫증나면 말하세요. **상 오블리가시옹** 의무감 느낄 필요 없이."

"이 친구한테 말해봐, 나 말고." 칼라지가 나를 가리키며 말했다. 그날은 그것이 내게 건넨 인사말이었다.

"이 남자요? 날 보지도 않는데. 적어도 당신은 날 바라보긴 하잖아요. 말했듯이, 당신이 원할 때까지만이에요. 단 일 분도 더 질척대지 않을게요."

그 말을 남기고 그녀는 카운터 뒤로 사라졌다.

"지금도 질척대면서." 자이넵이 멀어지자 칼라지가 말했다. 그는 방금 접견실로 들어온 수감자를 위해 의자를 준비하는 변호인처럼 자연스럽게 오른손으로 의자를 끌어왔다.

"자, 말해봐."

"먼저 말해요."

우리는 무용담을 주고받았다.

소화장애가 있는 여자에 대해서는 그의 추측이 맞았다. "아무 때나 싸더라고…… 오르가슴을 느낄 때도." 그가 껄껄 웃었다. 카운터 뒤에서 커다란 쟁반에 작은 페이스트리를 차리던 자이넵도 그 이야기를 듣고 깔깔댔다. "하여튼 남자들은 다 짐승이라니까." 그녀가 말했다. "당신은 무서운 것도 없죠, 칼라지? 근데도 날 여동생처럼 다루고 싶어요?"

칼라지는 자이넵의 말을 무시하고 나에게 지난 밤을 어떻게 보냈느냐고 물었다. 나는 42호 아가씨 이야기를 하면서 새벽에 그녀와 함께 벌거벗은 채로 옥상 테라스에 서서 케임브리지 풍경을 감상했다고 말했다. 칼라지는 즉시 그녀를 **라 카랑트-두,** '42호 아가씨'라고 불렀다.

"이름이 린다예요." 내가 말했다.

그래도 그는 **라 카랑트-두**라고 불렀다.

"이웃들이 우리가 내는 소릴 다 들었을 거예요. 특히 바로 옆집 여자는."

"더 잘됐네."

그는 옥상에서 섹스를 했느냐고 물었다. 나는 모든 것을 다 털어놓지 않고 답하는 방법을 알지 못했다. "거기서 시작됐다고 해두죠." 내가 말했다.

"당신도 짐승이네요." 자이넵의 평가가 날아왔다.

"누가 들으래? 남자끼리 하는 얘긴데."

"내가 당신 남자들한테 가르쳐줄 수 있는 것들이……."
그녀의 말소리가 부엌 쪽으로 멀어졌다.

칼라지는 말을 아끼는 법이 없어서 나는 그의 밤에 대해 모든 것을 들었다. 소화장애가 있는 아가씨는 워터타운에 살았지만 저녁마다 케임브리지로 넘어오기를 좋아했다. 그 이유를 알 것 같아서 우리는 크게 히죽거리며 웃었다. 그녀는 대학교 도서관 예술도서 부서에서 근무했고, 집에 아름다운 미술품을 소장하고 있었으며, 애완동물도 없이 혼자 살았다. 침대에서는 아무런 제약없이 행동했고, 광란의 섹스를 즐겼다. 그런데 다시 생각해보니 기계적인 섹스였다. 눈을 꽉 감은 상태에서의 열정. 칼라지가 다시는 그녀를 만나지 않겠다고 하는 이유가 바로 그거였다. 하룻밤이면 충분했다. 뭐가 문젠데요? 내가 물었다. 나랑 맞지 않아. 그가 대답했다. 기껏해야 나흘 밤만 보내도 이것저것 요구하고, 왜 이걸 하지 않느냐고 토라지고, 저건 또 왜 안 하느냐며 화를 낼 여자야. 그는 그런 장황한 잔소리에 너무나도 익숙했다. 그런 게 가정생활이라고 했다. 이런 여자들은 항상 우울해하고, 남자들을 우울하게 만든다. 남자들을 충분히 우울하게 만들고는 남자를 비난하고, 흥미를 잃고, 우울하게 만들 새로운 남자를 찾아 나선다. 항상 그랬듯, 그의 가장 큰 두려움은 그런 사람들과 너무 가까워짐으로써 결국 예술가 기질과 소박한 자아를 쫓아내 죽이고, 캄캄한 어둠 속에서 그 자아가 있던 자리에 대량생산된 꼭 닮은 대용품을 들어앉히게 되리라는 전망이었다. 그는 항상 그 생각에 겁을 먹었다. 늙어가면서 대용품이 되기를 좋아하게 될 수도, 더 나아가 과거에는 그렇지 않았다는 기억을 잊어버릴 수도 있다는 가능성 때문이었다. 그의 성기조차도 대용품이 되어버리면 그가 있을 곳은 어디인가?

그러나 칼라지가 소화장애가 있는 그 아가씨를 그만 만나려고 하는 데에는 또 다른 이유가 있었다. "난 모든 걸 너무 빨리 태워버리거든." 그가 말했다. 그가 만지는 것들은 오래가지 않았다.

섹스가 끝난 후 그녀는 그를 스케치하고 싶어했다. 절대 안 된다고 했어야 했는데. 그가 말했다. 왜요? 내가 물었다. "한번 봐봐." 그는 레인코트 속에서 뜨거운 김이 모락모락 나는 커피 컵을 꺼내는 하포 마르크스*처럼, 두 번 접힌 파란 색지 한 장을 꺼냈다. 그러고는 그것을 펴서 테이블에 탁 소리 나게 내려놓은 뒤, 자신의 젖은 찻잔 받침을 색지의 한 모퉁이에 올려놓아 고정했다. "이게 나야?" 그가 분노가 이글거리는 목소리로 물었다. "이게 나라고?"

그건 파스텔로 칼라지의 얼굴과 맨 어깨를 그린 스케치였다.

"네. 맞는데요, 왜." 내가 말했다. 상당히 잘 그린 그림이었다. "굉장히 인상적인데요."

"웃기는 소리 하고 있네. 부모님이 뼈 빠지게 공부시켜놨더니 나이 서른이 되어서 할 수 있는 일이란 게 지하 카페에서 제일 먼저 만난 아랍인 남자랑 섹스한 다음, 졸려 죽겠

---

* 미국의 각본가이자 배우. 판토마임으로 잘 알려졌다.

는 남자를 꼼짝도 못 하게 앉혀놓고 고작 이걸 그려내는 거라고? **이거?**"

그는 찻잔 받침 밑에서 종이를 끌어내, 자이넵에게 당장 와보라고 한 후, 들어서 그녀에게 보여주었다. **이거?**

자이넵은 부엌에서 나와 앞치마에 손을 닦으면서 우리 테이블을 향해 바삐 걸어왔다. "뭔데요?"

"이거." 그가 말했다.

"어디 보자." 자이넵이 그림을 들고, 꺅 하고 환호성을 지르더니, 눈 하나 깜짝 않고 초상화에 입을 맞췄다. **"튀 에 보."** 그녀가 열정적으로 말했다. **"튀 에 브레망 보**, 당신 정말 잘 생겼네요!"

"그럼 당신이 가져. 이미 이 그림만큼 정신줄을 놓은 것 같으니."

"내가 가질게요. 부탁 하나 들어줘요."

"뭔데?"

"이 위에 오늘 날짜 적어줘요. 난 손이 젖어서."

칼라지는 재킷에 있는 많은 주머니 중 하나에서 연필을 꺼냈다. 연필 머리 부분에 고무줄이 칭칭 감겨 있어서 지우개가 공 모양이 되어 있었다.

"연필에 고무줄은 왜 감고 다녀요?" 자이넵이 물었다.

"고무줄이 필요할 때 쉽게 찾을 수 있으니까. 또 뭐가 더 알고 싶은데?"

그는 열 살 아이가 연필을 잡듯 손가락이 연필심에 닿을 정도로 바싹 잡았다. 연필심 끝이 뭉툭한 걸 보니 연필깎이가 아니라 칼로 깎은 것이 틀림없었다. 깎인 단면이 고르지 않고 울퉁불퉁했다. 그 연필을 보니 어릴 때 일이 떠올랐다. 수업시간에 연필깎이를 찾을 수 없었는데, 내가 연필깎이를 잃어버렸다는 사실을 선생님께 들키고 싶지 않았다. 그래서 학생들이 다 갖고 다녔던 연필 깎는 칼을 꺼내 조용히 책상 밑에서 연필을 깎았다. 한참을 깎으니까 잇몸의 빈 공간에서 새 이가 솟아나듯이 새 연필심이 나타났다. 칼을 쓰니까 내가 건장한 어른이 된 기분이 들었다. 마치 달리 할 일이 없어서 몇 시간이고 시간을 때우기 위해, 그리고 진정한 남자는 항상 뭔가 유용한 일을 찾아서 하는 사람이기 때문에 단검으로 표류목을 깎는 선원이 된 기분이었다.

"예쁘게 써줘요." 자이넵이 말했다.

이번에도 칼라지는 성실하고 순종적인 어린 학생처럼 몸을 숙이고 시력에 문제가 있나 싶을 정도로 얼굴을 색지에 바짝 갖다 댄 채 연필로 날짜를 썼다.

부알라 자. 여기.

"자, 이제 다시 꿀꿀거려도 돼요." 자이넵이 말했다.

"그래야지." 그가 나를 돌아보며 말했다. "자, **라 카랑트-**

두 얘기 해줘."

나는 그에게 그 이야기를 처음부터 다시 해주었다.

칼라지는 그날 밤 그녀가 나와 함께 옥상 테라스에 올라간 이유는 내가 한 가지는 제대로 했기 때문이라고, 내가 그녀 곁에 오래 머물렀기 때문이라고 했다. 그녀가 계단에 앉아 담배를 피울 때 그녀 앞에 서서 조용히 그녀를 바라보며 내가 그녀를 갈망하고 있고, 그 순간 내 머릿속에는 그녀의 맨 어깨밖에 없으며, 그녀를 웃게 하고 행복하게 해줄 것이고, 의자 두 개를 포함하여 모든 것을 내가 준비하겠다는 뜻을 분명히 했기 때문이라고 했다.

그러나 칼라지는 늘 그러듯이 즉시 자기 생각을 수정했다. 그녀는 내가 다가오는 것을 본 순간, 혹은 그보다 몇 주 전 옥상에서 이미 나와 자기로 마음을 먹었던 것이 틀림없다고.

"이젠 벌거벗은 채로 옥상 테라스에 있었던 이야기 해줘."

"또요?"

"또."

"그녀가 벌거벗은 몸으로 갑자기 내 무릎에 앉았을 때 그녀의 음모가 내 성기에 닿자마자 그렇게 빨리 다시 그녀의 몸속으로 들어갈 수 있다는 사실이 믿어지지 않았다는 얘기요?"

"**오케**, 그만!"

*

그날 아침에 참으로 화기애애한 시간을 보내서, 그 후 몇 주 동안 나는 날마다 카페 알제가 문을 여는 시각에 맞춰 출근 도장을 찍었다. 카페에선 표백제와 클리너 냄새가 났고, 바닥이 마르는 동안 의자는 뒤집힌 채 테이블에 올려져 있었으며, 자이넵은 커피를 내리고 아랍 노래를 틀어놓은 채 부엌 쪽을 대걸레질하고 있었다. 기분이 좋을 땐 조르주 브라상이나 그녀가 가장 좋아하는 가수 바바라의 노래를 틀었다. 카바레 가수처럼 '**일 니 아 파 다-무르 외르***^{행복한 사랑은 없어요.}'를 따라 불렀고, 부엌 가까이에 앉아 있는 남자에게 다가가 그를 바라보며 가장 좋아하는 구절을 불러주기도 했다.

카페 알제 뒤쪽에는 일찍 찾아오는 무리 중 거기 온 이유를 순간적으로 잊은 사람을 위해 티파자 포스터가 붙어 있었다. 돌아갈 집이 없었던 우리에게는 카페 알제가 다른 어떤 곳보다, 현재 살고 있는 자취방보다 훨씬 더 집 같았다.

칼라지는 항상 서둘렀다. 커피를 다 마시지도 않고 일어서서 테이블에 어질러진 물건을 주섬주섬 챙기고, 마지막 한 모금까지 다 마신 후에는 아까 크루아상을 먹으면서 말아놓

---

*   루이 아라공의 시에 조르주 브라상이 곡을 붙인 노래.

은 담배에 불을 붙인 후 부리나케 카페를 나섰다. 그러고는 택시를 세워둔 카페 뒤쪽의 작은 주차장으로 바삐 걸어가곤 했다.

칼라지가 가고 나면 나는 책을 펴고 17세기 속으로 깊이 빠져들었다. 다른 곳으로 자리를 옮길 필요가 있을 때까지 거기 앉아 있었다. 그러다가 손님이 많아지면 소음을 피해 자리를 옮겼다. 카페 알제에서 나와 도서관에 가서 오전 시간 대부분을 책을 읽으며 보냈다.

나는 이런 일상의 의식을 좋아했다. 나는 의식 자체를 좋아했다. 의식이 집처럼 느껴졌다.

가끔은 카페 알제를 나와 아직 더운 날씨를 핑계로 하버드 광장으로 가지 않고 내 방으로 돌아갔다. 수영복으로 갈아입고 선글라스와 선크림, 책, 소형 라디오 등 필요한 물건을 모두 챙겨서 옥상 테라스의 내 자리로 돌아가기도 했다. 나는 너무 더워서 기진맥진해지거나 책에 나온 주제들이 주변 장면과 섞이기 시작할 때까지 그곳에서 계속 책을 읽었다. 이제 예수회 신부들의 악행은 파스칼의 《**레 프로뱅시알르**》* 싸구려 문고판뿐만 아니라, 코퍼톤 선크림 냄새와 레이밴 선글라스의 색조, 가끔 옥상 테라스에 내려앉아 구구거리다가 다른 곳

---

* 《시골 친구에게 보내는 편지》 예수회 신학의 기만을 폭로하는 내용.

으로 날아가는 비둘기 소리에 영원히 새겨지게 되었다. 린다 생각이 내 머릿속을 떠나지 않았다.

린다와는 모든 일이 참으로 순조롭게 진행되었다. 내가 계속 설레고 동요하는 것도 그 때문인지 몰랐다. 그녀의 미모가 아니라 순전히 일의 순조로움 때문에. 어떻게 그런 일이 일어났으며, 왜 일어났는지 알고 싶은 마음이 내 안에 분명히 있었다. 내가 감독 의자를 그녀 것까지 챙겨가겠다고 했을 때 그녀가 웃었기 때문일까? 내가 음료를 만들었기 때문에? 아니면 우리 집 문을 활짝 열어두었기 때문에? 아니면 내가 입 다물고 있지 않고 무슨 말이라도 했기 때문에?

아니, 그건 내가 그녀 곁에 오래 머물렀기 때문이라고 칼라지가 말했었다.

나는 오래 머문다는 말이 무슨 뜻인지 그에게 물어보고 싶었다. 무엇에 관해 한 말일까? 무시당한 후에도 자리를 떠나지 않은 것? 상대방이 입을 열 때까지, 상황이 서서히 자신에게 이롭게 변할 때까지 참을성 있게 기다리려는 의지? 아니면 오래 머문다는 것은 서로 충족시켜주고 화답하는 것이 그 본질이라고 믿으며 드러내는 욕망의 민낯일까? 그도 아니면 단순히 육체와 미모에 대한 순수한 믿음?

아니다. 오래 머문다는 것은 때로는 한계점을 넘어설 때까지 일을 미루는 방법을 아는 것이다. 그렇게 할 만한 배짱

이 모두에게 있는 건 아니다. 앉아서 기다려야 한다. 기다리고 또 기다려야 한다. 그러나 수동성을 뜻하는 건 아니다. 이 천재적인 전략은 상대방에게 잠깐 동안은 시간을 내서 기다릴 수 있으니 마음대로 하라고 말함으로써 운명을 속이고 이기는 방식이다. 그 대화를 엿들었던 모우모우는 칼라지의 철학적 주장을 이해하지 못했다. 뭐 그렇게 복잡해, 그냥 운이 좋았던 거지. 그가 말했다. 자네가 운이 좋았던 거야. 우리 모두 운이 좋을 때가 있잖아, 가끔. 그러자 칼라지가 농담을 던졌다. "근데 자네는 운만 갖고 안 되잖아. 각종 비타민의 도움이 필요하지, 안 그래?"

"비타민? 그렇지, 비타민이 얼마나 효과가 좋은데."

*

어느 날 저녁 내가 카페 알제에서 책을 읽고 있을 때, 칼라지가 멍한 표정으로 들어왔다. 그는 나를 발견하고는 곧장 내게로 와서 빈 의자에 가방을 던지면서 앉더니 할 얘기가 있다고, 중요한 문제라고 말했다.

내가 **라 카랑트-두**에 대해 얘기하려고 하니까 그가 내 말을 잘랐다.

"여자 얘긴 하고 싶지 않아. 어젯밤 여자건, 오늘 밤 여자건, 자네 여자건, 내 여자건."

"그럼 무슨 얘길 하고 싶어요?"

"사실 아무 얘기도 하고 싶지 않아."

"알았어요." 내가 말했다. 그가 평소의 유쾌함을 잃고 갑자기 적대적인 말투와 표정으로 바뀐 탓에 당황한 것을 들키지 않으려고 애를 썼다. "그럼 안 건드릴게요."

나는 그를 모른 척하고 책을 들고 읽기 시작했다.

"바보같이 굴지 좀 마." 그가 말했다. "진짜로 토라질 거야? 내가 아는 여자들은 하나같이 토라지는데, 자네까지 그러기야?" 나는 아무 대꾸도 하지 않았다. "저 봐, 뿌루퉁해 가지고. 그러지 말고 얘기 좀 하자. 나 지금 기분이 아주 엉망이야."

"왜 기분이 엉망이에요?"

몸이 아픈가? 벌금 딱지를 떼었나? 사고가 났나? 아니면 강도라도 당했나?

그가 손을 빠르게 내저으며 묻지 말라는 시늉을 했다.

"**랑페르.**" 그가 말했다. "지옥이야, 지옥."

그는 며칠 후에 이민국에서 인터뷰가 있다고 말했다. 원래는 아내가 동행하기로 했는데, 조금 전에 그녀의 변호사가 연락해서 그녀가 마음을 바꿨다는 소식을 전했다. 자네가 대신 같이 가줄래? 그러죠. 내가 말했다. 고마워. 문제는 인터 뷰 예행연습을 해야 한다는 거였다. 변호사가 준 예상 질문과 답안지를 줄 테니까 물어보고 조언 좀 해줄래?

"또요?" 내가 물었다.

"그래, 또." 그가 대답했다. 이건 심각한 일이고 농담할 때가 아니라는 표정이었다. 전에 그랬듯이 이번에도 그 수많 은 주머니 중 한 군데에서 수첩을 급히 꺼내더니 예상 질문이 적힌 너덧 장을 찢었다. "이 대답을 다 외워야 하는데 혼자서 는 어떻게 외워야 할지 잘 모르겠더라고. 근데 자네가 선생이 니까 다른 누구보다 잘 도와주겠다 싶었어."

"언제 할까요?"

"며칠 후에."

"어디서요?"

"여기서."

나는 내 아파트로 오라고, 거기는 카페 알제처럼 시끌벅 적하지 않아서 집중할 수 있을 거라고 말했다. 게다가 현관문 이 항상 잠겨 있지 않으니까 원할 때 아무 때나 들어올 수 있 다고 말했다. "난 시끄러운 거 좋아해." 그가 말했다. 나는 그 가 안됐다는 생각이 들었다. 혼자 있을 땐 온갖 악령들이 주 변을 어슬렁거리는 걸까. 그는 옆에 아무도 없는 것보다는 누 구라도 있는 쪽을 선호했고, 침묵보다는 논쟁을, 죽은 환자의 심장 모니터에서 길게 이어지는 삐 소리보다는 누군가와 티격태격하면서 사는, 가시철사로 휘감긴 듯한 뒤틀린 삶을 선호했다.

나는 그가 건넨 수첩 종이를 들고 예상 질문을 훑어보았다. 좋아요, 내가 도와줄게요. 그것은 구구단을 외우는 것과 비슷했다. 기습적으로 질문을 퍼부어대야 했다. 4 곱하기 8은? 9 곱하기 6은? 7 곱하기 6은? 그의 삶에 유쾌함을 되찾아주기 위해 나는 황당한 질문을 퍼붓기로 결심했다. 마지막으로 섹스를 한 게 언제죠? 몇 번이나 했어요? 누가 먼저 오르가슴을 느꼈죠? 그에게서 웃음이 터져 나왔다.

근데 왜 그의 아내는 이민국에 같이 가주지 않겠다는 것인가?

"원래 그런 여자니까." 그가 말했다. "아주 이기적인 여자거든. 잇몸 때문이기도 하고."

내가 어리둥절한 표정으로 그를 보았다.

그는 아랫입술을 잡아당겨 잇몸을 드러냈다. "내가 아내를 싫어하니까! 그 여자가 이혼을 원하니까. 가끔 보면 자네 진짜 멍청하다니까."

그의 변호사는 그들이 곧 이혼할 것이기 때문에 이민국은 인터뷰를 할지 아직 결정을 내리지 못했지만, 그래도 준비는 해야 한다고 그에게 말했다.

그가 담배를 말기 시작했다. 나를 보고 싶지 않을 때면 취하는 행동이었다. 그러고는 고개를 들고 말했다. "새 변호사를 찾아야겠어. 아는 변호사 있어?" 나는 아는 변호사가 없었다. "하버드에 그렇게 아는 사람이 많은데 아는 변호사가 한 명도 없다고? 세계 최고의 변호사들을 배출하는 하버드에 다니면서 아는 변호사가 단 한 명도 없다는 말을 나더러 믿으라고?"

"진짜로 없다니까요." 내가 대꾸했다.

"정말 유대인답지 않은 유대인이군. 나는 아랍인답지 않은 아랍인이고."

내가 웃음을 터뜨렸다. 그도 유쾌하게 웃었다.

"자, 그럼." 나는 그에게서 받은 수첩 종이를 흔들어 보이며 말했다. "예상 질문 다시 연습해봅시다." 그는 커피를 주문한 후 의자에 앉아 담배를 피우기 시작했다.

"아내와 항문 섹스 해봤어요?" 내가 시동을 걸었다.

그는 대단히 너그러운 성품이라 이 말을 듣고도 미소를 지었다. "이런 거 물어본다니까요." 내가 말했다.

"정말?"

"내가 어떻게 알아요?"

그러고는 내가 다시 물었다.

"그래서, 아내와 항문 섹스 해봤냐니까요?"

"안 해본 것 같은데."

"했다, 안 했다?" 내가 연방정부관리를 흉내 내며 엄격하게 물었다.

"했다."

그날 저녁 우리는 그렇게 질의응답을 하면서 시간을 보냈다. 나는 그가 다른 사람들이 엿듣기를 바라면서 큰 소리로 떠들어댈 때보다 그날 그의 삶에 대해서 더 많이 알게 되었다. 그는 탈영병으로서 삶을 시작했다. 왜냐고? 해군함에서 해병 두 명이 그를 강간했기 때문이었다. 그가 얼굴에 수염도 나기 전인 갓 열일곱 살 때였다. 그는 너무 내성적이어서 그들과 맞서 싸우지 못했고, 그들이 한 짓을 다른 사람에게 알리지도 못했다. 그때부터 그는 자신의 것이든 남의 것이든 피만 보면 두려움과 수치심에, 그리고 곧 분노에 휩싸이곤 했다. 마르세유에선 같은 튀니지 출신의 매우 친절한 의사를 만났는데, 그 의사는 그가 빵집에서, 나중에는 식당에서 일할 수 있게 도와주었다. 식당 요리사 중 한 명이 실수로 자기 손가락을 베자, 칼라지는 그렇게 조심하지 않으면 어떡하느냐고 고함을 쳤고 그 자리에서 해고됐다. 요즘엔 면도하다가 피가 나도 기겁을 한다. 어디서 면도해요? 거울 앞에서 하지, 어디서 해? 아내가 자기 다리 털을 미나요? 다리를 갖고 뭘 하는지 내가 어떻게 알아? 겨드랑이 털은요? 음모는요? 아내가 약장에 뭘 넣어놨죠? 안 봐서 모르겠는데. "알아야 돼요."
내가 말했다. 그는 기억해내려고 애썼다. 아스피린. 또요? 그
여자가 조깅을 해서 근육이완 크림을 바르거든. 근데 그 크
림 냄새가 얼마나 지독한지 몰라. 그 여자를 만질 때 내 피부
가 다 화끈거리고, 성기가 쪼그라든다니까. 마르세유에서 그
는 대학 입학 자격을 얻기 위해 학교에 등록했지만, 일을 해
야 해서 결국 중도 포기했다. 그는 대학 입학 자격을 얻지 못
했다. 그러고 나서 그는 파리로 갔고, 거기서 빵집과 식당을
전전하며 일하다가, 다른 사람 밑에서 일하기 싫어서 그만두
었다. 파리에서는 튀니지 출신의 유대인들과 친하게 지냈다.
그들은 튀니지 음식을 만들어줄 요리사를 원했다. 그러나 코
셔, 즉 유대인 율법에 따라 만든 청결한 음식이어야 했다. 코
셔 요리법을 어떻게 알았어요? 그냥 알았어. 어떻게 알았냐
니까요? 그냥 알고 있었다고, **오케?** 갑자기 그가 웃음을 터뜨
렸다. 왜 웃어요? "아내하고 항문 섹스 해봤냐고 물은 게 생
각나서."

진짜로 아는 변호사가 한 명도 없어?

나는 미안한 표정으로 고개를 끄덕였다.

"무슨 유대인이 그러냐!"

그가 황당해하는 것도 당연했다. 나는 사 년이나 하버드
에 있었지만 변호사나 의사같은 전문인은 단 한 명도 알지 못

했다. 내가 임질로 죽어가고 있다는 생각이 들 때마다 찾아가면 아니라고 말해주던 그 의사 외에는 아는 의사가 한 명도 없었다. 치과의사도 없었고 정신과 의사도 없었다.

"정신과 의사는 눈감고도 찾을 수 있으니까 됐고." 그가 케임브리지에서 만난 여자들 모두가 일주일에 적어도 한 번은 정신과 의사에게 상담을 받고 있었다.

"정말 아무짝에도 쓸모가 없군." 그가 말했다. 그러더니 화제를 바꿔 내게 물었다. "그래서 시험 준비는 어떻게 되어가?"

"시험 준비요?" 내가 그를 바라보며 미소를 지었다. "모르는 게 나아요. 그냥 내년 이맘때 나는 여기 없을 거다, 이 정도만 말해둘게요." 말하고 나니 벌써 카페 알제가 그리워지는 것 같았다.

"그럼 자네에게도 **랑페르**구먼."

"맞아요, **랑페르**."

그때야 비로소 나는 부모님이 이집트에서 사시던 마지막 해에 얼마나 힘들었을지 이해하게 되었다. 추방되지 않기를 간절히 바라면서, 추방되기를 기다리며 사는 것. 재산이 몰수되기를 기다리고, 끔찍한 소식을 가진 누군가가 초인종을 누르기를 기다리고, 조작된 혐의로 체포되기를 기다리고, 기다리고, 기다리기.

*

며칠 후 나는 강의를 듣고 저녁을 먹은 후 평소보다 조금 늦게 카페 알제에 도착했다. 술도 조금 마신 터라 공부할 상 태는 전혀 아니었다. 친구가 필요했다. 칼라지가 거기 있었는 데 평소보다 침울해 보였다. 어제자 신문은 거들떠 보지도 않 고 혼자 앉아서 담배를 피우고 있었다. 찻잔 받침 밑에 깔린 계산서를 흘끗 보니 벌써 **생캉트-카트르**를 네 잔이나 마신 뒤 였다. 그는 안절부절못했고, 예민해져 있었고, 화가 나 있었 다. 카페 알제에 앉아 자기 일을 하는 십여 명의 지구인에게 번개 같은 격렬한 분노를 쏟아내려고 세력을 키우는 폭풍 같 았다. 그는 오늘 밤 다시 야간근무라고 말했다.

같은 길을 뻔질나게 왔다 갔다 할 테니 정말 하기 싫겠다 싶었다.

그때 그가 부루퉁해서 골을 내기 시작했다.

우리는 조용히 커피를 마셨다. 그가 성이 나 있다는 것 을 모두가 알아차린 것 같았다. 자이냅이 가장 먼저 알아차렸 다. 모우모우조차 카페를 나가면서 그에게 다가와 그의 어깨 를 잡더니 한마디 건넸다. "**사 느 바 파**뭐 안 좋은 일 있어?" 칼라지 가 퉁명스럽게 대답했다. "**농, 사 느 바 파**어, 안 좋은 일 있어." 자이 냅이 수프를 가져왔다. 서비스예요. 그녀가 말했다. 보자마자

164

알았겠지만 튀니지식으로 끓인 수프라고 했다. 그러나 그는 배가 고프지 않다고 말했다. "걱정돼서 갖다줬는데 안 먹겠다고요?"

그는 한 숟가락 떠서 후루룩 소리를 내며 먹고는 진짜 맛있다고 말했다. 정말 맛있네. 근데 진짜 배가 안 고파.

자이넵이 부엌으로 돌아가자 칼라지가 비웃는 표정으로 구시렁거렸다. "튀니지식 수프는 무슨. 평범한 닭고기 수프구먼."

잠시 후 칼라지가 재킷을 입었다. "가자, 집까지 태워다줄게."

"갑시다, 그럼."

우리는 조용히 카페를 나왔다. 애시 거리에 도착했을 때, 저 앞에 서 있는 차들 사이에 반짝이는 노란색 타이탄 택시가 서 있었다. 이제야 보여주다니 괘씸하다 싶을 정도로 멋있었다.

"전 재산이 이놈한테 들어갔어. 마르세유로 도망친 날부터 파리에 도착한 순간까지 저축한 돈 전부, 그리고 파리와 밀라노에서 천한 일을 하면서 악착같이 번 돈까지 전부다. 자, 이 보닛 좀 두드려봐." 그가 자랑스럽게 말했다. "쓰다듬지 말고 두드리라고, 손가락 마디로. 진짜 강철이야, 들려? **땡땡땡.** 성당 종소리 같잖아. 자 이제 이 차를 두드려봐."

그가 자기 택시 바로 옆에 서 있는 차를 향해 걸어가면서 말했다. 내가 망설이자 내 손을 잡아끌고 강제로 녹색 토요타의 보닛을 두드리게 했다. "대용품처럼 둔탁한 소리 들려? 구겨진 알루미늄 호일이 바스락거리는 소리 같지 않아? 들었어?" 그래요, 들었어요. 내가 말했다. "난 내 차와 같아. 난 침이나 탁탁 뱉는 사람들, 상상력이라고는 쓰고 난 콘돔같이 흐물흐물한 사람들보다는 오래 살 거니까, 두고 봐."

우리는 차에 탔다. 그의 차에 타보는 건 그때가 처음이었다. 차 내부는 얼룩 하나 없이 깨끗했고, 오래된 가죽과 오래된 강철 냄새가 났는데, 그 냄새가 마음에 들었다. 이 분 후 내 아파트 앞에 도착했을 때 나는 그가 안됐다는 생각이 들었지만, 무슨 말을 할지 혹은 어떻게 도와줄지 알 수가 없었다. 나는 너무 내성적이어서 그에게 그토록 우울한 그림자를 드리운 먹구름에 대해서 터놓고 얘기해보라고 말하지도 못했다. 대신 나는 굉장히 어리석은 말을 했는데, 그 말을 듣고도 그가 더 화를 내지 않았다는 사실이 지금 생각해도 놀라울 뿐이다. 나는 마치 숙면이 외딴섬의 조난자를 쉽게 구해줄 수 있기라도 한 것처럼 그에게 집에 가서 모든 것을 잊고 푹 자라고 말했다. 안 돼, 일해야 돼. 그가 대꾸했다. 게다가 그는 밤에 하는 운전이 기대가 된다고 했다. 그는 밤에 보스턴 시내를 돌아다니는 걸 매우 좋아했다. 그는 옛날 재즈를, 특히

진 아몬스의 곡을 **앙 수르딘**하게, 볼륨을 아주 작게 해서 듣기를 좋아했다. 그 테너 색소폰의 연주를 듣고 있으면 모든 나쁜 감정들이 눈 녹듯이 사라지고, 그 서정적인 선율에 맞춰 여자와 뺨을 맞대고 춤추던 무더운 여름밤이 떠오른다고, 그 음악은 자신에게도 사랑이 찾아올 거라는 걸 믿지 않기로 결심한 후에도 사랑을 원하게 만든다고 말했다. 그는 메모리얼 거리와 스토로우 거리를 달리면서 그 음악을 듣는 것을 좋아했고, 비컨 힐과 백 베이와 에스플러네이드 공원을 따라 늘어선 반짝이는 작은 불빛들을 보며 거리를 달리는 것을 좋아했다. "밤에 운전을 하면 미국인이 된 기분이야. 마치 누아르 영화에서 페도라를 비스듬히 눌러 쓰고 차를 몰면서 담배를 피우는 악당이 된 것 같아." 한번은 승객이 음악을 바꿔달라고 요구했지만, 칼라지는 그의 말을 못 들은 척했다. 승객이 다시 요구하자 칼라지는 록스베리 한복판에서 급브레이크를 밟았고, 그 백인 신사에게 내리라고 말했다.

또 한번은 흑인 남자 승객이 칼라지가 **앙 수르딘**하게 듣고 있던 옴 칼소움 테이프를 끄라고 요구했다. 이번에도 칼라지는 급브레이크를 밟았고, 승객이 차에서 내리기를 거부하고 끝까지 싸울 태세를 취하자, 뒤를 홱 돌아보면서 소리쳤다. "내 조상들이 너네 조상들을 노예로 팔아버렸어, 알아? 내가 똑같은 일을 하기 전에 어서 내려!"

유대인에 대해서는 험한 말을 한 번도 한 적 없는 칼라지였지만, 아랍 음악을 듣는 아랍인 택시운전사에겐 팁을 주지 않겠다고 선언한 유대인 승객에게는 그의 할머니와 당시에 아기였을 그의 아버지가 가스실로 직행하지 않아서 유감이라고, 만일 그랬다면 자신이 기꺼이 오븐에 불을 켰을 거라고 말했다.

그는 어디를 공략하면 상처를 줄 수 있는지 알고 있었다.

나의 어디를 공략하면 내가 상처를 받을지도 정확히 알았을 것이다. 그러나 그는 그곳을 절대로 건드리지 않았다.

*

그 후로 나는 거의 매일 저녁 칼라지를 만나 커피를 마셨다. 때로는 정말 우연히 마주쳤고, 때로는 둘이 같은 시각에 카페 알제에 있었기 때문에 만났으며, 또 종일 힘들게 일하고 한참이 지났는데도 인디언 서머*가 계속되어 다른 어떤 일도 할 의욕이 없어서 만나기도 했다. 나는 온종일 책을 읽었고, 내가 다른 곳에 있다고 상상했으며, 곧 시작될 새 학년

---

* 늦가을에 여름처럼 따뜻한 날이 계속되는 기상 현상.

에 대해 걱정하지 않으려고 애를 썼다. 1월 중순에 있을 종합 시험과 그 직후에 있을 구두시험은 말할 것도 없고, 강의, 과외, 회의, 로웰 기숙사 근무, 학생 면담, 학과 파티, 그 밖의 여러 모임과 의무가 수반되는 새 학년에 대해선 생각하고 싶지도 않았다. 박사과정 일 년 차일 때 로이드-그레빌 교수는 우리 동기들에게 영문학과 도서관에 있는 책을 전부 읽으라고 지시했었다. 교수님이 진심으로 말씀하시는 거예요? 사년 차 선배에게 내가 물었었다. 교수님은 농담 안 하셔. 그가 대답했다. 교수의 말은 나를 겨냥한 말 같았다. 나도 내가 칼라지에게 정신이 팔려 학업을 등한시한다는 걸 알고 있었다. 곧 그 대가를 치러야 할 것이고, 심지어 대가를 치르고 싶은 마음도 있었다. 하지만 하버드를 잃는다는 생각만 해도 자다가 벌떡 일어나 공포에 휩싸였고, 그 후로는 다시 잠을 이룰 수가 없었다. 어느 날 밤엔 압도적인 공포감에 사로잡혀 잠이 깬 후, 느닷없이 여러 해 전에 사랑했지만 그 후론 소식도 알 수 없게 되어버린 여성에게 바치는 시를 쓰려고 한 적도 있었다. 또 다른 날 밤엔 상당한 소득을 보장해줄 것이 확실한 글을 쓰기 시작했다. 수도원에 사는 영혼이 자유로운 수녀 두 명의 은밀한 성생활을 다룬 소설이었다. 그러나 보통은 그냥 우유를 데웠다. 같이 사는 누군가가 나를 위해 우유를 데워놓고 자러 들어갔다고 상상하며. 그러고는 소파에서 다시 잠이 들곤 했다. 때로는 콩코드 거리와 수많은 지붕이 내려다보이는 내 방 창문으로 새벽이 오는 풍경을 바라보았다. 그렇게 보고 있으면 해변이 떠올랐고, 그것만으로도 마음에 평화가 찾아왔다. 굳이 다시 창밖을 내다보며 확인하려 들지 않는 이상 해변의 휴양지에 와 있다는 착각은 오래 지속되었고, 좋은 기분을 유지할 수 있었다.

비서 메리-루가 전화해서 로이드-그레빌 교수가 면담 약속을 정하자고 했다는 말을 전했다. 교수는 나와 초서*에 관해 토론하고 싶어했다. "어느 작품요?" 내가 메리-루에게 물었다. "초서의 모든 작품이죠, 물론." 하버드가 어떤 곳인지를 또 잊었냐는 듯 그녀가 대답했다. 면담 일정은 로이드-그레빌 교수가 러시아에서 귀국한 후인 9월 중순으로 정해졌다. 교수는 러시아 학생들에게 러시아 문학을 가르쳤다. 몰랐는데, 그는 러시아어도 유창했다.

카페 알제에서 시간을 보내는 게 독서에 전혀 도움이 되지 않는다는 것을 알았지만, 카페 알제에 있으면 깨어 있는 동안에도 나를 쫓아다니는 듯한 그 수많은 유령을 피할 수 있었다. 또 케임브리지에 친구가 서너 명 있긴 하지만 칼라지만큼 친한 친구는 단 한 명도 없었고, 그런 관계를 잃고 싶지 않

* 《캔터베리 이야기》로 유명한 14세기 영국의 대표 시인.

았다. 우리는 여기에 우리만의 작은 세계를 구축했다. 프랑스라는 카드로 만든 집 덕분에 하나가 된 카드로 만든 세상, 카드로 만든 카페와 카드로 만든 의식이 있는 곳. 우리는 카페 알제를 **셰 누,** 즉 우리 집이라고 불렀다. 그곳은 반은 북아프리카인, 반은 가짜 프랑스인인 우리 같은 사람들을 위해 만들어진 곳이었고, 난민들을 위한 절반의 꿈의 공간이자, 여기에도 다른 곳에도 속하지 못하는 사람들을 위한 공간이었기 때문이다. 우리는 항상 카페 알제에서 **생캉트-카트르**를 주문했고, 거기를 나와 칼라지가 **라 수프 포퓔레르,** 즉 무료급식소라고 즐겨 부르는 카페 애냐츠카에 가서 칠리 요리와 와인 한 잔을 주문했다. 그는 그곳의 와인을 **엉 돌라르 뱅-두**1달러 22센트라고 불렀고, 금방 그의 여자친구가 된 여자를 **몽 플레오나즘**나의 중복법이라고 불렀으며, 나와 같은 건물에 사는 린다는 이름을 외우길 거절하더니 **라 카랑트-두**42호 아가씨라고 불렀다. 그가 최근에 꼬신 여자에겐 따로 별명을 지어주지 않아서 **소화불량 아가씨**로 남았다. 세자리옹은 **르 프티 트루,** 작은 구멍이라고 부르기로 둘이 의견을 모았고, 칼라지가 마지막 음절에 강세를 넣어 **하르베스트**라고 발음하는 하비스트는 **셰 막심스**막심의 집, 혹은 **르 그랑 트루**큰 구멍가 되었다. 무슨 이유에선지 카사블랑카는 세례명을 받지 못하고 그냥 **카사블랑카**로 남았다. 우리는 날마다 **막심스**에서 **라 수프 포퓔레르**까지 걸어 다

넜고, 가끔 **세 누**에 잠깐 들르기도 했다. 우리는 **세 누**에서 책을 읽고, 백개먼을 하고, 친구를 사귀고, 어느 저녁에는 둘러앉아서 사바티니의 연주를 들었다. 가끔 그 기타리스트는 **안단테 스피아나토**를 연주할 줄 아는 유명한 문하생을 데리고 다녔다. 칼라지가 그 제자의 연주를 들려달라고 졸랐기 때문이었다. 새 학년이 시작됐고, 일요일 저녁마다 우리는 각자 1달러씩 내고 하버드 엡워스 교회에서 예술영화를 보곤 했다. 그는 그것을 **미사 참례**라고 불렀다.

그는 세상을 모욕하기 위해, 사물을 보고 부르는 다른 방법도 있다는 것을 보여주기 위해, 그리고 모든 것이 불로써 세례를 받아 모든 위선과 신앙심을 깨끗이 씻어내야 자신의 세계에 들어올 수 있다는 것을 보여주기 위해 주변의 모든 것에 새로운 이름을 붙였다. 그것은 그가 자신의 모습으로, 혹은 그가 바라는 세상의 모습으로 세상을 재창조하는 그만의 방식이었다. 이 춥고 척박하고 대용품이 넘쳐나며 천박한 도시를 몇 단계 끌어내려, 친절하고 친밀하고 잘 도우며 더 밝은 곳으로 바꾸는 그만의 방식이기도 했다. 이렇게 바뀐 도시는 그에게 비밀 통로를 열고 웃으면서 그를 따를 것이다. 알리바바처럼 그가 창조해낸 그만의 프랑스어로 그 도시에 올바른 별명을 붙일 수 있다면 말이지만. 그는 즉흥적으로 지어낸 이름을 붙여 자신이 만진 모든 것에 지문을 남김으로써 세상의 외관을 훼손했다. 언젠가는 세상이 자기 문에 그토록 깊이 흠집을 낸 그의 손을 찾아내 그를 안으로 맞아들이면서 "참 오랫동안 문을 두드리더군. 어서 들어와, 자네가 있을 곳은 여기니까."라고 말해주기를 바라면서.

그는 카페 알제에서 만난 모든 사람을 자신의 비좁고 일시적인 세계에 꽉꽉 밀어 넣었지만, 단 한 사람에게는 공기가 잘 통하는 제일 좋은 방을 주었다. 그 사람이 바로 나였다. 그는 피를 나눈 형제이자 공범이 필요했던 것이다.

그는 끝내 알지 못했다. 그가 다양한 삶의 방법을 내게 보여주기 위해 다른 세상의 문을 더 열어젖히고 케임브리지에서 나를 끌어내려 하면 할수록, 나는 하버드가 내미는 작은 특전과 잠정적인 약속을 더 절박하게 붙들고 늘어졌다는 사실을.

3

어느 날 이른 오후, 칼라지를 이렇게 일찍 맞닥뜨릴 거라고는 생각도 못 한 채 책을 들고 카페 알제로 들어간 나는 두 여자와 함께 앉아 있는 그를 발견했다. "여어, 반갑군, 친구." 그가 소리치며 일어서서 나를 반갑게 끌어안았다. 전에는 한 번도 그렇게 포옹한 적이 없었다. "얼마나 기다렸는지 알아?" 이상하게 말이 많고 들떠 있었다. 무슨 일이 있는 거였다. "여긴 내가 말한 그 하버드생 친구." 그가 자신의 위상을 높이고 북아프리카 출신 택시운전사들과 웨이터들 말고도 아는 사람이 많다고 자랑하기 위해 내 하버드 학벌을 들먹이고 있다는 의심이 불현듯 고개를 들었다. 하버드와 나의 관계가 금방이라도 끊어질 듯 위태로웠고, 특히 1월 중순에 일어날 대재앙에 대한 공포가 지난밤 싸구려 와인과 함께 마구 밀어 넣어 소화되지 않은 음식의 불쾌한 뒷맛처럼 나의 아침을 괴롭히고 있다는 사실을 그가 알 리 없었다.

그러나 그게 지금 일어나고 있는 일의 전부는 아니었다. 그는 나를 이야깃거리로 이용하고 있었다. 나는 개의치 않았다. 아니, 다시 생각해보니 나는 이야깃거리가 아니었다. 그는 내게 도움을 요청하고 있었다. 그리고 그런 상황에서의 도움이란 두 여자 중 하나를 떠맡는 것, 그 하나만을 의미했다. 문제는 둘 중 누구를 떠맡느냐는 것이었다.

여자들끼리 이야기하는 동안 칼라지는 몸짓으로 내 추측이 맞았음을 확인해주었다. **얘네 좀 떨어뜨려놔!** 그러고는 한마디 덧붙였다. **둘 중 어느 쪽을 원해?** 그를 위해 부탁을 들어주는 거니까 어느 쪽이든 상관없었다. 사실 어느 쪽에도 관심이 없었다. 게다가 그가 한 여자와 잘해보도록 돕기 위해 다른 여자에게 접근하는 역할을 맡는 건 내 생각에는 다소 부정직한 일로 보였다. 내가 그의 계획을 따르기를 꺼리는 게 느껴졌는지 그는 당혹스러워했다. 그가 이해할 수 없다는 눈초리로 나를 보았다. **그래서 안 할 거야? 이 여자들에게 모욕적인 일이잖아. 그리고 솔직히 말해서 나한테도 그렇고.** 나는 선택해야 했다. 심지어 그 여자들도 그걸 기대하고 있었다.

나는 내 옆에 앉은 여자를 선택했다.

그녀는 페르시아 아가씨였는데, 단테의 모든 작품을 이

탈리아어로 읽었고, 그다음엔 스페인어로, 또 그다음엔 페르시아어로 읽었다고 했다. 다른 여자는 곱슬한 금발의 쉴라라는 아가씨였는데, 직업이 물리치료사라고 했다.

　　나중에 안 사실이지만 쉴라는 칼라지의 관심을 끌지 못했다. 희한하게도 **소화불량 아가씨**는 그걸 해냈다. 그녀는 그와 하룻밤을 보낸 후 자취를 감췄고, 현재 까다롭게 구는 쪽은 그가 아니라 그녀였다. 나는 이런 일이 생길 거라고는 꿈에도 생각 못 했었다. 하지만 그는 크게 걱정하지 않았다. 케임브리지는 파리보다 작았다. 언제라도 다시 마주칠 수 있었다. 전화번호 안 받았어요? 잃어버렸어. 어디 사는지 몰라요? 몰라. 그날 밤 너무 어둡고 너무 취해 있어서 그런 생각을 못 했다고 했다. **라 수프 포퓔레르**에서 만난 **플레오나즘**은 사흘째 되는 날 다시 나타났고, 그가 추측했던 대로 모로코에 사는 유대인 가정 출신의 프랑스인으로 밝혀졌다. 그녀는 알링턴 거리의 **알링턴 부인**으로 불리는 칼라지의 집주인 여자가 잠든 후에 그의 방에서 함께 잤다. 곧바로—겨우 사흘 만에!— 칼라지는 플레오나즘이 입주 베이비시터로 돌보는 사내아이 오스틴과 사랑에 빠졌다. 그는 시간을 쪼개서 그녀를 태우고 학교로 가서 오후 2시에 하교하는 오스틴을 태웠다. 그리고 셋이 함께 차를 타고 패널 회관으로 가서 차를 세우고, 아이스크림 세 개를 사곤 했다. 그런 일은 절대 비밀이었다. 베이비시터의 남자친구가 택시운전사이고 날마다 그들을 태워 패늘 회관 주변을 돌아다닌다는 이야기를 소년이 부모에게 하지 않도록 입단속을 철저히 시켰다. 칼라지는 그 베이비시터가 소년의 엄마 몰래 소년의 아빠와 바람을 피운다는 사실을 알고 난 이후에도 오랫동안 소년을 태워주었고, 때로는 혼자 가서 데려오기도 했다.

"그 여자가 누구와 자든 상관 안 해. 나도 딴 여자들하고 자니까. 하지만 적어도 선은 넘지 말아야지. 남자친구가 그렇게 예뻐하는 아이의 아빠하고 바람을 피우고 돌아다니다니! **세 드 라 페르베르시테** 너무 사악한 일이야! 그럼 안 되지, 안 되고말고." **따다다다다다.**

"저분이 쉴라와 단둘이 있고 싶어하는 것 같아요, 그죠?" 그날 오후 나와 단둘이 있게 되자 페르시아 아가씨가 말했다. 우리는 프랑스어로 대화를 나눴다. 그해 여름 닫혀버렸다고 생각한 문을 프랑스어가 열어준 것이 벌써 두 번째였다. 나는 여자와 프랑스어로 나누는 대화를 좋아했다. 고향에 돌아온 느낌이 들었다. 프랑스어엔 여자에게 할 수 있는 말이 많았다. 영어로 번역하거나 표현할 수 없는 말이 있다는 뜻이 아니라, 영어로는 절대로 떠오르지 않고, 따라서 영어식 마음속에는 존재할 수 없는 말이 있다는 뜻이다. 내가 좋아하게 된 것은 그런 말 자체나, 그 말을 표현하는 단어들이 아니었다. 단어들의 감정적인 억양, 음조, 내 목소리, 그리고 어린 내게 프랑스어로 말을 걸던 사람들, 내가 말한 모든 말 위에 날개를 펼치고 맴돌며 내 말을 듣다가 싫지 않은 방식으로 끼어드는 사람들의 목소리였다. 칼라지는 카페 알제에서 그 두 여자를 만났다. 담배 묘기, 어떻게든 잘 살아보려고 애쓰는 외로운 이방인의 사연, 판텔레리아 남쪽에 있는 흰 페인트를 칠한 이국적인 마을 이야기를 틀림없이 했을 것이다. 페르시아 아가씨는 카페 알제에서 쉴라를 처음 만났다고 했다. 각자 다른 테이블에 앉아 있었는데 그 중간 테이블에 칼라지가 앉아 있었다. 그가 두 여자를 **라프로셰**합석시킨 것이다.

나는 달리 갈 데가 없어서 해피 아워에 맞춰 페르시아 아가씨를 데리고 세자리옹에 갔다. 그녀는 값싼 와인보다 허브티를 좋아했다. 버팔로윙은 궁핍한 사람들을 위한 가공식품이라면서 손도 대지 않았다.

"이란에서 부자였나 보죠?" 내가 무례하게 들릴 위험을 무릅쓰고 물었다.

그녀가 소리 내어 웃었다. "이란에서 아주아주 부자였어요."

한동안 침묵이 흘렀다.

"케임브리지에 친구 많아요?" 페르시아 아가씨가 화제를 바꿨다.

"아뇨, 주로 대학원생들만 알고 있죠." 내가 대답했다.

젊은 교수라고 해도 믿을 법한데, 그녀도 대학원생이라고 했다. 이란에서 7월에 왔고, 학기 시작까지 아직 시간이 많이 남아 너무 빨리 온 것 같다고 했다.

"미국은 처음이에요?" 그녀의 케임브리지 입성을 돕고 싶다고 생각하며 내가 물었다.

"아뇨, 아주아주 많이 와봤어요." 그녀가 대답했다. **이란에서 아주아주 부자**였다고 건방진 투로 했던 말과 같은 맥락의 대답이었다.

그녀의 이름은 와히다 안사리였다.

나는 같은 성을 가진 페르시아 시인의 시를 몇 소절 암송했다.

"네, 네. 다들 그 구절을 암송하죠." 그녀가 나에게 더 나은 걸 내놓으라고 요구하듯 말했다.

와히다는 현란하고 빠른 솜씨로 룰렛 테이블의 판돈을 쓸어가는 카지노 딜러처럼 내 칩을 몽땅 가져갔다. 나는 멍한 얼굴로 그녀를 바라보았다. 그녀의 솔직하고 태연한 눈빛은 **칩 더 없어요? 진짜?**라고 말하는 듯했다.

"저녁 먹을래요?" 세자리옹 밖을 서성일 때 그녀가 말했다. "오늘 저녁엔 쉴라나 칼라지를 다시 보게 될 것 같진 않은데."

나는 애냐츠카에서 간단하게 뭘 먹자고 제안했다. 그 말은 내가 값싼 음식을 먹자는 뜻으로 쓰는 표현이었다. 칼라지였다면 그것 말고 다른 뜻으로 듣는 일은 없었을 것이다. 그러나 와히다에게는 간단하게 먹자는 말이 과한 서두름과 무례함의 경계에 위치한 말로 들린 듯했다. "왜 그렇게 서둘러요?" 그녀가 물었다. 나는 세르반테스에 네 시간, 폴 스카롱에게 한 시간, 샤를 소렐에게 한 시간, 마테오 반델로에게는 시간을 얼마나 들여야 하는지도 모르겠다고 설명했다. 덧붙여서 종합시험 이야기도 했다.

"언제 보는데요?" 와히다가 물었다.

"1월 중순요."

"아직 몇 달 남았네요." **분위기 좋은 식당으로 가자**는 뜻이었다.

농담 좀 그만하라고 대답하고 싶었다.

나는 모든 일을 있는 그대로 말할 수 있는 솔직함과 재치를 가진 여자가 좋다고 와히다에게 말했다. 그녀의 대답은 놀라웠다. "**셰−라미**친애하는 친구, 난 **이케농크, 지금 여기**에 살아요." 그녀가 말했다. 나는 반대로 **얌 논**과 **논둠, 지금은 아니야**와 **아직은 아니야**에 산다고 말하고 싶었지만, 아직은 때가 아니라는 생각이 들었다. 성 아우구스티누스처럼 굴 때가 아니었다. 나는 식사를 할 만한 좋은 곳을 알고 있느냐고 그녀에게 물었다. 그녀는 잘 모른다고 대답했다. 그럼 그냥 간단히 먹어야 할 것 같네요. 그녀가 뇌까렸다. 간단히 저녁을 먹는 동안 그녀가 한 말로 기억나는 것은 "그래도 한 가지만 경고할게요"로 시작하는 말 뿐이었다. 엄지와 검지 손톱으로 샌드위치에 든 아주 얇은 하바르티 치즈 몇 장을 콕 집어 끄집어내면서 그렇게 말했다. 그녀는 곧바로 본론으로 들어가지 않고 자기는 치즈가 너무 많이 들어간 샌드위치는 좋아하지 않는다고 투덜거리며, 덩달아 끌려나온 버지니아 햄 한두 장은 도로 집어넣고 치즈만 양상추에서 분리해내려고 애썼다. 사실 샌드위치도 별로 좋아하지 않는 것 같았다. "지금 말할게요." 그녀보다 내가 듣기에 어색한 고백이 이어지리란 걸 느낄 수 있었다. "말해요." 내가 재촉했다. 그녀는 좀 더 생각해보는 눈치였다. **즈 쉬 플뤼 그랑드 크 투아**. 내가 당신보다 나이가 많아요." 나는 최선을 다해 그녀를 안심시켰다. 그러나 그녀의 솔직함에 허를 찔린 것은 사실이었다. 나는 치밀하게 상황을 관리했다고 생각했지만 이건 너무 빠르고, 너무 솔직하고, 너무 **이케눙크**했다. 더 당혹스러운 건 나는 알지도 못하는 나의 제안을 받고 심사숙고 하다가 반려하는 듯한 그녀의 어조였다. 내가 묻기도 전에 그녀는 벌써 암묵적으로 동의를 표시했던 건가? 내가 모르는 사이에 우리 사이가 그렇게 빨리 진전되었나? 그 순간 일이 어떻게 된 건지 불현듯 깨달았다. 칼라지가 그 두 여자를 그런 분위기로 몰아넣은 것이다. 기초작업을 다 해놓은 것이다. 어떻게 그럴 수 있었는지는 상상이 안 갔다. 그녀가 그런 기분이었으니까, 그녀의 눈에 내가 멋진 남자로 보인 거였다. 나는 칼라지가 어떤 풍선을 띄웠기에 그녀를 이렇게나 흔들어놓았는지 궁금했다. 어쩌면 그녀가 진짜 관심 있는 남자는 칼라지이고 나는 그냥 연막에 불과한 건지도 몰랐다. 어쩌면 내가 칼라지와 같은 남자일 거라고 추측하고 한 가지, 오직 한 가지만 마음에 있는 건지도 몰랐다.

우리는 이십 분 뒤 홀리요크 거리의 벤치에서 피칸 파이 한 개를 나눠 먹고 나서 헤어졌다. 그녀는 빈민가를 쏘다니는 것에 익숙지 않아 보였다. 우리에게 **이케농크**는 바로 이곳이에요. 내가 말했다. 그녀는 내 말에 동의했다. 칼라지가 그녀의 별명을 **이케농크**라고 지을 거라는 게 벌써 예상됐다.

아직 완전히 어둡지는 않아서 옥상 테라스에서 한 시간 정도 책을 읽을 수 있겠다는 생각이 들었다. 그러나 자꾸 린다 생각이 났다. 지금쯤이면 도서관에서 돌아와 있을 것이 분명했다. 나는 그녀의 집 문을 두드렸다. 응답이 없었다. 문을 잠그지 않았을 수도 있어서 문손잡이를 돌려보았다. 나는 문을 열고 들어갈 것이고, 그녀가 무엇을 하고 있든 우리는 일초 안에 옷을 벗을 것이다. 그러나 손잡이는 돌아가지 않았다. 벨을 눌렀지만 이번에도 응답이 없었다.

그날 저녁 나는 세르반테스를 끝까지 다 읽었다.

그리고 밤 11시쯤, 아래층에서 초인종이 울렸다. 칼라지였다. "혼자야?" 그럼, 혼자죠. 그는 4층까지 단숨에 뛰어 올라왔다. "페르시아 아가씨하고 함께 있을 줄 알았는데."

"책 읽는 중이었어요."

"그 아가씨한테 퇴짜를 놨다는 거야? 정신이 나갔어?"

"책을 읽고 있었다니까요."

"왜, 종합시험 때문에?" 그는 나를 이해하지 못했다. "그래, 계속 읽으라고, 친구." 그리고 곧바로 덧붙였다. "페르시아 아가씨 마음에 들었어?"

"나쁘진 않더라고요."

"예, 아니오로 대답해, 긴가민가하게 말하지 말고."

"그래요, 예."

"근데 왜 여기 없어?"

"여기 없으니까." 내가 말했다.

"자네가 잘못한 거야." 그는 잠시 생각에 잠겼다. "아니, 잔인한 일이었어."

"사실은 책 다 읽고 나서 **라 카랑트-두**의 문을 두드릴 계획이었어요. 그 아가씨가 비상용이라." 나는 남자 간의 유대감을 불러일으킬 심산으로 이렇게 덧붙였다.

"멋지군, 자네도 비상용, 그 아가씨도 비상용, 자네 인생 전체도 하나의 커다란 비상용이군. 내가 자네보다 더 많이 아는 척하진 않겠지만, 자네 인생에서 진짜는 논문밖에 없어. 근데 누가 알겠어? 그 논문이 다른 것들보다 훨씬 더 기만적인 비상용일지. 이해가 안 가는군. 솔직히 말해서 이해하고 싶지도 않고. **본 수아레.**"

따다다다다.

그 말을 남기고 그는 갔다.

나는 그가 왜 그렇게 화를 내는지 이해할 수 없었다. 어쩌면 나의 세계에서 그도 비상용이라는 잠정적인 지위를 획득했다는 사실을 문득 깨달았던 것인지도 모르겠다. 비상용 삶이 넘쳐나는 비상용 도시에서 피어나는 비상용 우정.

며칠 뒤 나는 칼라지가 초인종을 누르고 4층까지 뛰어 올라왔던 이유가 나와 페르시아 아가씨를 초대해 자신과 쉴라와 함께 노스엔드로 긴 드라이브를 가기 위해서였다는 사실을 알게 됐다. 거기 작은 이탈리아 카페에서 커피를 마시고 페이스트리를 먹으며 놀다 오려고 했었다는 것이다. "넷이 갔다면 황홀한 시간을 보냈을 텐데. 진 아몬스의 색소폰 음악을 들으면서 드라이브도 하고."

*

　그 후에도 나는 와히다를 서너 번 만났다. 그녀는 자기 가족에 대해서 얘기해주었다. 남동생, 전남편, 아들, 어머니……. 가족 중 일부는 이란에 살고, 다른 가족은 유럽과 남아메리카에 산다고 했다. 우리는 친구가 되었다. 단테, 이슬람, 프로방스 지방의 시인들, 〈시칠리안 커넥션〉*. 그녀는 언젠가는 이런 것들에 대해 쓰고 싶다고 했다. 그리고 어느 날 오후, 카페 알제에 앉아서 칼라지를 기다리고 있는데 마침내 이야깃거리가 떨어졌다. 침묵을 채울 말이 떠오르지 않았다. 우리 사이에 맴도는 암묵적인 합의를 연기할 핑계도 없었다. 그녀가 나를 물끄러미 바라보았고 나도 그녀를 바라보았다. 이것은 '당신이 내게 칩 하나를 더 걸면 나도 칩 하나를 더 걸게' 따위를 넘어선 것이었다.

　이게 내가 생각하는 그것일까? 나는 우리 사이의 침묵을 분석하고 무슨 일이 벌어지고 있는지 이해하려 애쓰면서 나 자신에게 물었다. 와히다는 계속 나를 바라봤다. 그래, 내가 생각하는 그거 맞아. 내가 바라보고, 당신이 바라본다. 인간과 다른 인간이 서로 마주 본다. 지금까지 인생에서 배웠던

---

* 　1972년 페르디난도 발디 감독이 만든 이탈리아-프랑스 범죄 스릴러 영화.

다른 모든 것은 카페 알제 밖 아주 먼 곳에 있다. 스물여섯 살이었던 나에겐 이때가 어머니를 제외한 여자와 함께한 순간 중 가장 진실하고 친밀한 순간이었다. 나는 칼라지와 와히다가 나에 대해 이야기를 나눴었을지 궁금했다. 둘이 잔 건 아닐까? 갑자기 그녀의 눈에 맺힌 눈물이 보였다. "울고 있네요." 내가 말했다. 못 본 척할 수가 없었다.

"아뇨, 안 울어요." 와히다는 고개를 숙이고 테이블을 내려다보았다. 책을 오래 읽고 나서 눈을 마사지하듯 손바닥 끝부분으로 두 눈을 꾹꾹 눌렀다. 그러자 눈물샘이 터져버렸다. "당신은 이해 못 할 거예요. 손수건 좀 줘요." 나는 왼쪽 주머니에서 손수건을 꺼냈다. 왜 우느냐고 묻지 않았지만 갑자기 나도 반신반의하는 기분과 혼란스러운 느낌이 들었다. 말로 표현할 수 없을 정도로 가슴이 꽉 조여오는 느낌이었다. 내 안에는 칼라지가 나타나서 우리의 막간극을 방해하지 않기를 바라는 마음과, 그가 나타나 우리가 이 상황에서 벗어날 수 있도록 도와주기를 간절히 바라는 마음이 공존했다. 내가 그녀의 눈을 바라보자 그녀도 나를 바라보았는데 **이제 보여요? 이제 알겠어요?**라고 묻는 것 같았다. 갑자기 내 뺨이 축축한 느낌이 들었고, 나도 모르는 사이에 눈물이 흐르고 있었다.

"왜 이러죠, 우리? 당신은 알아요?" 와히다가 물었다. 나는 고개를 가로저었다.

"내 손을 잡아요." 내가 말하자 그녀가 테이블 위로 손을 뻗었다.

나는 가볍게 뭐라도 먹자고 제안했다. 그러나 둘 다 배가 고프지 않았다. "집까지 걸어서 데려다줄래요?" 와히다가 물었다.

"물론이죠." 내가 말했다.

"필요한 책은 다 갖고 있어요?"

"거의 다." 내가 대답했다. "왜요?"

"왜냐면 오늘 밤에 나와 잘 거니까."

우리는 카페를 나와 브래틀과 마운트 오번 사이의 좁은 골목길에서 키스했다.

그녀는 강변 플래그 거리에 살았다. 우리는 양탄자에 책상다리를 하고 앉아서 양념고기와 쌀밥에 와인을 곁들인 저녁을 먹으면서 카페 알제에서 우리에게 일어난 일에 관해 이야기를 나눴다.

"내가 너무 나갔다고 생각해?"

"아니, 전혀." 내가 대답했다.

"너무 빨랐어?"

"당신이 그렇게 해줘서 좋았어." 그러고 나서 나는 다시 그녀에게 키스했다.

나는 구애가 진행되는 동안 상대방에게 그렇게 솔직하

게 말한 적이 한 번도 없었다. 우리는 펠리니*와 르누아르**, 비스콘티***에 대해서 이야기를 나눴다. 와히다는 일부러 텔레비전을 사지 않았다고 말했다. 그러나 며칠 뒤 나의 강요로 한 대 샀다. 우리는 매일 저녁 함께 차를 마셨다. 그리고 술도. 그러고 나선 쌀밥과 가늘게 썬 야채를 곁들인 양념 고기를 먹었다. 우리는 내가 좋아하는 영화감독 로메르와, 내가 좋아하는 가수이자 이젠 어떤 오페라 하우스에서도 다시 만날 수 없는 칼라스에 대해서 이야기를 나눴다. 위대한 시인들에 대해 이야기를 나눴고, 덜 유명한 시인들에 대해서도 이야기했다. 나는 칼라지에게서 떨어져 나와서 행복했다. 우리는 동거에 대해 의논했고, 지속적인 유대감에 대해 이야기를 나눴다. 그녀는 우리가 일 년 중 얼마간은 파리에서 살 수 있을 거라고, 내 종합시험이 끝나면 파리로 가서 나는 《라 프랭세스 드 클레브》에 관한 논문을 시작하고 그녀는 아랍세계 연구소에서 연구 과정을 시작하면 좋을 것 같다고 말했다. 그러나 그보다 먼저 일주일 후에 시작되는 구로사와 아키라 감독 회고전을 보자고 했다. 내가 회고전에 가는 것을 망설이며, 1월 중순까지 읽어야 할 책이 산더미고 로이드-그레빌 교수를 만

---

*   이탈리아의 영화감독.
**   프랑스의 영화감독.
***   이탈리아의 연출가, 영화감독.

나 초서의 전 작품에 대해 토의할 시간이 다가오고 있다고 핑계를 대자, 그녀는 **지금 여기**의 시간을 알차게 써야 한다고 말했다. 나는 그녀의 생각이 마음에 쏙 들었다. 그녀는 우리에게 당면한 문제는 초서가 아니라 휴식시간 없는 긴 영화가 상영되는 동안 어떻게 담배를 피울 것인가 하는 거라고 말했다. 간단하지. 번갈아 밖에 나가 담배를 피우고, 안에 있던 사람이 그동안의 줄거리를 얘기해주자. 끔찍한 생각인데. 함께 밖으로 나가서 빨리 피우고 뛰어 들어오는 건? **부알라**그렇지! 상영시간이 두 시간이 넘는 영화에서 겨우 이 분 정도 나갔다 온다고 이야기를 얼마나 놓치겠는가? 둘이 아예 금연을 하면 어떨까. 내가 말했다. 멋진 생각이야. 언제 끊을까? 내일. 오늘 밤은 안 돼. "담배를 끊게 해주십시오, 주님, 근데 오늘은 말고요." 성 아우구스티누스의 **저를 정결하게 해주십시오, 주님, 근데 아직은 말고요**라는 구절을 변형한 농담에 둘 다 웃음을 터뜨렸다. 여기가 천국이었다. 어느 날 밤 갑자기 애정이 샘솟은 그녀는 나를 돌아보며 말했다. **당신이 원한다면 내 눈이라도 줄 수 있어.** 그녀는 이 말을 프랑스어로, 그러나 지나간 세상의 고풍스러운 프랑스어로 말했다. 이 또한 천국이었다.

　"이게 자네가 원하는 거야?" 나를 이해해줄 유일한 사람일 것 같아서 칼라지에게 내 속내를 털어놓았을 때, 그가 말했다. "진짜로 결혼하고 싶어?"

나는 모르겠다고 말했다.

"사람들은 결혼 전에 항상 불안에 시달리지만 어느 시점엔 확신을 가지는데."

"난 모르겠어요. 그러니 그만해요. 당신은 결혼하기 전에 이번이 몇 번째일지 알았어요?"

"난 사랑이 아니었잖아." 그가 내 작은 화살을 가볍게 피하며 대답했다. "자넨 사랑이야?"

그것도 알 수 없었다.

"크리스마스에 자기 가족을 만나러 스페인에 같이 가재요."

칼라지는 그 말을 곱씹었다.

"비행기표 살 수 있어?"

"아뇨."

"그럼 누가 살 건데?"

알 수 없었다.

나는 결혼이 마드리드 바라하스 국제공항까지의 왕복 항공료 같은, 지극히 사소한 조건에 따라 결정될 수 있다고는 한 번도 생각하지 못했었다.

그러나 그 질문을 듣고 내 대답이 정해졌다.

와히다와 나는 다음 해 초여름까지 여행을 미루기로 결정했다. 한편 우리는 어느 일요일 오후에 베토벤의 후기 현악

사중주를 전부 들었다. 그리고 그다음 날엔 '푸가의 기법' 세 개의 버전을 들은 뒤 〈60분〉을 함께 보았다. 그다음엔 저녁을 먹었다. 늘 먹던 대로 쌀밥과 양념 고기에 와인을 곁들였고, 식사를 마친 다음엔 사랑을, 더 많은 사랑을 나눴다. 고기를 먹인 데는 다 이유가 있었다고 와히다가 농담했다. 나는 항상 그녀를 원했다. 이전에 나는 이렇게 살아본 적이 없었고 누군가와 이렇게 행복한 적도 없었다. 때로는 한밤중에 둘 다 잠이 깨어 커다란 거실 창문 앞에 서서 메모리얼 거리의 황홀한 불빛을 바라보며 되뇌었다. 이 행복을 뺏어가지 마세요, 이 행복을 뺏어가지 마세요.

삼 주 후 새 학기가 시작되고 나서, 나는 무언가가 다가오는 것을 느꼈다. 한번은 내가 요리를 하지 않는다고 와히다가 불평했다. "배우려고도 하지 않네." 나는 그녀가 중얼거리는 혼잣말을 들었다. 마치 부엌 싱크대와 싱크대 위 열린 수납장에 걸려 있는 이란에서 갖고 온 양념 선반과 그녀가 애지중지하는 샹탈 찻주전자와 프랑스에서 직수입한 마리아쥬 프레르 차 통에 대고 말하는 것 같았다. 어느 날 저녁엔 식사를 마치고 부엌을 나가면서 내게 말했다. 설거지라도 하겠다고 해야 하는 거 아니야? 빨래도 돕고. 당신 물건들 좀 치우고. 그리고 이런 말 하긴 좀 어색하지만 여기 생활비를 나눠 내는 문제를 얘기할 때가 된 것 같아. **여기**라는 말이 내 마음에 깊은 상처를 남겼다. 말로 표현하진 않았지만 가득 찬 반감과 원망을 애써 억누르는 게 느껴졌기 때문에. 이렇게 말을 꺼내기까지 얼마나 오랫동안 속을 끓였을지 누가 알겠는가. 그녀는 내가 사랑을 나누는 방식도 처음과 많이 달라졌다고 말했다. 처음에 나는 그녀와 사랑을 나누면서 달콤한 말을 했었다. 그러나 이젠 생쥐보다 조용했다. 심지어 그녀를 기다려주지도 않았다. 남자는 항상 여자를 기다려야 하는데.

그 안엔 내 마음이 담겨 있지 않았다. 그녀가 그것을 즉시, 나보다도 먼저 눈치챈 것이다.

그리고 일주일쯤 지난 뒤 드디어 일이 벌어졌다. 초서에 대한 내 지식이 얼마나 얄팍한지 알아보기 위해 로이드-그레빌 교수가 나를 찔러보고 또 찔러볼 면담이 이틀 앞으로 다가온 그날, 나는 다가올 면담에 대한 걱정으로 온몸이 마비되는 것 같아 일요일 새벽 2시에 잠이 깼다. 그런데 생각이 꼬리를 물고 이어지던 그때 비로소 깨달았다. 내가 하버드와 로이드-그레빌 교수의 연구실뿐만 아니라 와히다에게서도 도망치고 싶어 안달이 났다는 사실을. 그녀의 침대에서 빠져나와야 한다는 생각이 불현듯 들었다. 이것을 깨닫는 데 몇 분 더 걸렸지만, 그녀의 집에서도 빠져나와야 했다. 나는 아침이 되면 성인답게 이 문제를 그녀와 의논한 뒤에 그 집을 떠나기로 결심했다. 어쩌면 그때쯤이면 마음이 진정되고 종합시험이 내 모든 불안의 근원임을 알게 될지 몰랐다. 그러나 나는 침대에서 빠져나와 몇 분간 거실에 앉아 있는 것만으로도 그녀에겐 심각한 경보가 될 수 있다는 사실을 알았다. 로이드-그레빌 교수와의 면담 때까지라도 차분히 생각해보자거나, 며칠간 냉각기를 갖자는 말—길어도 이 주를 넘기지 않을게, 약속해—만 해도 그녀는 눈물을 흘리며 나를 비난할 것이고, 이런 상황에서 다들 하는 말을 나도 그녀에게 해야 할 것이다. 문제는 나라고. 당신이 아니고, 내 시험도 아니고, 우리나 내 삶의 방식이나, 당신이 내 삶에 가져다준 선물이 아니라, 내가 문제였다고. 당신은 완벽하지만 내가 당신을 가질 자격이 없다고. 하지만 내 삶에 그녀가 없었다면 지금 나는 어디에 있을까? **지금**이라는 말이 내 상실감과 절망감의 정도를 보여줬다. 그래도 난 떠나야 했다. 그런 감정에 애써 맞서지 마, 나는 속으로 되뇌었다. 끝까지 외면하려 하지 말자고. 그땐 깨닫지 못했지만, 그 말은 《헤어짐을 위한 입문서》에서 빌려온 말이었다.

그러나 새벽 3시가 되자 나는 금방이라도 폭발할 지경이 되었다. 까무룩 잠이 들 때마다 악몽이 슬그머니 내 주변을 맴돌다 귓속으로 들어와 나를 깨웠고, 이게 꿈이라는 걸 아는 와중에도 내가 거짓으로 살고 있다고, 이런 생활을 계속해선 안 되고 더 이상 그녀를 만지고 싶지 않으며, 심지어 이불 속

내 발에 닿는 그녀 발의 감촉조차 싫다고 속삭였다. 새벽 3시 30분, 나는 일어나서 주섬주섬 내 옷가지를 챙겨 입고 내 책 서너 권을 집어든 후, 내 열쇠고리에서 그녀의 집 열쇠를 빼내 부엌 조리대 위에 조용히 올려놓았다. 그 건물을 빠져나와 선선한 가을 바람이 얼굴에 닿는 것을 느꼈을 때, 나는 이 갑작스러운 자유에서 그녀와 함께 살기 시작한 직후에 느꼈던 황홀감과 유사한 감정을 느꼈다.

나는 칼라지에게 전화를 걸었다. 이런 야심한 시각에 깨워서 미안하다고 말한 뒤 물었다. "나 좀 태우러 와줄 수 있어요?"

"자ー리브곧 갈게."

아무것도 묻지 않았고, 아무런 설명도 필요 없었다. 그는 내 목소리만 듣고도 내가 전화한 이유를 알아차린 것이 분명했다. 그에게 이토록 필사적으로 구조 요청을 한 사람 중 나는 처음도 아니고 마지막도 아니었다.

나는 9월 말의 서늘한 거리에서 그를 기다렸다. 그 서늘함을 제대로 느낄 시간도 없이 그의 노란 체커 택시가 길 양쪽에 일렬로 주차된 차들 사이를 비집고 천천히 다가오는 것을 보았다. 일어나서 양말을 신고 나온 지 십 분도 채 지나지 않은 시각이었다.

나는 사과의 말을 몇 마디 더 하고 나서 택시에 올랐다.

분명히 그도 똑같은 일을 수백 번은 해봤을 것이다. 그는 딱 한 마디만 했다. "얼굴이 아스피린처럼 창백한데."

그가 유쾌하게 웃고, 나도 따라 웃었다. 그리스 선원이 쓰는 말이었다.

"그래도, 이건 비겁한 짓이었어." 마침내 그가 말했다.

"맞아요, 비겁한 짓."

운전석에 앉아 전방을 바라보면서 그가 덧붙였다. "언젠가는 나에게도 똑같은 짓을 하겠지."

나는 못 들은 척 넘어갔다. 마음속에서 맞서지 말라고 속삭이는 소리가 들렸다.

나는 어색함을 떨쳐내기 위해 이런 순간이 오리라는 것을 알고 있었느냐고 물었다.

그럼, 처음부터 알고 있었지. 그가 말했다.

그럼 왜 그때 아무 말 안했어요?

"말했다면 무언가 달라졌을까?" 그가 물었다.

"아뇨."

"그래서 안 한 거야."

그러나 나는 그가 혼자 진짜 이유를 추측했을 거라고 생각했다.

메모리얼 거리를 달리는 동안, 나는 계속 와히다 생각을 했다. 잠이 깬 그녀가 어떤 기분일지. 이리저리 나를 찾다가 부엌 조리대에서 열쇠를 발견하는 모습이 그려졌다. 모든 걸 종합해보고 내가 영원히 떠났다는 사실을 깨달을 때까지 시간이 얼마나 걸릴까? **그가 날 떠났네.** 어젯밤 잠자리에 들기 전 티테이블에 놓아둔 와인 잔을 씻으며 그녀가 투덜거리는 소리가 들리는 것만 같았다. **떠났어.** 짜증과 분노가 섞인 목소리는 화풀이 대상으로라도 내가 그곳에 있어주기를 그녀가 얼마나 바라는지 보여주고, 구슬픈 어조는 우리의 짧은 사랑의 관에 못을 박을 것이었다.

와히다가 한때 **우리의** 소파였던 그녀의 소파에 혼자 앉아 있는 모습이 상상되자, 더 나아가 우리가 쌀밥과 양념 고기를 먹었던 바로 그 자리에 앉아 자신의 인생이 궤도에서 벗어났음을 깨닫는 모습이 떠오르자, 내 눈에 눈물이 맺히기 시작했다. 그녀는 다가오는 야수를 보고 겁에 질려 파득거리는 야생의 새처럼 모든 것에 두려움을 느끼고 있을 것이다. 내가 바로 그 야수였다. 내가 다른 인간에게 어떻게 이런 일을 할 수 있었을까? 게다가 그 행동을 한 방식은 그 행동 자체보다 더 나빴다.

나는 지금이라도 그녀의 아파트에 살금살금 기어들어가 침대 위 그녀를 꽉 끌어안고 사랑을 나누고 싶었다. 그녀도 좋아했던, 잠결에 시작되어 정열적으로 거칠게 진행되다가 잠이 깨면서 서서히 부드러워지는 사랑을 나누고 싶었다.

그러나 열쇠가 없어서 다시 들어갈 수 없었고, 칼라지에게 그곳으로 돌아가자고 부탁하기도 민망했다.

"내가 왜 그랬을까요?" 마침내 내가 그에게 물었다.

"참을 수가 없었겠지. 숨이 막힐 것 같았을 거야. 충분히 이해할 수 있어."

아니, 이해할 수 없었다. 숨막힌다는 것은 그냥 말이고 비유일 뿐, 아무것도 아니었다. 그날 밤 나는 내 베개 밑으로 기어드는 그 단어를 발견했었다. 그것은 대답도 설명도 아니었지만, 손에 잡히는 유일한 단어였고, 나의 언어에 대한 불신에도 모든 것을 말해주는 유일한 단어였다. 나는 왜 그녀를 떠났을까? 내가 나 자신의 삶이 아닌 다른 사람의 삶을 살고 있었기 때문이다. 내 삶이 대체 어떤 것인지, 내가 원하는 삶이 대체 무엇인지 알지 못했음에도 불구하고 내 삶을 도로 찾고 싶었기 때문이다. 혼자 있고 싶었거나, 혹은 그녀와 함께 있고 싶지 않았거나, 아니면 다른 사람과 함께 있고 싶었거나, 그도 아니면 아무하고도 함께 있고 싶지 않았기 때문이다. 다른 사람에게서 나의 모습을 발견하고 싶었지만 타인은 절대로 나와 같은 사람이 될 수 없고, 결국에 그런 허상은 내 안에서 끄집어내 던져서 깨버려야 한다는 사실을 깨달았기 때문이다. 사이가 소원해지면서 영혼이 상처를 받았기 때문이고, 사랑이란 내게는 낯선 것이며 사랑이 있어야 할 자리에 분노와 증오만 있었기 때문이다. 내가 왜 그녀와 사귀기 시작했을까? 아무도 없는 것보다는 누구하고라도 같이 있는 게 나아서? 칼라지처럼 되기 위해서? 아니면 나는 이미 칼라지와 같은 부류였는데 겉모양이 너무 다르다는 이유만으로 우리가 극과 극처럼 서로 다르다고 쉽게 결론내린 건 아닐까? 아랍인과 유대인, 성질 괴팍한 사람과 온건한 사람, 화를 잘 내는 사람과 잘 참는 사람, 이런 사람 저런 사람! 그러나 우리는 같은 틀에서 나온 사람들이었기 때문에 같은 식으로 숨이 막혔고, 같은 식으로 반격을 시도했으며, 같은 식으로 도망쳤다.

칼라지는 마치 난해한 시를 낭송하듯 털어놓는 내 생각을 잠자코 듣고 있었다. 그러고 나선 고개를 가로저으며 즐겨 하는 말을 했다. "아직 때가 안 된 거야. 글루텐이 안 만들어진 거지." 한때 빵 굽던 사람의 경험이 녹아 있는 말이었다.

음악이 스물네 시간 **앙 수르딘**하게 들리는 그의 택시 안에서 나는 그의 두 문장에 대해 생각했다. 그의 말이 마음에 들었다. 연애가 마치 푸딩과 수플레처럼, 잘 될 때도 있고 안될 때도 있고 그냥 굳어질 때도 있으니, 누구도 비난할 수 없고, 어떻게 해볼 도리도 없다는 뜻 같았다.

일 초 후 나는 내 삶의 다른 모든 것에 대해서도, 그리고 그의 삶에 대해서도 같은 말을 할 수 있다는 사실을 깨달았다. 어떤 것도 아직 때가 안 된 듯이 보였다. 심지어 우리의 우정도…….

"진짜로 혼자가 좋아?" 그가 물었다.

"아뇨."

그는 이 말도 이해했다. 더 말할 필요가 없었다. 그는 내 아파트 건물 앞에 나를 내려줬다.

나는 원한다면 커피를 만들어주겠다고 했지만 그는 동틀 때까지 택시 영업이나 하는 게 낫겠다고 말했다. 내가 전화했을 때도 아직 잠자리에 들지 않았었다고 했다. 그는 잠을 많이 자지 않았다. 게다가 일요일 새벽이었고, 클럽과 심야 술집에서 사람들이 아직도 나오고 있었다. 일요일 새벽에는 돈을 많이 벌 수 있었다.

멀어져가는 그의 택시를 바라보면서, 우리를 친하게 만든 요인은 상상 속 프랑스와의 로맨스가 아닐지 모른다는 생각을 했다. 그건 그냥 가림막, 착각이었다. 우리를 하나로 묶어주는 것은 **어디서도** 평범한 사람들과 함께 평범한 삶을 살아갈 수 없는 우리의 극단적인 무능력이었다. 우리는 평범하게 사랑하고 평범한 집에서 살며 평범한 일을 하고 평범한 텔레비전을 보고 평범한 식사를 하는 삶을 살지 못했다. 심지어 우린 평범한 친구를 갖거나 유지할 수도 없었다.

우리는 버림받은 사람들이 아니었다. 우리는 불가촉천

민이었다. 그 사실을 우리 빼고는 아무도 몰랐다. 하버드 학벌 덕분에 몇 주, 아니 몇 달이 지나도록 그 사실을 남들에게 들키지 않는 것은 물론이고 나 자신까지 속일 수 있었다. 칼라지는 오히려 만나는 사람마다 대놓고 소리쳐서 알림으로써 그 사실을 감췄다.

문을 열었을 때 나는 아주 오랫동안 내 집에서 밤을 보내지 않았다는 사실을 깨달았다. 집이 낯설게 느껴졌다. 여기보다 플래그 거리에 있는 와히다의 집에 더 오래 머무른 탓이었다. 그러나 두 곳 중 어느 곳도 내가 있어야 할 곳으로 느껴지지 않았다. 칼라지가 자기 방을 떠나 하루 종일 운전을 하고 돌아다니고 케임브리지의 선술집을 전전하는 이유도 충분히 짐작됐다. 나는 옷을 벗지 않고 잠이 들었다. 와히다의 침대에서 나는 냄새와 내 침대에서 나는 냄새가 한데 어우러져 내 잠 속으로 스며들었다.

*

그 일요일은 내 인생에서 최악의 날이었다. 집 안에 먹을 것이 하나도 없었다. 나는 지쳐 있었고, 로이드-그레빌 교수와 인터뷰를 하기 전에 초서를 마스터할 시간이 스물네 시간

밖에 남아 있지 않았다. 단 이십 분이라도 시간을 써서 먹을 걸 사러 나간다는 건 어림도 없었다.

늦은 오전 전화벨이 울리기 시작했다. 누군지 알았기 때문에 전화를 받지 않기로 결심했다. 나는 초서에 대해 정리한 내용을 타이핑하기 전에 옥상 테라스에 올라와서 두세 시간 공부하고 있었는데, 거기서도 내 집에서 울리는 전화벨 소리가 들렸다. 로이드-그레빌 교수는 다음 날 오전 10시에 만나기로 되어 있었다. 나는 옥상으로 도피한 거였다. 잔인하고, 비정하고, 비겁했다. 내가 책과 옷을 가지러 오거나 갖다 놓으러 잠깐씩 들를 때를 제외하고는 다른 곳에서 살고 있었기 때문에 한동안 마주치지 못했던 린다는 이 화창하고 따뜻한 초가을날을 즐기러 옥상 테라스에 올라왔다가 나를 발견했고, 내 전화벨이 울리고 있다는 것을 알아차렸다. "왜 안 받아?" 마침내 그녀가 물었다. 그러고는 곧장 그 이유를 짐작했다. "저 여자가 전화를 안 끊으면 어떡하지?" 정오가 되어 린다는 내 집 부엌에서 두 잔째의 톰 콜린스를 제조하면서 물었다. "내가 받아볼까?" 한때 내 영혼의 동반자였던 여자에게 그렇게까지는 할 수 없었다. 결국 린다는 잘못한 애완동물에게 벌을 주듯 내 전화기를 화장실에 갖다 놓고 문을 닫았다. 나는 그녀의 하늘색 탱크탑과 비키니 팬티를 벗기고 침실로 직행하고 싶었다. 나는 그녀의 몸을, 속박받지 않고 거칠고 이기적이며 의미없는 섹스를 원했다. 그녀가 내 인생의 다른 여자를 지워주기를 바랐다. 그녀의 얼굴과 입에 키스하고 싶었고, 그녀의 얼굴로 다른 여자의 얼굴을 덮고 싶었다. 참을 수 없을 만큼 싫증나고, 죄책감과 연민, 사랑, 혹은 일상의 분노를 불러일으키는 게 아니라, 무관심을 불러일으키는 타나그라 조각상*을 묻어버리듯이. 무관심도 무서웠지만 무관심보다 안 좋은 건 무감각이었다. 처음에는 마음이, 그다음에는 몸이 굳어버리는 것. 반대로 증오는 훨씬 더 친절한 감정이었고, 어쩌면 내 안에 이미 조금 자리하고 있었다. 증오는 망각을 돕고 우리가 받은 상처를 빠르게 치유해주며 우리가 다른 사람에게 남긴 상처를 덮어준다. "그녀에게 상처 주기를 원하지 않는구나."린다가 말했다. "당신이 친절한 사람이라 그래." **아니, 그건 내가 비겁해서 그래**라고 말하고 싶었다. 하지만 나는 아무 말도 하지 않았다.

*

그날 오후 칼라지가 나를 보러 들렀다. 현관문이 언제나

---

*   자신의 감정에서 빠져나와 무엇도 잡으려 하지 않는다고 묘사된 라이너 마리아 릴케의 시 〈타나그라〉에서 가져온 표현으로 보인다.

잠겨 있지 않다는 걸 알고 난 이후로는 수시로 들락거렸다.

"남자가 절대로 해서는 안 되는 일이 하나 있는데, 여자에게 미안한 마음을 갖는 거야. 그런 마음을 가지고 살면 반드시 후회할 날이 오거든." 그가 말했다. "그게 그 여자를 파괴하고 남자를 파괴하지."

나는 와히다에 대해 생각할 겨를이 없었다. 초서를 파악할 수 있는 마지막 날이었고, 진도는 절망적일 정도로 나가지 못했다. "내가 뭐 도울 일이라도 있어?" 칼라지가 물었다.

"아뇨, 없어요." 그러나 그때 퍼뜩 떠오르는 생각이 있었다. "아니다, 하나 있다."

그 생각이 기발하게 느껴졌다.

"초서 작품 전체의 두 가지 판본이 필요해요." 내가 말했다.

"근데 그걸 어떻게 찾지?"

나는 그 책들의 대략적인 도서정리번호를 메모한 후 도서관 카드와 함께 그에게 주면서 대신 대출해달라고 부탁했다. 와이드너 도서관 서가의 정확히 어느 쪽에 그 책들이 꽂혀 있는지 말해주었고, 서가에 초서에 관한 다른 책들이 보이면 그것들도 죄다 대출해달라고 말했다.

그는 와이드너 안에 들어가본 적도 없고, 와이드너가 뭔지, 어디 있는지도 모른다고 말했다.

"매사추세츠 대로에 있는 정문을 지나서 플림튼 거리와 림든 거리 사이로 쭉 가면 보여요." 나는 택시운전사에 맞게 설명했다.

"그게 다야?"

내가 고개를 끄덕였다.

그는 부리나케 계단을 뛰어 내려갔다.

나는 배가 고파 죽을 지경이었다. 린다네 집 문을 두드릴 수도 있었지만 벌써 도서관에 가고 없을 것 같았다. 이상하게도 나는 옆집 이웃이면서 지금 이 순간 초서의 작품이 있는 바로 그 서가에 있을 린다에게 부탁하기보다, 그곳에 한 번도 가본 적 없는 칼라지를 보내는 쪽이 더 편했다.

한 시간 반이 지난 후 칼라지가 돌아왔다. 갈색 종이봉투를 들고 들어온 그는 봉투가 새려고 하는지 부엌으로 뛰어들어가 샐러드 그릇에 내용물을 쏟았다. 치킨 윙 십여 개가 우르르 떨어졌다. 오, 하느님, 감사합니다. 그는 주머니에서 작은 맥주캔도 한 개 꺼냈다. 그다음엔 **프티 샌드위치** 몇 개가 따라 나왔다. "여종업원한테 자네가 굶고 있는데, 올 수 없는 형편이라고 했더니 주더라고."

"그 여자는 나를 모르잖아요."

"키 작고, 유대인 코에, 항상 책을 들고 다닌다고 했더니 금방 알던데. 칭찬도 하고."

"근데 책은요?" 두려움이 엄습하는 걸 느끼며 내가 물었다.

심장이 철렁 내려앉았다. 책은 까맣게 잊은 것일까?

"맞다, 책……." 그가 말했다. "자네가 말한 제목 중에 못 찾겠는 책들도 있어서…… 그래서 대신 이것들을 갖고 왔어."

그는 또 판토마임을 하는 하포 마르크스가 되어 과장된 몸짓으로 빛바랜 군복 상의의 수많은 주머니에서 여섯 권의 책을 꺼냈다.

"나쁘지 않네요." 나는 책 제목들을 확인하면서 말했다. 좋은 책들이었다. 그러나 표지 안쪽을 보고는 다시 가슴이 철렁 내려앉았다.

"이거 다 대출 안 하고 그냥 갖고 나온 거네요!"

"아, 그래, 맞아. 그게 좀 힘들더라구. 줄이 길고 질문도 엄청 많고. 게다가 **아삐 하워**가 곧 끝날 시각이라 서둘러야 했어. 그래서 주머니에 책들을 집어넣고 나왔지. 걱정하지 마, 아무한테도 안 들켰어."

나는 공포에 사로잡혔고, 기뻤다.

"이제 공부하게 나는 가야겠다. 나한테 빌려줄 책 있어? 밤에 잠이 안 와서."

나는 사드와 모파상, 발자크, 스탕달의 책을 빌려주었다.

"본 수아레."

그리고 그는 떠났다.

*

다음 날 오전에 있을 로이드-그레빌 교수와의 면담에 대해 너무나 오랫동안 생각했기 때문인지, 그 면담이 영원히 미래 속에 박혀 있는 것처럼 비현실적으로 느껴지기 시작했다. 나는 초서에 관한 내 생각을 글로 쓰면 머릿속에 확실히 새길 수 있을 거라고 생각해서, 정리한 내용을 타이핑하기로 결심했다. 그러나 초서에 관해 흥미로운 견해는 단 하나도 갖고 있지 않다는 사실을 깨달을 준비는 되어 있지 않았다. 교수는 〈트로일로스와 크리세이데〉나 〈기사 이야기〉에 관해 토론하고 싶겠지만, 나는 〈토파스 경 이야기〉에 초점을 맞추고 싶었다. 〈토파스 경 이야기〉에서 초서는 완전히 무기력하고 무책임한 이야기꾼을 통해 자신을 조롱하고 있다. 그 이야기꾼은 여관에서 쓸데없는 이야기를 지껄이는데 순례자들 중 어느 누구도 그의 어리석은 이야기를 더 들어주지 않게 되자 여관 주인에게 제지를 당한다. 이야기를 비난하는 초서라니, 신선했다. 그러나 밤 11시쯤이 되자 나는 초서와 나 자신을 방어하는 데만 급급한 나머지, 내가 초서에 관해 말하고 싶고 해야 할 이야기를 생각해내지 못했다는 사실을 깨달았다. 벌써 로이드-그레빌 교수의 목소리가 들리는 것만 같았다. **인 핀느, 궁극적으로 《공작 부인의 책》에 관한 자네의 생각은 무엇인가?** 로이드-그레빌 교수는 자기 전공인 헨리 제임스가 즐겨 썼던 '**인 핀느**'라는 프랑스식 표현을 따라 할 것이다. **제 말은 그러니까⋯⋯, 교수님도 아시다시피⋯⋯.** 갑자기 내가 누구인지 확실히 보였다. 나는 《지하생활자의 수기》*의 화자처럼 오만하고 초조하고 가식적이고 무능력하고 피해망상에 시달리는 변덕쟁이에다 외모에 관심이 많은 남자였다. 그 화자처럼 나도 횡설수설했다. 심지어 나 혼자 있고 내 말을 듣는 사람이 아무도 없을 때도, 이보다 더 진실일 수 없는 것들을 나 자신에게 속삭일 때도 대책 없이 횡설수설했다.

나는 《공작 부인의 책》에 대한 내 생각이 어떤 것인지 알지 못했지만 떠오르는 단상을 적어 내려갈수록 내가 하고 싶은 말을 책에서 찾아내려 애쓰는 나 자신이 보였다. 대체 내가 하고 싶은 말이 뭘까? 이 세상의 수많은 로이드-그레빌과 셰르바코프가 듣기에 충분히 좋은 말을 찾아낼 때까진 내가 하고 싶은 말이 무엇인지 알지 못할 것이다. 그들이 좋은 생

---

*   도스토옙스키의 중편소설.

각이라고 생각하면 나도 그렇게 생각할 것이다. 그러나 내 생각은 하버드와 케임브리지, 이 행성에서의 내 존재만큼이나 일시적이고 잠정적이었다. 나는, 그리고 내 생각은, 칼라지처럼 말뿐이었다. 문제는 내가 진정한 의견과 꾀병을 부리는 가짜 의견을 구분해낼 수 없다는 것이었다.

새벽 1시, 전화벨이 다시 울리기 시작했다. "자기한테 이리로 와달라고 안 할게. 내가 그리로 가도 돼?" 페르시아 아가씨가 나를 꼭 만나서 이야기해야겠다고 했다.

"옆에 누가 있어." 나는 거짓말을 했다.

"벌써 다른 여자를 찾았어? 와우." 와히다는 즉시 전화를 끊었다. 그러나 이삼 분 후에 다시 전화를 했다. "내가 이제까지 만난 사람 중에 당신이 최악이라는 걸 말해주려고. 이제까지 나쁜 남자들을 제법 만났는데, 그중에 당신이 최악이야."

"대단히 고마워." 이번엔 내가 끊을 차례였다.

그녀가 다시 전화했다. "아까 한 말은 거짓말이야. 당신은 내가 사랑했던 남자 중에 최고였어. 제발 돌아와. 아니면 내가 택시 타고 당신 집 앞에 가서 무릎 꿇고 빌까?"

"더는 통화 못 해."

"아, 맞다. 면담 준비 다 됐어?"

"아니, 아직." 내가 말했다. 나는 그녀가 침착함을 유지하는 척하려고, 그리고 그 순간 혹시라도 내가 기쁨을 느끼고 있다면 찬물을 끼얹기 위해 화제를 바꾸고 있다고 생각했다. 내 생각이 틀렸다.

"잘 들어, 《라 프랭세스 드 클레브》를 망치고 있는 초서 씨. 나는 초서가 당신을 갈기갈기 찢어버리고, 당신이 얼마나 얄팍하고 서투른 **프티 콩** 머저리, 바보인지, 특히 잠자리에서는 얼마나 형편없는지 만천하에 폭로하기를 바라. 당신과, 운이라고는 지지리도 없어서 당신을 아버지로 갖게 될 당신의 자식들을 저주해. 당신에게 재앙이 내리기를. 알아들었어? 당신을 저주한다고!" 그다음엔 이란어가 쏟아져 나오며 우는 소리와 비명 소리가 들리더니 곧이어 흐느낌 속에 프랑스어가 끝도 없이 흘러나왔다. 나에게, 자신의 연인에게 하는 말이 아니라 어머니에게 하는 말처럼 처음에는 애원하다가, 곧 저주를 퍼붓고, 저주를 퍼부은 걸 사과하고, 다시 저주를 퍼부었다. "당신을 저주해." 가장 열정적인 순간에 자주 그랬듯이 그녀는 구세계의 표현을 사용하고 있었고, 그녀가 나와 내 자식들의 자식들에게 퍼부어대는 온갖 저주를 들으면서 나는 가슴이 심하게 두근거렸다. 그것은 나도 그녀와 마찬가지로 구세계에서 왔기 때문이었다. 저주가 축복이나 맹세, 영원한 사랑의 선서와 마찬가지로, 비록 진심으로 하는 말이 아닐 때라도 법적인 구속력이 있는 법정통화이고, 영혼의 화폐인 세계에서 왔기 때문이었다. 그런 말은 한번 내뱉으면 되돌릴 수도, 떨쳐버릴 수도, 담판을 벌일 수도 없고, 나를 끝까지 쫓아와 형을 집행하기 때문이었다.

그날 밤 나는 잠들지 못했다. 잘 수가 없었다. 로이드-그레빌 교수와의 면담과 와히다의 저주는 누구라도 밤새 깨어 있게 하기에 충분했다. 나는 선을 넘었고, 저주받은 문둥병자들의 땅으로 들어서고 말았다. 그곳에는 구원도, 사면도 없었다. 이제부터 나는 그녀의 저주가 언도한 형량을 살아내야 했다. 종합시험으로 말하자면, 내가 그녀를 만나기도 전에, 칼라지를 만나기도 전에, 심지어 하버드에 지원하기도 전에 받은 저주였다. 이것은 환상으로 시작되었고, 내가 알기도 전에 그 환상이 선을 넘어 현실로 기어 들어왔으며, 정해진 수명보다 더 오래 살고 있었다.

그러나 나는 동틀 때까지 메모를 여러 장 작성했다.

부엌으로 들어가 가장 진한 커피를 만들기로 했다. 에스프레소를 큰 컵으로 한 잔 내리려면 십 분이 걸리겠지만 내겐 휴식이 필요했다. 앞으로 다섯 시간이 남아 있었다. 이 일은 그때까지 끝낼 수 있었다. 스토브 위에 놓인 모카포트는 지난번에 커피를 내리고 씻지 않아서 매우 더러웠다. 5월 한 달 내내 거기 그대로 있었을 가능성이 높았다. 마지막으로 사용한 날은 프랭크가 저녁에 우리 집에 놀러 와서 자기 여자친구에 대해 불평을 늘어놓은 날이었다. 실비아는 탈모를 예방하기 위해 아무런 노력도 하지 않는다고 계속 그를 나무랐다. 그날 저녁 그 자리에 있었던 클로드는 호색한인 프랭크가 투덜거리는 것을 너무 싫어해서, 프랭크가 실비아 이야기를 할 때마다 그의 말을 끊고 커피에 쿠앵트로 리큐르를 넣는 게 좋겠다고 말했다. 우리는 커피 석 잔을 내렸고, 나중에 석 잔을 더 내렸다. 그 후에는 와인으로 넘어갔고, 프랭크가 우리 셋을 위해 뭔가 요리해주겠다고 제안했다. 우리 집에 있는 건 계란과 토마토 소스 뿐이었다. 치즈 없어? 그가 물었다. 크래프트 파마산 치즈 가루 있는데. "내가 근사한 저녁을 만들어줄게." 포장도 뜯지 않은 파스타 면을 발견한 그가 말했다.

나는 다시 혼자가 된 것이 기뻤지만, 방에 혼자 있는 것은 싫었다. 갑자기 또다시 커피 때문에 그 전년도 어느 겨울 날이 떠올랐다. 책을 한 아름 안고 와이드너 도서관에서 돌아왔는데, 프랭크와 실비아가 와서 불을 환하게 밝히고 식탁에 저녁을 차려놓았다. "문을 안 잠갔더라고. 그래서 저녁거리를 가지고 들어왔지. 원래 그렇게 문을 안 잠가?" 실비아가 물었다. "잠글 때도 있고 안 잠글 때도 있고. 도둑이 들어도 뭐 가져갈 게 있어야지." 내가 말했다. "그건 그렇네." 그들이 동의했다. 소파와 침대 등 집 안에 있는 모든 가구는 케임브리지 거리에 버려져 있는 것들을 들고 온 거였다. 접시와

머그컵과 감독 의자도 이곳을 떠난 친구들에게 물려받았다. 처음부터 온전히 내 것이었던 물건은 하나도 없었다. 나는 임대차계약을 따로 맺지 않고 월세를 내며 살고 있었다. 내가 사용하는 열쇠는 우편함 열쇠뿐이었다. 그날 밤 프랭크가 조리된 라자냐를 가져와서 데우느라 바빴다. 그날 저녁 나는 프랭크와 실비아와 함께 있는 시간이 행복했다. 이전에는 이런 일이 없었기 때문에. 집에 돌아와서 내 집에 불을 밝혀놓고 편안하게 있는 친구들을 보았던 그날이 하버드에서 가장 행복하고 기억에 남는 날들 중 하루가 되었다. 환한 불빛, 우정, 와인, 라자냐, 커피.

로이드-그레빌 교수와의 면담이 있던 그날 아침 모카포트 뚜껑이 딱 붙어서 열리지 않았다. 그래서 그것을 열기 위해 부엌 조리대에 세게 부딪쳤다. 그런 다음엔 부엌 뒷문을 열고 나가 층계참에 놓인 쓰레기통 뚜껑을 열고 금속 필터를 쾅쾅 두 번 쳐서 굳어져버린 커피 가루를 털어냈다. 옆집 부엌 뒷문이 열렸다. "혹시 노크했어요?" 옆집 여자가 물었다. "아뇨." 나는 시끄럽게 해서 미안하다고 말했다. "커피 가루를 털어내는 중이었어요." 거짓말하는 게 아니라는 증거로 필터를 들어 보였다. "이걸 사용해서 마지막으로 커피를 내린 게 몇 달 전인지 모르겠어요."

"아, 네." 그녀가 말했다. 내가 문을 닫기를 망설이며 거기 서 있자, 왜 이렇게 일찍 일어났느냐고 물었다.

"할 일이 있어서요." 내가 말했다. "당신은요?"

그녀는 자신도 할 일이 있다며 미소 지었다.

"재밌네요." 그녀가 말했다. "근데 우연히 봤는데 어젯밤 늦게까지 불이 켜져 있던데. 그래서 무슨 일인가 했어요."

당신을 꿈꿔왔다는 말의 다른 표현인 걸까?

"무슨 생각 했어요?"

"아무 생각도 안 했는데요."

"좋은 생각이에요, 나쁜 생각이에요?"

"특별히 무슨 생각을 하지 않았다니까요, 정말로."

그녀의 몸짓 언어를 보니 곧 부엌문을 닫을 것 같았지만, 나는 문을 닫지 않았다.

"그럼 다음에 만날 때 얘기해줘요."

그러나 나는 아직도 문을 닫겠다는 신호를 보내지 않았다. 더러운 모카포트 부품들을 두 손에 들고 그대로 서 있었다. "약속한 겁니다."

그녀는 웃기만 할 뿐 대답하지 않았다. 그 순간 알아차렸다. 그녀는 내가 린다와 함께 위층으로 올라가는 모습을 보았으며, 적어도 삼 일 안엔 부엌문을 열었다는 사실을. 부엌에 혼자 있을 땐 부엌문을 활짝 열고 싶어서 오히려 절대로 열지 않는, 클레브 공작부인 같은 여자는 아니었던 것이다. 만일 그녀가 클레브 공작부인 같은 여자라면, 어느 날 오후 남자친구가 출근한 뒤 내가 문을 두드리며 병따개를 빌려달라고 했을 때 자신이 무슨 짓을 했는지 사실대로 얘기하지 않을 것이다. 대신 내가 문을 두드리는 거라는 걸 알았던 데다 본인을 믿을 수도 없었기에 부엌문을 안 열고 버텼다고 말하겠지.

그날 오전 10시, 나는 초서에 대해 토론할 만반의 준비가 되어서가 아니라, 새벽 5시에 일어났던 그 일 때문에 들뜬 마음으로 로이드-그레빌 교수를 만나러 갔다. 그리고 그 덕에 내가 다가오는 1월에 종합시험을 치를 준비가 아주 잘 되어 있다는 인상을 로이드-그레빌 교수에게 주었음이 틀림없다. 내가 그의 연구실을 나올 때 그는 내 파일을 비서 메리-루에게 건네면서 말했다. "이 친구는 본인이 원한다면 초서에 관해 논문을 써도 되겠는데." 로이드-그레빌 교수는 남을 칭찬하는 데 항상 인색했다. 상대방을 보지도 않고 그 상대방에 대한 칭찬을 제삼자에게 했다. 나는 집에 가서 전화선을 뽑은 후, 옷을 다 벗고, 햇볕을 받아 따뜻해진 침대로 몸을 던졌다.

4

9월이 다 가고 10월 초로 접어들었는데도 인디언 서머가 계속되었다. 아침에는 선선했지만 낮이 되면서 따뜻해지고 참을 수 없이 더워졌다가, 저녁 무렵에야 다시 선선해지곤 했다. 날씨도 대용품이군, 칼라지가 말했다. 이런 날씨가 왜 사람들을 놀라게 할까? 이곳의 모든 것은 가짜, 모조품, 복제물, 위조품이었다. **콩트르파송,** 칼라지는 미국에 있는 건 모두 위조품이라고 말했다. 그러나 나는 가을로 접어들었는데도 더위가 지속되는 이런 날씨가 좋았다. 여름이 아직 몇 주나 남았는데도 맞게 되는 봄 방학을 떠올리게 하기 때문이었다. 나는 지난 학년 말을 떠올렸다. 그때 나는 새로이 읽거나 다시 읽을 책 목록을 작성했고, 옥상 테라스의 용도를 발견한 직후였다. 내 친구 프랭크와 클로드는 아직 케임브리지에 있었고, 실비아도 유럽으로 떠나기 전이었다. 실비아는 프랭크와 함께 있지 않을 땐 가끔 내 집에 들러서 코니시종 암탉을 요리해 함께 먹곤 했다. 그녀는 프랭크와 함께 사는 생활이 얼마나 힘든지 하소연하고, 그리고 짧은 기간만이라도 프랭크 없이 살고 싶다고 말했다. 그 둘이 여름에 떨어져서 지내기로 한 것도 그 때문이었다. 코니시종 닭요리와 와인 500밀리리터와 함께하는 식사는 항상 눈물 바람으로 끝이 났다. 어느 날 저녁엔 보스턴에 〈애니 홀〉*을 보러 갔다. 실비아는 계속 깔깔댔다. 나는 그녀가 왜 그러는지 도무지 이유를 알 수 없었고, 결국에는 어쩌면 프랭크의 말이 맞다고, 그녀에게 뭔가 문제가 있다고 결론을 내렸다. 내가 우디 앨런의 유머를 이해하지 못한 거라는 생각이 그땐 들지 않았다. 아직 칼라지를 만나기 몇 달 전이었고, 내게 있어 그는 아직 태어나지 않은 것이나 다름없었다. 칼라지가 내 삶 속으로 쿵쿵거리며 걸어들어와 내 삶의 리듬을 바꾸기 이전의 시절이었다. 나는 칼라지 이전 시절의 리듬을 회복하려고 노력하면서도 내가 진심으로 그것을 원하는지 확신할 수 없었다. 바와 카페를 전전하는 이 길을 계속 걸어가는 게 학자로서 상상할 수 없는 삶이기는 했다. 그러나 이젠 칼라지 없는 케임브리지를 상상하

*   우디 앨런 감독, 주연의 영화.

기가 어려웠다. 다행히 로이드-그레빌 교수와의 면담 이후로 나는 자신감을 회복하기 시작했고, 학문 연구와 케임브리지, 하버드에서의 삶에 대한 사랑도 되살아났다.

나는 로이드-그레빌 교수로부터 칭찬을 받고 나서 로웰 기숙사를 더 자주 방문했다. 거의 매일. 학생들을 만나고 그들의 학업에 대해 논의할 수 있는 연구실이 있어서 좋았다. 새로 맡은 학생들도 마음에 들었다. 모두 역사와 문학 전공이었는데 굉장히 영민하고 박식했으며, 대개가 적어도 하나 이상의 외국어를 구사했다. 학생들은 점심식사 후에 내 연구실 밖에서 나를 기다리곤 했다. 우리는 그들이 읽고 싶은 책들에 대해 의논했고, 목록을 작성했고, 삶에 대한 온갖 이야기를 나눴는데, 언제나 섹스, 혹은 섹스의 부재에 관한 이야기를 함의했다. 어떤 학생과는 졸업논문 주제에 관해 의논했고, 그녀가 5월 초 유럽에 가기 전에 거의 모든 것을 함께 정했다. 그리고 다섯 달이 지난 지금, 거무스름하게 탄 피부로 돌아온 그 학생은 프랑스어를 완벽하게 구사하게 되었으며, 다시 파리에 가서 크리스마스를 보내기를 손꼽아 기다리고 있었다. 나로 말할 것 같으면 파리의 크리스마스를 본 지 적어도 십 년은 넘은 것 같았다. 때로는 내 연구실에서 개인지도를 했고, 점심식사 후 누군가를 연구실로 초대해 커피를 마시기도 했다. 케임브리지에 있는 다른 모든 사람과의 관계가 정상궤도로 돌아온 느낌이 들어서 좋았고, 이른 오후 안마당에서 학생들과 젊은 지도강사들이 비치타월을 잔디밭에 깔고 몇 시간이고 책을 읽거나 공부를 하는 모습을 바라보는 것도 좋았다. 로웰 기숙사라 불리는 이 웅장한 대저택 같은 건물과 파란색 돔 모양의 종탑을 배경으로 앉거나 엎드린 그들에겐 세상 근심이 하나도 없어 보였다. 여기서 보낸 몇 년 동안 하버드는 그들을 세상과 단절시켰고, 그들의 유일한 세상이 되었다.

여기에 칼라지의 자리는 없었지만 그가 어떻게든 밀고 들어올 거라는 걸 나는 예감하고 있었다.

로이드-그레빌 교수와의 면담이 있고 며칠이 지난 후, 나는 카페 알제에서 칼라지와 마주쳤다. 그는 요즘도 잠을 못 잔다고 말했다. 요즘 자주 기분이 너무 안 좋다고, 지난번보다 더 안 좋다고 했다. 부탁 하나만 들어줄래? 그가 물었다. 물론이죠. 그는 변호사를 만나러 가는데 같이 좀 가자고 했다. 내일 아침 어때? 좋아요, 갈 수 있어요. 예약은 했어요? 해야 돼? 왜?

"변호사 사무실로 그냥 걸어 들어갈 수는 없어요. 미리 약속을 하고 가야지."

"그래? 그럼 지금 당장 전화해서 예약해." 그가 말했다.

하지만 6시가 넘은 시각이었고, 변호사는 벌써 퇴근하고 없을 터였다.

"그래도 해봐." 그가 말하더니 고무줄을 빼고 수첩을 펴서 전화번호를 불러주었다. 내가 전화를 걸었다.

변호사가 직접 전화를 받았다.

내가 예약하려고 전화했다는 말을 하기도 전에 칼라지가 프랑스어로 내 말을 가로막으며, 지금 바로 만나줄 수 있느냐고 물어보라고 했다.

"지금 가도 되겠습니까?"

"'지금 당장'이라고 할 때 지금요?" 별 희한한 말을 다 듣는다는 듯 변호사가 목소리를 높여서 되물었다.

"**맹트낭**지금?" 나는 칼라지가 마음을 바꾸기를 바라며 물었다.

"**위, 맹트낭.**" 그가 대답했다.

"네, 지금요."

수화기 너머로 들리는 목소리에서 망설임이 느껴졌다. "실은, 지금 퇴근하려던 참인데."

나는 목소리를 낮춰 칼라지에게 그 이야기를 전했다. 그는 즉시 집게손가락을 입에 갖다 대며 아무 말도 하지 말라는 신호를 보냈다. 그것은 음악에서 음을 전략적으로 길게 늘이는 **페르마타**늘임표와 같은 거였다. 다만 여기서는 그 음이 침묵이었다. 테이블에 1페니를 내놓고 상대방이 판돈을 걸기를 기다리는 것, 상대방이 1페니를 걸면 그때 또 1페니를 걸려고 침묵하며 기다리는 전략이었다. 이것이 오래 끌기의 본질이었다. 일단 질문을 던졌으면 한 마디도 더 하지 말아야 한다. 테이블에 칩 한 개를 올려놨으면 상대방이 망설인다고 해서, 혹은 둘 사이의 침묵을 견딜 수 없다고 해서 성급히 칩을 더 올려서는 안 된다.

"언제쯤 오실 수 있죠?" 마침내 변호사가 물었다.

거기까지 시간이 얼마나 걸릴 것 같으냐고 내가 칼라지에게 프랑스어로 속삭였다.

"십 분."

나는 당혹스러웠다. 케임브리지에서 거기까지 보통은 그세 배가 걸렸기 때문이다.

"빨리 갈 수 있습니다."

칼라지는 일어서서 남은 커피를 한입에 털어 넣더니, 테이블에 잔돈을 놓고 소지품을 챙겨서 나와 함께 카페를 나왔다. 우리는 그의 택시에 탔고, 강으로 이어지는 좁은 골목길을 이리저리 헤매고 다닌 후에 대로로 들어섰다. 그의 거대한 체커 택시는 노부인의 다리처럼 후들거리는 바퀴를 달고서도 메모리얼 거리를 맹렬한 속도로 달려갔다. 그의 택시는 탱크이자 타이타닉, 장갑차, 용감무쌍한 전쟁 기계였다.

나는 그렇게 빨리 달리는 차를 그때 처음 타봤다. 칼라지는 사고가 나기를 바라는 것 같았다. 내가 왜 이런 미친놈하고 친구가 되었을까?

"운전을 어디서 배웠어요?" 제발 속도 좀 낮추라는 마음을 담아 내가 물었다.

"마르세유. 유대계 튀니지 사람이 운영하는 운전학원에서. 그래서 이스라엘 공군에 우수한 조종사가 많은 거야, 몰랐어?" 그가 농담했다.

26층에 있는 사무소 문을 열어준 사람은 변호사 자신이었다. "이쪽으로 오시죠, 신사분들." 흰색과 청색의 줄무늬 와이셔츠 깃의 단추가 풀어져 있었고 소매를 팔꿈치 바로 밑까지 말아 올리고 있었다. **어딜 봐서 퇴근하려던 참이라는 거야?** 칼라지가 눈짓으로 내게 말했다.

우리는 항구가 내려다보이는 사무실로 들어갔다. 이렇게 높은 곳에서 내려다보니 보스턴이 황홀하게 보였다. 호화로운 대저택의 부엌에서 다이닝룸까지 이어진 길을 처음 본 임시 고용된 웨이터들처럼 우리 둘 다 틀림없이 숨을 헐떡였을 것이다.

우리는 차를 타고 오면서 할 말을 미리 연습해두었다. 칼라지는 내가 자기 말을 통역하는 것만이 아니라, 변호사가 하는 말의 행간을 읽고, 그가 하지 않는 말의 핵심을 파악하고, 말을 가로막기를 바랐다. 다른 모든 일에서와 마찬가지로 이

일에서도 칼라지는 **콩플리시테**공범를 원했다. 변호사는 두 발을 책상에 올려놓고, 입으로 펜 뚜껑을 연 후 노란색 리걸 패드를 꺼내 허벅지에 올려놓았다. **좋아요, 말씀하세요**라는 뜻이었다.

"이분 부인이 곧 이혼 소송을 제기할 거라는데요." 내가 설명했다.

끄덕끄덕. **근데 그게 놀라운 일인가요?**라는 뜻이었다. 변호사는 커다란 해포석 담배 파이프에 불을 붙였다.

"부부가 별거한 지 두 달이 넘었거든요. 이 분은 케임브리지에 작은 방을 하나 빌려서 살고 있고요. 그런 사실이 영주권을 획득하는 데 문제가 될까요?"

변호사는 **그럼 문제가 안 될 거라고 생각했어요?**라는 의미로 다시 고개를 끄덕거렸다.

"이혼 소송이 시작되기 전에 이민국 면담에 부부가 함께 가는 게 도움이 될까요?"

끄덕끄덕. **그럴 수도 있겠네요.**

"면담 일정을 소송 시작 전으로 앞당길 방법이 있을까요?"

"면담 일정을 앞당겨달라고 요청해볼 수는 있지만, 이민국 사람들을 재촉하는 건 현명하지 못한 일이에요. 그럼 바로 의심을 사겠죠. 경고하는데, 그 사람들은 뭔가 수상쩍

다 싶은 사람들은 그냥 강제 추방해버립니다." 침묵. "근데 부인이 이혼 소송을 제기하는 이유가 뭐죠?" 변호사가 물었다. 개인적인 호기심에서 물어보는 것 같았다.

"**푸쿠아 뵈-텔 디보르세?** 부인이 왜 이혼을 원하는 거예요?" 칼라지는 질문을 이해했지만, 나는 물어보는 시늉을 해야 했다. 칼라지가 프랑스어로 몇 마디 속삭였다.

"이분이 바람을 피웠다고 생각한다네요."

끄덕끄덕. **저런.**

"신사분들, 제가 약속할 수 있는 것은 면담일을 앞당겨 달라고 요청하는 게 전부입니다."

칼라지는 내게 통역해달라고 부탁하지 않았다.

"이분 아버지가 튀니지에서 지금 병환 중이신데요. 열흘만 튀니지에 갔다 와도 될까요?"

"권하고 싶진 않군요."

"**일 스 푸 드 노트르 괼르, 우 쿠아?** 우릴 엿 먹이는 거야, 뭐야?" 칼라지가 낮은 소리로 중얼거렸다.

"어쨌든, 감사합니다." 칼라지가 말했다. "그건 그렇고" 벽에 걸린 사진 액자들을 돌아보며 말을 이었다. "이거 순서가 다 틀렸는데."

변호사는 불신하는 표정으로 헤비급 복싱 챔피언의 사진을 담은 액자들을 쳐다보았다. "카르네라, 베어, 브래독,

슈멜링, 루이스, 찰스, 마르시아노가 아니죠." 칼라지가 말했다. 그러고는 프랑스의 모든 초등학교 남학생이 라퐁텐의 《우화집》을 달달 외우듯이 복싱 챔피언의 이름을 줄줄 꿰기 시작했다. "윌러드, 뎀프시, 터니, 슈멜링, 샤키, 카르네라, 베어, 브래독, 루이스, 찰스, 월콧, 마르시아노, 패터슨, 요한슨, 리스턴, 알리죠."

"와우, 한번 확인해봐야겠는데요. 쾨헬 번호*도 다 외우십니까?" 변호사가 나를 돌아보며 비꼬는 듯한 어조로 물었다.

"아뇨, 모차르트 애호가는 아닌 걸로 아는데요. 하지만 변호사님이 아스파라거스를 먹고 소변을 볼 때 아스파라긴에서 그 특유의 냄새가 나는 이유에 대해서 묻는다면 정확히 설명해줄 겁니다."

나는 변호사의 차갑고 반감이 섞인 듯한 대답이 많은 것을 보여준다고, 예감이 별로 좋지 않다고 칼라지에게 말해줄 용기가 없었다. 그러나 칼라지는 내 말을 들을 필요도 없었다. "3천 달러나 갖다 바쳤는데 하는 거라곤 셜록 홈스 파이프나 빨면서 고개를 끄덕이는 것밖에 없으니, 원." 그는 평소 자주 선보이는 양키의 콧소리를 흉내 내며 비아냥거렸다. **권**

---

*   모차르트의 작품을 연대순으로 정리하여 매긴 번호.

하고 싶진 않군요. 권하고 싶진 않군요. 권하고 싶진 않군요.

칼라지는 노스엔드에 꽤 맛있는 이탈리아 식당을 알고 있다며 거기서 저녁을 먹자고 했다. 그는 밀라노에서 주워들은 이탈리아어 실력을 보여주고 싶어했다. 우리는 버터향이 나는 와인 소스를 넣은 송아지 고기 스튜를 먹었다. 지난 몇 달간 내가 먹은 요리 중에 최고였다. 우리는 보통 식사 값을 반씩 나눠 냈지만 칼라지가 이번엔 자기가 사겠다고 고집을 부렸다. 내가 그러지 말고 반씩 내자고 주장하자 그가 말했다. "나는 자네가 한 달 동안 일해서 버는 돈의 다섯 배를 하루에 벌잖아."

그의 말이 옳았다.

칼라지가 와인을 한 병 더 주문했다. 임시로 만든 것 같은 바 위쪽 벽에 달린 작은 텔레비전에서 뉴스 속보가 나왔다. 이스라엘 군대가 이집트 국가를 연주하는 가운데, 이집트의 사다트 대통령이 이스라엘 공항에 내리고 있었다. 예전에 이집트에서 학교 다닐 때 자주 들었던 국가國歌가 익숙하게 들렸다. 반가웠다. 이 얼마나 영광스러운 순간인가.

이제 평화가 정착될까요?

칼라지는 왼쪽 손목을 들어 시계를 확인한 후 대답했다. **"응."** 앞으로 오 분 동안만.

"아랍인과 유대인이 함께 저녁을 먹다. 무슨 영화 제목

같네요."

"모든 유대인과 모든 아랍인이 서로 싸우고 죽일 때도, 아랍인 한 명과 유대인 한 명은 남을 거고 **생캉트-카트르**를 계속 마시겠지. 우리 같은 사람들이 더 많아지면 좋을 텐데." 칼라지가 말했다. "아랍인과 유대인 사이에 우정이 가능하다고 생각해?" 그가 물었다.

나는 모르겠다고 대답했다. 칼라지는 자기도 모르겠다고 말했다. 우리는 와락 웃음을 터뜨렸다. 케임브리지에선 그런 우정이 존재하지 않는다.

웨이터와 요리사가 이탈리아어 사투리로 무슨 말을 중얼거렸다. 칼라지는 우리가 미국 보스턴이 아니라 시칠리아의 시라쿠사에 와 있는 것 같다고 말했다. 판텔레리아에서 그리 멀지 않은 시라쿠사에.

"시라쿠사를 좋아했어요?" 내가 물었다.

"아주 싫어했어."

"나도 그랬는데."

우리는 다시 웃음을 터뜨렸다.

"늘 하던 대로 **생캉트-카트르**나 마시자."

케임브리지로 돌아오는 길에 칼라지는 모파상은 정말 좋았다고 말했다. 스탕달도 좋았고, 발자크는 천재라고 했다. "근데 그 사드라는 친구는 역겨워. 그의 책은 돌려줄 테니까 자네가 그런 책을 빌려줬다는 건 잊어버리자고."

나는 삶의 경험이 그렇게나 많은 사람이 그토록 쉽게 충격받을 수 있다는 사실이 도무지 믿기지 않았다. 그러나 그는 진짜로 불쾌해하고 있었다. 개망나니같이 사는 줄 알았는데 순진한 구석이 있었다.

칼라지가 카페 알제 밖에 차를 세웠을 때 나는 변호사를 만나고 나니 걱정이 된다고 운을 떼웠다.

"알아. 하지만 지금은 그 생각 하고 싶지 않아." 그는 삼십 분 후에 플레오나즘과 데이트가 있는데, 그녀가 오늘 밤 그의 마음속에 불어넣을 나쁜 생각들 외에 다른 나쁜 생각을 위한 자리는 없다고 말했다. "나를 믿어." 그가 말했다. 어쩐지 상황이 위험한 국면으로 전개되고 있다는 생각이 들었다.

"자넨 영주권 신청할 때 지금 내가 준비하는 것의 십분의 일만큼이라도 준비했어?" 커피를 주문한 다음 칼라지가 물었다.

"아뇨, 난 도착하니까 영주권이 기다리고 있더라고요. 브롱크스에 사는 삼촌이 다 알아서 해줘서."

"삼촌이 뭘 했는데?"

"프리메이슨* 단원이었거든요. 삼촌이 다른 프리메이슨

---

*   세계 최대의 비밀결사체. 특히 미국 상류층을 장악했으며 사실상 미국 사회를 지배한다는 설이 있다.

단원에게 부탁해서 역시 프리메이슨 단원이었던 하원의원에게 편지를 썼고, 그 청원 내용이 프리메이슨 단원들 사이에 퍼지면서 마침내 누군가가 나를 합법적인 주민으로 받아줬어요."

"그게 다라고?"

"프리메이슨 단원들은 다들 굉장한 권력을 가지고 있는 사람들이거든요."

"유대인처럼?"

"유대인처럼."

그 후 열흘도 채 되지 않아, 칼라지는 어떻게 했는지는 몰라도 프리메이슨 집회에 초대받았을 뿐만 아니라, 그의 체커 택시 보닛과 계기판, 앞뒤 범퍼 등 택시 곳곳에 삼각자와 컴퍼스 모양의 프리메이슨 로고를 담은 번쩍이는 스티커를 붙여놓았다. 두 개는 재떨이가 있는 팔걸이 아래에 조심스럽게 붙였다.

그가 최근에 공항까지 태워준 손님이 우연히도 프리메이슨 단원이었고 그 손님에게는 또 다른 프리메이슨 단원 친구가 있었는데……

"자넨 천재야." 칼라지가 내게 말했다.

어느 날 밤, 로웰 기숙사 하이 테이블에서 과식을 하고 잠자리에 든 나는 오른쪽 옆구리에 심한 통증을 느끼고 잠에서 깼다. 통증이 사라지기를 기다렸지만 사라지지 않았다. 페르시아 여자의 저주가 내렸나 보다는 생각이 퍼뜩 들었다. 알카셀처*를 먹고 다시 자리에 누웠지만, 잠이 오지 않았다. 통증이 갈수록 심해졌다. 새벽 5시가 되자 나는 칼라지에게 전화하기로 결심했다. 그러나 그는 전화를 받지 않았다. 나는 옷을 입고 밖으로 나가 크레이기 거리를 한두 블록 걸었다. 셰러턴 커맨더 호텔 옆에 있는 콩코드 대로까지 내려갔지만 택시를 잡을 수가 없었다. 학교 병원까지 걸어가는 수밖에 없었다. 문득 이 고통이 종합시험 공부를 연기할 좋은 핑곗거리로 여겨졌다. 죽으면 시험을 아예 안 봐도 된다는 생각이 들었다. 로이드-그레빌 교수와의 면담에서 얻은 자신감이라는 약발이 다 떨어진 게 분명했다.

병원에서 의사의 진료를 받을 때쯤엔 통증이 다 가라앉은 상태였다. 배에 가스가 찼나 보네요. 의사가 말했다. 저녁에 뭘 먹었죠? 하버드 식당 메뉴요. 내가 대답했다. 그럼

*　물에 타 마시는 소화제.

그럴 수 있겠네. 의사가 말했다.

　병원을 나오는데 몇 주 전 일이 떠올랐다. 9월 초에 자다가 말벌에게 쏘였는데 통증이 어찌나 심한지 독이 온몸으로 퍼졌다고 확신하고 급히 옷을 입고 병원으로 달려갔다. 병원에서 벌에 쏘인 곳에 암모니아를 한두 방울 떨어뜨리자 통증이 즉시 사라졌다. 그때까지 나는 새벽 4시의 하버드 광장을 본 적이 없었다. 그곳은 버려진 달 우주정거장처럼 느껴졌다. 비어 있고 폐쇄된 우주정거장.

　그때나 지금이나, 병원을 나와 텅 빈 하버드 광장을 훑고 가는 상쾌한 아침 바람을 느끼고 있자니, 사람들로 북적대지 않는 이 도시가 아주 낯설게 느껴진다는 생각과, 내가 이곳에서 완전한 이방인으로 살고 있다는 생각이 문득 들었다. 이곳은 내 집이 아니었고, 내 거리도, 내 건물도, 내 동포들도 아니었다. 내 기운을 북돋우기 위해 수간호사와 야간당직 의사가 반복한 무미건조한 격려의 말은 내 어머니라면 알아들을 엄두도 내지 못할 언어로 내 귀에 들어왔다. 내게는 그 말이 저주처럼 들렸다. **기운 내려고 애써보세요, 알았죠?** 따위의, 칼라지가 **미에브르리** 우아함. 격식을 차린 행동라고 부르는 달콤하고 고상한 말들이 나를 더욱더 고립시키는 것처럼 느껴졌다. 나는 이미 고립되어 있었다. 고통이 내가 풍랑에 휩쓸리고 바닥에 구멍이 뚫린 배라는 사실을 깨닫게 했다.

며칠 전에는 보스턴의 노스엔드에서 시칠리아를 같잖게 여기고 있었는데, 지금은 그곳에 있을 수 있다면, 시라쿠사의 눅눅하고 초라한 부두를 거닐 수 있다면 전 재산이라도 내놓을 것 같았다. 하버드는 내가 아니었고, 심지어 카페 알제도 내가 아니었다. 이곳의 무엇도 내가 아니었다.

나는 칼라지에 대해서도 생각해보았다. 그는 나보다도 더 외로운 사람이었다. 심지어 그는 하버드처럼 든든하게 뒤를 받쳐줄 기관도 없었다. 영어도 못했다. 가진 거라고는 군복 상의와 침 튀기며 떠들어대는 허세, 성기, 그리고 우스꽝스러운 프리메이슨 스티커를 덕지덕지 붙여놓은 금방이라도 고장 날 것 같은 고물 택시 한 대뿐이었다.

병원을 나온 나는 집으로 돌아가지 않았다. 케임브리지에서 유일하게 스물네 시간 영업하는 델리에 가서 소시지가 들어간 아침식사 정식을 주문하고, 카운터에 있는 그날 신문을 가져와서 읽었다. 케임브리지의 악명 높은 사발 커피를 마신 후엔 로웰 기숙사에 있는 내 연구실로 갔다. 나는 사람들이 보고 싶었다. 그러나 안마당은 텅텅 비어 있었다. 내가 로웰 기숙사에서 움직이고 있는 유일한 사람이었다. 어느 학생이 연구실로 가고 있는 나와 마주친다면, 내가 누군가와 밤을 보내고 동트기 전에 몰래 빠져나오는 거라고 의심할지도 몰랐다. 나는 이슬 맺힌 풀을 밟는 것이 좋았다. 여기서 살아도 좋겠는데. 나는 생각했다. 다들 깨어 있는 모습을 보고 싶었다. 그러나 그러려면 몇 시간 더 기다려야 했다. 학교 식당이 문을 열고 아침식사를 제공할 때까지 너무나 오래 기다려야 한다는 사실이 유감이었다. 나는 학기가 시작될 때가 정말 좋았다. 바쁜 하루를 마감하는 학생들로 온 도시가 북적일 때, 사람들이 매사추세츠 대로를 바삐 오가는 모습이 좋았다. 나는 하버드 광장의 가을을 사랑했다.

그거네. 내가 말했다.

나는 그것을 정말로 사랑했다.

그 느낌도 결국엔 사라질 것이다. 어딘가에 집을 가졌음에도 그 집을 집이라고 느끼지 못하는 게 가능한지 나 자신에게 자문하는 순간, 그 느낌은 희미해질 것이다.

그날 아침, 식당에 제일 먼저 들어간 사람이 나였다. 나는 학생 몇 명과 잡담을 나눴다. 많은 학생이 눈을 뜨자마자 몽유병자처럼 식당으로 비틀거리며 들어왔고, 방금 샤워를 마쳤는지 머리에서 물이 뚝뚝 떨어지는 학생들도 있었다. 누가 주말에 차를 타고 뉴잉글랜드 전역에서 활활 타오르는 산불처럼 붉게 물든 단풍을 보러 가자는 이야기를 꺼냈다. 선생님도 가실래요? 단풍엔 별 관심 없는데. 돈 많은 제작자가 〈토요일 밤의 열기〉를 자기 집에서 상영한다는데, 함께 가시죠? 디스코도 관심 없어. 내가 말했다. 순간 내가 칼라지처럼 말하고 있다는 생각이 들었다. 내가 항상 이런 식이었나? 아니면 다른 사람들과 함께 있는 게 불편할 때마다 모든 것에 적대감을 보이는 칼라지를 따라 하는 것인가? "다 싫다네." 누군가가 나에 대해 하는 말이 들렸다. "아냐." 한 여학생이 나를 두둔했다. "자기가 뭘 좋아하는지 말하고 싶지 않은 거야." 나는 그 여학생을 주의 깊게 보지 않았고, 이름조차 알지 못했다. 그러나 그녀는 나를 분명히 간파하고 있었다.

　　나는 먼저 식당을 나와 연구실로 돌아가서 몇 시간이고 그곳에 처박혀 있었다. 미국인은 정말로 그토록 신비한 통찰력으로 타인을 꿰뚫어 볼 수 있는 것일까? 나는 그전까진 그런 의문을 가져본 적도 없었다. 미국인이 인간의 본성을, 더군다나 한 개인의 성격을 이해할 수 있다는 생각은 전혀 하지 않았다. 그런 생각을 해본 적이 있다면 내가 왜 지금 이런 의문을 품고 있겠는가? 어쨌든 아까 그 여학생의 통찰력과, 그 통찰력을 말로 풀어내는 솔직함과 침착함에 감탄이 절로 나왔다.

　　정오가 다가오자 카페 알제로 도피할 필요를 느꼈다. 로웰 기숙사를 나와 다른 기지로 옮겨야 했다. 그런데 그곳에 칼라지가 있었다. 나 혼자 있을 수 있었다면 정말 행복했을 텐데. 구석 테이블에 자리를 잡고 앉아 담배를 피우고, 책을 읽다 가끔 고개도 들어 커피를 한 잔 더 시키고 들락날락하는 사람들을 지켜볼 수 있었다면. 그러나 그의 존재가 모든 걸 바꾸었다. 나는 점심시간에, 특히 화창한 주중에 여기 온 적이 거의 없어서, 너무나 다른 이곳 분위기를 보고 깜짝 놀랐다. 심지어 칼라지의 태도도 달라 보였다. 마치 칼라슈니코프를 분해해서 한가롭게 부품에 기름칠을 하고 닦고 있는 것처럼 느긋해 보였다. 그는 나를 보고 반가워했다. 레오니와 잘 되고 있는 모양이었다. 그렇다고 그가 확인해주었다. 그는 그날 내 일정이 어떻게 되느냐고 물었다. 나는 로웰 기숙사의 연구실로 돌아갈 계획이었다. 오후 5시에 로웰 기숙사에서 열리는 정기 티타임에 참석해야 하고 이어서 칵테일 파티가 있었다. **"즈 므 푸 드 통 르웰 하우스.** 자네의 로웰 기숙사에 대해서는 관심 없어." 칼라지가 퉁명스럽게 말했다. 언제부턴지 로웰 기숙사가 '나의' 로웰 기숙사가 되어 있었다. "자네와 자네의 로웰 기숙사." 그는 로웰 기숙사를 얕잡아 보면서도, 내가 로웰 기숙사를 입에 올릴 때마다 움찔하는 듯했다. 나는 점차 그의 앞에서 로웰 기숙사 이야기를 꺼내지 않게 되었다.

사실 티타임이 뭔지 칼라지가 물어본 적도 없었고, 내가 설명한 적도 없었다. 그것은 매주 열리는, 이야기를 나누기 즐거운 사람들이 모이는 자리였기 때문에 나는 기꺼이 그 모임에 참석했다. 그러고 보니 티타임은 카페 알제와는 모든 면에서 정반대였다. 다소 격식을 차리고, 백인이 상당히 많았지만, 그렇다고 고리타분하거나 답답하진 않았다.

칼라지는 몇 분 있다가 루마니아 출신의 오페어* 여자친구와 그녀가 돌보는 사내아이를 데리러 가야 한다고 말했다. 그런 다음엔 함께 월든 호수로 소풍을 갈 거라고 했다. 자네도 같이 갈래? 나는 수영하기에 좀 춥지 않을지 생각하며 잠시 망설였다. 그러나 해가 쨍쨍한 날이었고, 나는 이미 재킷을 벗은 상태인데도 땀을 뻘뻘 흘리고 있었다. 칼라지 역시 재킷을 벗고 티셔츠만 입고 있었다.

"갈게요." 내가 말했다. "하지만 저녁식사 전까지 로웰 기숙사로 돌아와야 돼요."

내가 로웰 기숙사 지도강사라서 식사를 공짜로 할 수 있다고 설명하자, 칼라지는 너무 놀라 의자에서 뒤로 나자빠질 뻔했다. "공짜 식사라니, 그것도 일 년 내내!" 그는 미국 교육기관의 관대함에 깊이 감명받은 모양이었다. "조건이 뭔데?" 조건 같은 건 없어요, 그냥 학생들과 앉아서 이야기를 나누면 돼요. 내가 말했다. 나는 다가오는 2월에 상주 지도강사로 임명되기를 바라고 있다고 덧붙였다. 상주 지도강사가 된다는 것은 하버드가 공짜 식사뿐만 아니라 아주 저렴한 비

---

* 외국 가정에 입주하여 아이 돌보기 등의 집안일을 하고 약간의 보수를 받으며 언어를 배우는 사람.

용에 방 두 개까지 제공한다는 뜻이었다. "낯선 사람들하고 이야기 나누는 대가로 숙식을 해결해준다고? 근데 말은 똑바로 하자고, 자네와 잡담은 어울리지 않잖아. 오히려 내가 어울리지. 나한텐 뭘 줄까? 하버드 광장? 보스턴? 이 세상 전부?"

우리는 택시를 세우고 레오니와 그녀가 돌보는 사내아이 오스틴을 태웠고, 몇 블록 더 내려가 하이랜드 대로에 있는 가정집 앞에 멈춰섰다. 루마니아 출신의 오페어 에카테리나와 그녀가 돌보는 다섯 살 난 사내아이가 우리를 기다리고 있었다. 여자들은 프랑스 시골식으로 와인과 치즈와 다른 많은 음식을 가져왔다. 두 소년은 낡은 보조 좌석에 앉고 싶어했지만, 불안정하고 위험하다며 칼라지가 말렸다. 가는 길에 나는 슈퍼마켓 앞에서 세워달라고 한 뒤, 오 분 후에 커다란 수박 한 통을 들고 돌아왔고, 이를 본 사람들 모두가 웃음을 터뜨렸다. "이 거대한 수박을 뭘로 자르려고? 가라데 격파로?" 그가 물었다. 다 생각이 있어요. 내가 말했다. 그러고는 텔레비전 광고에서 자주 보았던 일본산 초저가 스테이크 나이프를 꺼냈다. 내가 소형 사무라이 검을 꺼내자 모두 환호성을 질렀다.

칼라지는 콩코드로 가는 풍경이 아름다운 길을 택했다. 가는 동안 우리는 함께 부를 노래를 정할 수가 없었다. 모두가 원하고 모두가 아는 노래가 별로 없었기 때문이었다. 루마니아 부모님한테서 노래를 배운 에카테리나를 포함해, 우리 모두가 아는 노래는 우리 부모님 세대의 상송이었다. 그래서 우린 그 노래들부터 부르기 시작했고, 월든 호수로 향하는 체커 택시 안에서 우리는 7월의 어느 일요일 프랑스 시골에서 어딘가로 소풍을 가는 두 쌍의 부부와 그들의 자녀들처럼, 아즈나부르와 브렐과 베코의 노래를 불렀다. 우리 네 사람이 어렸을 때 그들의 노래를 어설프게 흥얼거렸던 것처럼, 우리의 어린 가수들도 그들의 노래를 따라 불렀다. 모든 것이 좋아 보였다. 일요일이 아니라 월요일이었고, 7월이 아니라 10월이었으며, 프로방스가 아니라 매사추세츠였지만.

월든 호수가 무엇으로 유명한지 아는 사람은 아무도 없었다. 나는 학식 있는 교수님인 척하며 분위기를 깨고 싶진 않았다. 그러나 과거에 투자자들이 월든 호수의 얼음처럼 차가운 물을 싣고 인도로 가서 팔았다는 이야기는 하지 않을 수 없었다.

"애리조나의 인디언에게 팔았다는 거지?"

"아뇨, 갠지스 강가의 인도인에게요."

칼라지는 깜짝 놀라는 표정을 지었다. "하지만 그건 아랍인에게 모래를 파는 거나 마찬가지잖아." 그가 덧붙였다. "혹은 에스키모인에게 얼음을, 혹은 자네 민족에게 옷감을 파는 거나 마찬가지고." 우리 모두 웃음을 터뜨렸다.

월든 호수에 도착해 우리는 일렬로 늘어선 나무들 사이 흠뻑 젖은 좁은 공간에 택시를 세웠다. 모두 차에서 내려 신발을 벗고 바지를 걷었다. 다른 사람은 한 명도 보이지 않았다. 호수가 온전히 우리 소유였다. "그래서 여기서 뭘 하지?" 칼라지가 벌써부터 어색한 표정으로 물었다.

"수영하고, 놀기도 하고, 쉬기도 하고요."

칼라지는 수영을 거부했다. 물이 너무 차갑다고 했다. 게다가 옷을 갈아입기 귀찮다고도 했다. 그러고는 주위를 둘러보며 말했다. "키 큰 사이프러스 나무들과 수영하는 연못이라니. 왠지 안 어울리는 것 같지 않아?" 그가 판텔레리아 남쪽에 있는 시디 부 사이드를 묘사하기 시작했다. 거기가 천상낙원이었어! "언제 한번 우리 모두 거기 가보자, 자네와 나, 이 아이들, 우리 친구들 모두."

다시 생각해보니, 이곳도 평화롭군. 공기가 깨끗한 느낌이야. 칼라지가 말했다. 게다가 다른 사람들도 없었다. 그는 맨발로 물가를 거니는 것을 좋아했다. 그러다가 자기 마음을 애써 붙잡으려는 듯 **투 사 느 므 디 압솔뤼망 리앵**, 이 모든 건 나한테 아무런 의미가 없어, 라고 말했다. 물가를 따라 두터운 수초 더미가 고개를 숙이고 있고, 나무들이 벌써 잎을 다 떨어뜨려 침울해 보인다고, 그가 덧붙였다. 여긴 해변이 아니야.

칼라지는 아이들과 잘 놀아주었다. 그러다가 수박을 자르겠다고 말했다. 식당에서 일하던 때가 생각난 것 같았다. "물이 차가워?" 그가 물었다.

"아뇨, 원한다면 속옷만 입고 수영해도 될 정도예요." 그의 여자친구가 말했다.

"그럼 나중엔 뭐 입으라고?"

"뭐라도 찾아내겠죠. 바지만 입든가. 아니면 벌거벗고 수영을 하든가." 내가 말했다.

"칼라지가 얼마나 내숭쟁인데요, 그거 몰랐어요?" 레오니가 말했다.

에카테리나가 커다란 식탁보를 꺼내 풀밭에 깔더니 레오니에게 자기가 맡은 아이 좀 봐달라고 부탁했다. 그녀는 무용수처럼 어색하게 걸었다. 그 뒤뚱거리는 걸음걸이가 보기 싫진 않았다. 그녀는 등을 곧게 편 채로 윗몸을 숙이며 다리를 벌리고 무릎을 굽히더니 옷을 벗기 시작했다. 놀랍게도 그녀는 셔츠와 브래지어와 청바지 속에 수영복을 입고 있지 않았다. 곧 그녀는 완벽히 나체가 되었다. "수영할 건데, 같이 할래요?" 나는 얼떨결에 하겠다고 대답했지만 곧 나도 옷을 다 벗고 함께하자는 뜻임을 깨달았다. 나는 그녀가 뒤뚱거리며 물속으로 걸어가는 모습이 좋았다. 그렇게 걸으니 무용수의 완벽한 다리로 보였다. 나도 옷을 다 벗고 물속으로 뛰어들었다. 물이 얼음처럼 차다는 것을 잊은 채. "여기가 세상에서 제일 멋진 곳이네요." 헤엄을 쳐서 다른 사람들로부터 멀어지면서 그녀가 말했다. "비록 완전히 미국적이긴 하지만."

"점점 칼라지처럼 말을 하네요." 내가 말했다.

"특대형 대용품, 특대형 대용품." 에카테리나는 칼라지를 흉내 내면서 젖은 집게손가락으로 마치 상상의 기관총을 쏘듯 나를 향해 총 쏘는 시늉을 했다. **따다다다다.** 우리는 큰 소리로 웃었다. "물도 대용품이고, 식물도 대용품, 심지어 물고기도 대용품. 물고기는 없지만. 나는 물고기 싫어하고." 우리는 칼라지가 **따다다다**거리며 인류를 향해 장광설을 늘어놓고 모든 남자와 여자, 모든 생물, 어린이, 물고기, 나무, 채소, 광물을 향해 쏟아내는 비난을 번갈아 흉내 냈다. 그녀는 마지막으로 그가 쏘는 총알을 흉내 내기 위해서 내 얼굴에 물을 한 번 두 번 세 번 끼얹었었다.

우리는 물이 훨씬 더 차가운 곳까지 헤엄쳐 갔다. 그러고는 물속으로 들어갔다가 올라와서 숨을 쉬고 다시 들어가는 일을 반복했다. 나는 벌거벗고 수영하는 게 실로 오랜만이었다. 잠시 후엔 한쪽 호숫가에 다른 사람들이 와 있는 것을 보고 돌아가기로 했다. "다들 돌아서요." 우리가 물 밖으로 나올 때 에카테리나가 말했다. "너도, **이에푸라스 울 메우,** 내 작은 토끼." 그녀가 자기를 보고 있는 다섯 살 소년에게 말했다. 나도 그녀의 다리를 홀린 듯 바라보았다. 신이 그녀의 허벅지를 만드신 것인지, 아니면 동유럽의 어느 엄격한 발레 학교 교습의 산물인지 궁금했다. "그렇게 보지 말아요. 눈길이 너무 뜨겁잖아요." 그녀가 말했다. 그녀의 비밀스러운 농담은 마치 그녀의 무언가가 내 손을 잡고 놓지 않는 것처럼, 익숙하고 따뜻하고 친밀하게 느껴졌다. 나는 이 모든 게 우리가 프랑스어로 말을 하기 때문인지, 아니면 칼라지가 늘 그렇듯 자신도 모르는 사이에 모두의 성욕을 자극했고, 우리가 인간 사이의 접촉이 쉽고 속박받지 않으며 필요한 전부인 그의 세상에서 그의 뜻에 따라 움직이고 있기 때문인지 궁금했다. 그것도 아니라면 우리 네 사람 모두 함께하는 지금이 진정으로 행복하고, 이젠 우리가 케임브리지라는 세상에서 자신을 포기한 사람, 해체된 기업에서 오도 가도 못하게 된 직원이라고 느끼지 않기 때문일 터였다. 월든 호수는 엄밀히 말하자면 우리 소유가 아니었지만, 주인이 출타 중일 때 빈 테니스 코트를 온종일 차지할 수 있듯 우리가 그곳에서 놀게 해주었다. 우리는 태양 아래서 한두 시간 놀고자 하는 온건한 침입자들일 뿐, 불한당이나 불법거주자들이 아니었다. 우리는 미국에 정착하지 않고 미국을 잠깐 빌려 쓰고 있었다. 벌이 몰려드는 것을 막고 주변을 어지럽히지 않으려고 수박 껍질을 서둘러 비닐봉지에 던져 넣는 우리의 행동은 우리가 납작 엎드려 조용히 생활하겠다고 결심한 사실을 보여주는 증거였다. 나는 아무 말도 하지 않았지만, 우리 중에서 영주권이 있는 사람은 나밖에 없다는 사실을 깨달았다. 레오니는 칼라지 바로 옆에 털썩 주저앉아서 그와 포옹했다.

나중에 에카테리나가 아이들을 위해 치리오스 시리얼을 꺼냈을 때, 살면서 치리오스 같은 건 본 적도 없었던 칼라지가 맛을 좀 보자고 말했다. 그가 치리오스 한 알을 입에 넣기 전에, 에카테리나는 특대형 대용품, 특대형 대용품이라는 말을 입 모양으로 조용히 말했다. 조심해요, 그가 곧 폭발할 테니까, 라는 뜻이었다. 정사각형 그릇은 너무 크고, 음식은 완전한 가공식품이야. 신은 이런 맛을 창조한 적이 없어. 칼라지가 자신의 칼라슈니코프에 장전을 시작했다. 에카테리나가 크고 과즙이 풍부한 천도복숭아 다섯 개가 든 지퍼백을 꺼내자, 칼라지는 결국 폭발했다. "천도복숭아를 사면 안 돼, 절대로. 천도복숭아는 완전히 대용품이고……."

"노새처럼 말이죠." 에카테리나가 말했다.

"그래, 바로 그거야." 칼라지가 농담을 알아차리지 못하고 말했다. "〈새서미 스트리트〉*도 대용품이고. 사람들에게 대용품이 되라고 가르치지. 각 등장인물의 목소리를 들어봐.

* 미국의 어린이 TV 프로그램.

인간의 목소리는 하나도 없어."

"하지만 아이들은 좋아해요. 아이들은 천도복숭아도 좋아하죠. 나도 천도복숭아 좋아하고. 하나 드실래요?" 에카테리나가 물었다.

"응, 하나 줘봐." 칼라지는 결국 굴복했다.

곧이어 에카테리나가 꺼낸 트윙키* 두 상자도 칼라지에게서 유사한 분노의 반응을 이끌어냈다. 절망적인 경멸에 이어 극기에 가까운 묵인이 뒤따랐다. "그래, 이 트윙키라는 게 어떤 건지 맛 좀 보자." 마침내 그가 말했다.

잠시 후 그는 일어서서 호숫가를 따라 거닐다가 발가락을 물에 적시기도 했고 저 멀리 서 있는 나무의 꼭대기를 물끄러미 바라보기도 했다. 그가 윌든 호수를, 심지어 미국을 즐기고 있었다.

그리고 바로 그때 그곳에서 나는 마침내 칼라지를 이해했다. 그가 미국을 싸잡아 비난하는 건 사실 미국이 자신에게 굴복하지 않기로 결정할 경우에 대비해서 자신도 지지 않으려고 필사적으로 애쓰는 것이었다. 요전에 변호사가 강제 추방을 언급했을 때, 우리 둘 다 움찔했던 일이 기억났다. 칼라지는 미국이 그에게 굴복하고, 우호적인 시선으로 봐달라고

* 미국 과자.

간청하기를 바라면서 먼저 등을 돌렸다. 그는 자신도 모르는 사이에 항상 해오던 일을 하고 있었다. 추파 던지기. 그러나 이번 상대는 여자가 아니라 초 강대국이었다. 그에 관한 한 미국은 단 1페니도 걸지 않았고, 그는 점점 게임에 지쳐가고 있었다. 미국은 칩을 차곡차곡 쌓느라고 바빴고, 그는 허세만 부리고 있다는 것을 누구나 알 수 있었다.

또한 칼라지는 미국을 폄하하고 세상의 모든 나쁜 것에 **아메르로크**양키라고 별명을 붙임으로써, 자신을 위한 지중해적 정체성과 지중해의 실낙원을 만들고 있었다. 실제로 존재하지 않을지 모르지만 상상 속 어느 해변에 있다고 믿을 필요가 있는 곳. 그런 곳이 없다면 미국이 그에게 등을 돌릴 경우 그가 등을 기댈 데가 없기 때문에.

모든 물건을 도로 챙겨 차에 싣고 쓰레기를 종류별로 나누어 버리면서 서로를 바라보던 우리는 바라던 것보다 햇빛을 더 쬐었다는 사실을 깨달았다. 항상 우리 옆을 미끄러져 도망가던 여름을 마침내 포획하는 데 성공한 것마냥 우리는 신이 나서 한바탕 웃음을 터뜨렸다.

차에 타기 전에 칼라지는 모두에게, **특히 뒤에 있는 자네,** 즉 나에게 발에 묻은 모래와 흙을 깨끗이 털고 타라고 주문했다. 그리고 나서 오줌이 마렵다고 했다. "마려우면 눠요." 이미 조수석에 앉아 있던 레오니가 말했다. 칼라지는 난감한 표정으로 주위를 둘러보더니 호숫가로 걸어가서 우리에게 등을 돌리고 광활한 호수를 바라보며 오줌을 누기 시작했다. 그는 천천히 오줌을 누었고, 나는 소로*의 신성한 호수에 그가 불경하게 오줌을 누는 장면이 너무 우스꽝스러워서 그 호수의 역사적 의미를 얘기하지 않을 수 없었다. 그래서 나는 차 안에서 그들에게 월든 호수가 미국 문학사에서 차지하는 위상에 대해 설명해주었다. 모두 귀 기울여 들었다. "그래도 너무 마려웠다고." 칼라지는 한동안 생각에 잠겼다가 말하더니 천둥 같은 웃음을 터뜨렸고, 우리 모두, 심지어 아이들까지도 따라서 웃었다. 그러고는 케임브리지로 돌아오는 내내 다 함께 노래를 불렀고, 다음에 또 단풍 구경을 가기로 약속했다.

그 차에서 제일 먼저 내린 사람은 나였다. 급하게 샤워를 하고 로웰 기숙사로 향했다. 그러나 칵테일 파티에 참석하는 동안에도 마음속에서 한 가지 생각이 떠나질 않았다. 나는 그 날 하루를 다시 시작하고 싶었다. 그날이 끝나지 않기를 바랐다. 내가 어느 진영에 속하는지, 로웰 기숙사인지 칼라지 옆인지 잘 모르겠다면, 양쪽에 한 발씩 걸치고 둘 사이를 오가는 것도 나쁘지 않은 듯했다. 나는 집을 가졌지만 이곳에 소속된 적 없는 것처럼, 두 곳 모두에 발을 걸치고 있지만 그렇

---

*   미국의 철학자이자 수필가. 하버드를 졸업했으며, 월든 호숫가에 홀로 오두막을 짓고 생태주의적 삶을 살았다. 이 내용을 정리한 저서 《월든:숲속의 생활》로 잘 알려져 있다.

기 때문에 어느 쪽에도 소속되어 있지 않았다. 이른 아침 스물네 시간 영업하는 델리의 창밖을 내다보며 사랑과 증오와 혐오가 휘몰아치는 기분을 느꼈을 때처럼 복잡한 심정이었다.

칵테일 파티가 끝난 뒤, 나는 저녁식사를 하지 않고 몰래 빠져나와 카페 알제로 갔다. 칼라지가 보이지 않아 카페 알제를 나와 카사블랑카에, 그다음엔 하비스트로 갔다. 그러나 칼라지는 어디에도 없었다. 웨이터들에게 물었으나 그를 보지 못했다고 했다. 갑자기 분노가 치밀었다. 내가 그를 찾는 이유를 인정하기까지 왜 이렇게 오래 걸렸을까? 나는 칼라지와 레오니, 에카테리나, 이 세 사람을 모두 찾고 싶었다. 그 셋을 찾지 못한다면 어디 가면 에카테리나를 만날 수 있을지 레오니에게 물어보고 싶었다. 레오니도 보이지 않는다면 내가 직접 에카테리나를 찾아 나서고 싶었다. 로웰 기숙사 티타임과 칵테일 파티에 가지 않았더라면 좋았을 것을. 어쩌면 단순히 빈속에 들어간 마티니 두 잔에 솟아난 충동일 수도 있었다. 아니면 일광욕을 너무 많이 했기 때문이거나, 그것도 아니라면 수영할 때를 제외하고는 우리 둘만의 시간을 갖지 못했고, 오늘 밤엔 그런 시간이 없을 것 같기 때문일 수도 있었다. 그러나 나는 우리 둘이 물속에 있을 때 어떤 일이 일어났다고 확신했다. 그녀가 몸을 말리면서 나를 바라보던 눈길에서 느낄 수 있었다. 그녀는 내가 자기한테서 눈을 떼지 못한다는 사실을 알고 있었다. 나 혼자만의 상상이 아니었고, 그것이 무엇인지 콕 집어 말할 수도 없고, 정확히 언제 그런 일이 일어났는지 알 수도 없었지만, 우리 둘 사이에 쓱 지나간 그 무언가를 그냥 무시해버릴 수가 없었다. 그 일이 참으로 단순한 일이었다는 생각이 문득 들었다. 그때 찾아온 기회를 잡았어야 했다. 적어도 차에 함께 있을 때 그녀의 전화번호를 물었어야 했다. 칼라지가 이유를 추측한들 뭐 어떤가? 지구상의 모든 여자에 대해서 칼라지가 가장 먼저 궁금해하는 것이 여자의 전화번호였다. 레오니가 알아차린들 뭐 어떤가? 그녀가 칼라지를 처음 만났을 때 나도 그 자리에 있었고, 칼라지는 내 앞에서 그녀에게 전화번호를 물어보았다. 전화번호 물어보는 건 별 생각 없이 할 수 있는 일이었다. 내가 번호를 묻지 않은 건 관심 있는 걸 들킬까 봐 두려워서였을까? 아니면 평소처럼 허둥대면서 물어봤다가 그녀가 망설이면 더 허둥대고 당황할까 봐 두려웠기 때문일까?

한 군데를 더 가봤지만, 거기에도 아무도 없었다. 나는 버클리 거리를 걸어 집으로 향했다. 기품 있는 대저택들 앞을 지나가면서 칼라지가 천도복숭아를 한입 베어 물면서 맛있다고 했던 일을 떠올렸다.

칼라지가 에카테리나와 함께 내 얘기를 하는 모습이 머릿속에 그려졌다. "당연히 전화해야지. 아니, 그보다는 그의 집에 찾아가봐." 그가 말했을 것이다. "언제요?" "언제? 무슨 질문이 그래. 당연히 오늘 밤이지. 지금. 그의 집 문은 말 그대로 항상 열려 있다고." 에카테리나를 집까지 바래다주면서 앞 유리에 대고 소리치는 그의 말이 들리는 것 같았다. **맹트낭, 오주르뒤, 스 수아**지금, 오늘, 오늘 저녁! 하이랜드 대로에 있는 그의 택시회사 사장 집 밖에서 기다릴 걸 그랬나?

"내 본능은 온전해." 언젠가 칼라지가 말했다. 그 말은 반대로 내 본능은 완전히 비뚤어졌고, 오염되었고, 훼손되었다는 뜻이었다. "멀쩡하다니까." 자기 택시를 보여주겠다고 나를 데려가 충동적으로 내 손을 잡아끌어 자기 차의 보닛을 두들기게 했던 날 밤에 그렇게 말했었다. 서양 남자의 본능은 구멍이 숭숭 뚫린 주머니 같아. 얼마 안 가 모든 것이 줄줄 새지. "하지만 난 너덜너덜해진 주머니 안쪽에 강철을 덧댄 거지와 같아. 내 옷은 닳고 헤졌지만, 그 안쪽에 금고가 있거든."

나는 42호 문을 두드려보기로 했다.

린다가 문을 열어주고는 곧바로 소파로 돌아가 TV를 보았다. 문은 내가 닫았다.

그녀는 시험에 합격했다고 했다. 나는 축하해주었다. 내 시험은 삼 개월 조금 넘게 남아 있었다.

그녀는 하늘색 목욕 가운 밑으로 두 다리를 쭉 뻗고 있었다. 나는 그녀의 목욕 가운 벨트를 잡아당겨 매듭을 풀었다.

다음 날 아침 눈을 떠보니 11시가 다 되어가고 있었다. 제일 먼저 든 생각은 스물네 시간이 넘게 책을 단 한 페이지도 읽지 않았다는 사실이었다. 일광욕과 수영, 마티니, 그리고 42호에서 보낸 혼돈과 불안의 밤이 다였다.

나는 한밤중에 린다의 아파트를 나왔다. 그녀의 집 현관문을 열고, 초서처럼 **잘자, 나의 연인이여**를 외치고 문을 쾅 닫았다. 그러고는 내 집 문을 가능한 한 빠르고 거칠게 열었다가 마찬가지로 쾅 닫았다. 나는 다른 이웃집 아가씨가 그 소리를 듣고 상황을 짐작하기를 바랐다. 나는 그녀를 '클레브 공작부인'이라고 부르기로 했다. 두 개의 문이 닫히는 소리를 듣고, 그 소리가 함축하는 사건에 빈정 상한 그녀의 기분이 벌써 느껴졌다. 내일 새벽에 커피 가루를 털어내는 시늉을 하면서 상황을 파악할 생각이었다. 일 얘기를 해야지. 하루 종일 일했다고. 에이, 왜 그래요, 아니면서. 그녀가 대답할 것이다. 그게 무슨 뜻이죠? 무슨 뜻인지 잘 알잖아요.

그 순간 나는 내가 가장 잘하는 일을 할 것이다. 얼굴을 붉히는 것. 얼굴이 빨개졌네요. 그녀가 말하겠지. 얼굴이 화끈거리네요, 하지만 당신이 생각하는 그런 것 때문은 아니에요. 그럼 왜 얼굴을 붉히죠? 나는 고개를 숙이고 아래를 내려다보며 말할 것이다. 당신을 봤으니까요. 나는 그녀가 무슨 말을, 아무 말이라도, 방금 내가 한 말처럼 서툴고 어색한 말이라도 해주기를 기다릴 것이다. 그녀가 무슨 말을 하든, 나는 항상 응답할 준비가 되어 있을 것이다.

그러나 그날 밤 나는 너무 피곤해서 5시에도, 6시에도, 7시에도, 8시, 9시, 10시에도 쿨쿨 잤다. 지금쯤 그녀는 애완견을 데리고 케임브리지 코먼 공원을 산책하고 있을 것이다. 너무 늦었다.

5

매우 새로운 일이 내게 일어나고 있었다. 내 몸의 모든 힘줄과 뼈와 근육과 세포가 내게 속한 것에, 내 안에서 나를 통해 나를 위해 살아 있는 것에 기뻐 날뛰었다. 나는 에카테리나가 어젯밤 나와 함께 있기를 바랐고, 내가 결국 그녀의 전화번호를 알아내 전화를 걸었다면 그녀는 기꺼이 나를 만나기 위해 택시를 타고 달려와 내 아파트까지 뛰어 올라왔을 거라고 확신했다. 이 낯선 아침, 나는 종합시험 따위는 안중에도 없었다. 내가 지금부터 눈길을 주는 어떤 여자라도 나를 만지고 나와 자고 싶어 안달할 거라는 확신이 내 머릿속을 장악하고 있었다. 이런 이상하고 낯선 느낌은 도대체 어디서 나왔을까? 왜 항상 이런 기분이 아니었지? 이런 흥분과 설렘이 계속 내 마음속에 살아 있게 하려면 어떻게 해야 할까? 이런 느낌이 그토록 오랫동안 어디에 숨어 있었을까? 칼라지처럼 산다는 게 이런 것인가?

내가 일상으로 돌아가자마자 이런 느낌이 사라질까? 내 예전의 자아로, 자물쇠도 없고 먹을 음식도 없고 삶도 없는 따분한 내 집으로, 내 책들과 옥상 테라스, 학생들, 어딘가로 향하고 있다고 착각하면서 몇 시간이고 허송세월하던 내 작은 아지트로, 로이드-그레빌 교수에게로, 티타임과 칵테일 파티로 돌아간다면 이런 느낌이 사라질까? 그리고 그 모든 것들이 내가 결코 원하지 않을 때 다시 돌아올까?

더 중요한 질문은 이것이다. 다른 사람들은 어떻게 이런 열정이 타오르게 했을까? 칼라슈니코프를 휘두르며 돌아다녔나? 이런 힘과 풍요와 자부심의 열기가 어떻게 영원히 살아 있게 했을까? 불을 지필 방법을 몰라 어디를 가든 불씨를 들고 다녔다는 원시인들이 떠올랐다. 나도 주머니마다 잉걸불을 넣어두었고, 주머니는 모두 강철로 안감을 대 튼튼했다. 마음이 든든하고 뿌듯했다.

나는 이 느낌을 잃지 않기 위해 우선 샤워를 하지 않기로 했다. 섹스의 냄새를 풍기고 싶었고, 온몸을 만지며 어젯밤 어디서 무엇을 했고 어떤 일을 겪었는지 기억하고 싶었다.

학과 사무실에 도착했을 때, 메리-루는 사무실 옆에 붙은 비품실에서 나오고 있었다. 나를 보더니 종합시험 심사위원을 두 명 더 정해야 한다고 말했다. 나는 먼저 교수님들을 만나 허락을 받은 뒤에 알려주겠다고 말했다. 그녀는 책상을 돌아 복사기 앞으로 가서 종합시험 유의사항 안내문을 복사하면서, 하버드에 유난히 까다로운 규정이 많은데 학생들이 항상 숙지하고 있지는 않다면서 한번 읽어보라고 했다. 내가 의자에 앉아 유의사항을 읽자, 그녀는 수염을 깎으니 더 잘생겨 보인다고 말했다. 나는 얼굴로 칭찬을 받은 게 처음이라고 말했다. 사람들이 그런 말 안 해요? 그녀가 물었다. 나는 칼라지의 판돈 이론을 떠올리며 아무 말도 하지 않았다. 메리-루의 커다란 책상 한 쪽에 동전이 차곡차곡 쌓이는 소리가 들리는 것만 같았다. 내가 해야 할 일은 1페니씩 그녀 앞에 판돈을 거는 거였다. 그럼 누가 알겠는가. 인스턴트 커피를 담은 단지들과 페이퍼 클립, 시험 답안지와 학과 로고가 새겨진 편지지 묶음을 보관하는 창문 하나 없는 비품실에서 우리는 섹스를 하게 될지도 모른다. 지금 내가 직면한 문제는 내가 만일 그 1페니를 걸지 않았을 때 그녀가 내게 앙심을 품지는 않을까 판단하는 것이었다. 그녀의 투실투실한 얼굴과 파란색 새틴 구두를 신은, 뚱뚱한 종아리가 발로 내려올수록 가늘어지는 보테로*의 다리를 보기만 해도 내 마음엔 절망이 가

* 콜롬비아의 화가이자 조각가. 인간을 과장되게 뚱뚱하게 묘사하는 것으로 유명함.

득 찼다.

나는 여름 날씨가 끔찍하게 덥다고 불평했고, 그 말 끝에 여자친구 부모님의 여름 별장이 빈야드에 있는데, 최근에 거기 거실에 에어컨을 설치해서 온 가족이 함께 많은 시간을 보냈다고 덧붙였다. 이 정도면 무슨 뜻인지 알아들을 거라 희망하며.

내가 열쇠를 갖고 책을 놓아두고 다니는 작은 강사실 밖에 한 여학생이 서서 담당 강사를 기다리고 있었다. 햇볕에 그을린 피부와 밝은 갈색의 풍성한 머리카락을 돋보이게 하는 주황색 원피스, 그리고 그에 어울리는 샌들을 신고 있었다. 나는 잠시 옆에 서서 그녀에게 무슨 강의를 듣느냐고 물었고, 그녀는 나에게 무슨 과목을 가르치느냐고 물었다. 그녀의 졸업논문에 관한 이야기도 나누었다. 대화하는 동안 나는 그녀의 눈에서 눈을 뗄 수가 없었다. 그녀도 내 눈에서 눈을 떼지 못했다. 나는 그녀의 눈이 계속 내 눈을 살피는 방식이, 내 눈이 그녀의 눈을 살피는 방식이 좋았다. 서로의 눈이 서로에게 머물며 서로를 애무하고 있었다. 우리는 사랑을 나누고 있었고, 그것을 부인하지도, 그 사실에 특별히 주목하지도 않았다.

우리는 둘 다 프루스트를 좋아한다는 사실을 알아냈다. 그녀는 졸업논문도 프루스트에 관해 쓰고 있었다. 언제 조언 좀 구할 수 있을까요, 선생님? 나는 보통 로웰 기숙사에 있는 연구실에서 학생들을 만나지만 그녀는 내 학생이 아니니까 원한다면 크레이기 거리에 있는 내 집으로 와도 환영한다고 말했다. 주황색 원피스를 입은 그 여학생은 모든 것을 의미하는 동시에 아무것도 의미하지 않는 전형적이고 피상적인 말을 했다. "그러면 너무 좋죠." 칼라지가 그 말을 흉내 내는 모습이 보이는 것만 같았다. 그녀의 이름은 앨리슨이었다. 성은 듣자마자 기가 죽을 정도로 친숙했다. 만나서 반가웠다고 내가 말하자, 그녀는 우리가 전에도 한 번 만난 적이 있다고 했다. 즉시 부연설명을 하는 걸 보면 내가 어리둥절한 표정을 지은 게 틀림없었다. "지난번에 만났을 때 선생님은 단풍 보러 가는 것도, 부모님댁에 가서 〈토요일 밤의 열기〉를 보는 것도 관심 없다고 하셨어요."

미국인에 대한 내 편견을 바로잡게 해준 그 여학생이었다. 그날 아침식사를 할 때 그녀가 이토록 아름답다는 사실을 왜 알아차리지 못했을까?

도대체 무슨 일이 벌어지고 있는 걸까? 나는 이 새로운 내가 너무나 마음에 들었다. 나의 일부는 아직 42호를 떠나지 못했고 그녀의 체취를 풍기고 있었지만, 여기서 우리는 마르셀 프루스트에 대해 토론하면서 온갖 종류의 다리를 놓고 있었다. 헨리 제임스는 말할 것도 없고 에머슨과 소로, 홈스

판사*가 그들이 사랑하는 순결한 매사추세츠에 어떤 쓰레기가 버려지고 있는지 알았다면!

하버드 광장을 건너가는데 누군가가 프랑스어로 내게 외치는 소리가 들렸다. "자네 항상 그렇게 혼잣말을 해?" 빨간불에 걸려 멈춰선 칼라지가 택시 밖으로 고개를 내밀고 있었다. 뒷좌석에는 다림질이 잘된 연보라색 비즈니스 정장을 입은 날씬한 백발의 여성이 앉아 있었다.

"이보다 더한 대용품이 있을까 싶어." 승객을 두고 하는 말이 분명했다. "어디 가는데?"

"커피 한 잔 마시면서 책 좀 읽으려고요."

"아, 정말 팔자 좋다." 그가 말했다. "내일 보자고."

벌써 정오가 다 되었다. 나는 정오의 케임브리지를 사랑했다. 드디어 옥상 테라스에 올라갈 시간이었다. 지금 내가 원하는 건 17세기 작가인 레츠 추기경의 회고록을 읽는 것뿐이었다. 나는 일 년 전에 그 회고록을 읽기 시작했고 가능한 빨리 읽겠다고 스스로에게 다짐했었다. 다른 모든 일은 제쳐두고 이 남자와, 성직자로 보낸 시간보다 불굴의 군인이자 신하, 애인, 죄수, 외교관으로 보낸 시간이 더 많았던 이 남자와 오후 한나절을 보낼 생각이었다.

---

* 올리버 원델 홈스 2세. 하버드 로스쿨 교수이자 매사추세츠 대법원장 등을 지냈다. 앞서 거론된 인물들과 함께 하버드 출신의 대표적인 인물로 꼽힌다.

나는 버클리 거리를 걸어갔다. 이 오래된 뉴잉글랜드 주택가를 지나가면서 내년 봄에 꽃을 피울 구근 식물을 심느라 바쁜 앵글로색슨계 주부들로부터 반가운 인사말을 듣는 것보다 더 나를 기쁘게 하는 일은 없었다.

아파트에 도착하니 내 우편함과 이웃집 우편함 사이에 색인카드가 끼어 있었다. "잠깐 들렀는데 안 계시네요. 나중에 또 올게요. 에카테리나." 전화번호는 남기지 않았다. 칼라지가 한 짓이 아닌지 의심스러웠다. 에카테리나와 내가 만났다면 옥상 테라스에 올라가 어제 월든 호수로 갔던 소풍을 재현할 수 있었을 것이다. 옥상도 그 호숫가만큼이나 햇볕이 뜨거웠고, 아직 수박이 조금 남아 있었으며, 코르크 마개를 따지 않은 포르투갈 와인도 한 병 있었다. 더 이상 참을 수 없을 때까지 태양 아래서 땀을 흘리다가 내 아파트로 내려왔다면 정말 환상적이었을 것이다.

나는 그 카드 뒷면에 간단히 메모를 해서 우편함 사이 좁은 틈에 다시 끼웠다. 옆집 아가씨가 개를 산책시키려고 건물을 나갈 때 그 메모지를 발견하길 바라며. "위에서 기다릴게요." 위층으로 올라가다가 린다와 마주쳤다. 뭐해? 아무것도 안 하는데. 잠깐 들어올래? 그래, 잠깐만. 내가 말했다. 그녀의 집에 들어간 나는 전날 밤엔 보지 못한 것을 보았다. 내 집과는 달리 그녀의 집은 온갖 장식들로 가득했다. 누군가가 소박하고 애정 어린 손으로 집안 전체를 조화롭게 꾸민 듯했다. 그곳은 오랜 세월 꾸미고 가꾸며 살아온 가정으로 보였지만, 내 집은 공짜나 헐값으로 주워온 잡동사니 가구들이 아무렇게나 놓여 있어서 애정이 깃들었든 그렇지 않든 누군가가 꾸미고 가꿨다는 느낌은 전혀 들지 않았다. 아마 칼라지와 에카테리나, 레오니의 침실도 내 집처럼 기본적으로 꼭 필요한 가구만 모아다가 서둘러 만들어서, 거칠고 조급하고 적대적이고 일시적인 느낌이 날 것 같았다. 가구는 우리와 오래 머물지 않았다.

나는 올 사람이 있어서 오래 머물 수가 없다고 말하고는 내 방으로 돌아왔다. 과연 십 분 후에 초인종이 울렸고, 내가 1층 현관문을 열어주고나서 금방 에카테리나가 내 방 앞에 도착했다. 무용수의 다리라 빠르긴 빠르군. 나는 생각했다. "어떤 여자가 개를 데리고 나가면서 현관문을 열어줬어요." 그녀가 문을 밀어 열면서 말했다. 그 얘기를 들으니 문 앞에 서 있는 에카테리나를 봤을 때보다 더 흥분되고 더 행복했다.

"날 만나러 왔다고 말했어요?"

"네, 했죠."

에카테리나는 무스카텔 포도를 들고 들어왔고, 갑자기 거실에 포도향이 퍼졌다. "포도 좀 가져왔어요, 좋아하실 것 같아서."

나는 포도를 부엌으로 가져갔다. 부엌 뒷문을 열 핑계를 찾고 있었는데, 에카테리나가 포도를 넣어 온 봉지를 버리는 일이 좋은 핑계가 되겠다고 생각했다. 나는 포도를 사발에 담고, 봉지는 구겨서 뒷문 밖 층계참에 놓인 커다란 쓰레기통 속으로 던졌다.

"당신이 와서 정말 기뻐요." 나는 부엌문을 열어놓은 채 말했다.

"나도 그래요." 에카테리나에게서 망설임이 전혀 느껴지지 않아서 나는 곧장 그녀에게 다가가 키스했다. 그녀의 숨결이 좋았다.

"포도 여기 거실에서 먹어도 되고 옥상에 올라가서 먹어도 되는데, 어느 쪽이 좋아요?"

"칵테일도 만들어줄 수 있고요." 내가 덧붙였다. 아뇨, 술 못 마셔요. 2시까지 유치원에 아이를 데리러 가야 해서.

"그럼 우리, 방에서 먹읍시다." 내가 말했다. 나는 포도를 들고 침실로 들어갔고, 우리는 침대에 앉았다. "벌거벗은 채로 먹는 게 어때요?" 내가 말했고, 그녀가 그러자고 말하기도 전에 옷을 차례로 벗기 시작했다. 이러는 게 좋았다. 내 시트에 누운 그녀의 몸을 보는 게 좋았다.

나는 그녀가 떠나자마자 책을 읽기로 나 자신과 약속했다.

　몇 주 뒤 어느 금요일 새로 발견한 우정을 축하하기 위해 우리 넷에 다른 친구들까지 몇 명 불러서 함께 저녁을 먹기로 했다. 칼라지가 친구 한 명을 초대했고, 나는 나를 물심양면으로 도와주었고 특히 돈을 잘 꿔줬던 전 룸메이트 프랭크를 초대했다. 아시시에서 여름을 보내고 돌아온 그와 통화는 했지만 만나지는 못하고 있던 터였다. 그는 아르메니아 출신의 새 여자친구를 데려오겠다고 했고, 그녀가 워터타운에 있는 아르메니아 빵집에서 환상적인 페이스트리를 사 와서 우리를 기쁘게 할 거라고 장담했다. 다른 친구도 몇 명 더 있었다. 최근 프랑스에서 돌아온 클로드와 하버드 법대 졸업반이라는 무슨 백작이라는 친구도 있었다. 내가 에카테리나를 먼저 초대하지 않았다면 린다도 있었을 것이다. 둘 다 초대해. 칼라지가 말했다. 와히다도 초대하지그래. "맛있는 쌀밥에 양념 고기를 만들어줄 텐데." 나한테서 양념 고기의 강력한 효과에 대해 들었던 칼라지가 웃으면서 말했다.

　"에이, 그럼 그 여자가 상처받잖아요. 그리고 내가 한 짓은 어떻게 해도 용서받을 수 없을 거고."

　"그건 그래." 그가 말했다.

　그 금요일, 나는 수업이 끝나자마자 카페 알제로 갔고 거기서 칼라지를 만났다. 정오도 되기 전이었는데, 그는 헤밍웨이를 닮은 그 어린 미국인과 함께 앉아 있었다. 8월 초 내가 칼라지를 처음 만났을 때 같이 있었던 청년이었다. 어린 헤밍웨이와 칼라지는 이번에도 정치 논쟁을 벌이고 있었다. 칼라지는 결국에는 그를 '기저귀를 찬 무정부주의자'라고 불렀다. 그 미국인은 칼라지가 '되다 만 말콤 엑스*'이고 그의 정치적 견해에 대해서는 다음에 "다시 논의하는 것이 좋겠다"고 말했다. 칼라지는 별 이상한 말을 다 들어본다는 듯이, 샌드위치 조각이라도 얻어먹으려고 테이블로 다가온 떠돌이 개를 보는 것 같은 표정으로 그를 바라보았다. 그러고는 담배 종이 끝에 침을 묻히더니 그 미국인의 얼굴을 바라보며 불쑥 말했다. "자넨 불알이 없군."

그 말에 얼굴이 시뻘게진 헤밍웨이가 식식거리며 되물었다. "내가 불알이 없다고요?"

"응, 그게 목에 있네, 여기." 칼라지가 두 손 엄지손가락 끝으로 작은 고환처럼 생긴 자신의 목젖을 누르며 말하고는 새된 목소리로 헤밍웨이의 말을 따라 했다. **다시 논의하는 것이 좋겠어요, 다시 논의하는 것이 좋겠어요.** "나를 멍청이라고 부르고 싶으면 **칼라지, 튀 에―정 이디오**년 바보다라고 말을 했어

*　흑인 인권운동가이자 이슬람운동가.

261

야지. 말도 제대로 못하면서 논쟁은 무슨……. 고물상 같은 대학으로 돌아가. 싸구려 일회용 우산을 만들어내듯 자네 같은 학생들을 대량생산하는 곳으로."

"우린 친구라고 생각했는데요, 칼라지."

"우린 아무 사이도 아니야. 커피를 함께 마신 사이일 뿐이지." 칼라지가 나를 돌아보며 말했다. "가자!"

우리는 택시를 타고 채소를 사기 위해 헤이마켓 광장으로 향했다. 전날 칼라지는 세자리옹의 주방장에게서 쇠고기를 헐값에 샀고, 내 집 부엌에서 자신이 개발한 양념에 재워놓았다. "소스에 뭐가 들었는데요?" 내가 계속 물었다.

"먹어보면 알아."

"그렇겠죠, 근데 어떤 소스인데요?"

"먹어보면 아는 소스."

그는 우리가 한 번도 맛보지 못한 무스*를 준비할 거라고 했다. 부엌에 들어와본 지가 육 개월도 넘었다고 했고, 그래서 그는 잔치라도 하듯 들떠 있었다. 우리는 모두에게 와인을 갖고 오라고 했다. 채소를 준비하기는 쉬웠지만, 칼라지가 요구한 햇밤을 구하기란 불가능에 가까웠다. 그래서 대신 말린밤을 샀다. 금요일 오후라 가판대의 재고를 정리하고 있어서,

---

*   크림과 달걀 흰자 섞은 것에 과일, 초콜릿 등으로 맛을 낸 디저트.

감자, 양파, 피망, 버섯, 셀러리를 공짜로 얻었다. 치즈는 내가 준비해야겠다 싶었으나 그는 벌써 빵과 치즈를 준비했다고 말했다. "자넨 치즈에 대해서 아무것도 모르잖아. 프렌치 치즈를 사려다 소 젖통에 들어가본 적도 없는 액체를 살걸." 칼라지는 작은 양념통에 담긴 양념을 믿지 않았고, 쿠민과 타임에서 파프리카에 이르기까지 모든 재료를 봉투에 담긴 실제 채소로 준비했다.

자이냅과 쉴라를 비롯하여 오겠다는 사람이 늘어났다. 심지어 소화불량 아가씨도 오겠다는 뜻을 비쳤다. 칼라지는 누구와도 완전히 인연을 끊지 않았다. 쌓였다가 허물어지고 다시 쌓이는 해변의 모래성처럼 사람들은 그의 삶으로 흘러들어왔다가 나갔다가 다시 들어왔다.

칼라지는 자이냅에게 **비앵**어울리는한 남자를 찾아주고 싶어했고, 나는 클로드를 떠올렸다. 그러나 혹시 그 둘이 잘 안 될 경우를 대비해서 터키에서 공부했다던 헝가리 청년을 초대했다. 그리고 백작도 있었다. "그림이 그려지지 않아?" 칼라지가 말했다. "16구의 공원 벤치에 앉아서 발자크에 대해 토론하는 자이냅과 백작. 백작은 다리 사이에 우산과 테니스 라켓을, 자이냅은 빗자루와 대걸레를 끼우고 앉아 있는 거지. 환상의 커플인데!"

그날 저녁 모임은 출발부터 순조롭지 못했다. 모임 시작

전, 칼라지가 깍둑썰기한 야채를 넣어 고기 요리를 하느라 부산을 떨고, 에카테리나가 샐러드에 넣을 야채를 준비하고 있을 때, 라디오에서 마리아 칼라스의 아리아가 연달아 흘러나왔다. 한 가수의 노래가 연속으로 나오는 것은 굉장히 이례적인 일이어서 심상찮다고 생각했는데, 아나운서가 충격적인 소식을 전했다. 마리아 칼라스가 그날 파리에서 사망했다고. 한순간에 분위기가 싹 가라앉았다. 내 예전 룸메이트의 여자친구와 나는 칼라스의 열성 팬이었다. 백작은—그가 피에로라고 자기 이름을 말했는데도 칼라지는 그렇게 불렀다— 특히 더 충격을 받았다. 자기 아버지가 칼라스의 오랜 친구였고, 아버지의 사무실엔 칼라스가 서명한 초상화가 걸려 있다고 했다. 화제는 칼라스로 옮겨갔고, 내게 칼라스 음반이 몇 장 있어서 아리아 두세 곡을 틀었고, 그녀가 **프리마 돈나 아솔루타**절대적 프리마 돈나인 이유를 설명하려고 애를 썼다. 내 견해를 확실히 입증하기 위해서 다른 소프라노 가수들이 부르는 아리아도 틀어서 비교하게 했다.

마리아 칼라스에 관해서는 할 말이 전혀 없었던 칼라지는 어디를 가든 시끄러운 무기를 휘두르던 사람답지 않게 침묵을 지켰다. 왜 아무 말도 안 하느냐고 레오니가 묻자 그는 짐짓 바보같이 웃었는데, 억지로 꾸민 그 인위적인 캐릭터로 관심을 끌고 싶은 듯했다. "듣고 있잖아." 그가 대답했다.

"난 듣는 거 좋아하거든." 그러나 속은 부글부글 끓고 있고, 칼라슈니코프에 의지하지 않아 말을 할 능력을 잃은 게 분명했다. 이것은 칼라지가 상상한 장면이 아닐 것이고, 그는 자신이 연 디너파티에서 아웃사이더가 된 느낌을 받은 게 틀림없었다. 에카테리나가 그에게 말을 걸며 그를 대화의 장으로 끌어내려고 노력했지만, 그는 몇 마디 하고는 곧 입을 다물었다. 뭔가 신경에 거슬리는 게 분명했다. 결국 자이넵이 한 팔로 그를 감싸 안고 말했다. "**튀 부드**, 삐쳤어요?"

"안 삐쳤어." 칼라지가 어깨를 으쓱거려 자이넵의 팔을 떨쳐내면서 말했다. "날 가만 내버려둬, 제발." 우린 그를 내버려두었다.

우리는 화제를 바꿨다. 누군가가 최근에 봤다며 〈레이스 짜는 여자〉라는 영화 이야기를 했다. 미용실에서 일을 배우는 검소하고 겸손한 아가씨가 한 지성인의 애인이 되지만 곧 싫증이 난 남자에게 버림을 받는다는 줄거리였다. 칼라지는 이 영화가 마음에 들었는지 칼라슈니코프에 장전을 하고 공이치기를 당긴 뒤 총구를 돌리며 발사할 준비를 했다. 곧 그는 남자 등을 쳐서 출세하려고 발악하는 여자들과, 그런 여자들을 이용하는 청년들 모두를 싸잡아 비난했다. 포로는 없었고, 모두 총살을 당했다.

그러나 레오니는 그와 의견이 달랐다. 백작을 데려온 것이 자랑스럽고 그의 눈에 띄고 싶어 안달이 난 클로드는 이건 순환논법이고 아무런 소득도 없는 무의미한 논쟁이라고 말했다. 그러나 백작은 좀 더 너그러운 태도를 보이면서 역사에는 이와 유사한 경우가 넘쳐나고, 어느 한 편을 들기란 불가능하지만, 굳이 편을 들어야 한다면 여자 편을 들겠노라고 말했다. "왜 남자가 아니고 여자 편을 들겠다는 거야?" **따다다다 다.** 백작은 남자가 다시 기회를 얻는 경우는 자주 있지만, 여자는 거의 없기 때문이라고 말했다. "남자들이 다시 기회를 얻는다고? 정말? 확실해?" **따다다다다.**

"이 방에 있는 사람들 모두 나와 같은 의견일 거라고 생각하는데요."

"그럼 여자들한텐 다시 기회를 주고 정작 자기들은 다시 기회를 못 얻는 남자들은 어떡해?" **따다다다다다.**

"그 문제에 대해서는 숙지하지 못해서, 죄송합니다."

"숙지하지 못하다, 숙지하지 못하다. 숙지하지 못한 이유를 내가 말해줄까? 그건 자네가 아무도, 남자든 여자든 누구도 도와준 적이 없기 때문이야. 이 나라나 다른 나라의 가난한 소녀들에 대해 자네는 뭘 알고 있지? 먹고 살려고 고향을 떠나 낯선 대도시에 발을 들이지만, 의지할 곳이라고는 **르 트로투아르**, 길거리밖에 없는 소녀들에 대해서 뭘 아느냐고. 소비자로서가 아니라면 자네가 알 수 있는 게 있을까? **오르부**

아르 에 메르시 안녕히 계세요, 감사합니다라고 말하고 돌아서서 가버리면 그만인 소비자가 여성 착취나 남성 착취에 대해 뭘 알겠냐고. 마르세유 부두 노동자들처럼, 남자들을 착취하는 남자들도 많은데 말이야."

"그러는 당신은 어떻게 알죠?" 백작이 물었다.

"하! 내가 어떻게 아느냐고?"

고기 스튜가 든 커다란 냄비가 칼라지의 관심을 끌지 않았다면 이 두 남자의 투닥거림은 추잡한 언쟁으로 비화했을 것이다. 얼마간의 시간이 흐른 후 식사 준비가 끝났고, 기껏해야 네 명이 앉을 수 있는 식탁 주위에 모두 옹기종기 모여 앉았다. 소파와 바닥에 앉은 사람도 있었다. 내가 길거리에서 주운 작은 발판 사다리도 의자 대용으로 사용했다. 자이넵이 거기에 걸터앉았다. 아래층으로 내려가 21호 쌍둥이를 초대할까 하는 충동이 문득 들었지만, 곧 단념했다. 부엌 뒷문을 마주하고 있는 이웃 커플은 우리 집에서 파티를 한다는 걸 알고 있을 터였다. 오고 싶었다면 스스럼없이 왔을 것이다. 우린 와인을 많이 마셨고, 다행스럽게도 프랭크가 한 부대를 먹여도 될 만큼의 라자냐를 만들었다. 라자냐가 없었다면 우리는 밤과 야채를 곁들인 쇠고기 스튜에서 빵과 치즈로 바로 옮겨가고 말았을 것이다. 칼라지는 너무 기분이 좋아서 프랭크의 반짝이는 대머리에 입을 맞추기까지 했다. "인간이 식탁에 둘러앉는 게 꼭 음식을 먹기 위해서만은 아니야. 우정에 영양분을 제공하기 위해 음식이 거기 있는 거지."칼라지가 말했다. 그 말의 참뜻을 이해한 사람은 아무도 없는 듯했지만, 근사하게 들렸고, 우리는 친구와 우정에 관한 좋은 말이라면 무조건 믿을 태세였다. 백작은 움브리아의 어느 산촌에서 나는 맛있는 것들을 많이 가져왔고, 처음에 조촐하게 저녁이나 먹자고 계획한 이 자리가 훨씬 더 훌륭한 만찬이 되었다는 사실에 의문을 제기하는 사람은 아무도 없었다.

어느 순간엔가 내가 오래전에 작은 카세트테이프에 녹음했던 노래가 흘러나왔고, 칼라지는 즉시 노래에 주목하며 가사를 듣고 싶으니 잠깐만 조용히 하라고 우리에게 말했다. 아주 오랜만에 듣는 노래라고 했다. "아주 오랜만에." 그가 같은 말을 반복했다. 그러고는 언젠가 카페 알제에서 옴 칼소움의 노래를 흥얼거렸듯이 입술을 달싹이며 노래를 따라 부르기 시작했다. 노래 부르는 모습을 보이기가 부끄러웠는지, 아니면 자기 입에서 나오는 가사를 들으며 음미하고 싶었는지, 너무나 부드럽게 노래를 불렀다. 그 노래는 한 남자가 아주 오랫동안 만나지 못한 여자를 그리워하며 인연이 닿으면 꼭 다시 만날 거라고 생각하는 내용을 담고 있었다. 서로에게 가는 길은 구불거리고 에두르는 먼 길이지만—그녀는 다른 남자들을, 그도 다른 여자들을 만났다—, 남자는 결국에는 그 여자와 다시 만나 사랑을 나누고 그동안 스쳐 지나갔던 애인들에 관해 이야기를 나눌 것임을 알고 있다고 노래했다.

"이게 남녀의 사랑 이야기가 아닐 수도 있겠네." 프랭크가 말했다. "길을 잃어버리고 헤매는 남자가 자기 조국에 여자의 이름을 붙인 것일 수도 있어. 여자는 조국을 가리키는 은유인 거지." 칼라지가 유심히 들었다. 백작이 그런 말을 했다면 분노와 반박이 가득 찬 기관총을 그에게 쏘아댔을 것이지만, 프랭크가 말했기 때문에 그 말이 칼라지의 마음 깊은 곳에 있는 무언가를 달래고 위로해주었나 보다. **"여자가 조국을 가리키는 은유인 거지."** 그가 프랭크의 즉흥적인 말을 그대로 따라 했다. 그러고는 나에게 노래를 다시 틀어달라고 했다. 그러나 2절이 시작되기도 전에 벌떡 일어서더니 성큼성큼 걸어 부엌으로 들어갔다.

칼라지가 돌아오고 자이넵이 아르메니아식 디저트를 내놓기 시작했을 때, 레오니는 남자를 위해 평생을 희생하다가 버림받은 여자 이야기를 다시 하고 있었다.

레오니와 백작은 그 문제가 단순하지 않다는 사실에 동의했지만, 칼라지는 동의하지 않았다. 그들이 왜 그 문제를 다시 꺼냈는지 알 수 없었다. 우리가 들은 그 노래 덕분에 칼라지가 겨우 차분해졌는데. 백작이 레오니와 편을 먹은 것이 분명해 보이자, 칼라지는 식탁을 떠나 침실로 들어가더니 문을 쾅 하고 닫았다. 어쩌면 통화를 하려는 것일 수도 있었고, 음식이 입에 맞지 않았기 때문일 수도 있었다. 자이넵은 당황한 표정이었지만 아무 말도 하지 않았고, 아르메니아 아가씨와 프랭크는 황당한 표정으로 서로를 바라보며 눈길을 교환했다. 마치 튀니지 남자의 변덕은 신경 쓰지 말고 자기네 나라의 디저트나 맛보자고 말하는 듯했다. 뭔가 잘못되었다. 잠시 후 나는 천천히 침실 문을 열고 안으로 들어갔다. 칼라지는 문을 닫았을 뿐만 아니라 불도 끄고 내 침대에 누워 완전한 어둠 속에서 담배를 피우고 있었다.

우리는 모두 자신만의 유령을 갖고 있다. 나는 처음으로 칼라지의 유령을 보고 있었다. 그건 그가 고함을 질러 그 유령을 쫓아낼 수 없었기 때문이었다.

뭔가 아주 심각한 일이 그를 괴롭히고 있었다. 누군가를 그리워하는 것일까? 아니면 이 모임을 갖고 있자니 다른 어느 곳에 있는 무언가가 생각났나? 그것도 아니라면 영주권, 돈, 고독, 이혼, 강제 추방 같은 문제들이 그의 발목을 잡고 있는 걸까? "아냐, 그런 거. 진짜 아무것도 아니야." 칼라지가 대답했다. 그가 말하고 싶어하지 않는 것이 분명하게 느껴져서 나는 그를 혼자 있게 해주려고 침실을 나가려고 했다. 그런데 문을 열려고 하자, 그가 나에게 좀 더 있어달라고 부탁했다.

"무슨 일이에요?" 내가 물었다. "말해봐요."

칼라지는 숨을 가다듬었다. "여기 모인 모든 사람을 위해 내가 요리를 해서 상을 차렸어. 다들 즐거운 시간을 보내고 있고. 근데 나는?" 그가 잠깐 망설였다. "**에 무아**나는?" 그가 물었다. "**에 무아?**"

"이해가 안 가네요." 내가 말했다. "당신 덕분에 다들 행복해하고 있어요. 다들 고마워하고. 당신을 무시하거나 업신여기는 행동이나 말을 한 사람도 없고."

"그건 자네가 겉만 봐서 그래, 속을 보지 못하는 거지. **나는 뭐냐고?**"

그가 무엇에 화를 내는 것인지, 혹은 무엇 때문에 걱정을 하는 것인지 나는 여전히 알 수가 없었다.

"정확히 일 년 후면 나는 여기 없을 거야. 자네들은 모두 여기 있겠지만, 나는 없을 거라고. 난 여기를 너무나 그리워하게 될 거고. 그래서 이 순간을 넘어서 앞으로의 일은 생각하고 싶지도 않아. 이제 알겠어? 이런 내 사정에 대해 생각해본 사람이 있을까?"

나는 말문이 막혔다. 침묵만이 그의 말에 동의하면서도 그의 면전에 대고 말할 용기나 잔혹함이 없어서 말하지 못했던 이야기를 하는 나의 유일한 방법이었다. **당신 말이 맞아요, 우리가 당신 생각을 못 했네요, 우린 당신의 지옥을 보지 못해요,**

그 지옥 안에 당신 혼자 있네요, 그래요, 당신 말이 옳아요, 내년에 당신이 우리와 함께 여기 있지 못할 수도 있겠네요, 내년엔 당신이 우리의 머릿속에서 완전히 지워졌을지도 모르겠네요.

"이제 알겠어?" 그가 물었다.

"이제 알겠어요." 내가 말했다. **당신의 기분을 좋게 하기 위해서 내가 해줄 수 있는 말이 아무것도 없군요**라는 뜻이었다. 마치 "남자 한 명이 물에 빠졌습니다……. 하지만 신사숙녀 여러분, 우리가 할 수 있는 일은 아무것도 없군요. 자, 점심시간입니다, 식사가 준비되어 있습니다"라고 외치는 유람선 선장이 된 것 같았다. 어떤 말이든 얼버무리며 내뱉어야 했을 테지만, 설득력 있는 거짓말을 하기에는 이미 와인을 너무 많이 마셨다.

그러나 이 어두운 침실에서 문득 아주 선명하게 떠오르는 깨달음이 있었다. 그에게서 나 자신을 보고 있다는 생각. 그는 여기서 모든 것을 망치고 모든 것을 잃는 순간에 내가 얼마나 가까이 갈 수 있는지를 보여주는 척도였다. 그는 나보다 딱 세 걸음 앞서가는 내 운명이었다. 나는 종합시험에 떨어지고 짐 싸서 뉴욕으로 돌려보내질 수 있었고, 지금으로부터 일 년 후엔 이 파티는 물론이고, 아무도 나를 기억하지 못할 수도 있었다.

"알겠어? 난 자신이 죽어가는 걸 알면서도 만찬을 준비한 요리사가 된 기분이야. 다들 즐겁게 먹고 마실 뿐, 이 식사가 끝나면 요리사가 사라질 거라는 사실은 잊고 있지. 나는 그렇게 죽어가는 요리사가 되고 싶지 않아. 난 여길 떠나 다른 데로 가고 싶지 않다고. 난 도움이 필요한데, 도와주는 사람이 아무도 없어, 아무도."

그의 목소리에서 울컥하는 감정이 느껴졌다.

"그래서, 나는 뭐냐고?" 그가 물었다. 이날 저녁 모임 때문에 갑자기 생각난 게 아니라 어린 시절부터 계속 마음을 괴롭히고 있었던 질문인 듯했다. 그리고 그 질문에 대한 대답은 항상 똑같이 '아무도 모른다'일 것이다. "에 무아는?" 그는 비참한 마음으로 같은 질문을 되풀이했지만 나는 아무 말도, 아무것도 할 수 없는 상태로 우두커니 서 있기만 했다.

그리고 그날 저녁 처음으로 나는 그의 이 짧은 주문이 또 다른 의미를 갖고 있다는 사실을 깨달았다. 그 어둠 속에 서서 그의 말을 듣는 동안에는 깨닫지 못했었다. 그건 단순히 **그래서 나는 어쩌라고?**라는 뜻만 있는 것이 아니라, **지금 나에게 무슨 일이 벌어지는 건데?**라는 상처받고 절망에 빠진 사람의 물음이었다.

그는 나에게 대답을 구하지 않았고, 도움을 청하지도 않았으며, 북아메리카에서 그의 삶을 감시했던 공정과 용서의 신에게 탄원하는 것도 아니었다. 그는 어둠 속을 더듬거리며 이 동굴에서 빠져나가게 해줄 주문을 읊조리고 있었다. 눈물을 흘리면서. 눈물과 함께 위로와 순종이, 용서와 용기가 따라왔다.

칼라지의 눈물을 본 그날 밤, 그의 절망과 절망의 일시적 치료제인 희망이 손에 잡힐 것처럼 느껴졌다. 잠시 후 그는 튀니지에 계신 아버지의 병환 소식을 들었을 때처럼 흐느끼기 시작했다. 나는 내가 만난 사람 중 가장 외로운 사람이 여기 있다고 생각했다. 분노와 슬픔과 두려움, 심지어 우는 모습을 들킨 것에 대한 수치심도 삶의 매 순간 그에게 휘몰아치는 지독한 고독과 절망의 폭풍우에 비하면 아무것도 아닌 듯했다.

그가 민망할까 봐, 나는 손님들이 있는 거실로 돌아가려고 했다.

"아직 가지 마. 앉아. 제발."

그건 마치 간호사가 병실의 전등을 끄고 복도 조명을 낮추는 것을 보면서, 혼자 남는 게 두려운 환자가 절망적으로 내뱉는 말 같았다. 의자는 모두 거실에 있었고, 침대가 아니고는 마땅히 앉을 자리가 없어서 나는 침대 끄트머리에 걸터앉았다. 그는 울음을 그치고 아무 말 없이 담배를 피웠다.

잠시 후 위기가 어느 정도 지나갔다는 생각이 들어 나는 다시 방을 나가려고 했지만, 그가 막았다. "가지 마."

나는 그에게 손을 뻗어 그를 만지며 위로하고, 연민과 연대감을 보여주고 싶었다. 그러나 우리는 우연히 손이 스칠 때를 제외하고는 서로를 만진 적이 없어서 지금 그렇게 하는 게 너무 어색하게 느껴졌다. 그래서 대신 나는 그의 손바닥을 만지려고 손을 뻗었다가 그의 손등을 잡았고, 처음에는 부드럽게 잡고 있다가 점점 더 힘을 주어 꽉 잡았다. 이조차 나로서는 쉽지 않은 행동이었고, 아무런 반응이 없는 걸 보면 그에게도 쉽지 않은 게 틀림없었다. 뼛속 깊이 지중해 사람이라고 주장하는 우리 두 남자보다 더 감정 표현을 할 줄 모르고 자제하는 사람은 없을 터였다. 어쩌면 우리 둘 다 감정을 억누르고 있었고, 칼라지도 나와 똑같은 생각을 하고 있었던 것 같다. 그 순간 나는 나 자신도 예상하지 못한 행동을 했다. 나는 다시 일어서는 대신 그의 옆에 누워서 그를 바라보며 한 팔로 그의 가슴을 감싸 안았다. 그러자 그도 팔을 뻗어 내 손을 잡더니 내 쪽으로 돌아누워 한 다리로 나를 휘감고 나를 부드럽게 끌어안았다. 그의 숨죽인 흐느낌을 제외하고는 둘 다 철저히 침묵했다. 우리는 아무 말도 하지 않았다.

잠시 후, 내가 일어서서 그에게 말했다. "기운 차리고 일어나요." 나는 문을 조금 열어둔 채 방을 나갔다.

거실로 돌아온 나는 그동안 일어난 변화를 금방 알아차렸다. 처음에는 대수롭지 않게 생각했고 알아차리고 싶지도 않았다. 레오니가 소파에 앉아 있었고 백작이 바닥에 앉아서 머리를 뒤로 젖혀 자기 목을 그녀의 무릎에, 뒤통수를 넓적다리에 올려놓고 있었다. 프랭크가 칼라스의 음악을 더 틀었다. 다른 사람들은 자이넵이 가져온 디저트를 자르는 데 정신이 팔려 있었다.

내 눈길을 느낀 백작이 일어서더니 담배를 사러 나갔다 오겠다고 말했다. 클로드가 자기 담배를 권했다. 그러나 백작은 던힐만 피운다고 했다. "몰랐네." 클로드가 말했다. "항상 최고만 고집하는군, 피에로." 잠깐만 나갔다 올게. 백작이 짧은 외출에 대해 양해를 구하며 말했다. 레오니가 고개를 들고 그를 올려다보더니 아래층까지 바래다주겠다고 말했고, 때마침 거실로 나오는 칼라지를 보고는 스웨터 좀 가져오게 차 열쇠를 달라고 했다.

칼라지는 레오니에게 택시 열쇠를 주었다.

"말아 피우는 법을 배우지그래." 칼라지가 백작에게 말했다.

"뭘 그렇게까지." 백작이 대답했고 레오니가 먼저 현관을 나가게 한 후 따라 나가 조심스럽게 문을 닫았다.

"**니크 타 메르**옛 먹어라." 칼라지가 낮은 목소리로 으르렁거렸다.

우리는 케이크를 긴 쐐기 모양으로 잘라 종이 냅킨에 담아 돌렸고, 깨끗한 포크가 몇 개 없어서 손으로 먹었다. 전화기 발명 이후 최고의 발명품은 피칸 파이야. 누가 말하자, 아냐, 치즈케이크야, 다른 누가 반박했다. 그래, 치즈케이크도 인정. 칼라지가 말했다. 우린 와인을 더 땄고, 내가 지난 4월 학과 모임에서 비피터 진과 함께 가져왔던 1갤런짜리 보드카를 다 마셔버리자는 이야기까지 나왔다. 우린 얼음같이 차가운 보드카를 돌렸고, 다들 굉장하다고 말했다. 그래서 한 순배 더 돌리는 것은 **드 리괴르**꼭 필요한 일이었다. 나는 커피를 내리려고 부엌으로 가다가 칼라지가 거실에서 현관을 향해 빠르게 걸어가더니 현관문을 박차고 나가 계단을 뛰어 내려가는 것을 보았다.

우리는 어리둥절한 표정으로 서로를 바라보았다. "저분 오늘 왜 저래요?" 에카테리나가 물었다.

우리 중 칼라지를 가장 잘 아는 자이냅이 간단히 답을 주었다. "다른 사람이 좋은 시간을 보내는 것 같으면 항상 저렇게 흥분한답니다."

십 분 후 그가 돌아왔다. 그는 아무 말도 없이 어두운 침실로 곧장 들어가서 다시 한번 문을 쾅 하고 닫았다. 다들 어리둥절한 표정으로 서로를 바라보았다. 자이냅은 그가 흥분해서 화를 내는 건 본 적이 있지만, 이 정도로 흥분한 건 처음 본다고 말했다.

그 이후로 시간이 무료하게 이어졌다. 우리는 애써 즐거운 표정을 지었지만, 모두의 관심은 내 침실에 자신을 가둔 남자를 향해 있었다. 아무도, 심지어 나조차도 방에 들어가 그를 살펴볼 용기가 나지 않았다. 우리는 시간을 때우기 위해서 청소와 설거지를 하고 남은 음식을 포장했고, 나는 모두에게 음식을 조금씩 나눠 갖고 가라고 부탁했다. 쓰레기를 버리는 일은 내가 할 생각이었다. 내 마음은 벌써 층계참에 있는 쓰레기통을 향하고 있었다. 린다와 에카테리나는 여기 와서 많이 친해졌지만, 둘 중 누가 이곳에 더 오래 남을 것인가를 놓고 경쟁하는 듯했다. 내 안에는 자기네끼리 알아서 그 문제를 해결하기를 바라는 마음과, 둘 다 더 좋은 계획을 떠올리기를 바라는 마음이 공존했다.

칼라지는 손님들이 거의 다 떠나고 난 뒤에야 방에서 나왔다. 누군가가 케이크에 있던 딸기를 카펫에 떨어뜨려 밟아놓았고, 얼룩이 지워지지 않았다. 백작의 짓이라고 에카테리나가 말했다. 내 거실이 자기네 거실보다 더 크다면서 친구가 빌려준 고풍스러운 페르시아 카펫이었다. 언젠가는 빌려줄 때 상태 그대로 돌려받으려 할 게 분명했다.

칼라지는 얼룩을 제거하는 방법을 안다면서 자기가 깨끗하게 만들겠다고 했다. 그러나 그땐 이미 내가 날카로운 칼로 딸기를 긁어내고 오염제거제를 부은 뒤였다.

"그년 얼굴에 휘발유를 확 끼얹었었어야 했는데. 그 새끼 얼굴에도."

"왜요, 무슨 일인데요?" 우리가 물었다.

"무슨 일인데요? 무슨 일인데요? 다들 못 들었어?"

우리는 아무 소리도 듣지 못했었다.

"내가 그 년놈을 두들겨 패줬어. 이제 알겠지?"

"두들겨 패주다니, 그게 무슨 말이에요?" 내가 물었다. 너무나 뻔한 말인데도 도무지 믿어지지가 않았다.

"년놈이 내 택시에 있었어. 둘이 함께. 그 짓을 하고 있더라고."

에카테리나가 **뭐라고요!**라고 소리를 질렀다.

"그년은 한 대 찰싹 때리고 말았지만, 그 새끼는 면상을 힘껏 갈겨줬지."

칼라지의 얼굴에는 긁힌 자국 하나 없었다.

"그 사람들 지금 어디 있는데요?"

"도망쳤어, 둘 다."

나는 칼라지를 바라보았다.

"레오니한테 전화해서 괜찮은지 물어봐야겠네요." 에카테리나가 말했다.

"그러기만 해봐."

에카테리나는 못 들은 척 재빨리 수화기를 집어 들고 친구에게 전화를 걸었다.

받지 않았다.

"뻔하지, 지금 뭐 하는지."

"뭐 하는데요?" 내가 물었다.

"말했잖아. 그 짓을 하고 있다고."

"그렇다고 사람을 치면 어떡해요."

"그년한테도 주먹맛 좀 보여줬어야 했는데."

칼라지가 군복 상의를 집어 들고 에카테리나를 돌아보며 집까지 태워다주겠다고 말했다.

"좀 더 있다 갈게요." 그녀가 말했다. "아니면 걸어가든가. 모르겠어요, 어떻게 할지. 먼저 가세요."

그 말을 들은 칼라지는 예의 "**본 수아레**"를 중얼거리더니 바로 집을 나갔다.

우리 셋은 소파에 멍하니 앉아 있었다. 이날 밤 있었던 일들이 실감나기 시작하자, 나는 다시는 칼라지와 어떤 일로도 엮이지 않겠다고 결심했다. 이만하면 충분했다. "우리 우정은 이걸로 끝이야." 내가 말했다. "나도 다시는 그 사람하고 말 안 하려고요." 에카테리나가 말했다.

우리는 소파에 앉아서 꼼짝도 하지 않았다. 어쩌면 실제
보다 더 멍한 상태로 보일 필요가 있었는지도 모르겠다. 어쩌
면 우리 셋 다 오늘 밤 일이 어디로 흘러갈지 느끼고 있었고,
그런 일이 일어나게 하기 위해, 혹은 일어났을 때 그 일을 막
으려고 아무런 노력도 안 하려면 멍한 상태인 것처럼 보여야
한다는 걸 알고 있었는지도 모르겠다. 나는 전등을 다 껐고
커다란 보드카 병을 가져와 플라스틱 컵 세 개에 꽤 많이 따
랐다. 우리가 어떤 마법에라도 걸리려면 술이 필요했다. 나는
린다의 어깨부터 시작할 거라는 걸 알았고, 에카테리나가 린
다의 다른 어깨에 입을 맞추기를 바랐다.

*

아침에 초인종이 울렸다.

레오니였다. 그녀가 우리 층 층계참에 나타났을 때, 나는
내 눈을 의심했다. 그녀는 광대뼈에 커다랗게 멍이 들어 있었
고 얼굴 군데군데 빨간 반점이 나 있었다. "이건 아무것도 아
니에요." 엄청난 충격을 받은 나를 보고 그녀가 말했다. "내
머리 좀 만져봐요." 그녀가 내 손을 잡아끌어 자기 머리카락

밑을 만지게 했다. 두피에 울퉁불퉁한 혹이 여러 개 있었다.

"그리고 내 머리채도 잡아당겼어요. 옷도 찢었고."

레오니는 나 말고는 의지할 사람이 없었다고 말했다. 그녀를 베이비시터로 고용한 오스틴의 엄마는 경찰에 신고하라고 했다. 그러나 레오니는 나부터 먼저 만나야 했다고 말했다. 왜 그렇게 생각했느냐고 내가 묻자, 복잡한 문제라고 대답했다.

내가 찻물을 끓이는 동안 그녀는 작은 부엌 바닥에 웅크리고 앉아 있었다.

그건 그렇고, 어디 아픈 데는 없어요? 내가 물었다. 그리고 백작은? 어디 있죠?

"그 사람도 경찰에 신고하겠대요. 칼라지가 이를 두 개나 부러뜨렸대요. 근데 백작은 나한테 화를 냈어요. 내가 칼라지랑 사귄다는 걸 왜 말하지 않았느냐고. 우린 오래전에 끝난 사이라고 말했죠."

"몰랐어요. 월든 호수에서 둘이 알콩달콩 너무 잘 지내는 것 같아서."

"그때도 끝난 지 한참 됐을 때예요. 우린 그냥 친구였다고요."

나는 깜짝 놀랐다.

"그래서 이제 어떻게 할 건데요?" 새 고객과 상담을 시작하는 변호사처럼 내가 물었다. 노란색 리걸 패드를 꺼내 질문을 던지고, 고개를 끄덕이며 커다란 해포석 담배 파이프에 불을 붙여야 할 것 같았다.

"당신이 그를 경찰에 신고하고 폭행혐의로 고소하면 그는 강제 추방될 거예요." 마침내 내가 말했다. "접근 금지 명령만 받아도 추방이죠."

나는 법에 대해서는 전혀 아는 바가 없었지만, 그래도 내 말이 상식적으로 느껴졌다.

"알아요." 레오니가 말했다. "내가 어떻게 하면 좋겠어요? 그는 미쳤어요. 그가 나를 죽일 거예요. 그가 내게 가까이 오는 걸 원하지 않아요. 어젯밤엔 너무 무서워서 프랑스에 있는 엄마한테 전화까지 했어요. 바로 돌아가려고. 하지만 난 오스틴을 사랑하고 오스틴도 나를 사랑해요, 그리고 그의 가족도."

"너무 많이 사랑하는 것 같군요." 내가 툭 던지듯 말했다.

"역시 그가 그 얘기도 한 거로군요, 당연히 그랬겠죠!"

"그래요, 그 일 때문에 화가 많이 났더라고요."

"그는 모든 일에 화를 많이 내요."

"그래서 어떻게 하고 싶어요?" 내가 고개를 끄덕이며 물었다. 어서 본론으로 들어가자는 뜻으로.

"오스틴 엄마가 칼라지를 경찰에 신고하면 내가 그녀의

남편과 잤다는 걸 칼라지가 그녀에게 알릴 거예요. 일러바칠 게 틀림없어요, 내가 그를 잘 알죠. 내가 고소를 해도 오스틴의 엄마에게 말할 거고요. 백작이 경찰에 신고해도 마찬가지고. 그러니까 칼라지가 누구에게 전화할 기회를 주지 않고 그를 오늘 오후에 바로 추방할 수 있다면, 난 그렇게 할 거예요. 그는 내 인생 최악의 실수예요. 전에도 엄청난 실수를 많이 저질러서 미국으로 온 건데. 더 좋은 건 그가 중서부 지역 어딘가로 사라지는 거죠. 그러면 정말 행복할 것 같아요. 그가 나 때문에 추방됐다는 죄책감을 안 가져도 되니까."

나는 레오니를 진심으로 동정했다. 그런데도 왠지 모르게 칼라지의 강제 추방만은 막고 싶었다.

내가 할 수 있는 최선은 우선 고소하지 말라고 레오니를 설득한 뒤, 화해하거나 최소한 이야기라도 해보도록, 원한다면 내가 보는 앞에서 그렇게 하도록 자리를 마련하는 것이었다. 서로의 차이점과 불만을 솔직히 털어놓는 사람들을 영화에서 많이 봤다. "아주 대용품스럽네요." 내가 말했다.

레오니가 웃음을 터뜨렸다. 그러다가 자신이 웃는 것을 깨닫고 울기 시작했다. 이런 일로 우는 게 처음이라고 했다. 지금까지는 잘 참았었다. 전에는 아무도 그녀를 때리지 않았고, 때리려고 손을 든 사람도 없었다. 그런데 지금 이 작자는, 이 전과자는 내 위에 군림하려는 걸까요? 자기가 누구라고 생각하기에?

무엇보다도 문제는 경찰에 신고하려는 백작을 어떻게 막느냐 하는 점이었다. "복수심에 불타고 있어요. 어젯밤에 그와 칼라지가 논쟁을 벌인 거 다 봤죠? 게다가 한번 싸워보지도 못하고 두들겨 맞은 게 너무나 치욕스러운가 봐요. 나도 다신 안 보고 싶대요."

레오니가 간 후 나는 제일 먼저 클로드에게 전화를 걸었다. 클로드는 친구에게 일어난 일을 이미 알고 있었고, 백작에게 전화하기를 거절했다. 다들 백작을 비웃었다는 것이 그 이유였다. "피에로는 이탈리아에 힘 있는 사람들을 꽤 많이 알고 있어. 그들이 나서면 칼라지에게 심각한 문제가 생길 거야. 이런 싸움의 자리를 마련했다고 자네를 힘들게 하고, 자기를 그런 자리에 데려갔다고 나를 힘들게 할 수도 있어."

"게다가 백작은 이가 두 개나 부러졌대." 내가 말했다.

"백작이 아니라 피에로." 클로드가 정정해주었다.

어떻게 할지 계획을 세워야 했다.

나는 클로드에게 아무 일도 하지 말고 가만히 기다리라고 말했다. 금방 그의 집으로 달려갈 테니 백작이 경찰에 고소하는 것을 막을 방법을 같이 생각해보자고 했다.

그러나 콩코드 대로 동쪽으로 두세 블록 떨어진 곳에 있는 클로드의 집에 도착했더니, 그는 벌써 백작과 통화했다고 했다.

"날 기다려주기로 한 거 아니었어?"

"생각이 있어서 바로 전화했어."

"내가 백작과 얘기부터 해야겠다고 우길까 봐 두려웠어? 그런 거야? 자네가 상황을 열 배나 더 악화시켰어." 내가 클로드에게 말했다.

"피에로가 경찰에 고소 안 하겠다고 했는데, 내가 상황을 악화시킨 거야?"

"안 한대?" 내가 깜짝 놀라서 되물었다.

"응. 피에로는 칼라지를 조만간 어떤 식으로든 추방당할 불쌍한 **마로치노**모로코 사람라고 생각해. 게다가 그는 올해 법대 졸업반이야. 어젯밤 일은 깨끗이 잊어버리고 싶다더라고. 벌써 뉴욕에 있는 유명한 치과에 예약해놨고 일요일에 검진이라 오늘 오후 항공편으로 뉴욕에 간다고 했어. 치료받고 돌아오면 자네 친구들, 아니 내 친구들하고 다시는 엮이고 싶지 않대. 그러니까 자네와 그 불쌍한 여자와도."

"백작은 이를 새로 하고 레오니는 베이비시터 일로 돌아가는 거로군. 백작의 말이 옳았네. 여자들은 다시 기회를 얻는 경우가 거의 없다던 말." 나는 역설적인 상황을 강조하면서 말했다.

"자네의 문제는 자네에게 중요한 친구가 될 수도 있었을 사람을 잃었다는 거야."

클로드가 이리도 야심가였나? 그의 그런 면을 그날 처음
보았다.

*

나는 백작이 칼라지를 경찰에 신고하지 않을 거란 얘기
를 듣고 너무 기뻐서 즉시 레오니에게 전화를 걸어 그 소식을
전했다. 레오니는 백작이 신고를 포기했다는 얘길 듣고 기뻐
하진 않았지만, 내심 안도하는 눈치였다. 이제 모든 일은 칼
라지가 나타나기 이전으로 돌아갈 터였다. 나는 이것이 칼라
지의 삶을 상징하는 이야기라고 생각했다. 우리가 그를 얼마
나 오랫동안 알아왔든, 그가 주변 사람들의 세계를 얼마나 교
란시켰든 간에, 결국 그는 우리의 삶에서 퇴장하고 모든 상
황은 칼라지를 만나기 이전으로 되돌아간다. 세상을 자신의
모습대로 재창조하려는 그의 끈질긴 노력에도 불구하고 그
는 아무런 영향을 미치지 못했고, 아무것도 바꾸지 못했으며,
아무런 흔적도 남기지 못했다. 사실 그는 우리가 깨닫지 못
한 사이에 이미 오래전에 역사와 인류의 테두리에서 벗어났
다. 그는 지구가 미친 변덕을 부려 만들어낸 신화 속 야수를

연상시킨다. 그 야수는 지구인에게 엄청난 위해를 가하고, 지구 환경을 황폐화하다가, 갑자기 지구에게 다시 잡아먹힌다. 죽은 이들은 잊히고, 상처는 치유되고, 사람들은 계속 살아간다. 아무런 흔적도 남지 않은 채.

결국 나는 칼라지와 레오니가 만나도록 자리를 마련해 주었다. 두 사람이 자신들 속에 숨어 있을 거라고 생각도 못 했던 악마를 불러낸 것을 보면, 만나지 말았어야 했던 것 같다. 며칠 뒤 그들이 공개적으로 만났을 땐 일이 잘 풀리는 것처럼 보였다. 칼라지가 오스틴을 따뜻하게 반겨주었고 여느 아버지가 아들을 대하는 것보다 더 다정하게 보살폈다. 그러나 칼라지와 레오니는 곧 폭력을 쓰기 시작했고, 어느 날 저녁 그는 목에 손톱자국이 길게 난 상태로 카페 알제에 나타났다. 그가 소매를 걷어붙이자 오른 팔뚝에 시퍼런 멍이 보였다. "도대체 어떻게 된 거예요?" 내가 물었다.

칼라지는 그냥 웃어넘겼다.

"설마 레오니하고 주먹질을 하는 건 아니겠죠?" 나는 가볍게 생각하려고 애를 쓰면서 물었다. 진짜로 그런 의심을 했다면 그렇게 물어보지 않았을 것이다.

그런데 그는 대답하지 않았다. 몇 초가 지난 후 그가 불쑥 말했다. "가끔은."

"가끔은?"

"우린 그걸 좋아해."

"뭘요?"

"어떤 사람들은 마약이 필요하고, 또 어떤 사람들은 술이 필요하잖아. 레오니는 나를 때리는 걸 좋아해."

"그럼 당신은 레오니한테 맞는 게 좋아요?"

나는 내 귀를 의심했다.

칼라지는 그런 생각을 한 번도 해본 적이 없다는 듯이 한참을 생각했다. 정신이 똑바로 박힌 사람이라면 누가 베르베르인에게 그런 질문을 하겠는가?

"나쁘지 않아." 칼라지가 말했다.

"둘 다 정상이 아니군요."

"맞아."

이렇게까지 그는 자기 파멸을 향해 달려갔던 것인가?

그들의 관계는 오래가지 못했다. 어느 날 저녁 레오니는 카페 알제에서 칼라지와 공식적으로 결별을 선언했다. 그녀가 뒷문으로 달려들어와 우리 테이블로 걸어오더니 칼라지에게 **에쿠트, 세 피니**이봐요, 이제 끝이에요."라고 말한 뒤 그의 물건들을 담은 비닐봉지를 그에게 주고는 카페를 나갔다.

"다들 이런다니까." 칼라지가 말했다. "나한테 문을 닫아걸거나, 내 물건들을 갖다주더라고. 그런 쓰레기와 속옷이 없으면 내가 못 살 것 같은가 보지?" 그는 분노의 힘으로 그

비닐봉지를 부엌을 향해 던졌다. 카페 주인이 부엌에서 나오더니 우리 테이블로 걸어와서 말했다. "자꾸 이런 식이면 출입을 금지시킬 거예요."

"내가 뭐랬어?" 칼라지는 주인을 쳐다보지도 않고 나를 돌아보며 말했다. "결국에는 다들 문을 닫는다니까."

그 광경을 보니 나도 그에게 문을 닫아걸고 그와의 인연을 끊기로 수도 없이 결심한 일이 떠올랐을 뿐만 아니라, 하버드의 문이 내 눈 앞에서 닫힐 뻔했던 일이 떠올라서 기분이 좋지 않았다. 그날 밤 나는 존 드라이든과 알렉산더 포프의 작품을 기어코 전부 다 훑어보았다.

6

나는 칼라지를 피하기 시작했다. 이제 학기가 시작되어 본격적으로 강의를 하게 되자 그를 만날 시간이 줄었다. 나는 생각했던 것보다 하버드에 소속감을 더 많이 느꼈던 것 같다. 역사문학학부 교무위원회 회의에서 나는 학부생 졸업논문의 품질에 관한 제안을 하나 했다. 누군가가 내 제안에 반대했고, 나는 내 제안의 장점에 대해 설명했다. 투표 후에 내 제안은 통과되었다. 불명예를 씻고 당당히 인정받은 느낌이 들었다. 그러기 위해서 필요했던 것은 오직 만장일치로 들어 올린 손들 뿐이었다. 나는 갑자기 하버드를 사랑하게 되었고, 동료 미국인들과 어깨를 나란히 하게 되었다.

앞으로 관계가 어떤 방향으로 나아갈지는 모르겠지만, 내 인생에 앨리슨이라는 새 여자가 들어올 가능성도 있었다.

나는 앨리슨과 함께 있는 모습을 칼라지에게 들키고 싶지 않았다. 내가 어떤 사람이 되었는지, 혹은 내가 그녀와 있을 때 어떻게 행동하고 말하는지 그에게 보이고 싶지 않았다. 그가 나를 보았다면 내가 가식적이고 잘난 체한다고, 클로드가 내 눈에 그래 보였듯 야심가라고 말했을 게 틀림없다. 어쩌면 진짜 그런지도 모르지만, 아이러니하게도 나는 로웰 기숙사에서 와스프 사이에 있을 때나 카페 알제의 단골 사이에 있을 때나 가식적이기는 마찬가지였다.

한편 또 다른 것도 자꾸만 마음에 걸렸는데, 앨리슨의 존재가 그것을 더 분명하게 인식시켜주었다. 나는 그녀와 내가 함께 있는 모습을 칼라지에게 보이고 싶지 않았을 뿐만 아니라, 내가 칼라지와 함께 있는 모습을 그녀에게 보이고 싶지도 않았다. 앨리슨은 솔직하고 담대하고 직설적이고 자유로운 사고방식을 가졌고, 자신이 자란 세상의 일부가 아닌 많은 일들을 기꺼이 시도하려고 했다. 많은 사람들은 다르게 생각했을지 모르겠지만, 그리고 그녀가 비용 따위는 생각할 필요 없는, 모든 것이 고상한 사회에서 살아온 건 맞지만, 결코 속물은 아니었다. 그녀는 자신의 취향을 잘 알고 그것들에 익숙했다. 단지 대다수의 서민들은 그보다 훨씬 더 형편없고 값싼 대용품을 산다는 사실을 모를 뿐이었다. 그녀의 가족은 항상 일등석을 타고 여행을 다녔다. 이코노미석을 타는 사람들도 있다는 사실은 전혀 인식하지 못했을 것이다. 비행기의 뒷좌석은 본 적도 없었고, 사람이 그렇게 비좁은 공간에 꽉 끼어 앉을 수도 있다는 사실을 생각해본 적도 없었다. 그러나 그녀는 모든 것에 신중했다. 술은 절대로 석 잔 이상 주문하지 않았다. 취하는 게 싫어서. 나도 석 잔 이상 주문하지 않았지만 그건 단지 저녁 밥값이 남지 않았기 때문이었다. 그녀는 내가 하루에 넉 잔씩 사흘 연속으로 술을 산다면 경제적 파산에 이르게 된다는 사실은 꿈에도 몰랐을 것이다. 그래도 그녀는 뛰어난 판단력을 갖고 있었고, 다른 사람들의 꽉 짜인 예산과 곤궁한 형편에 대한 이야기를 들으면 확실하고도 편안하게 자신을 주변 사람들의 상황에 맞추었다. 부자가 교외에 사는 가난한 친척을 방문할 때 수수한 옷을 입고 가듯이. 무엇보다도 그녀는 아주 영리하게 사람을 판단하는 능력이 있어서 나처럼 어디에도 소속되지 않고 방황하는 학생과 칼라지처럼 확실한 부랑자를 즉각적으로 구분해낼 수 있었을 것이다.

앨리슨은 욤 키푸르*의 이른 오후에 크레이기 거리에 있는 내 아파트를 방문했다. 물론 의도한 건 아니었고, 나도 살면서 욤 키푸르를 지킨 적이 한 번도 없었기 때문에 전혀 신경 쓰지 않았다. 그럼에도 그녀가 욤 키푸르에 나를 찾아왔다

---

*   유대교의 속죄일. 원칙적으로는 아무 일도 하지 않고 단식해야 한다.

는 것은 우리의 세계가 얼마나 동떨어져 있는지 보여주는 상
징적인 사건이었다. 그날 이른 오후 그녀가 내 집 초인종을
눌렀을 때, 나는 위층으로 올라오라고 말했다. 여자 목소리라
는 정도만 파악될 뿐, 누군지는 알 수가 없었다. 그래서 그녀
가 주황색 원피스를 입고 들어왔을 때 깜짝 놀랐다. 나는 조
깅에서 돌아온 직후여서 반바지에 티셔츠 차림이었다. 땀을
흘리고 있었다. 몰골이 형편없었을 것이다. 나는 그녀에게 소
파에 앉아서 뭐라도 읽고 있으라고, 금방 샤워하고 옷을 갈아
입고 나오겠다고 말했다.

앨리슨은 전혀 동요하지 않는 모습이었다. 아마도 그녀
는 내 집을 방문한 게 아니라, 로웰 기숙사 지도강사의 캠퍼
스 밖 연구실을 방문했다고 생각하는 듯했다. 편할 때 아무
때나 들르라고 했던 내 초대에 응했을 뿐이어서 모든 것에 편
안하게 적응하는 모습이었다.

"저기, 에스프레소 만드는 방법 알아?" 내가 당황해서
허둥지둥하며 물었다.

앨리슨은 에스프레소를 너무 좋아하지만 만드는 법은 모
른다고 대답했다.

"오 분만 기다려줘." 내가 말했다. 끝내주는 라테를 만들
어주겠다고 덧붙이며.

나는 이 상황에 흥분하지 않으려고 애를 쓰고 있었다.

앨리슨은 내 책꽂이를 자세히 살펴본 게 틀림없었다. 내가 샤워기 물을 틀기도 전에, 마르셀 프루스트의 《**아 라 르세르슈 뒤 탕 페르뒤**잃어버린 시간을 찾아서》 초판본을 전부 갖고 있다니 놀랍다고 소리쳤다. 읽어봤어? 내가 닫힌 욕실 문 뒤에서 소리쳤다. 그녀가 욕실에 있는 잘 알지도 못하는 남자와 큰소리로 대화를 주고받는 상황에 불편함을 느낀다고 해도 내가 비난할 수는 없겠다는 생각이 들었다. 내가 뭐라고.

"네." 그녀가 대답했다.

"전부 다?"

"네."

정적이 흘렀다. 앨리슨이 옷을 벗고 나와 함께 샤워하러 들어올까? 그 생각을 하니 갑자기 억제하기 어려운 흥분을 느꼈고, 내 몸의 그 부분이 불끈 섰다. 샤워실을 나가서 내 몸을 보여줄까? 나에게 일어날 일의 전조처럼 침실로 가는 길에 그녀가 떨어뜨려 놓은 옷가지와, 벌거벗은 몸으로 내 침대 시트 속에 누워 있는 그녀를 보게 되는 건 아닐까? 나는 그녀가 내 목소리에서 흥분을 감지할까 봐 걱정돼서 아무 말도 하고 싶지 않았다. 내가 이만큼 흥분했다면 그녀 역시 흥분해 있을 거라고 나는 생각했다. 그것이 칼라지에게서 배운 칼라지의 법칙이었다.

그런데 내가 목욕 가운을 입고 욕실에서 나왔을 때, 앨리슨은 거실 바닥에 배를 깔고 엎드려서 내 일기를 뒤적이고 있었다.

"뭐 하는 거야?" 내가 물었다.

"독서요." 그게 세상에서 제일 자연스러운 일이라는 듯이 앨리슨이 말했다.

"그건 어디서 찾았는데?"

"선생님 침실에서요, 책상에서."

나는 말문이 턱 막혔다. 그러니까 그녀가 내 침실에 들어가서 엉망인 침대를 보고 내 물건들을 뒤져서 일기를 찾아낸 것이다.

"기분 나쁘세요, **정말?**"

나는 잠시 고민했다.

"아니, 기분 안 나빠, 정말." 내가 말했다. "흥분이 돼, 사실은."

"흥분이 된다고요? 사실은?" 그녀가 내 말을 따라 하며 물었다.

나는 일이 어떻게 되어가는 건지 알 수가 없었다. 그녀는 정말로 천진난만한 걸까? 아니면 처음부터 자신이 무슨 짓을 하는지 정확히 알고 있고, 어쩌면 그래서 여기 나타난 건 아닐까?

여자들은 항상 알고 있어. 칼라지의 목소리가 들리는 것만 같았다.

　"옷 입고 커피 만들어줄게."

　"그러시든가요."

　나는 '네'라는 의미로 "그러시든가요."라고 말해본 적이
한 번도 없었다. 이런 말이 그녀의 세계에서는 무엇을 함축하
거나 의미하는지 모를 일이었다.

　나는 에스프레소 필터를 쓰레기통에 대고 있는 힘껏 쾅
쾅 두드렸고, 우유를 끓이는 동안 문을 활짝 열었다가 다시
닫았다.

　앨리슨은 언제든 찾아오라고 했던 내 말에 용기를 얻어
프루스트를 주제로 삼은 자신의 졸업논문에 관해 상담을 하
러 왔다고 했다. 애덤스 기숙사의 다른 지도강사의 도움을 받
고 있었지만, 강사실 밖에서 나와 잠깐 대화를 나누면서 흥미
가 생겼다고. 누군가 내 이름을 말해줬고, 좀 더 일찍 나를 알
았다면 좋았겠지만 지도강사를 바꾸기엔 너무 늦었다고 했
다. 그러나 커피를 내리며 함께 부엌에 서 있는 동안 그녀는
프루스트에 관해 토론할 생각이 전혀 없어 보였다. 그녀는 내
일기장을 부엌으로 갖고 와 가스레인지 옆에 서서 조용히 읽
었다. 일기장 주인의 허락도 없이 읽으면서 조금도 거리낌이
없었다. **대용품**이 무슨 뜻이에요? 그녀가 물었다. 내가 설명
해주었다. 그럼 K는 누구예요? 그의 지저분한 단점들은 제하

고 설명해주었다. 월든 호수는요? 그 부분은 통과. 내가 말했다. "그럼 W 얘기 좀 해주세요. 삼 주쯤 전에 그 여자에 대해 쓰셨잖아요." 앨리슨이 말했다.

이건 1페니 싸움이 아니었다. 그녀는 액수가 훨씬 더 큰 몬테카를로* 칩을 내놓고 있었다.

"정말로 W에 대해 알고 싶어?"

"그러니까 물었겠죠?"

"왜 알고 싶은데?"

앨리슨은 잠시 망설였다.

"선생님이 어떤 사람인지 알고 싶어서요."

그녀가 대단하다는 생각이 들었다. 나는 항상 이렇게 상대방을 무장해제시키는 솔직한 여자가 좋았다. 아니면 그냥 처음 만난 사람에게 의례적으로 하는 말일까? 아무런 속내도 없이 그냥 하는 말? 1페니씩 거는 판돈이 아니라?

"그렇군, 근데 왜?" 내가 물었다.

어쩌면 내가 몸을 움츠리고 있는 건지도 몰랐다. 어쩌면 내가 평소에 거는 것보다 더 큰 판돈을 걸어야 할 때인지도 몰랐다. 나는 지금이 큰돈을 걸기에 부적절한 시기는 아닌지 확인하고 싶었다.

---

*   모나코 공국의 도시. 관영 도박장으로 유명하다.

"왜 그런지 아시잖아요." 앨리슨이 말했다. "정확히 알고 계시잖아요." 그러고는 즉시 화제를 바꿔서 덧붙여 말했다. "선생님이 이 문단을 읽어주세요, 선생님 목소리로 들을 수 있게."

"내 목소리로?"

"빨리요."

그 문단은 어느 날 오후 카페 알제에서 와히다와 내가 서로를 물끄러미 바라보았던 일을 서술한 것이었다. 아무 말도 없이, 사전 경고도 없이 그녀가 갑자기 눈물을 흘리기 시작했고, 내가 손을 뻗어 그녀의 손을 잡았고, 어느새 나도 모르게 눈물을 흘리고 있었다는 내용이었다.

나는 숨을 죽였다. 흥분되어 견딜 수가 없었다. 이 일을 계속할 수 없다는 걸 알았지만, 중단하고 싶지는 않았다.

앨리슨이 그렇게 쉽게 나를 놔줄 것 같지도 않았다.

"좋아요, 이젠 그 시를 읽어주세요."

"무슨 시?" 내가 되물었다. 일기장에 시를 썼던 기억이 없었다. 시야가 흐려져 주위의 모든 것이 희미하게 보였다. 생각할 수 있는 것은 오로지 하나뿐이었고, 나는 그녀를 만지지 않으려고 필사적인 노력을 해야 했다.

"여기, 이 시요." 앨리슨은 내가 두 달 전에 필사한 것을 가리켰다.

뭘 말하는 건지 그제야 깨달았다. 그녀를 실망시키지 않기 위해 오해를 바로잡지 않고 그 글을 읽기 시작했다.

서랍장.
턴테이블.
텔레비전.
줄무늬 다리미판.
왼쪽엔 스탠딩 램프.
오른쪽엔 침실용 탁자.
침대 머리판에 붙은 작은 독서등.
그녀는 밤에 벌거벗은 채로 잔다.

그러나 목소리가 너무 떨리고 도저히 더는 읽을 수 없어서 나는 읽기를 멈췄다.

"지금은 도저히 집중이 안 되는데."

앨리슨은 잠깐 침묵했다.

"사실은, 저도 그래요." 그녀가 말했다.

그녀가 나보다 훨씬 어린 데다 이런 행동이 적절한지 확신이 없었기 때문에, 나는 그녀에게 다가가 키스해도 되냐고 물었다.

*

　그날 오후, 그리고 그날 이후 모든 오후에 가장 큰 걱정
은 칼라지가 종종 그랬듯 예고도 없이 불쑥 들이닥치는 일이
었다. 앨리슨은 개방적인 사고방식을 가졌지만, 우리가 페르
시아산 카펫 위에서 사랑을 나누는 동안 게릴라 군복 윗도리
비슷한 것을 입은 거무튀튀한 체 게바라가 현관문을 열고 느
릿느릿 걸어 들어오는 모습을 본다면, 아무리 그녀라도 기절
초풍할 게 분명했다. 앨리슨과 칼라지가 만나면 절대로 안 되
는 이유는 또 있었다. 그녀는 '불법이민자'를 이해했고, '가난
함'과 '아주아주 가난함'을 이해했다. 그러나 그녀가 절대로
이해하지 못하는 것은, 그녀 자신도 약물 경험이 없지는 않으
면서도 결코 받아들이지 못하는 것은 '부도덕'이었다. 그녀는
그의 모든 면이 부도덕하다고 생각할 게 뻔했다. 그가 내 친
구라는 사실에 그와 내가 자신이 아는 것보다 더 많은 공통점
이 있다고 생각할까 봐 겁이 났다.

　앨리슨은 수업이 끝난 후에 자주 들렀다. 우리는 함께 라
테를 마셨고 함께 요리를 해서 저녁을 먹기도 했다. 때로는
거실의 양쪽 구석에 자리를 잡고 앉아 책을 읽거나 공부를 했
고, 함께 음악을 듣기도 했다. 그녀가 함께 있을 땐 굉장히 많
은 분량을 읽어내서 스스로 놀랄 때도 종종 있었다. 밤 10시

는 내겐 초저녁이었지만 그녀에겐 그렇지 않아서 우리는 일찍 잠자리에 들곤 했다. 학교에서는 그냥 아는 강사와 학생 이상으로 친하다는 표시를 내지 않기로 합의했다. 그건 그녀보다는 내 결정에 가까웠다. 그녀는 숨길 게 아무것도 없었지만, 그녀의 졸업논문이 내 책상에 올라올 가능성이 높고, 헤더를 스무 명 합한 것보다 더 큰 부를, 따라서 더 큰 '영향력'을 상징하는 이름을 가진 학생과의 우정에 대해 학과장을 비롯한 여러 교수가 이러쿵저러쿵 이야기하는 상황을 나는 원하지 않았다. 앨리슨은 내 삶에 급작스레 침범하진 않았지만, 옷가지를 가져와 조심스레 개어서 벽장에 넣어두었다. 목욕가운도 가져왔는데, 내 가운이 낡은 것을 보고는 같은 브랜드의 '남성용' 가운을 사서 내게 선물했다. 타월지로 만든 독일제 줄무늬 가운이 내 월세보다 비쌌다. 나는 칼라지에게 전화해서 한동안은 집에 오지 말라고 말했다.

"왜, **라 카랑트-두**하고 동거라도 하려고?" 칼라지가 물었다.

"아뇨, 다른 여자하고." 내가 말했다.

"하지만 난 자네하고 에카테리나하고 **라 카랑트-두**가 특별한 관계가 된 줄 알았는데?" 나는 그날 밤 이야기는 하지도 말라고 말했다. "왜?"

"나 말고 둘이서 좋아 죽더라고요." 나는 칼라지에게 앨리슨에 대해, 그녀가 얼마나 다른지에 대해 이야기하고 싶었지만, 떠오르는 표현이 그가 가장 싫어할 말인 **존경할 만하다** 밖에 없었다. 그녀는 존경할 만했다. 그녀의 모든 것이 존경할 만했다.

칼라지를 피하려는 마음은 그해 어느 가을날 이른 오후, 앨리슨의 부모님에게 인사를 드리러 그녀에게 이끌려 리츠 칼튼으로 갔을 때 최고조에 달했다. 그녀의 차를 주차하고 호텔로 함께 걸어가면서 나는 줄곧 마음속으로 기도했다. **하느님, 제발, 칼라지의 택시가 지금 여기를 지나가지 않게 해주십시오. 그가 차를 세워 저에게 말을 걸지 않게 해주시고, 그가 이 근처에 있지 않게 해주십시오. 제가 리츠 칼튼에서 가장 말쑥하고 점잖아 보이려고 애쓰는 이 순간, 제발 그가 나타나지 않게 해주십시오.** 나는 그를 부끄러워했고, 그를 부끄러워하는 나 자신이 부끄러웠다. 내가 속물이라는 사실이 부끄러웠다. 우리의 공통점이 열악한 경제 형편 말고도 훨씬 더 많다는 사실을 남들에게 들키는 것이 부끄러웠다. 내가 그를 얼마나 좋아하는지 스스로 인정하지 않는 게, 우리를 하나로 묶는 것은 저급한 카페에서 어울리기 좋아하는 극빈자 정체성뿐이라고 생각하는 나 자신이 부끄러웠다.

리츠 칼튼에서의 티타임은 순조롭게 흘러갔다. 앨리슨의 아버지는 《오디세이》에 관한 지식으로 내게 좋은 인상을 남기려고 노력했고, 나는 그 대서사시를 영어로 번역한 로버트 피츠제럴드와 내가 대학 동문이라고 말했다. 앨리슨의 아버지는 예전에 중동에서 활동한 이야기를 했고, 나는 적절한 이름들을 중간중간 던졌다. 그가 좋아하는 파리의 명소들을 열거하면, 나는 내가 좋아하는 곳들을 말했다. 무승부였지만 덕분에 우리는 가까워졌다.

그날 저녁 우리는 매디슨 로버트라는 고급 프렌치 레스토랑에서 식사를 했다. 그곳은 내가 십 년 이상 발을 들이지 못했던 세상을 일순간에 부활시켰다. 웨이터, 와인, 고상하고 반짝이는 식기, 풍요로움. 요즘 박사학위를 받은 사람들은 어떤 일을 하나? 앨리슨의 아버지가 물었다. 글을 쓰거나 강의를 할 수 있습니다. 내가 말했다. 나를 못 미더워하는 마음을 감지하고, 내 아버지는 책을 쓰면서 살고 싶어하셨지만 이집트에서 부유한 기업가가 되셨다고 덧붙였다. 그러면 다른 직업도 가질 수 있다는 뜻이로군? 그녀의 아버지가 고개를 숙이고 나이프로 식탁보를 톡톡 치면서 물었다. 그럼요, 물론이죠. 나는 진지하고 자연스러우면서 개방된 사고방식을 가진 단호한 청년처럼 보이려고 애를 쓰면서 말했다.

앨리슨의 아버지가 딸에 대해서도 물어볼까? 경륜이 높은 사람이라 섣불리 묻지는 않았다. 나도 그녀를 입에 올리지 않았고, 《오디세이》를 사랑하며 상황판단이 빠른 이 남자는 내 뜻을 충분히 알아차린 모양이었다. 그렇다고 쉽게 나를 놓아주지도 않을 작정인 듯했다. 그는 은근히 이것저것 찔러보았다. 완고한 인상을 주지 않으려고 주의하면서 나의 계획에 대해, 내 미래와 취미에 대해 넌지시 물었다. '의도'라는 재갈이 물린 단어가 식탁 밑에서 뼈를 찾는 개처럼 내 주위를 콩콩대며 돌아다녔다. 나는 시치미를 떼고 그를 도와주지 않았다. 그때 버터향이 나는 화이트 소스를 끼얹은 도미 요리가 몽라셰 와인과 함께 나왔고, 그다음에는 그레이비 소스와 구운 감자, 풋강낭콩을 곁들인 두꺼운 안심 스테이크가 맛있는 포므롤 와인과 함께 나왔으며, 마지막 디저트로는 생크림을 곁들인 사과 타르트가 나왔다. 우리의 저녁식사는 칼바도스*와 함께 끝났다.

내가 지난 며칠간 앨리슨에 대해 말할 때마다 칼라지는 천둥 같은 목소리로 충고하곤 했다. 그 아가씨하고 결혼해. 부자가 되라고. 나는 택시 몇 대 사주고. 그럼 내가 자네를 부자로 만들어줄게. 그러고 나서 자식도 없고 마누라도 싫증 나면, 그때 차버리면 되잖아.

발끝으로 걸어 다니는 웨이터들의 서빙을 받으며 저녁식사를 하는 동안 나는 웨이터 중 한 명이 칼라지라고, 그가 속

---

*　사과주를 증류한 프랑스 술.

삭이고 있다고 상상했다. **결혼해. 그냥 하라고. 택시나 몇 대 사 줘. 정산은 나중에 하자.** 칼바도스에 뒤이어 웨이터들이 곧바로 그의 빵집에서 갖고 온 특대형 사과 타르트를 보면서 그가 공범의 음흉한 미소를 짓는 것을 얼마나 보고 싶었는지. **이양반들이 자넬 좋아해. 안 그러면 상견례는 리츠 칼튼에서 차나 마시고 끝났을 거야.**

앨리슨 일가가 케임브리지로 데려다줄 택시에 오르는 나를 배웅했다. "내가 자네 나이였을 땐 택시비가 다 뭐야, 아버지가 버스 타라고 단돈 1페니도 주신 적이 없지." 앨리슨의 아버지가 나와 악수를 하면서 20달러짜리 지폐 한 장을 건네주었다.

깜짝 놀란 나는 앨리슨의 아버지가 주는 돈을 정중히 사양했다. 그러나 그는 받으라고 계속 말했다. 결국 내가 졌다. 하버드 광장 극장 매표소 앞에서 돈을 안 갖고 온 것을 깨닫고 쩔쩔매던 어느 부유한 학생에게 내가 도움을 제안하자 그학생이 즉시 받아들였던 일이 기억났다. 가난한 사람들은 자존감이 이미 너덜너덜하기 때문에 도움을 거절한다. 자신의 빈곤이 드러날까 봐 팁을 거절하는 아랫사람처럼. 반면에 부자들은 그 돈을 팁이나 적선, 혹은 빈곤의 증거로 인식하지 않고 우정에서 나오는 호의로 생각하기 때문에 그냥 돈을 받는다. 가난한 사람은 그 돈을 즉시 갚지만, 부자들은 그냥 잊어버린다.

나는 앨리슨의 아버지가 나를 후자의 경우로 생각해주기를 바라며 돈을 받았다.

그러나 실상은 그렇지 않았기 때문에, 나는 이 분 후에 택시에서 내려 지하철을 타고 케임브리지로 돌아왔다.

그날 밤 카페 알제에서 칼라지를 만났을 때 나는 택시에서 내린 일은 말하지 않았다. "내가 자네였다면 그 돈을 받고 지하철로 돌아왔을 텐데."

나는 그를 바라보며 히죽 웃었다.

"그렇게 했구나, 그렇지? 그렇게 하고는 말을 안 한 거네!"

그날 저녁 나는 **막심스**에서 칼라지에게 그 어느 때보다도 기분 좋게 XO 코냑을 한 잔 샀다.

음흉한 웨이터 칼라지와 부자인 나의 모습이 머릿속에 그려졌다 사라지기를 반복했다. 가난이 나를 바꿨다. 강간 피해자들이 그 사실을 수치스러워하듯, 나 역시 가난이 수치스러웠다. 그리고 그 20달러도. 나는 내가 한 짓을 온갖 핑계를 대서 가리려고 애를 썼고, 태연하게 모든 일을 떨쳐버릴 수 있기를 바랐지만, 진실을 숨길 수는 없었다. 나는 내게 저녁을 사준, 나와 깊은 관계인 딸을 가진 남자를 속인 것이다.

그날 밤 나는 거창한 저녁식사와 음주의 대가를 톡톡히 치렀다. 몇 주 전에 느꼈던 통증이 재발한 것이다. 신장 쪽의 통증이 흉곽 오른쪽까지 확대되었다. 예전에 나를 진찰한 의사 중 한 명은 그 통증이 그가 우려하는 병증일지 모르니, 한동안 기름기 많은 음식은 먹지 말라고 경고했었다. 그런데 그날 기름진 음식을 왕창 먹은 것이다. 일주일 전에 검사를 받았지만, 그 후 재발한 적이 없었기 때문에 검사 결과를 보러 가지도 않은 터였다. 나는 누워서 고통에 몸을 뒤척이며 앨리슨 생각을 했다. 부모님이 나를 좋게 생각하고 나와 자기가 깊은 관계라는 사실도 아실 게 분명한데, 내가 왜 자기에게 케임브리지까지 태워다달라고 하지 않았는지 궁금해하고 있을 게 틀림없었다. 하지만 나는 그들에게서 가능한 한 빨리 도망쳐야 했다. 누추한 집으로 빨리 돌아가지 않으면 양배추와 순무로 변하고 말 마차의 비밀을 아는 신데렐라처럼.

통증이 한 시간 가까이 지속되자 나는 병원에 가야겠다고 결론을 내렸다. 기막히게도 택시비가 없었고, 이번에는 너무 아파서 하버드 광장까지 걸어갈 수도 없었다. 칼라지에게 전화했지만 이번에도 받지 않았다. 린다는 차가 없었기 때문에 그녀를 깨울 이유가 없었다. 앨리슨에게는 차마 전화하지 못했다. 통증과 경제 형편을 솔직히 털어놓는 친밀감은 성적인 친밀감과 엄연히 달랐다. 살면서 그때처럼 외롭고 무기력했던 때가 없었다. 프랭크와 클로드도 부를 수 없었다. 나는 지극한 절망감을 느끼면서 43호의 부엌 쪽문을 두드려보기로 했다. 한참 시간이 걸렸지만, 결국 그 남자친구가 연한 하늘색 팬티 바람으로 문을 열었다. 내가 잠을 깨운 게 틀림없었다. "너무 늦은 시각에 정말 미안한데요, 내가 너무 아파서 그러는데 혹시 광장에 있는 병원으로 나 좀 태워다줄 수 있어요?" 나는 도움을 간청하고 있었다. 그때까지 살면서 그렇게 자존심을 다 던져버린 때가 없었다. 다시 생각해보니 구급차를 불렀어야 했다는 생각이 들었다. 그러나 이미 때는 늦었다. "금방 나올게요." 그가 말했다. 그가 여자친구에게 작은 목소리로 내 이름을 언급하면서 설명하는 소리가 들렸다. 그러니까 그들은 내 이름을 알고 있었던 거다. 아파서 떼굴떼굴 구르는 와중에도 그녀가 내 이름을 마음에 들어했을지, 혼자 있을 때 가만히 불러보았을지 궁금했다.

차에서는 반려견의 냄새가 났다. "별것 아니어야 할 텐데요." 그 남자친구가 말했다. 그는 응급실 입구에 차를 세우고 한 손을 내 겨드랑이에 넣어 부축해 차에서 내리게 한 다음 기어코 응급실 문까지 데려갔다.

지난번에 보았던 수간호사와 의사가 당직을 서고 있었다. 침상에 눕자마자 통증이 가라앉기 시작했다. 이 모든 것이 심리적인 것일까? 다들 병원에 들어오는 순간부터 통증이 줄어든대요. 상냥한 수간호사가 영국 억양으로 말했다. 그녀는 그날 밤엔 다른 입원 환자가 없다면서 내 옆에 앉아 이야기를 나누기 시작했다. 나에게 어디 출신이냐고 물었다. 긴장을 풀게 해주는 잡담이었다. 나는 보통 때는 출신을 묻는 질문에 프랑스라고 대답했다. 더 구체적으로 물어보면 파리라고 덧붙였다. 상대방이 내 억양을 감지할 정도로 프랑스어를 잘 아는 사람이면, 사실은 이탈리아 출신이라고 말했고, 그러면 그들은 즉시 뒤로 물러나면서 내 출신에 대해서 더 묻지 않았다. 그러나 이번에는 왠지 마음을 열고 싶어서 곧장 사실대로 털어놓았다. 이집트요.

"어머나, 이런 우연이!" 수간호사가 말했다. 제2차 세계대전 때 이집트에서 간호사 훈련을 받았다고 말했다.

나는 어디냐고 물었다.

"알렉산드리아요."

"제가 거기서 태어났는데요!" 우연은 거기서 끝나지 않았다. 수간호사가 간호사 훈련을 받은 곳은 내 어머니가 같은 시기에 간호 자원봉사자로 실습을 했던 영국인 병원이었다.

어머니가 보고 싶네요. 내가 말했다. 갑자기 울고 싶어졌다. 나에게 무슨 일이 일어나고 있는 거지? 중병에라도 걸린 건가? 이 통증은 뭐지? 응급실 침상에 누워 있자니 이전에 칼라지가 되뇌던 말이 떠올랐다. **지금 나에게 무슨 일이 벌어지는 거야?** 나는 눈물이 뺨으로 흘러내리는 것을 느꼈다.

수간호사는 아무 말도 하지 않고 티슈를 뽑아서 양쪽 뺨을 닦아주었다.

응급실의 희미한 불빛 아래 침상에 누워 내 곁에 앉아 있는 수간호사와 더없이 진지하고 솔직하게 마음을 터놓고 이야기하는 이 순간이 너무나 행복했다. "이제 좀 쉬세요." 그녀가 말했다. 그러나 움직이지 않았다. 아마도 말을 그만하겠다는 뜻인 모양이었다.

새벽녘이 되자, 나를 일반 병실로 올린다는 결정이 내려졌다. 그때까지 지난주의 검사 결과를 다 훑어본 모양이었다. 담당 외과의가 내게 설명해줄 거라고 했다. 담당의가 아침형 인간이니까 너무 푹 잘 생각은 하지 말라고 일반 병실의 간호사가 말했다.

아침 7시쯤 의사가 병실 문을 노크하더니 엑스레이 사진이 삐죽 나와 있는 마닐라 봉투를 들고 들어왔다. 그는 같은 일을 하루에도 서른 번은 하는 듯 유연하고 자연스러운 동작으로 그 사진들을 유리 패널 밑에 끼운 뒤, 패널 스위치를 무심하게 툭 켜고는 페이즐리* 무늬처럼 보이는 내 장기들을 찍은 사진을 한동안 살펴보다가 말했다. 담석이 여러 개 있네요. 대단히 훌륭한 유대인의 장기로군요. 내가 농담을 했다. 키 큰 와스프 의사는 흥미로운 표정으로 나를 내려다보았다.

---

*   직물 도안에 쓰이는, 깃털이 휘어진 모양의 무늬.

농담 그 자체보다는 이런 순간에도 농담을 시도하는 내가 신선하게 느껴지는 모양이었다. "유대인은 남자 몸의 다른 부분에 집착하는 줄 알았는데요."

유머 감각이 있는 의사였다.

의사는 내 침대에 걸터앉아 다리를 꼬았다. 위에 얹은 다리가 위아래로 흔들거렸고, 페니 로퍼*는 양말을 다 노출시킨 채 발가락 끝에 걸려 있었다.

"가족 중에 담석이 있는 사람이 있나요?"

"가족 모두요."

"친가 외가 전부요?"

"네, 조부모 외조부모 네 분 모두."

어젯밤엔 뭘 먹었죠?

매디슨 로버트에서 먹었어요. 내가 대답했다. 마치 그 식당 이름 하나면 모든 것이 설명되는 것처럼.

긴 침묵이 흘렀다.

"지금 상황이 내가 생각하는 방향으로 흘러가는 거 맞나요?" 마침내 내가 물었다.

의사가 아랫입술을 깨물며 나를 내려다보았다. "그게 무슨 뜻이죠?"

---

* 동전을 넣을 수 있을 정도 크기의 가죽 조각이 발등에 덧붙여진 로퍼 구두.

"칼을 대야 하나요?" 내가 물었다.

그는 내 표현이 마음에 든 것 같았다.

"우리는 '칼을 댄다'는 말을 잘 안 써요. 더 친절하고 점
잖은 표현이 많거든요. 어쨌든 결론은 '그렇다'고요."

수술이 다급하지는 않다고 했다. 그러나 먹는 것을 조심
해야 했다. 기름기 있는 음식, 술, 커피는 금지였다. 그리고
몇 가지 검사를 더 받아야 해서 입원한 상태로 밍밍한 병원식
을 먹어야 했다.

"한 가지 물어봐도 될까요?" 내가 물었다.

"아프진 않을 겁니다." 의사가 대답했다. 다들 똑같은 질
문을 하는 모양이었다.

"아뇨, 그걸 물어보려는 게 아닌데."

"그럼요?"

"수술 후 얼마나 지나야 섹스를 할 수 있을까요?"

의사가 싱긋 웃었다.

"수술 후엔 많이 피곤할 겁니다." 그러고는 그 상태를 실
감 나게 하려는 듯 고개를 푹 숙였다.

나는 아무에게도 연락하지 않았다. 혼자 있고 싶었다. 노
인성 질환에 걸린 사실이 부끄러웠다. 학질이나 통풍에 걸리
는 게 차라리 나을 것 같았다. 그날 오후 2시쯤 소심한 노크
소리가 들렸다. 앨리슨이었다. 내가 여기 있는 건 도대체 어

떻게 알았을까? 그녀는 오전 내내 전화했는데 내가 전화를 받지 않았다고 했다. 내가 자길 보고 싶어하지 않는다거나, 다른 여자와 밤을 보냈을 거라는 가정 대신, 최악의 상황을 가정하고 병원에 문의했다. 자신과 타인, 진실과 솔직함에 대한 그녀의 믿음이 경이로웠다. 내가 그녀였다면 내가 사라졌다고, 아버지가 준 20달러를 챙겨서 도망쳤다고 추측했을 것이다. 모든 인간이 그녀와 같고 그녀처럼 생각한다면, 불신과 배신은 지구상에서 모습을 감출 것이다.

앨리슨은 침대 옆에 앉아서 나와 이야기를 나눴다. 그녀가 내 손을 잡았다. 그런데, 나쁜 소식이 있어요. 뭔데? 성병이래요.

"그게 무슨……." 나는 깜짝 놀라 말문이 턱 막혔다.

"아뇨, 저 때문이에요." 그녀가 말했다.

"그러니까 나도 성병이라는 거야?"

"네."

좋은 소식은 그녀의 부모님이 나를 좋아한다는 사실이었다. 그들은 내가 재미있는 사람이라고 생각했다. 특히 매디슨 로버트에 생선 요리를 자르는 나이프가 없다고 내가 불평한 걸 재밌어했다. 그런 것에 주목하다니 역시 평범하고 전형적인 상류층이었다.

그날 오후 늦은 시각부터 학생들이 하나둘씩 병문안을

왔고, 동료 강사 몇 명도 찾아왔다. 로이드-그레빌 교수도 소식을 듣고 잠깐 들렀다. 그다음엔 내가 개인지도하는 2학년 학생들이 단체로 왔다. 병실 안에 16명 정도가 있었는데, 병원 직원이 들어오더니 너무 시끄럽다고, 그리고 병실에서 담배 피우면 안 된다고 경고했다.

"하지만 난 흡연잔데요." 내가 항의했다.

"환자는 되지만 방문객은 안 됩니다. 아니지, 당연히 환자분도 담배 피우면 안 돼죠."

로이드-그레빌 교수 부인은 직접 키운 작은 버베나 화분과 초콜릿 한 상자를 들고 나타났다. "초콜릿은 물론 환자 말고 손님들 드시라고 갖고 온 거예요." 다양한 모양의 고급 초콜릿이 2층으로 들어 있고, 다양한 재료를 소개하는 문구가 적힌 기름종이가 초콜릿을 덮고 있었다. 초콜릿 상자가 면회객들 사이를 돌아다니고 있을 때 도저히 있을 수 없는 일이 벌어졌다. 칼라지가 포르노 잡지 세 권을 들고 병실로 들어왔다. 나는 이불 속으로 사라지고 싶었다. 면회시간이 끝나고도 한참이 지난 8시 30분쯤엔 시끄러운 여자 목소리가 들렸다. 내가 입원했다는 소문을 듣고 자이냅이 찾아온 거였다. 그러고 나서 몇 분 후엔 로웰 기숙사 주방의 설거지 담당인 압둘마지브라는 이라크 출신의 노인이 병문안을 왔다. 봄 학기 이후로 그를 처음 보았다.

그렇게 난 내가 요령껏 세운 칸막이가 모두 무너져버린 우주에서 오도 가도 못 하는 무기력한 모습으로 침대에 누워 있었다.

칼라지와 앨리슨, 학생들, 학과장, 고양이처럼 살금살금 걸어 들어온 셰르바코프 교수, 카페 알제의 여종업원 자이넵, 동료 강사들, 이 모든 전문직업인과 하층민이 페데리코 펠리니 감독의 영화나 케이프 코드의 해산물 파티에서처럼 갑자기 한 공간에 모이게 되었다.

이 병실에 있는 사람 중에 미국에서 살기 위해 자신을 재창조하고 새로운 삶을 살아야 했던 사람들을 제외하고는, 어떤 인간도 한 면만 갖고 있지 않다는 사실을 이해하는 사람은 거의 없었다. 우리 각자가 마치 달처럼 수많은 측면을 갖고 있다는 사실을, 우리가 지인의 수만큼이나 다양한 측면을 갖고 있다는 사실을 이해하는 사람은 거의 없었다. 앨리슨은 자이넵과 있을 때의 나와 자신과 있을 때의 내가 같지 않다는 사실을 알면 화를 낼까? 내가 그녀와 함께 있을 때 보여주었던 느긋하고 평온한 한두 가지의 모습보다 칼라지에게는 훨씬 더 많은 측면을 보여주었기 때문에 그녀와 칼라지가 만나지 않게 하려는 거라는 사실을 알면 화를 낼까?

앨리슨의 불편한 심기가 느껴졌다. 그녀는 구석에 있는 의자에 조용히 앉아서 자신이 내 학생인지 여자친구인지 헷

갈려하면서 사람들이 떠나주기를 기다리고 있었다. 내가 혼자 있을 거라고 생각했던 게 분명한 칼라지는 평소처럼 베레모에 군복 상의 차림으로 벽에 기대서서 사격수처럼 날카로운 눈으로 주위를 노려보고 있었다. 그가 들고 있는 돌돌 말린 포르노 잡지 세 권은 아마존 정글을 탐험하다가 얻은 레인스틱* 같아 보였다. 그를 처음 본 사람이라면 제3 세계 장학금을 받고 공부하면서 무료 급식소에서 밤새 일하고 온 외국인이라고 생각할 법했다.

칼라지는 벌써 학생 한 명을 붙잡고 사드 후작이 역겹다고 장광설을 늘어놓았다. 또 다른 학생한테는 자기가 작품을 읽지도 않았고 읽을 생각도 없는 작가까지 포함해서 모든 미국인 작가가 로큰롤 가수보다 나을 게 없다고 주장했다. 저녁 식사 식기를 치우러 들어온 간호사를 포함하여 병실에 있는 모든 이에게 병원과 법정, 그리고 의사와 변호사는 우리의 영혼이 화장지처럼 납작해질 때까지 영혼을 두들겨 패기 위해 이 땅에 생겨난 존재들이라고 주장했다. 그리고 우리가 일 인당 한 개씩 받은 영혼은 잘 쓰다가 깨끗하고 온전한 상태로 다음 사람을 위해 반납해야 한다고 말했다. 그의 해괴한 장광설은 소음기를 단 총처럼 조용히 모두를 겨냥했다. 노스트라

---

*   원기둥 모양의 관 안에 작은 돌이나 곡식을 넣어 소리를 내는 악기로, 남미에서 비가 내리기를 기원할 때 쓴 것으로 알려짐.

다무스가 말하기를……. 곧 그는 사행시를 읊기 시작했다.

칼라지는 병실에 들어온 직후엔 모든 이의 관심과 호감을 샀지만 그로부터 오 분 후엔 모두가 경악해서 뒤로 물러서게 하는 데에 성공했다. "도대체 그 괴짜는 누구예요?" 몇 주가 흐른 뒤 누가 내게 물었다.

*

학기가 시작된 후로 내가 두려워했던 모든 일이 일어나기 시작했다. 케임브리지에서 외롭게 여름을 나다가 오아시스에서 만났던 동반자 칼라지가 이제는 벗어던질 수 없는 무거운 짐이 되어 있었다. 퇴원 후 어딜 가도 그를 맞닥뜨렸다. 공개적인 장소에서 누구와 앉아 있으면 항상 그가 나타나 합석을 했다. 아니, 초대를 받아 그의 테이블에 합석해야 할 때가 더 많았다. 더 큰 문제는 그럴 때마다 그와 함께할 수 없는 새로운 핑계를 계속 만들어야 했다는 것이다. 결국 나는 그와 마주칠까 봐 두려워하고 변명거리를 걱정하는 상황에 지쳐갔다. 비염을 가진 사람들이 주머니마다 손수건을 넣고 다니듯이 내 머릿속에는 긴급한 상황을 가장한 핑계와 거짓말이 가득했다. 마음이 너무 약해서 그를 떨쳐내지도 못하면서 그와 엮일까 봐 걱정하는 나 자신이 너무 싫었다.

　나는 그와 마주칠 가능성이 있는 술집과 카페를 피해 다니려고 애를 썼다. 한번은 하비스트에서 동료 두 명과 앉아 있었는데, 칼라지가 바에 앉아서 늘 마시던 **엉 돌라르 뱅−두** 한 잔에 1달러 22센트인 싸구려 와인를 마시고 있었다. 나는 그때 본 그의 눈을 영원히 잊지 못할 것이다. 내가 그를 발견했듯이 그도 나를 진작에 알아보았지만, 그는 그저 나를 멍하니 바라볼 뿐이었다. 마치 프리메이슨, 택시, 미국에서의 장기 계획, 아버지, 영주권, 아내 등 그를 괴롭히는 수많은 번민에 사로잡혀 나를 알아보지 못한 것처럼. 오 분 후 바텐더의 농담에 그는 폭발적이고 신경질적인 웃음을 터뜨렸다. 그는 나에게 메시지를 보내고 있었다. 모른 척할 수 없을 정도로 너무도 분명했다. **난 자네가 필요 없어. 이것 봐, 더 잘 살고 있잖아.** 우리가 처음 만난 날 들었던 웃음소리만큼의 과장이 느껴졌다. **자넨 함께 앉은 친구들을 닮으려고 애를 쓰고 있군. 하지만 난 알아, 자넨 아무도 보고 있지 않을 땐 팁을 떼먹는 부류라는 거.** 그가 그렇게 말하는 것 같았다.

　나는 칼라지의 그 멍한 표정을 절대로 잊지 못할 것이다. 그는 나를 못 본 척하지 않았다. 그를 못 본 척하는 내 모습을 못 본 척하고 있었다. 그는 나를 자유롭게 놓아주고 있었다.

　며칠 후 칼라지가 보일스턴 홀 밖에서 나를 기다렸다. 두

가지 부탁이 있다고 했다. "같이 좀 걷자." 그가 말했다.

　그의 집주인 여자가 집을 수리할 계획이라면서 나가라고, 언제 다시 방을 빌려줄 수 있을지는 모르겠다고 했다. 집주인은 정당하게 미리 고지하는 거라고 강조했다.

　왠지 곧이곧대로 믿을 수가 없었다. 뭐 잘못한 일 있어요? 집에 여자를 데려왔다거나? 내가 물었다. "내가 내 시트를 더럽힌다고? 여자네 시트를 더럽힐 수도 있는데? 그럴리가."

　그는 다른 숙소를 찾는데 내가 같이 가주기를 바랐다. 우리는 민박집마다 문을 두드리며 포터 광장 근처까지 왔지만 에버릿, 멜런, 웬들, 가필드, 새크라멘토 거리의 고지식하고 늙수그레한 민박집 여주인들은 그를 주의깊게 살펴보다가 고개를 흔들며 빈방이 없다고 말했다. "며칠만 재워줄 수 있어?" 마침내 그가 내게 물었다. 그런 말을 들을 거라곤 예상하지 못했기에 나는 완전 무방비 상태였다. 나도 내 대답에 깜짝 놀랐다. 그럼요, 물론이죠. 잠은 소파에서 자고, 아침에 후다닥 샤워하고 나가서 밤늦게나 들어올 거야. 그가 말했다. 여자친구와 진도를 너무 빨리 나가고 싶진 않았지만, 여자친구 집에서 자고 올 수도 있다고 했다. "절대로 신경 안 쓰게 할게."

　나는 어려운 친구를 돕고, 자칫하면 길바닥에 나앉을 친구를 위해 내 집을 개방하는 착한 사람 역할에 충실했다. 오후와 초저녁엔 앨리슨이 올 수 있으니 그때만 조심하고 편하게 지내라고 말했다. 그런데 우리가 가는 길 옆에 위치한 시어스 로벅* 대리점을 본 순간 이젠 현관문에 자물쇠를 달 때가 됐다는 생각이 들었다.

포터 광장에서 절반쯤 돌아왔을 때, 그는 그리스식 샌드위치 가게에서 참치 샌드위치를 사주었다. 샌드위치를 우물거리면서 그는 다음 소식을 알렸다. 사소한 교통법규를 위반해서 한 달간 운전면허가 정지되었다고. 그러면서 그는 내 인맥을 총동원해서 취직을 시켜줄 수 없겠느냐고 물었다.

나는 잠깐 생각했다. 내가 아는 직업은 교육직밖에 없었다.

"전에 해본 적 있어."

"이건 대학에서 가르치는 일이에요."

"가르치는 게 다 거기서 거기지."

나는 한번 알아보겠다고, 연구실로 가지 않고 학과장실에 잠깐 들르기로 했다.

"근데 그 사람이 미국 교육기관에서 가르친 적이 있느냐는 말이지." 내가 곤경에 처한 칼라지 이야기를 꺼내자 로이

---

* 미국의 유통업체.

드-그레빌 교수가 말했다.

"그 친구는 영어를 잘 못합니다. 프랑스어 강사의 중요 조건이 영어를 못하는 거라고 항상 말씀하셨잖아요."

로이드-그레빌 교수는 내 말에 동의하더니 셰르바코프 교수에게 말해보라고 했다.

"그 친구는 살아 있는, 생생한 프랑스어를 해요, 학생들이 내년 여름에 프랑스에 가면 곧바로 써먹을 수 있는 프랑스어요." 나는 셰르바코프 교수에게도 설명했다.

결국 셰르바코프 교수도 동의해주었다.

마침 프랑스어 시간강사 자리가 하나 비어 있었다. 강사한 명이 임신을 했는데 유산 가능성이 있어서 꼼짝없이 누워 있어야 한다며 일을 그만뒀다고 했다.

십 분 후 나는 카페 알제로 돌아와 칼라지에게 지금 당장 셰르바코프 교수를 만나러 가보라고 말했다.

칼라지는 눈에 띄게 긴장했다.

"칼라슈니코프가 셰르바코프를 만나네." 우리의 대화를 엿들은 알제리인 모우모우가 말했다. 모두가 웃음을 터뜨렸다. 셰르바코프, **컷잇오프**, 셰르바코프, **해드이너프**, 셰르바코프, **저크힘오프***. 부엌 쪽에서 패러디가 흘러나오자 카페 안에

---

*   cut it off(잠자다, 그만두다), had enough(진절머리가 나다), jerk him off(엿 먹어라) 등의 표현들을 'cutitoff'와 같이 붙여 발음하여 러시아어처럼 들리게 한 말장난.

있던 사람 모두가 박수를 쳤다.

　한두 시간 후, 칼라지가 교사용 《파를롱!》 교재와 교사용 해설서, 연습장, 독해문제집을 들고 카페 알제로 들어왔다.

　"내일 아침 8시, 라몽 310호."

　칼라지는 그 어느 때보다도 얼떨떨한 표정으로 나를 보았다. 라몽이 뭐야? 건물 이름이에요, 도서관. 내가 설명했다. 그는 한 번도 들어본 적 없다고 말했다. 퀸시 거리와 매사추세츠 대로가 만나는 사거리에 있어요. 내가 택시운전사 용어로 설명하자, 그제야 그는 내 말을 알아들었다. 나는 그에게 라몽 도서관에 정기간행물실이 있다고 알려주었다. 수업 후에 원하는 프랑스어 신문과 정기간행물을 무료로 마음껏 읽을 수 있다고. 그는 대단히 기뻐했다.

　집무 시간엔 어디 있으려고요?

　그는 잠시 고민했다.

　"여기." 그가 말했다.

　"여기 오면 학생들이 프랑스 카페의 분위기를 체험할 수 있잖아."

　칼라지는 셰르바코프 교수가 신분증 이야기를 했다면서, 자기 신분증을 발급 받으려면 시간이 너무 많이 걸릴 거라고, 필요할 때 내 것을 빌리고 싶다고 했다. 그러면 우리 둘 다 일이 복잡해질 수 있다고 주장해봤자 아무 소용 없었다.

나는 내 신분증을 빌려주겠다고 했고, 그는 이제 내일 아침 수업을 준비해야 한다고 말했다.

교수님이 프랑스어를 어떤 식으로 가르치래요?

"어떤 식으로 가르쳐야 하는지는 이미 다 알고 있다고 말해놨어." 칼라지가 대답했다.

왠지 불길한 느낌이 들었다. 튀니스 외곽의 작은 시골 학교에서 그 지역 출신의 선생님이 긴 막대기를 휘두르며 겁을 잔뜩 먹은 프록코트 차림의 남학생들 사이를 걸어 다니는 모습이 그려졌다. 학생 한 명이 대답을 못 하고 쭈뼛거리자, 막대기가 그 학생을 향해 날아간다.

"소리 지르면 안 돼요." 내가 말했다. "학생을 때려서도 안 되고."

그는 잠시 생각했다.

"그럼 뭘 어떻게 가르치라는 거야?"

"소리 지르면 안 되고, 때려서도 안 되고, 심지어 학생들이 열등감을 느끼게 해서도 안 돼요."

"그럼 바보 멍청이가 있으면 뭐라고 불러? 영재?"

대화를 엿들은 자이납이 칼라지가 하버드에서 강의를 한다는 게 농담이 아니라는 사실을 알고 그를 비웃기 시작했다. "과거분사와 직접목적어의 일치가 뭔지도 모르는데 뭘 어떻게 가르친다는 거예요?"

"잘 알고 있거든."

"증명해봐요."

"그건 아주 오래 걸리고 나는 그럴 시간이 없어."

"증명해보라니까요."

"싫어. 내가 왜."

"모르니까."

"그래도 당신이 나와 침대로 뛰어들기 위해서라면 무슨 짓이라도 할 거라는 건 알아. 그리고 그런 일은 절대 없으리란 것도."

그때 우리 근처에 있던 커플이 카페를 나가려고 했다. 커다란 쐐기 모양의 브리 치즈를 주문하고 손도 대지 않은 채였다. 청년은 일어서서 계산하러 갔고, 아가씨는 벌써 카페를 나가 밖에서 남자친구를 기다리고 있었다.

칼라지는 그 치즈를 집어 들고 바게트 빵 한 조각에 두껍게 펴 바르더니 공평하게 반으로 잘라 반은 나를 주고 나머지 반은 자기가 들었다. 자이냅이 성난 표정으로 그를 노려보았다.

"이 나라는 버리는 게 너무 많아. 나, 나, 나, 칼라지는 대용품이 아니야. 도둑도 아니고. 음식은 음식이고. 이건 벌써 돈을 지불한 거잖아."

"뭐가 먹고 싶으면 나한테 말만 하면 되는데, 왜 그래요,

칼라지." 자이넵이 말했다. 그가 그녀의 오른손을 오랫동안 물끄러미 쳐다보기만 해도 그녀는 기꺼이 그 손을 잘라 그에게 주었을 것이다.

"과거분사가 직접목적어와 어떻게 어울리는지도 말해주지 않을 거면서, 음식은 줄 거라고?"

"말했잖아요, 당신을 위해선 뭐든지 할 거라고."

"또 시작이군! 제발 나 좀 가만 놔둬. 이 대용품 학생들을 가르칠 내용을 준비해야 하니까."

"과거분사나 신경 써요. 당신이 남의 말에 귀 기울이는 법을 배울 수만 있다면 내가 설명해줄 텐데." 자이넵이 말했다.

"설명해봐. 대신 짧게."

나는 그들을 두고 카페를 나와 집에 가서 더 좋은 옷으로 갈아입었다. 앨리슨의 부모님과 칵테일을 마시러 체스넛 힐로 가야 했다. 처음에는 칼라지에게 거기까지 태워달라고 할까 생각했었지만, 그러지 않기로 했다. 게다가 케임브리지에서 거기까지 택시를 타고 가면 불필요한 오해를 불러일으킬 수 있었다. 지하철을 타고 갈 생각이었다. "자네의 그 빵빵한 인맥으로 나 일자리 좀 구해줘." 칼라지가 항상 하던 말이 떠올랐다. "운전사, 요리사, 보디가드, 포주, 뭐든 문제 없어. 시켜만 달라구."

그날 밤 계속 내 머릿속을 떠나지 않았던 것은 칼라지가 이젠 내 아파트에 완전히 자유롭게 드나들 수 있고, 내 신분증도 갖게 되었으며, 내가 강의하는 곳에서 강의까지 하게 되었다는 사실이었다. 이렇게까지 내 사적인 영역이 침범당하고 점령당한 기분은 처음이었다. 이 느낌이 너무 싫었다. 마치 나와 똑같이 생긴 사람이 나를 몰아내는 기분이 들었다. 나는 왜 그렇게 마음이 약했을까? 왜 나는 인색하기 짝이 없는 유대인처럼 생각하고 있을까? 작은 집의 자잘한 물건들을 지나치게 아끼고, 사람들이 빌린 것을 즉시 갚기를 바라며, 낯선 사람이 들어와서 떠나지 않을까 봐 자기 집 문도 활짝 열어놓지 못하는 유대인. 자신도 마음의 문을 열어야 할까 봐 다른 사람들이 마음의 문을 여는 것을 원하지 않고, 너무나 많은 암묵적인 방식으로 초대받았으면서도 용감하게 그 문 안으로 들어가지 못하는 유대인. 아니면 내가 벌써 미국인이 다 된 걸까? 내 공간, 너의 공간, 그 사이에 많은 공간을 두는 미국인이?

나는 칼라지가 내 집에 살기를 원하지 않으면서도 저항한번 안 해보고 항복해버린 내가 싫었다. 나는 나 자신을 증오했다. 앨리슨의 부모님 댁에서의 칵테일 파티를 거절하지 않아서, 겨우 거기까지 가는데 차비 좀 아끼겠다고 지하철을 택해서, 갈지 말지 잘 모르겠다고 말해서, 거기 가기를 내키지 않아해서, 앨리슨과의 결혼을 원하지 않아서, 내가 자기와

의 결혼을 갈망한다고 앨리슨이 착각하게 내버려둬서, 문학
도가 되고 싶어하지 않아서, 케임브리지나 미국에서 살고 싶
어하지 않아서, 그러면서도 처음부터 삶이 내게 줄 수 있는
최고의 선물이라고 느꼈고 실제로도 그러한, 판에 박힌 생활
을 계속하고 있어서.

그날 저녁 뉴턴행 그린 라인 지하철의 창문에 비친 내 모
습을 바라보면서 나는 계속 스스로에게 물었다. 이게 정말 너
야? 이 너무도 낯선 보스턴 풍경 속에서 눈에 띄는 저 얼굴이
정말 너라고? 네가 누군데? 너는 몇 개의 가면을 동시에 쓸
수 있어? 이렇게 보지 않을 땐 너는 누군데? 너는 형체가 없
는 반죽 같은 존재냐? 다른 사람이 원하는 모양으로 빚어질
준비가 된 반죽? 그렇게 쉬운 묵인과 동의, 인정으로, 그 거
짓된 얼굴을 믿는 사람들에게 네가 안겨줄 배신감에 대해 미
리 사죄하는 거야?

이 낯선 보스턴을 배경으로 내 얼굴을 바라보자니, 오후
에 법정에서 잔인성을 발휘할 예정이라 점심 때 웨이터에게
후한 팁을 주는 변호사의 모습이 보였다. 아내를 속이고 불륜
을 저지른 후가 아니라, 결혼 생활을 파괴시킬 사람을 찾아내
기 직전에 아내에게 비싼 보석류를 선물하는 남편의 모습도
보였다. 신에 대한 믿음을 잃고 더는 소명을 믿지 않기 때문
에 모두를 용서하는 성직자의 얼굴도 보였다.

그날 저녁 앨리슨이 나를 집까지 태워다주겠다고 했다. 나는 지하철로 가고 싶었지만 그러라고 했다. 칵테일 파티 때 넥타이를 풀고 싶은 순간이 있었다. 몸에 바람이 통하게 하고 싶었을 뿐만 아니라, 내가 우아한 손님보다는 흰 와이셔츠 깃을 풀고 단추를 몇 개 풀어서 입고 있는 웨이터와 공통점이 더 많다는 사실을 내비치고 싶어서. 문득 나는 혼자 있고 싶었고, 담배를 말면서 사람들을 비웃는 칼라지를 구경하고 싶었다. 특대형 샹들리에에 대롱대롱 매달린 특대형 엄숙함, 자신들의 부와 편안함을 뽐내려고 애쓰며 입을 맞추고 포옹하는 고상하신 손님들의 특대형 경박함. **레―자메르로크**양키들. 그의 말이 들리는 것만 같았다. "예를 들어, 저 여자를 봐봐." 그는 군중 속에서 한 여자를 가리키며 말할 것이다. "피부가 굵은 삼베처럼 거친 여자. 3세대 전이었다면 추수가 끝난 밭에서 순무를 훔치고 있었을 거야. 그리고 이 두 명은." 그가 숨죽여 낄낄거릴 것이다. "요트라도 타고 온 것처럼 보이지만, 내면을 들여다보면 뱃사람처럼 거칠고 부두 노동자처럼 도둑질을 잘하는 사람들일 거야."

나는 혼자 집으로 가면서 빈 지하철 객차에 앉아 최면을 거는 듯한 바퀴의 리듬이 내 마음속에 있는 불길을 사그라뜨리게 하고 싶었다. 세상의 주인인 이 부자들. 그들의 거대한 차. 거대한 저택. 마치 전에도 들어본 적이 있다는 듯이 내 이름을 반복하면서 휘둥그레지던 눈. 그들은 지중해를 사랑한다고 공언하지만 열 번을 다시 산들 결코 지중해를 이해할 수 없을 것이다. 그들이 실제로 사랑하는 바다는 차가운 대서양과 광활한 태평양이기 때문에. 칼라지의 말이 옳았다. 이곳은 다른 세계였고, 이 사람들은 우리와 다른 혀를 가진, 우리와는 다른 족속이었다. 이들의 여자들은 여자에 무언가를 더한 존재이거나 무언가를 뺀 존재로, 우리가 알아왔고 우리를 키웠으며 우리가 존경해야 한다고 배운, 그리고 이런 이유들로 남자는 될 수 없는 모든 것이 될 수 있는 우리의 여자들과도 다른 존재들이었다. 칼라지는 내 마음을 알아줄 것 같았다. 그런데 지금은 이상하게도 칼라지와 어떤 식으로도 엮이고 싶지 않았다. 내가 그를 부끄러워하기 때문에. 그에게 넌더리가 났기 때문에. 내가 이 파티에서 본 그 누구보다 칼라지와 더 가깝다는 사실에도 그와 나 사이의 거리는 분명히 멀어졌기 때문에. 비록 내가 그를 그리워할 때라도 그에 대해 느끼는 소원한 감정은 산酸과 가시철사로 내 마음속에 새겨져 있었다. 이젠 그 사람들보다 칼라지와 더 가깝다고 말할 수도 없었다.

앨리슨과 나는 내 아파트 건물 앞에 도착해, 차 안에 잠시 말없이 앉아 있었다. "도대체 왜 그래요?" 마침내 그녀가 물었다.

"아무것도 아니야." 내가 대답했다.

"아뇨, 뭔가 아주아주 잘못됐어요. 무슨 일인지 말해줘요." 나는 그녀가 울지 않기를, 나를 미안하게 만들지 않기를 바랐다. 지금도 충분히 나 자신을 미워하는데, 이보다 더 미워하고 싶지는 않았다.

나는 그녀의 차 창문에 비친 내 아파트 건물과 나 자신의 모습을 보았고, 앨리슨이 아니었다면 체스닛 힐에서부터 타고 왔을, 파크 광장역에서 갈아탈 때까지 아직도 타고 있을 지하철을 생각했다. 그녀 말이 맞았다. 많은 것이, 아니 모든 것이 잘못됐다. 그러나 그게 무엇인지 나 자신도 모르는데 어떻게 그녀에게 말해줄 수 있을까? 진실이 뭔지 나도 모르는데, 무슨 진실을 말할 수 있을까? "혹시 나를 사랑하지 않는 거예요? 아예? 아니면 별로?" 그녀를 사랑한다고, 내가 알았던 모든 여자 중에서 함께 살고 싶고 사랑받고 싶고 함께 아이를 낳고 싶은 여자는 너뿐이라고 어떻게 설명할 수 있을까? "난 당신을 포기하고 싶지 않아요." 마침내 앨리슨이 말했다.

대답으로 내가 한 말은 "가끔 혼자 있고 싶을 때가 있어"였다. 나조차 그 말이 내 입에서 나올 때까지 내가 그런 말을 할 거라곤 생각도 못 했다.

"난 우리가 행복하다고 생각했는데."

"행복해."

"근데 왜요?"

알 수 없었다. 조명이 모두 꺼지고 다들 집으로 돌아간 후 분장실에 홀로 있기를 원하는 배우처럼, 나는 천천히 화장을 지우고 가발, 의치, 속눈썹을 제거하고 천천히 나 자신으로 돌아오고 싶었다. 가면이 아닌 내 맨얼굴을 보고 싶었다. 또 가면을, 언제나 가면만을 보고 싶진 않았다. 나는 나에게 프랑스어로, 나만의 프랑스어 억양으로 말하고 싶었다. 나를 낳은 부모로부터 배운 그대로 말하고 싶었다. 나는 영어에 넌덜머리가 났고, 여름날의 바다 소금 맛이 나지 않는 모든 것에, 끝없이 이어질 듯했던 여름날 오후 우리 집 부엌에서 만들어지던 짭조름한 맛이 나지 않는 모든 것에 넌덜머리가 났다. 매미가 미친 듯이 울어대고, 시간이 느려지고, 창문 너머로 보이는 바다가 우리를 손짓해 부르던 그 여름날 오후, 낮잠 잘 생각이 없을 때도 자장가처럼 우리를 재우던 파도 소리가 그리웠다. 나는 심지어 내 환상 속의 파리에 넌덜머리가 났고, 내가 쌓은 장벽에, 내가 가면을 쓰고 있다는 생각에, 내 진짜 얼굴에 대한 갈망에, 내가 불화하는 것은 가면이 아니라 내 진짜 얼굴이라는 생각에 넌덜머리가 났으며, 사실은 내 진짜 얼굴이란 지금도 앞으로도 없을지 모른다는 두려움에 넌덜머리가 났다. 내가 어느 누구도, 그 무엇도 사랑할 수 없는 사람일지 모른다는 두려움에 넌덜머리가 났다.

"지금은 집에 가고, 내일 전화할게요. 그때도 진실을 말하지 않는다면 다시는 귀찮게 굴지 않을게요."

그녀는 약속을 지켰다. 다음 날 딱 한 번 전화를 하고는 다시는 전화하지 않았다.

앨리슨이 한 말을 전하자 칼라지는 참으로 인공적이고 가식적인 말이라고 평했다. 그러나 나는 이제까지 내가 알던 여자들이 보여준 태도 중 가장 명예롭고 세련된 태도라고 생각했다. 그녀는 처음부터 끝까지 솔직했고 용감했다. 그녀는 자신이 무엇을 원하는지 알았다. 그러나 나는 내가 무엇을 원하는지는 고사하고, 어떻게 원해야 하는지조차 알지 못했다. 나는 그녀가 존경스러웠다.

그날 저녁 앨리슨과 헤어지면서, 나는 벌써 그녀가 다음 날 전화하지 않기를 바라고 있었다. 우리를 기다리고 있는 일대일 사후분석의 시간을 갖고 싶지 않았다. 그 전화가 오지 않게 하려면, 그날 밤 그녀가 부모님 집으로 돌아가다가 대형 교통사고를 당해 사망해야 했고, 그런 일이 일어난다면 나는 받아들일 준비가 되어 있었다. 나는 그런 나 자신이 부끄러웠다. 그러나 수치심은 비유이고 단어일 뿐, 아무것도 아니었다. 영혼이라는 커다란 환전소에서, 수치심은 내가 실제로 느끼는 감정에 가까이 가는데 전혀 도움이 안 되는 또 하나의 결핍된 단어일 뿐이었다.

그날 밤 4층으로 올라가는데 갑자기 가슴이 철렁 내려앉았다. 칼라지가 4층 내 집에 있을 거라는 생각이 들었기 때문이다. 나는 그에 대해서도 똑같은 것을 바랐다. 그가 어차피 강제 추방 되어야 한다면 바로 오늘 밤에 그렇게 되기를 바랐다. 내 삶에서 나가주기를 바라는 이유를 설명하지 않아도 되도록. 오늘 밤 그의 택시와 앨리슨의 차가 충돌한다면 더할 나위 없이 좋을 텐데.

칼라지는 내 집에 없었다. 첫 수업을 준비하느라고 벼락치기를 하고 있을 그가 안 됐다는 생각이 들었다. 앨리슨도 안타까웠다. 눈물을 흘리며 오늘 밤 뉴턴으로 차를 모는 모습이 그려졌기 때문에. 자기 삶에 만족하는 부유한 그녀의 부모도 안타깝기는 마찬가지였다. 입질만 하고 물지는 않는 물고기처럼, 유혹만 할 뿐 계속 숨고 피하는 남자에게 연정을 품은 딸을 걱정할 테니까.

7

　그 후로 며칠 동안 칼라지는 내 집으로 퇴근해서 새벽 2시까지 잠도 안 자고 내 사전을 찾아가며 숙제 검사를 했다. 그러다 보니 자기도 하버드 대학원생이고 일종의 보헤미안 아메리칸으로서 나와 룸메이트로 살고 있다고 착각하는 모양이었다. 그는 경제적 난관을 타개하기 위해 부업이란 부업은 다 했다. 돈이 항상 부족했다. 하지만 어떻게든 굶지는 않았고, 기적적으로 여유가 생기면 노스엔드에 가서 식료품을 사와 친한 친구를 몇 명 불러 소소한 저녁 파티를 열기도 했다. 여자가 더 많아 남자가 한 명 더 있으면 좋겠다는 생각이 들 때면 다들 백작을 부르자고 했다. 물론 농담으로. 앞니 두 개가 빠진 드라큘라 백작에 대한 농담은 꼭 나왔다.

　늦은 가을의 어느 일요일 저녁, 우리는 다른 친구 몇 명과 함께 하버드 엡워스 교회에서 동시 상영 영화를 보았다. 각자 1달러씩 내고 〈욕망〉이라는 옛날 영화를 보았다. 별 재미 없이 그저 그랬다. 영화가 끝난 후 우리는 카사블랑카로 가서 와인을 마셨고 집에 올 땐 따로 왔다. 칼라지는 데이트를 하지 않을 때면 나와 함께 걸어서 집에 오곤 했다. 일단 집에 들어오면 내가 책을 읽어야 한다는 걸 알아서 소리 하나 내지 않고 조용히 있었다.

우리 각자가 맡은 학생들이 있었다. 가끔 우리는 강의 노트를 비교하곤 했다. 칼라지가 좋아하는 시간이었다. 나는 그의 첫 문법 시험 출제를 도와주었다. 그러고는 시험지를 인쇄, 분류, 정리하는 법을 가르쳤고, A와 B⁻와 C⁺의 차이를 알려주었다. 여기는 그에게 완전히 새로운 세상이었고, 그는 동이 틀 때 증기선 갑판에 서서 저 멀리 맨해튼의 스카이라인을 발견하는 이민자처럼 경외심을 느꼈다. 칼라지는 삶의 이 새로운 리듬을 좋아했다.

추수감사절을 일주일 남겨두고, 칼라지의 인생에서 가장 충격적인 일이 일어났다. 한 학생이 칼라지에게 보내는 편지를 대학 행정실에 제출했고, 그 편지가 내 주소지로 전달되었다. 기숙사에서 열리는 저녁식사에 그를 초대하는 내용이었다. 그게 뭔데? 학생이 나에 대해 불평을 제기한 거야? 아뇨, 이건 영광스러운 일이에요. 내가 설명했다. 학생이 선생을 초

대해서 일대일로 저녁을 먹는 거예요. 그는 내 설명을 오랫동안 곱씹었다. "옷을 이렇게 입고 가도 되나?" 그가 물었다. "아뇨, 정장을 입어야 돼요. 재킷과 넥타이." 그는 담배를 말면서 멍한 표정으로 잠자코 내 말을 들었다. **"오케, 오케."** 나는 그가 안됐다는 생각이 들었다. "원한다면 넥타이라도 빌려줄게요. 근데 재킷은 안 맞을 것 같은데."

만찬 날 저녁, 현관문을 두드리는 소리에 나가보니 연한 청색 셔츠에 감색 넥타이를 매고 단추가 두 줄로 달린 회색 플란넬 정장을 차려입은 칼라지가 문 앞에 서 있었다. 샤르베* 넥타이가 눈에 띄었다. 그는 내가 넥타이에 감탄하는 것을 알아차렸다. "선의의 협찬이야." 그가 말했다. 그런데 정장은 프랑스산이었다. 셔츠도 프랑스산이었다. 정장과 셔츠, 검은색 구두를 전부터 갖고 있었거나, 아니면 이 행사를 위해 보스턴에서 구입한 모양이었다. 맞춤 정장을 입은 체 게바라. 콧수염을 밀고 머리는 포마드 기름을 살짝 발라 잘 빗어서 그런지, 적어도 칠 년은 더 젊어 보였다. 처음 오페라를 보러 가는 사람 같았다. "끝나면 전화할게. **막심스**에서 한잔하자. 새로운 여자들을 만나야지."

나는 떠나는 칼라지의 모습을 지켜보았다.

---

*   셔츠와 타이를 전문으로 하는 고급 브랜드.

성대한 만찬이 칼라지를 미국의 경이로움에 흠뻑 빠지게 만들었다. 그는 돼지고기를 먹지 않았지만, 육즙이 흐르는 구운 햄에 얇게 자른 파인애플과 정향, 그가 이제까지 본 것 중 가장 큰 새우를 곁들인 요리를 보자 저항을 포기했다. 제일 좋았던 것은 디저트가 나올 차례라고 생각할 때마다 이제 시작이라고 말하듯 새로운 요리가 나왔다는 점이었다. 그는 지금껏 살아 있는 걸 본 적도 없고 누가 이름을 알려줘도 알아볼 수 없을 것들로 만든 요리들을 먹었는데, 천상의 맛에 양이 너무나 많아서 카페 알제의 친구들이나 나에게 주려고, 혹은 그저 그 만찬을 기억하기 위해서 남은 음식을 포장할 종이봉투를 찾아 주위를 두리번거렸다. 미국이라는 낙원은 지구상에 있는 모든 특대형 대용품이 넘쳐나는 군부대 매점이었다. 칼라지는 그 낙원을 사랑하게 됐다. "우리도 파티할 때 파인애플을 곁들인 구운 햄 만들어 먹자."

그러고는 잠시 생각에 잠겼다.

"저녁 내내 나는 한 가지 생각만 하고 있었어."

"무슨 생각요?"

"자네가 앨리슨과 결혼해야 된다는 생각."

"왜요?"

"자네 자신을 위해서 못 하겠으면, 자네의 자식들과 자네가 사랑하는 사람들 혹은 나를 위해서라도 결혼해. 왜냐면

이 나라는 대용품이 넘쳐나는 환상적인 곳이니까."

*

칼라지는 미국에 푹 빠져들자마자 약해졌다. 그때까진 미국에 대한 혐오를 공공연히 드러냈었다. 그 혐오가 그의 떠돌이 신분을 그럴듯하게 만들기 때문에. 그는 격리된 발코니에서 이 새로운 세상을 관찰할 수는 있었지만 접하긴커녕 가까이 갈 수조차 없었기 때문에 세상에 대한 저주를 퍼부었다. 그러나 비록 하룻저녁 잠깐 들여다보는 정도에 그쳤음에도 그 세계에 초대받아 들어가본 그날 이후, 그는 곧바로 개종했다. 그의 마음은 국기에 대한 맹세를 하고 싶어 안달이 날 지경인 것이 분명했다. 나는 그에게 왜 그렇게 변했느냐고 물었다. 부자들의 풍요, 호화로움, 자기만족? "사실 이게 다 햄 때문이야." 그가 대답했다. "그리고 우리의 초라한 **엉 돌라르 뱅-두**가 그들의 레드 와인에는 비교도 안 된다는 사실하고."

칼라지는 학생들을 좋아했고 기숙사에서 학생들과 점심을 함께하기 시작했다. 몇몇 기숙사는 그가 학생들과 앉아서 프랑스어로 대화를 나누면 기꺼이 공짜 점심을 제공했다. 그는 하버드 프랑스어 식당의 경이로움을 발견했다. 학생들은 작은 식당에 모여 함께 저녁을 먹으며 오로지 프랑스어로만 대화를 나눴고, 칼라지는 그들을 위해 매주 와인과 치즈를 샀다. 그는 학생들과 함께 있을 땐 정치나 여자 이야기를 하지 않았다. 대신 그는 컴퓨터 언어 문법에 관해 이야기했다. 학생들은 넋을 잃고 그의 말에 귀를 기울였는데, 그 모습을 보니 헤비급 복싱 챔피언의 이름을 열거하는 칼라지를 홀린 듯이 바라보던 그의 변호사가 떠올랐다. 한편 그 유명한 디너파티와 그의 처음이자 유일했던 미식축구 경기 이후, 칼라지 같은 사람은 본 적도 없었던 학생들이 칼라지와의 상담을 위해 카페 알제로 수줍게 들어와서 활용형 동사 얘기 대신 터키식 커피만 홀짝이다가 떠난 이후, 그의 저항력은 시들해지기 시작했다. 운전면허 정지가 풀리고 다시 택시 운전을 할 수 있게 되었을 때도 그는 계속 아침 8시 수업을 위해 평소보다 일찍 일어났다. 때로는 걱정도 했다. "어느 금요일 밤에 학생 하나가 클럽에서 나와서 택시를 불렀는데 거기에 내가 타고 있는 거야. 그러면 난 뭐라고 하지?"

"사실대로 말하면 되죠."

"**자넨** 사실대로 말해?" 그가 물었다. 난 아니라고 대답하려다가 말았다. 대신 그 화제를 피하고 스토로우 거리에서 **앙 수르딘**하게 재즈를 듣는 걸 너무 좋아한다고 말하라고 제의했다.

가을 학기 동안 하버드가 칼라지를 쭉 빨아들였다. 그의 최고의 순간은 두 학생에게서 추수감사절 저녁식사에 초대받은 때였다. 한 건은 코네티컷, 한 건은 보스턴이라고 했다. 다행이야, 같은 정장에 같은 넥타이에 같은 구두를 신어도 아무 문제 없겠어. 그가 농담을 했다. 그는 보스턴의 저녁식사를 택했다. 학생의 어머니에게 드릴 장미 꽃다발을 사느라고 하루 벌이의 절반 가까이가 들어갔다. "연설 안 돼요. 말 길게 하는 거 안 되고. 특대형이니 대용품이니 이런 말도 절대 안 되고." 내가 그에게 말했다. 내 짧은 훈계 이후 옆에 있었던 자이넵이 덧붙여 말했다. "그리고 엉덩이나 여자 성기 같은 말도 하면 안 돼요. 거긴 카페 알제가 아니에요." 미국이 그를 포용했고, 그가 미국을 포용했다. 한 편의 아름다운 동화 같았다.

그러나 미신을 믿는 중동인 칼라지는 올 것이 오기를 기다리는 듯 보였다. 그가 준비되어 있지 않았던 것은 미국인이 사람을 내칠 때 그 문이 얼마나 갑작스럽고 단호하게 닫힐 수 있는가 하는 점이었다. 12월 초, 칼라지가 집에 가지 않는 학생들과 미국에서의 첫 번째 크리스마스를 즐길 준비를 하고 있을 때 로이드-그레빌 교수가 그에게 보내는 편지가 우리 집 주소로 도착했다. **도움이 필요할 때 기꺼이 도와주셔서 대단히 감사합니다. ……이번 학기에는 객원강사가 너무 많아서……**

귀하의 앞날에 무궁한 발전이 있기를 바랍니다.

칼라지는 놀라지 않았다. "지난 며칠간 복도에서 마주칠 때마다 로이드-그레빌이 고개를 돌리더라구." 그는 그 표정의 의미를 잘 알고 있었다. "지갑을 열기도 전에 팁을 주지 않기로 이미 결심한 택시 승객의 표정이었어. 내 사형 집행 영장에 진작에 서명해놓고 내 얼굴을 똑바로 못 보는 것 같기도 했고. 도망가려고 오전 10시로 몰래 이삿짐센터 일꾼들을 예약해놓고 아침 7시에 일터로 나가는 남편에게 입을 맞추는 아내의 표정이기도 했고."

칼라지는 그동안 여자들에게서 그런 표정을 많이 보았다고 했다. 배신의 표정. 배신이 일어난 후가 아니라, 마음속에서 움트고 있을 때 짓는 표정. "꾸며내는 거 아니야." 내가 피해망상이라고 할까 봐 그가 선수를 쳤다. 나는 그가 하비스트에서 내가 동료들과 있으면서 그를 애써 외면하려고 했던 순간을 떠올리고 있을지도 모른다고 생각했다. 그러나 로이드-그레빌의 편지는 그때보다 그를 더 절박하게 만들었다. 칼라지는 나에게 로이드-그레빌 교수에게 편지를 써달라고 부탁했다. 칼라지는 그의 학생들에게 매우 중요한 존재이고, 그가 갑자기 떠나고 새 강사가 오면 학생들의 사기가 떨어질 게 분명하며, 칼라지 본인은 양심상 그런 일이 일어나게 할 수 없을 거라 말해달라고 했다.

나는 그런 편지는 전혀 효과가 없고 오히려 역효과를 낼 때가 많다고 말했다. 특히 그의 상사가 내년 1월까지 그를 계속 봐야 하는 이런 경우엔 그를 부랑자나 해충으로 생각할 수도 있다고 경고했다. 그러나 칼라지는 내 말을 들으려고 하지 않았다. "이건 내 존엄성의 문제야." 그가 말했다.

하지만 나는 칼라지가 바라던 대로 긴 편지를 쓰는 대신, 로이드-그레빌 교수의 편지에 감사하는 짧은 답장을 써 주었다. 객원강사가 더 이상 필요 없다는 사실에 칼라지가 대단히 실망하고 있지만 이 강의는 매우 유익한 경험이었으며, 그는 이 경험을 평생 소중히 간직할 거라고.

칼라지는 내가 너무 쉽게 항복한다고 생각했다. "그저 자네 손을 더럽히기 싫은 거로군." 그가 말했다.

그러나 그건 내 손과는 아무 관련이 없었다. 그가 원하는 일은 어디서도 일어날 수 없는 일이었다. 여기서도, 프랑스에서도, 튀니지에서도, 다른 어느 곳에서도.

그는 내가 겁쟁이이고 교수의 충견이며, **엉 레아크**, 반동분자라고 비난했다.

아무도 읽지 않을 편지를 세 장이나 쓰는 게 정말로 도움이 된다면, 기꺼이 쓸 수 있었다. 그러나 그건 아무런 도움이 되지 못할 것이 분명했다. 항의해봤자 소용없고, 추론도 소용없으며, 게릴라 전술도 소용없었다. 이미 진 싸움에서는 더더욱.

"그럼 어쩌자는 거야? 그냥 항복하라고?"

"포터 광장의 체 게바라처럼 말하네요. 당신이 할 수 있는 일이 아무것도 없어요."

그는 내 말을 고깝게 받아들였다.

"지금 당장 사임해야겠군."

"그것도 안 돼요. 학기 말까지는 가르쳐야죠. 그래야 나중에 되돌아봐도 자책할 일이 없을 거예요."

그는 내 말에 귀를 기울였다. "나 자신을 억제할 자신이 없는데."

나는 그에게 하버드는 이탈리아에서 온 백작이 아니라고 말해주고 싶었다. 협박도 소용없고 이를 부러뜨릴 수도 없으며, 농담으로라도 그런 일은 있을 수 없다고.

그때 퍼뜩 드는 생각이 있었다. 칼라지는 자기 택시회사 사장을 볼 낯이, 차마 자기 학생들을 볼 낯이 없었던 것이다. 학생 한두 명을 앉히고 언성 한 번 안 높인 채 가정법 과거 조건절에 동사의 형태를 어떻게 쓰는지 가르치고, 나중에는 학생들의 사기를 북돋우기 위해서 **생캉트-카트르**를 사주는 모습을 지켜보았던 카페 알제의 사람들을 볼 면목이 없었던 것이다.

그는 숨고 싶어했다. 그는 헤어진 후에도 카페 알제에서 종종 만나 **생캉트-카트르**를 함께 마시곤 했던 레오니에게조차 그 일을 말할 수 없다고 했다. "아직도 둘이 치고받고 싸워요?" 내가 화제를 돌리려고 물었다.

"아니, 그런 말도 안 되는 짓은 오래전에 관뒀지." 그러고는 한동안 고민하다가 말을 이었다. "자네 집에 하룻밤만 더 묵어도 될까?"

물론 되죠.

나는 다만 날이 아주 추워졌다고, 어떤 미국인은 전기담요를 덮기도 한다는데 내겐 남은 담요 한 장 없다고 설명해주었다.

"전기담요라니, 그게 무슨 말이야?"

나는 설명했다. 그는 그런 얘긴 처음 들어본다며, 너무 놀라 몸서리를 쳤다. "역시 진동안마기와 전기의자의 나라는 뭐가 달라도 다르군."

다음 날 아침 나는 둘이 마실 커피를 내리고 달걀 요리를 만들었다. 칼라지가 배를 든든히 채우게 하고 싶었다. 그는 아침을 먹고 수업을 하러 갔다.

나는 그날 오후 늦게야 학교에서 무슨 일이 있었는지 알게 되었다. 칼라지는 수업에 들어가서 전날 밤 꼼꼼히 교정을 본 숙제를 나눠준 후, 학교가 자신에게 무슨 짓을 했는지 학생들에게 다 말해주었다. 그러고는 교사용 《파를롱!》 교재와 교사용 해설서, 연습장과 독해문제집을 쓰레기통에 던져 넣고 강의실을 나갔다. 그는 자신이 월급을 떼어먹는 거라는 사실을 알고 무한한 만족감을 느꼈다. "내 전 재산은 딱 세 가지, 택시, 성기, 그리고 자존심이야. 그중 하나라도 없으면 나머지 두 개도 가치가 없다고." 건물을 나가던 그는 공교롭게도 대학원생들과 함께 걷고 있는 로이드-그레빌 교수와 딱 마주쳤다. 그는 가운뎃손가락을 치켜세워 교수에게 마지막 인사를 했다. 칼라지가 남들이 보는 앞에서 로이드-그레빌에게 깊은 인상을 남긴 것이다. 로이드-그레빌은 학장에게 알리겠다는 말로 복수를 시도했다. "누구?"

우리는 유쾌하게 웃었다. 칼라지는 자기가 저녁을 준비하겠다고 했다. 그러고는 마치 뒤늦게 생각난 것처럼 덧붙였다. "그리고 오늘 밤도 여기서 자야겠는데."

이것이 일종의 패턴이 될 거란 사실을 알 수 있었다. 나는 가엾은 로이드-그레빌이 칼라지에게 보내는 편지를 언제부터 준비했는지가 궁금했다. 언제 칼라지에게 이 소식을 알리고 세상은 위선자들로 넘쳐난다는 사실을 다시 한번 증명할 것인가? 나는 칼라지의 아내와 레오니, 프랑스에 있는 그의 전처와 미국 정부를 떠올렸다. 불쌍한 칼라지에게 미안하지만 다들 그를 사랑하지 않는다고, 그를 원하지 않는다고 어떻게 이야기할 것인가 하는 문제를 놓고 고심했을 것이다.

이젠 나를 걱정할 때가 되었다. 항상, 특히 초서에 관한 토론 이후엔 내게 더 친절했던 지도교수 로이드-그레빌이 복도에서 나를 피하기 시작했다. 이제 선을 넘은 건 칼라지가 아니라 나였다. 그는 화난 표정으로, 그러나 동시에 나에 대한 나쁜 감정에 죄책감을 느끼는 듯한 표정으로 서둘러 인사를 한 뒤 자리를 피했다. 나도 부랑자로 내몰리기 전에 이 피해를 빨리 복구해야 한다는 사실을 깨달았다.

"제가 칼라지란 사람을 잘 몰랐습니다." 로이드-그레빌 교수의 연구실로 들어서자마자 내가 말했다. 나는 칼라지가 식민지에서 최고 단계까지 교육을 받은 사람이고 어쩔 수 없는 사정으로 표류하여 이곳까지 흘러왔기 때문에 학문의 세계로 부드럽게 밀어 넣어줄 필요가 있는 사람이라고 판단했다고 말했다. 그러나 최근에야 그의 아내로부터 그에게 대단히 심각한 문제가 있다는 사실을 들었다고 말했다.

"무슨 문젠데?" 로이드-그레빌 교수가 물었다. 그는 내가 찾아온 게 못마땅한지 나를 쳐다보지도 않고 서류를 모아들며 책상을 정리하느라 바쁜 척을 했다. 나는 그를 바라보며 목소리를 낮췄다.

"약물중독요."

바로 이 순간에 수탉이 꼬끼오 하고 울었어야 했다.

로이드-그레빌은 칼라지를 경찰에 신고하겠다고 말했다.

"아뇨, 이미 치료를 받고 있답니다." 내가 말했다. "그런데 중독에서 벗어나려면 시간이 아주 오래 걸린다네요. 그의 아내 말로는 지금은 예전보다 상태가 훨씬 나아졌답니다."

"그 친구가 기혼이란 건 몰랐는데."

"사랑스러운 어린 아들까지 있는 걸요."

이 순간 수탉이 두 번째, 세 번째, 네 번째로 울었을 것이다. 나는 그의 아내를 포함하여 다른 모든 이들과 마찬가지로 나 역시 그에게 속았지만, 그가 본심은 착하고 바른 가치관을 가진 가정적인 남자이고, 불행히도 회복과정이 상당히 느리고 예상치 못한 변수가 많지만 회복 단계를 착실히 밟아가는 중이라고 말했다.

"불쌍한 친구로군."

"네, 진짜로 불쌍한 친구죠."

그러고 나서 침묵이 흘렀다.

"그 친구가 학생들 앞에서 나를 웃음거리로 만들었네."

그것 참 잘했네요라고 말하고 싶었다.

대신 나는 입을 쩍 벌리고 도무지 믿어지지 않는다는 표정을 지었다.

관계 개선을 위해 나는 봄 학기가 시작되기 전 대타 강사를 찾을 때까지 지금 진행 중인 칼라지의 강의를 내가 대신해서 끝내겠다고 제안했다. 그리고 대타를 못 구하면 다가오는 봄에도 그 강의를 기꺼이 맡겠다고 했다. "그의 문법이 제가 생각했던 것과 다르다는 소문이 있더라고요." 나는 우정에 눈이 멀어 학과를 배신하진 않는, 분별력 있고 공정한 관찰자라는 인상을 주고 싶었다.

그때 다섯 번째이자 마지막으로 수탉이 울었다.

"그러면 정말 큰 도움이 될 걸세." 로이드-그레빌 교수가 말했다.

"그래도 참 슬픈 이야기입니다."

"그렇지, 아주 슬픈 이야기지."

로이드-그레빌 교수는 다가오는 종합시험 준비는 어떻게 되어가느냐고 물었다. "잘 하고 있습니다." 나는 대니얼 다이크라는 17세기 작가의 작품을 다 읽었다고 말했다.

로이드-그레빌이 움찔하더니, 대니얼 다이크라는 이름은 처음 들어본다고 고백했다.

"사블레 부인에게 미미하게나마 영향을 미친 인물이죠." 마치 세상에서 가장 자명한 진실인 것처럼 내가 말했다. 로이드-그레빌은 잠자코 듣고만 있었다.

나는 칼라지에게도 로이드-그레빌 교수에게 했던 것처럼 거짓말을 했다. 칼라지가 강의를 계속하기를 열망하고 학생들도 그를 좋아한다고 행정실 관계자에게 최선을 다해 설명했지만, 강의할 의무가 있는 대학원생의 수가 정해져 있고, 하버드에서 공부한 대학원생들에게 강의를 우선 배정하는 것이 원칙이어서 그럴 뿐, 개인적인 사유가 있는 것은 아니라는 답을 들었다고 말했다.

"그럼 누가 내 수업을 맡을 거래?" 그가 물었다.

그 질문은 나오지 않기를 바랐었다.

"너무 이른 시각에 있는 수업이라 다들 안 하겠다고 해서 어쩔 수 없이 내가 하겠다고 했어요." 의도한 건 아니지만 덕분에 수입이 30퍼센트 정도 늘었다는 사실은 말하지 않았다.

*

며칠 후 나는 칼라지를 초대해 포터 광장 근처에 있는 뷔페로 저녁을 먹으러 갔다. 그가 로이드-그레빌 교수로부터 해고 통지를 받고 난 후로, 나는 하버드 광장 근처에서 그와 함께 있는 모습이 목격되지 않도록 신경썼다. 우리는 배 터지게 먹고 집까지 걸어왔다. 실망스럽게도 그는 나와 함께 계단을 올라왔다. 요즘 만나는 여자친구와 잘 안되는 모양이었다. 그것도 그의 사기를 떨어뜨리는 데 일조했다. 나는 앨리슨과 다시 만나기 시작해서 둘만의 오붓한 공간이 필요한 척했다. "약속해, 절대로 시끄럽게 하지 않을게. 아주 늦게 들어올 거고, 새벽에 샤워만 하고 잽싸게 나갈게." 나는 그를 거절할 용기가 없었다. 하지만 소지품을 내 집에 두지 말아달라는 부탁은 했다. 앨리슨이 안 좋아해요. 남의 물건이 있으면 불안해하고……. 나는 모든 것을 앨리슨의 탓으로 돌렸다. "도대체 그 여자는 자기가 뭐라고 생각하는 거야? 약혼자? 아니면 날마다 자네와 자는 섹스 파트너?"

나를 구한 것은 우리 거리에서 강도 사건이 두 건 발생했다는 소문이었다. 그건 내 집 현관문에 자물쇠를 달기 위해 내가 만든 소문이었다. 그에게 내 아파트에서 지내도 된다고 허락한 바로 그날 계획한 일이었다. 우리는 시어스 로벅 앞을 지나가다가 자물쇠 가격을 비교하기도 했다. 칼라지는 자물쇠 다는 일에 찬성하지 않았지만, 그 문제에 대해 자기 생각을 강요하지 않을 정도의 눈치는 있었다. 그는 내 집 소파에서 자지 않을 땐 어디에서 잤는지 말하지 않았고, 난 물어보지 않았다. 나는 하버드 광장에 있는 카페 알제와 다른 술집에 발길을 끊었다.

이삼 주 후 우리는 다시 만났다. 칼라지가 만나자고 했다. 포터 광장의 같은 뷔페에 가서 식사를 했다. 나는 앨리슨이 부모님 집에 갔다고 말했다. 칼라지와 나는 밤늦게까지 함께 있었다. 그가 내 집 앞까지 나를 바래다주었고, 나는 그가 체커 택시를 몰고 강을 향해 달려가 브래틀 거리 너머로 사라지는 것을 지켜보았다. 볼륨을 낮추고 음악을 들으며 또 하룻

밤을 지새겠군. 나는 생각했다. 기분이 더러웠다.

칼라지와 통화만 두세 번 하면서 몇 주가 흘렀다. 우리 사이는 점차 소원해졌고, 나는 이렇게 되는 쪽이 더 낫다고 생각했다. 공포의 종합시험 날짜가 한 달여 앞으로 다가와서 나는 미친듯이 공부에 열중했다. 그 와중에 파티도 몇 군데 참석해야 했다. 초겨울 모임에서 로이드-그레빌 교수 부인은 서로에게 농담처럼 추파를 던지는 대화를 나누곤 했던 "우리의 아늑한 아지트"로 나를 데려갔다. 부인은 내 부모님이 아직 살아 계신지, 내가 종합시험에 통과하려는 이유가 그분들이 건강하게 더 오래 사시도록 하기 위함인지 물었다. 그리고 크리스마스 전에 연례적으로 열리는, 레드 와인 한 병이나 브리 치즈 한 조각을 사 가는 전통의 학생 파티도 있었다.

세 번째 파티에 참석한 후 나는 담석의 공격을 받고 한밤중에 잠이 깼다. 전조 증상이 전혀 없었고 이번에는 지난 두 번의 경우보다 통증이 훨씬 더 심했다. 일어설 수도 없었고 구역질이 났으며, 이마를 만져보니 열도 있었다. 나는 칼라지가 마지막으로 알려준 번호로 전화를 걸었다. 전화를 받은 여자는 그를 못 본 지 꽤 됐다면서 어디 가서 뒈져버렸으면 좋겠다고 말했다.

"난 칼라지의 친구예요." 내가 말했다.

"나도 친구였어요, 내가 미쳤지! 당신도 같이 뒈져버리든가."

"내가 지금 너무 아픈데 제발 응급실에 좀 데려가줘요."
내가 말했다.

십오 분 후 그녀는 나를 데리러 왔고, 나를 태우고 지난
번에 갔던 학교 병원으로 데려갔다. 곱슬곱슬한 흑갈색 머리
의 백인 여성으로 직업은 보석 디자이너였고, 부모님은 어퍼
이스트사이드에 살았으며, 내가 정신과 의사와 상담을 하느
냐고 묻자 일주일에 두 번 상담을 받는다고 대답했다. 나는
다시는 그녀를 보지 못했다.

응급실로 걸어 들어간 나는 낯익은 침상과 차분한 영국
인 간호사, 새벽 4시에 호출을 받고 급히 샤워를 해서 물을
뚝뚝 흘리며 들어왔던 그 젊은 의사를 발견했다. 이틀 후 나
는 담낭 제거 수술을 받았다. 내 병실이 문병객들로 붐비는
건 이젠 일상이 되었다. 학생들은 물론이고 로이드-그레빌
교수 부부와 셰르바코프 교수 부부를 비롯하여 여러 교수도
병문안을 왔다. 프랭크와 실비아는 둘이 함께 왔다가 함께 갔
고, 와히다는 마치 장례식에서 고인의 무덤에 바칠 듯한 꽃
한 송이를 들고 나타났다. 심지어 어린 헤밍웨이도 불쑥 들이
닥쳤다. 처음 만난 지 육 개월이 지난 지금 우리는 좋은 친구
가 되어 있었다. 그러나 칼라지는 오지 않았다. 자이냅이 매
일 나를 보러 왔고 가끔은 하루에 두 번씩 왔기 때문에 모를

리가 없는데도. 나는 그가 나타날까 봐 두려우면서도 한편으로는 그가 오기를 바랐고, 제일 늦게까지 남아서 천도복숭아 시럽 같은 달콤한 마음으로 병문안을 왔다 간 모든 사람을 도마에 올려 농담을 주고받기를 바랐다. 그가 로이드-그레빌 교수 부인을 신랄한 말로 모욕하는 모습을, 마지막으로 오르가슴을 느낀 게 아마도 프랑스 혁명 이전의 일이었을 테니까 절대로 잊지 말고 소중히 간직하라고―그는 예전에 오르가슴을 느끼게 해주지 못한다고 불평한 여자에게 그렇게 말했다고 했었다― 말하는 모습을 보았다면 너무나 즐거웠을 것이다. 그러나 그가 내 논문 지도교수이자 종합시험 심사위원과 어깨를 나란히 하고 선 모습을 상상만 해도 식은땀이 흘렀다. 칼라지도 자기 학생들과 마주치기를 결코 원하지 않았다. 사실 나는 그가 내가 아는 누구와도 마주치지 않기를 바랐다. 나는 사람들 사이에 다시 칸막이를 높이 세우고 싶었다.

앨리슨도 내 수술 소식은 들었지만 병문안을 오진 않았다. 대신 엄청나게 비싸 보이는 꽃다발을 보내왔다. "말할 필요도 없겠지만, 내 마음은 변하지 않았어요. 쾌유를 빌어요. A."

면회시간이 지났지만 나는 즉시 앨리슨에게 전화를 걸어 지금 당장 나를 보러 와달라고 하고 싶었다. 모르핀의 효과가 나타나 통증이 잦아들고 잠이 들 때까지 그녀가 밤새 내 손을 잡고 곁을 지켜주기를 바랐다. 그녀는 나를 위해서라면 무슨 일이든 할 것이고, 나도 그녀를 위해서라면 무슨 일이든 할 수 있었다. 그러나 나는 나 자신을 믿지 못했고, 내 사랑을 믿지 못했으며, 내 약속을 믿지 못했고, 내 약속을 믿어준 사람까지도 믿지 못했다. 단지 그녀가 갑자기 내 삶에 뛰어 들어와 내 카펫 위에 엎드려 나를 신경 쓰지 않고 내 일기를 읽던 기억만이 내게 사랑 비슷한 감정을 불러일으켰을 뿐이었다. 그러나 그마저도 사랑이 아니었고 사랑과 유사한 감정일 뿐이었다. 내 안에 있는 무언가가 시들었고, 곧 그녀 안에 있는 그것도 시들 것이다. 이제 나는 그녀에게 미스터리로 남아 있었다. 우리에게 남은 건 이 미스터리한 감정뿐이었다. 그녀는 내가 행동하고 생각하고 말하는 모든 것에서 느껴지는 외국인 억양에 끌린 것이다. 곧 그녀는 그 억양 뒤에 숨은 멍을 발견할 것이다. 나는 그 멍을 잘 보지 않았다고 그녀를 비난했다. 그 멍을 왜 그렇게 꼭꼭 숨겼냐고 비난받지 않기 위해.

열흘 후 퇴원하고 나서 내가 제일 먼저 간 곳은 카페 알제였다. 그곳에 있는 사람들도 며칠간 칼라지를 못 봤다고 했다. 하비스트에도, 카사블랑카에도, 지하에 있는 세자리옹에도 그는 없었다. 그의 전화번호를 아느냐고 묻자 사람들이 건네준 번호는 내 전화번호였다. 나는 집에 가기로 했다. 집에 도착하니 맥이 쭉 빠졌다. 칼라지를 만난 이후로 내가 겨우 떨쳐낼 수 있었던 외로움이, 이젠 과거의 추억이 되었다고 확신했던 외로움이 거기 돌아와 있었다. 전화할 사람이 아무도 없었다. 나는 앨리슨이 그리웠다. 에카테리나가 그리웠다. 와히다가 그리웠다. 심지어 린다가 와도 환영할 것 같았다. 내 모든 것이 영혼을 잃고 빛이 바랜 느낌이었다. 밤이 되자 야간 당직 간호사들의 바쁜 발걸음 소리마저 그리워지기 시작했다. 나는 걸어서 십 분 거리에 있는 카페 알제로 돌아갔다. 내가 카페를 둘러보기도 전에 칼라지가 먼저 나를 발견했다. 그가 내게 소리쳤다. "미쳤어?" 그는 깜짝 놀란 표정이었다. "누워 있어야지." 우리가 전에 한번 본 적 있는 모로코 출신 택시운전사에게 음료를 내려놓던 자이냅이 나를 보더니 빨리 와서 앉으라고 말했다. "안색이 너무 창백해요. 곧 쓰러질 것 같네." 그러고는 나에게 소다수 한 잔을 가져다주었다. 칼라지는 그걸 다 마시게 한 뒤 얼음 녹은 물을 내 얼굴에 뿌렸다. 나는 영화 〈카사블랑카〉에서 릭의 카페 '아메리카인'에 비틀거리며 걸어 들어가 굳세고 충직한 지지자들에게 간호를 받는 부상당한 빅터 라즐로가 된 기분이었다.

몇 주 만에 칼라지를 처음 보는 거였다. 그는 좀 변한 것 같았다.

"괜찮아?" 그가 물었다.

"난 괜찮아요. 당신은요?"

"그냥 그래."

자기 연민과 짙은 슬픔을 애써 감추려는 노력이 느껴졌다.

"FBI가 내 운전면허를 정지시켰고 다시는 갱신 안 해준대. 택시를 팔아야 했어."

"변호사를 또 찾아가야겠군요."

"자네도 나만큼 잘 알잖아, 그 새끼 사기꾼이라는 것. 택시 판 돈 이상을 달라고 할걸."

"하지만 아무 노력도 안 해보고 가만히 앉아서 택시를 빼앗길 순 없잖아요."

칼라지는 레오니가 돌보던 아이의 아버지이자 레오니의 애인이었던 남자에게 변호사 친구가 있어서 도움을 요청해볼 수 있을 것 같다고 했다. 문제는 레오니의 전 애인이 아직도 칼라지를 용서하지 않았고, 그가 완전히 쫓겨나길 바란다는 점이었다.

"그럼 프리메이슨은 어때요?" 내가 물었다.

"그래, 프리메이슨. 그 사람들에게 부탁해봐야겠다."

침묵.

"그리고 이 모든 일이 잘 안되면, 지금 이 바에 있는 당신들 모두—자이냅, 당신까지 포함해서 하는 말이야— 꼭 기억하라고. 보스턴의 마지막 체커 택시는 자기 피부색과 친구들을 자랑스러워했던 순종 베르베르인이 몰았다는 사실을."

칼라지는 컨디션이 아주 좋아 보였다.

"나에게 차가 있다면 지금 당장 자네를 집까지 태워다줄 텐데."

"원한다면 내가 태워줄게요." 젊은 모로코인 택시운전 사가 말했다.

"도대체 몇 번을 말해야 알아듣겠어." 칼라지가 자기보다 는 내 나이에 가까운 택시운전사를 나무랐다. "그 꿀 바른 것 같은 가식적인 어조로 '원한다면' 같은 말은 하지 말랬잖아. 대신 이렇게 말하라고. '내가 집까지 태워다줄게요. 갑시다.'"

"알았어요." 모로코인 택시운전사가 수줍게 말했다. "갈 까요?"

모두가 웃었다.

"병원에선 술 마셔도 된댔어요." 내가 주장했다.

"무슨 소리. 집에 가서 쉬라고 했겠지." 칼라지가 훈계조 로 말했다.

나는 칼라지가 나를 좋아한다는 사실을 알고 있었다. 그 러나 그가 섭섭함을 품고 있고 내 모든 간계를 꿰뚫어 보았다 는 것도 알 수 있었다. 예전부터 이렇게 거리 두기를 원하긴 했지만 그와 나 사이에 흐르는 냉랭한 기류가 분명하게 느껴 졌다. 모든 것이 제자리를 찾아가듯 이렇게 쉽게 우리 사이가 소원해진 느낌이 결코 달갑지 않았다.

칼라지가 화장실에 가자마자 자이냅이 그의 형편을 알려
주었다.

자이냅은 칼라지가 곧 추방될 거라고 말했다. 법률 구조
공단은 말할 것도 없고, 프리메이슨조차도 그의 추방을 막을
수 없었다. 조만간 이혼할 거라는 전망 때문에 추방을 면할
가능성이 현저히 낮아졌다. 사실 결혼 자체가 취소되었기 때
문에 정확히 말하자면 이혼도 아니었지만.

"그래도 뭔가 방법을 찾아야죠." 내가 말했다. 무슨 일이
라도 결심하는 게 모든 일의 시작이라 믿으며.

"지금 그가 할 수 있는 일은 아무것도 없어요."

"불법체류자로 남기로 결심하고 오리건이나 와이오밍
같은 데로 숨어버리면 어떨까요?"

"그렇게 안 할걸요. 불법체류자 되는 거 싫대요."

"그럼 앞으로 어쩔 거래요?"

"돌아가겠죠. 프랑스로는 못 간대요. 그러니까 튀니지로
돌아가겠죠."

그러나 그것은 칼라지의 인생에서 지난 십칠 년이, 그의
인생의 절반이 통째로 사라지는 것과 같다는 생각이 들었다.
부모님의 집으로 돌아가다니. 어렸을 때 형제들과 함께 잤고,
돌아가서도 형제들과 함께 자야 하는 그 옛날의 침실로 돌아
가다니. 한 번도 본 적 없는 프랑스를 꿈꾸던 곳으로 돌아가,

자신은 이미 프랑스를 보았고 그곳에서 살면서 결혼도 했지만 다시는 그곳에 발을 내딛지 못한다는 것을 깨닫게 될 거라니. "그러면 미쳐버릴 텐데." 내가 말했다. 불현듯 내가 알렉산드리아를 영원히 버리고 나서 다시 그곳에 던져진다면 어떤 기분일지 떠올랐다. "마치 도망치고 싶어 안달이 났던 곳에 다시 태어나는 기분이겠네요."

"다시 태어나는 게 아니라, 다시 죽는 것 같겠죠." 모로코인 택시운전사가 말했다.

"그러게요. 그럴 것 같네요."

칼라지는 프랑스 이전과 이후의 시기에 **다시 죽는 것**과 같은 삶을 살았다. 그는 경험은 항상 환영할 일이라고, 인생에서 필요 없는 것은 아무것도 없다고, 우리가 만나는 모든 사람과 우리가 가는 모든 장소와 우리가 가진 가장 초라하고 별 볼 일 없는 직업까지도 지금의 우리를 만드는 데 작은 역할이라도 했다고 말하는, 그런 사람이 아니었다. 그것은 가식적인 헛소리고, 칼라지는 자신이 그런 헛소리에 **빠지지** 않도록 대단히 냉혹하고 엄격하게 자신을 관리했다. 그의 사전에는 **새로운 기회**란 없었다. 그저 자신을 축내며 살고, 먼저 죽은 사람들이 남긴 적은 유산을 물려받아 살 뿐. 그에게는 사방에 함정이 있었고, 잔인한 속임수가 있었고, 끔찍한 실수가 있었다. 거기에서 벗어나기란 불가능했다. 속죄와 회복과 개

과천선도 불가능했다. 자존심을 유지하기 위해서는 나쁜 짓을 한 손을 잘라야 했고, 끝없이 자르고, 쳐내고, 찢고, 긁어내야 했다. 가장 기본적인 뼈대만 남을 때까지. 우리의 뼈는 우리를 드러낸다. 뼈는 숨길 수도 없고 외면할 수도 없다. 우리가 원하는 것은 다른 사람들도 우리처럼 모두 자르고 뼈대만 남기는 거였다. 그러면 우리가 고백할 필요도 없고 그들이 고백할 필요도 없을 것이다. 우리가 모든 것을 잃고 마지막 지푸라기만 남았다는 사실을 부모가 알고 형제자매가 알고 애인이 알 듯이 우리 자신도 알기 때문에. 한편 용서를 모르는 그의 신은 그를 치유해줄 약도, 도와줄 사람도 보내주지 않았다. 그런 상황에서 그가 선택한 무기가 분노와 칼라슈니코프였다.

그는 내가 자신과 똑같이 빈 수통을 들고, 자신과 똑같이 맹물이 아닌 다른 음료에 대한 갈증을 느껴서 같은 술집에 들른 같은 부대원이라고 생각했다. 나는 그를 실망시켰다. 그는 내가 자신처럼 인간적이고 날것의 욕망이 가득하다고 생각했다. 그러나 나는 뉴잉글랜드에서의 삶에 환멸을 느끼고 지중해를 동경하고는 있지만, 이미 반대편으로 옮겨왔다는 사실을 상기하기 위해 칼라지 같은 사람이 필요했을 뿐이었다.

나는 학생의 만찬에 초대받은 그날 저녁, 정장을 입고 있던 칼라지를 떠올렸다. 그는 그날 밤 대용품의 사탄에게 유혹받았고, 굴복했다. 내가 굴복했듯이. 모든 사람이 굴복하 듯이.

화장실에서 돌아온 칼라지는 자기도 함께 택시를 타고 따라가겠다고 말했다. 몇 분이라도 더 함께 있기 위해서.

칼라지가 자신이 운전하지 않는 자기 차에 탄 것은 이번 이 처음이었다. 나는 예전에 그의 택시에 탔을 때의 일을 떠 올렸다. 그가 운전을 하면서 담배를 말던 모습. 보스턴 구시 가지의 좁은 골목을 누비고 다니며 거리가 거지 같고 가식적 이라며 분노와 조소를 담아 소리 지르던 모습, 찬사를 보내고 싶은데 영어를 잘 몰라 그냥 휘파람을 불던 모습. 차에 탄 그 를 보니 아버지 생각이 났다. 자동차까지 포함해서 전 재산을 이집트 정부에 몰수당하고 다른 사람들의 차를 타고 다녀야 했던 아버지, 운전대 앞에 앉아 있지 않는 모습이 너무나 어 색하고 불편해 보였던 아버지. 칼라지는 자기 택시 뒷좌석에 널브러지듯 앉아서 크레이기 거리로 가는 지름길을 알려주 었다.

내 아파트 건물 앞에 도착하자, 내가 차에서 내리는 걸 돕기 위해 칼라지가 급히 내렸고, 모로코인 운전사는 낡은 택 시 안에서 기다렸다. 계단 올라가는 것도 도와줄까? 칼라지 가 물었다.

아뇨, 혼자 올라갈 수 있어요. 그러나 칼라지는 전형적인 아랍인답게 내가 계단을 올라가 1층 층계참으로 사라질 때까지 차에 타지 않고 나를 지켜봤다. 잠시 후 택시가 출발하는 소리가 들렸다.

*

내가 카페 알제에서 쓰러질 뻔하고 나서 이틀 후, 계단에서 옆집 아가씨를 만났다. 그녀는 장바구니를 여러 개 들고 있었고, 나는 가벼운 비닐봉지 한 개만 들고 있어서 짐 하나를 들어주겠다고 제안했다. "이젠 파티 안 해요?" 그녀가 눈을 반짝이며 물었다.

"네, 최근에는 할 기회가 없었어요." 그러고 보니 칼라지가 요리를 하던 파티에 그녀와 그녀의 남자친구를 초대한 적이 없었다는 생각이 들었다. 그러나 곧 파티를 열 것처럼 가장하고 싶지는 않았다. 곧 로웰 기숙사로 이사 가요. 내가 말했다. 그녀가 놀란 표정을 지었다.

"왜요?"

"집세를 안 내도 되고, 광장과 도서관에서 가깝고. 어느 모로 보나 여기보다 낫잖아요."

"하지만 사생활 보장이 안 되잖아요." 그녀가 말했다.

"그렇죠, 맞아요. 사생활 보장은 안 되죠."

우리가 이중적 의미를 담아 대화하는 걸까? 그녀는 현관문을 열고 나를 들어오게 했고, 나는 그녀의 아파트로 들어가 부엌으로 가서 들고 있던 장바구니를 조리대에 올려놓았다. 린다의 아파트처럼 그녀의 집도 내 집과 구조가 정반대였다. 그 사실이 흥미로웠다. 그녀에 관한 모든 것이 흥미로웠다. 우리는 아파트에 대해 이야기를 나눴다. 그녀는 예전부터 내 집이 궁금했다고 말했다. 구경할래요? 마침 브람스의 클라리넷 5중주 레코드판도 샀는데. 내가 나에게 주는 선물이죠, 내가 설명했다. 생일이에요? 아뇨, 수술받고 이틀 전에 퇴원했어요. 담낭 절제 수술.

"어머나!" 그녀는 자기 남자친구가 나를 병원에 태워다 주었던 일을 까맣게 잊고 있었다. "이제 괜찮은 거예요?"

"아마도." 내가 말했다. 그녀는 사온 식료품부터 정리하고 내 집에 들르겠다고 말했다.

"라테 좋아해요? 나폴레타나 모카포트로 라테 만들 건데."

그녀는 나폴레타나 모카포트는 처음 들어본다고 말했다.

"오면 보여줄게요." 내가 말했다.

"근데 커피 마셔도 된대요?" 그녀가 물었다.

"술 마셔도 된다니까, 커피는 당연히 되겠죠."

"좋아요." 그녀가 말했다.

나는 그녀의 집 현관문으로 나가지 않고 부엌 뒷문으로 나와서 내 뒷문을 열고 부엌으로 바로 들어왔다. 마치 항상 그 자리에 있었지만 우리 둘 다 모른 척하고 있었던 비밀 통로를 새로 발견한 것처럼 흥분감이 들었다. 뒷문에서 뒷문으로 드나들 수 있다고 생각하니, 그녀의 남자친구가 샤워하고 있거나 밖에 나갔다가 현관문으로 들어올 때 재빨리 뒷문으로 빠져나올 수 있다고 생각하니 기분이 들떴다. 다른 사람의 집을 통해 내 집으로 돌아올 수 있다니.

　　"난 항상 문 안 잠가요." 내가 말했다.

　　그녀는 자기 집 부엌 뒷문과 내 집 뒷문을 닫고서 안으로 들어오더니 이미 다 끓여놓은 커피를 보며 향이 좋다고 말했다. "당신이 커피를 만들 때마다 좋은 향이 나더라고요."

　　"난 당신이 아침에 베이컨을 구울 때가 좋은데."

　　어쩌면 이것은 서로를 비밀스럽게 지켜보고 있었다고 말하는 우리만의 방식이었는지도 모른다. 그러나 우리는 마침내 그 사실을 서로에게 털어놓으며 특별한 흥분감을 느끼는 이 순간까지는 자신이 그러고 있었다는 걸 상대방이 몰랐기를 바랐다. "그러고 보니 당신을 초대한 적이 한 번도 없었네요." 그녀가 말했다. 사과하는 것도 같고 후회하는 것도 같았다.

　　"그건 나도 마찬가지죠." 내가 말했다. 무승부. 서로 해될 것도 없고, 감정 상할 것도 없다는 뜻이었다.

"항상 남자친구랑 둘이서 오붓하게 지내고 싶어하는 것 같아서 끼어들 수가 없었어요." 내가 덧붙였다.

그녀는 내 말을 곱씹었다. "완전히 잘못 짚으셨네요." 그녀가 말했다.

물이 끓은 후 나는 모카포트를 뒤집는 과정을 그녀에게 보여주었다. 그녀가 한 번도 본 적이 없다고 해서 전 과정을 좀 느리게 했다. "커피가 좀 연하게 나오지만, 그래도 꽤 진한 편이에요." 내가 말했다.

그러고 나서 우리는 브람스를 들으면서 라테를 마셨다. "브람스의 작품은 가을 분위기가 물씬 나요."

"그러네요, 진짜 가을 정취가 느껴져요."

이 늦가을 오후에 그 음악이 우리 두 사람의 마음에 깊이 와 닿았던 것은 구슬프게 울부짖는 듯하면서도 평화롭고 고요한 분위기를 만드는 클라리넷의 음색 덕분이었다.

음악을 들으면서 나는 줄곧 지금 이 여자에게 키스하면 선을 넘는 행동일까 고민했다.

마음속에서 그렇다는 대답이 들렸다.

나는 그 대답에 맞설 용기가 없었다.

내 발전기가 멈췄다. 칼라지는 그녀를 **라 카랑트-트루아** 43호 아가씨라고 불렀을 것이다.

나는 43호의 가정적인 분위기가 너무도 부러웠다.

며칠 후 나는 하비스트에서 칼라지를 보았다. 그날 밤 나는 다른 여자와 함께였다. 그녀는 내가 하버드 평생교육원에서 가르치는 학생 중 한 명이었다. 나보다 나이가 많았고, 이듬해 여름에 이탈리아로 여행 가기 위해 내 이탈리아어 수업을 듣는 보험계리사였다. 이탈리아인 3세로, 짙은 갈색 머리카락에 피부는 거무스름했고, 아름다운 입술에 립스틱을 진하게 바르는 경향이 있었다. 어느 날 저녁, 수업이 끝난 후 그녀는 다들 강의실을 나가기를 기다렸다가 나에게 자기와 저녁을 먹겠느냐고 물었다. "좋죠." 나는 놀란 마음을 애써 감추면서 대답했다.

"언제가 좋을까요?" 그녀가 물었다.

"오늘 밤에 별일 없는데." 약간 어색해하는 그녀를 편하게 해주려고 내가 말했다.

그리고 이번이 우리의 두 번째 데이트였다.

앨리슨은 어떻게 된 거야? 칼라지가 한쪽 눈썹을 치켜뜨는 것으로 내게 질문을 던졌다. 나는 고개를 가로젓는 것으로 대답했다. **그 이야긴 지금 하지 맙시다. 잘 안됐어요.** 그는 최대한 조심스럽게 어깨를 으쓱였다. **자넨 정말 구제불능이구먼. 큰 실수한 거야.** 라는 뜻이었다. 나는 체념한 표정으로 고개를 옆으로 살짝 기울였다. **뭐 어쩌겠어요? 세 라 비**인생이 그런 거죠. 칼라지는 나하고 몸짓으로 대화를 나누면서, 내 새 친구의 관심을 끌었다. "아뇨, 사우디아라비아 아니에요. 내 피부 안 보여요? 아뇨, 알제리도 아니고, 모로코도 아니고, 시디 부 사이드라는 작은 마을 출신이에요. 지중해 판텔레리아 남쪽에 있는 마을이죠. 건물마다 흰 페인트를 칠한 아주 아름다운 마을이에요."

그녀는 칼라지에게 푹 빠져버렸다. 한순간 내 머릿속엔 우리 셋이 함께 저녁을 먹고, 다음 봄엔 월든 호수로 함께 소풍을 가고, **셰 누**우리 집. 카페 알제에서 사바티니의 기타 곡을 들은 후, 하버드 엡워스 교회로 1달러 영화를 보러 가는 모습이 그려졌다.

"이렇게 만나서 반가웠어요." 칼라지가 말했다. "다시 볼 일은 절대 없겠지만."

그녀는 어리둥절한 표정으로 그를 바라보았다. **왜요?**

"곧 이 나라를 뜰 거거든요."

"얼마나요?" 그녀가 물었다.

"영원히." 그가 대답했다.

나는 놀란 눈빛으로 그를 바라보았다. **언제요?**

"일주일 후에."

그러고는 자리를 뜰 때마다 항상 그랬듯이 갑자기 **본 수**

아레라고 말하고는 카페를 나갔다. 내가 그녀와 단둘이 있기를 원한다고 판단한 게 틀림없었다.

나는 그가 말굽 모양의 바를 돌아서 하비스트를 나가는 모습을 지켜보았다. 그는 밖으로 나가자마자 걸음을 멈추고 두 손을 둥글게 모아 입에 대고 담뱃불을 붙였다. 그러고는 브래틀 거리를 향해 천천히 걸어갔다. 카사블랑카로 갈지 아니면 여기 좀 더 머물며 마지막 방문이 될 가능성이 높은 이곳을 더 눈에 담아둘지 망설이는 것처럼 걸음걸이가 한없이 느렸다.

"이상한 사람 같아요." 그녀가 말했다.

"아주 이상한 사람이죠."

"친구예요?" 그녀가 물었다.

"그렇다고 할 수 있죠." 내가 다시 칼라지를 보았을 땐 그는 카사블랑카로 가려고 뒤쪽 테라스를 돌아가고 있었고, 거기에서 나온 후에는 카페 알제로 갈 것이 틀림없었다. 카사블랑카를 향해 뒷마당을 느릿느릿 걸어가는 그의 모습을 마음에 담아두자는 생각이 들었다. 그러고 나선 그 마음의 사진에 대해서 잊어버렸다. 그저 다른 일들을 떠올리다가, 내가 어쩌면 눈물이 글썽글썽해서 작별인사를 나누고, 포옹하고, 울컥하는 것을 숨기기 위해 가벼운 농담을 나누는 절차마저 생략했다는 생각이 문득 들었다. 그건 마치 죽어가는 친구에게 다량의 모르핀을 투여해, 의식이 있는 상태에서 슬픈 작별 인사를 나눌 기회마저 빼앗는 것과 마찬가지였다.

내가 하버드에서 지내온 여러 해 동안 만났던 사람 중에 가장 소중했던 사람이 바로 칼라지라는 사실이 분명하게 느껴졌어야 했을 그때, 나는 왜 **그렇다고 할 수 있죠** 따위의 말을 했을까?

*

사흘 후 칼라지가 내게 전화했다. 내 연구실에서 학생과 논문에 대해 상의하고 있을 때였다. 그는 내 상황을 알아차렸다. "몇 가지 물어볼 테니까, 네 아니오로 대답해."

"네." 내가 말했다.

"지금 좀 만날 수 있어?"

"아뇨."

"한 시간 후에 만날 수 있을까?"

"아뇨. 강의가 있어요."

"두 시간 후에 내가 자넬 태우러 가는 건 어때?" 이번에는 확실히 거절해야 한다는 생각이 들었다. "아뇨."

"그럼 오늘 밤에 다시 전화할게."

그날 저녁 다시 전화한 칼라지는 그날 낮에 이민국 면담에서 통역해줄 사람이 필요했었다고 말했다. 왜 그렇다고 말하지 않았어요? "자넨 길게 말할 수 없는 상황이었잖아, 안 그래?" 어쨌든 자이넙이 함께 가서 통역을 해주었기 때문에 별 문제 없었다고 했다. 물론 그는 하버드 대학원생을 선호했지만. 아랍 출신의 여자와 함께 간 것이 그의 결혼 취소 결정 등과 관련해서 오해를 불러일으켰을지도 모른다는 생각이 들었다. 그러나 들어보니 형식적인 면담이었다. 그의 영주권 신청 건을 종결할 거라고 했다.

"오늘 밤에 친구 몇 명하고 한잔할 건데, 올래?" 그가 물었다.

송별회를 여는 모양이었다.

"오늘 밤엔 안 되는데." 나는 혼자가 아니라는 뉘앙스를 풍겼다. 그리고 송별회라는 암시도 알아차리지 못한 척했다.

"그럼 자넬 못 보고 떠날 수도 있겠군. 내일 떠나야 할지도 모르거든. 확실한 건 아니고."

"이민국에서 항공권을 줬어요?"

"이민국이 무슨 여행사야, 항공권을 주게?" 그는 자기가 말해놓고 우스운지 웃음을 터뜨렸다.

"근데 왜 그 개자식들은 정확히 언제 떠나라고 말을 안 해준대요?" 나는 지금 꾹꾹 눌러 참고 있는 이 분노가 이민국 직원들을 향한 것이며, 친구와의 이별을 앞두고 도저히 이해할 수 없는 그들의 행동에 분개하는 것처럼 보이려고 애를 썼다. 그러나 사실은 그가 송별회에 오겠느냐고 다시 물어보지 못하게 하려고 소란을 떨고 있을 뿐이었다.

그는 알고 있었다. 이런 문제에 있어서는 그가 나보다 훨씬 위였다.

내가 무슨 수를 써서라도 피하고 싶었던 것은 눈물의 작별이었다는 끔찍한 사실을 깨닫기까지 시간이 좀 걸렸다. 나는 그가 우는 모습을 보고 싶지 않았다. 내가 울고 싶지도 않았다. 포옹도 싫었고, 야단스러운 약속도 싫었고, 슬픔을 과장하는 피상적인 말도, 비참한 기분도 싫었다. 깨끗하고 태연하게 작별하고 싶었다. 나는 완전히 구제불능으로 가식적인 인간이었다.

"내일 전화해서 어떤 상황인지 말해줄게. **본 수아레.**"

그다음 날 나는 모든 전화기를 피해서 온종일 와이드너 도서관에 틀어박혀 있었다. 종합시험에서 쏟아부을 내용을 정리할 때가 되었기 때문이었다.

그날 저녁 늦게 집에 와보니 찢은 종이 한 장이 우편함에 들어 있었다. 나는 에카테리나가 남긴 메모라고 생각했다. "연락하려고 했는데 안 되더라고요. 칼라지는 당신이 도서관에 간 게 틀림없다고 했어요. 당신을 방해하고 싶지 않다고 하더라고요. 작별인사를 나보고 대신 전해달라고 했어요. 자이넵."

내가 기억하는 것은 그 순간 참을 수 없는 수치심과 참을 수 없는 슬픔 사이를 오가는, 뭐라고 이름 붙일 수 없는 격통을 느꼈다는 것이다. **내가** 이런 짓을 한 것이다. 다른 사람도 아닌 내가. 그동안은 이렇게까지 비열하고 천박한 인간으로 전락한 적은 없었는데. 나는 죽어가는 친구를 보러 가기를 차일피일 미루는 사람이 된 기분이었다. 죽어가는 사람이 전화해서 몇 분 만이라도 들렀다 가라고 부탁할 때마다, 그 아픈 사람의 사기를 북돋운다는 핑계로 그의 걱정을 무시한다. 내일 가보도록 애써볼게. "내일이 없을지도 몰라." 죽어가는 친구가 말한다. "여전하군, 자네. 두고 봐, 자네가 우리 모두보다 오래 살 거야."

그러나 지극한 수치심으로 통증을 느낀 것과 거의 동시에, 페르시아 여자의 집에서 걸어 나온 밤 이후로 느껴보지 못했던 즐겁고 가벼운 마음과 안도감이 들었다. 여러 달 동안 나를 쫓아다니고, 짓누르고, 갉아먹던 불안과 걱정이 갑자기 싹 사라진 것처럼, 자유와 기쁨과 해방감을 느꼈다. 내 마음은 구름 사이로 자꾸만 올라가는 연처럼 가볍게 하늘 위로 날아오르고 있었다.

나는 칼라지를 찾아내 이 낯설고 고무적인 느낌에 대해

말하고 싶은 충동을 느꼈다. 마치 이것이 우리 둘이 아는 다른 사람의 본질을 보여주는 놀라운 폭로인 것처럼. 내가 그와 나누고 싶어 안달이 난 인간의 본성에 대한 진실인 것처럼. 모든 사람 중에서 영혼이라는 이 복잡한 기계 속에 숨겨진 주요 태엽에 대해 전부 이해하는 유일한 사람이 바로 그이기에.

이젠 하버드 광장에 가면서 칼라지와 마주칠까 봐 걱정할 필요가 없었다. 카페 알제에 들어가면서 그가 거기 있을까 걱정할 필요가 없었고, 카사블랑카에 가면서 장광설을 들을 마음의 준비를 할 필요도 없었으며, 어쩔 도리 없이 방해를 받을 것을 예상할 필요도, 새로운 핑계를 만들어 연습할 필요도 없었다. 대신 나는 8월의 그 일요일 몽테뉴를 읽고 있었을 때처럼 아무하고도 이야기하지 않고 혼자 앉아 있을 수 있을 터였다. 그냥 혼자 앉아서, 내 일에만 신경 쓰고, 마음의 문을 계속 닫고 있을 수 있을 터였다. 8월의 그 뜨거운 일요일, 완전히 낯설지만 어쩌면 내가 될 수도 있었을 사람을, 다만 희망과 의지와 미래가 없는 내가 될 수도 있었을 사람을 발견하고 다가가서 우연히 열어젖혔던 그 문을.

나는 독재자가 죽었을 때 국민들이 느끼는 것과 유사한 감정을 느꼈다. 처음에는 도시에 정적이 감돌고 모두 슬퍼한다. 도무지 믿어지지 않기도 하고, 독재자가 없는 삶과 일, 우정, 사랑, 식사, 음주를 생각해본 적도 없기 때문에. 우리가 알아왔던 세상이 변하면 우리 안에 있는 어떤 것은 죽고, 그때 느끼는 슬픔은 항상 진실하다. 그러나 독재자가 죽은 날 저녁이 되면, 차들은 경적을 울리기 시작하고, 사람들은 갑자기 만세를 부르며, 그날 아침만 해도 마비된 듯 전율에 떨었던 도시 전체가 축제의 장으로 변한다. 누군가는 버스 지붕 위로 올라가 금지된 깃발을 흔들고, 모두가 그를 안아주려 하면서 환호성을 지른다. 광장에 사람들이 넘쳐나고, 모두가 축제를 벌인다.

나는 칼라지를 위해 슬퍼했고, 그가 진정으로 안됐다고 생각했다. 공항에서 뒤돌아보며 마지막으로 보스턴을 오래도록 눈에 담는 그의 모습이 머릿속에 그려졌다. 그가 가장 두려워했고 혐오했던 패배감과 배신감이 추방당하는 그의 마음을 얼마나 쓰리게 만들었을지 생생히 느껴졌다. 그동안 많은 승객들을 공항에 태워다주면서 얼마나 자주 **언젠가는 나도 이렇게 될 수 있겠지**라고 생각했을까.

그러나 그건 그에게 동정심을 느끼라고 나 자신에게 강요하는 거였다. 그날 밤 벌써 가벼워진 걸음걸이로 카페 알제를 향해 걸어가면서, 성인의 사형에 직접 가담하고 그 성인의 무덤에서 속죄하는 사람처럼 내가 그의 그림자를 찾아다니고 거기에 경의를 표할지, 내가 바라는 만큼 정말로 그를 그리워하는 건지 어떤지 알아보자는 생각이 들었다. 나는 그 답을 알고 있었지만 확신하고 싶었다. 더하여, 그가 진짜로 이곳을 떠났고 다시는 돌아오지 않을 거라는 걸 내 눈으로 확인하고 싶었다. 나는 칼라지 없는 삶을 미리 맛보고 싶었다. 칼라지 없는 삶을 축하하고 싶은 마음도 있었지만, 확신할 때까지 미룰 생각이었다.

그가 떠난 사실을 받아들이기 시작하면서도 한편으론 그가 모든 게 착오였다고, 공항까지 갔는데 막판에 추방 취소 결정이 내려졌다고 말하면서 쉽게 돌아올 수도 있을 것 같았다. "내가 돌아왔어, 칼라지가 돌아왔다고." 그가 소리치며 들어와 카페에 있는 모든 이를 와락 끌어안을 것 같았다.

나는 내가 무엇을 하고 있는지 알았다. 내가 그의 두려운 귀환을 상상하는 것은 내 숭고한 본능에 입에 발린 경의를 표하기 위함이기도 했지만, 이 금방 끝날 환상에서 깨어나 그가 돌아오지 않는다는 사실을, 그가 영원히 떠났다는 사실을 깨닫는 기쁨을 누리기 위함이기도 했다. 케임브리지는 더 자유롭고, 더 조용하게 느껴졌고, 12월 말의 이 저녁엔 내 기분과 일치하는 쾌적한 기운까지 느껴졌다. 그랬다. 나는 자유로움을 느꼈다. 마지막 거인족이 흠씬 두들겨 맞고 짐을 싸서 쫓겨났을 때 세상 사람들이 느낀 감정이 이랬을까.

내가 도착했을 때, 과연 칼라지의 자리는 비어 있었다. 그를 알았던 사람은 누구도 그 자리에 앉으려 하지 않았다.

그것은 그들 나름의 헌사였다. 이곳은 왕이 앉았던 자리, 그가 모두에게 작별을 고했던 자리였다. "여기에 뭐가 걸린 것 같아." 사바티니가 자기 목을 가리키며 말했다. 자이넵의 눈 주위에 마스카라가 번져 있었다. "와줘서 고마워요." 내가 인사하러 부엌에 들어갔을 때 자이넵이 나를 끌어안으며 말했다. "당신은 칼라지가 믿었던 단 한 사람이었어요." 나는 아무 말도 하지 않았다. "우리와는 달리, 당신은 그에게서 아무것도 원하지 않았던 사람이었죠."

나는 그 말을 어떻게 받아들일지 몰라 그냥 잠자코 있기로 했다. 아무 말도 하지 않음으로써 그녀의 말에 동의한다는 뜻을 전하고 있다는 것도 알았지만. 벽에는 소화불량 아가씨가 그린 칼라지의 초상화가 스카치테이프로 붙어 있었다. 칼라지가 그 그림을 군복 윗도리의 수많은 주머니 중 한 군데에 접어 넣고 다녀서 생긴 접힌 자국도 보였다. 심지어 젖은 커피 잔 받침이 만든 커피 얼룩마저 남아 있어서, 그가 자신을 받아주고 친절하게 대했던 여자에 대해 분노로 가득 차 있었던 그 여름날 아침으로 나를 데려가주었다.

카페 알제에서 나온 나는 카사블랑카로 갔다. 그곳 바텐더와 웨이터 몇 명도 칼라지가 떠났다는 사실을 알고 있었다. 하비스트의 바텐더들도 알고 있었다. 나는 와인 한 잔을 주문하고 말굽 모양의 바에 서서 언제라도 그가 나타날 거라고 생각하며 그를 기다리는 척했다. 그가 바를 나가 갑자기 걸음을 멈추고 우리와 얘기하면서 말았던 담배에 불을 붙이던 모습이 떠올랐다. 그때 그는 잠깐 망설이다가 다시 걸음을 옮겨 카사블랑카의 뒷문으로 들어갔고, 거기 뒷문을 통과하여 아마도 바를 잠시 거닐다가 카페 알제의 뒷문으로 들어갔을 것이다. 내가 입 모양으로 보내는 신호를 알아차리고 익살스럽게 웃을 때 미세하게 떨리던 입술과 그가 갑자기 습관처럼 **본 수아레**라고 말해서 대화가 중단되던 일도 떠올랐다. 그의 작별인사에서는 항상 우정과 행운을 빌어주는 마음과 장난기가 느껴졌었다. 케임브리지 곳곳에 그의 지문이 찍혀 있었다.

나는 와인을 다 마시기도 전에 한 잔을 더 주문했다. 내가 와인 잔을 줄 세우고 있다고 바텐더가 생각하기를 바랐다. 술을 더 시킨 것은 칼라지가 내 옆에서 술을 마시고 있다고 상상하기 위해서였다. 아마도 내가 그를 정말로 그리워하는지 알고 싶었던 것 같다. 결국 나는 와인을 넉 잔이나 마셨다. 그러자 정말로 그가 그리워지기 시작했다. 그러나 그것은 와인이 한 일이지 내가 한 일이 아니라는 것을 나는 잘 알고 있었다.

하비스트를 떠날 때 나는 뒤를 돌아보며 프랑스인 수석 웨이터에게 **본 수아레**라고 인사한 뒤 칼라지처럼 쌩하니 바를 걸어 나왔다. 그 말이 내 입안을 감돌 때의 느낌을 알고 싶었고, 그 말이 내게 미치는 영향을 느껴보고 싶었다. 나는 브래틀 거리를 걸어 올라가 버클리 거리로 들어서면서 **본 수아레**를 반복했다. 그러면서 나는 카페 알제와, 그곳에서 친구가 된 모든 사람들, 자이넵, 사바티니, 알제리와 모로코 출신의 택시운전사들, 칼라지 때문에 만난 모든 이들, 하비스트와 카사블랑카와 일요일 저녁의 하버드 엡워스 교회, 처음부터 우리가 만들어낸 우리만의 언어, 그 언어 때문에 꽃을 피웠던 우정, 그 모두에 작별을 고하고 있었다. 그가 내 삶에 가져다준 많은 새로운 것들에게, 친구들과 함께했던 저녁식사에, 우리 둘만의 저녁식사에, 해피 아워에, 내 삶에서 빠져 있었고 우리의 공통점을 찾게 도와주었던 공모자 의식에, **본 수아레.** 영주권에 대한 그의 걱정과 학업에 관한 내 걱정이 먹구름을 드리울 땐 우리 삶 속으로 표류해 들어와 우리를 행복하게 해주었던 여자들을 제외하고는 그 어떤 것도 그 먹구름을 몰아낼 수 없었다. 그러나 그 여자들보다 우리를 더 행복하게 해준 것은 그녀들과 함께 시간을 보내고 난 뒤 우리 둘이 그녀들에 대해 이야기를 나누던 시간이었다. 우리의 작은 오아시스에, 우리의 상상 속 지중해에, 우리의 작은 프랑스 마을에, 나 자신을 미국이라는 춥고 외롭고 어두운 평원에서 발목이 잡혀 오도가도 못하게 된 외로운 이방인으로 생각했던 내 착각에, **본 수아레.** 나는 이제 그들 중 한 명이었다. 어쩌면 그전부터 그랬었고, 앞으로도 그럴 것이지만, 내가 칼라지를 만나 그를 잃을 때까지는 그런 사실을 알지 못했거나 인정하려 하지 않았었다.

그해 크리스마스는 케임브리지에서 나 홀로 지냈다. 그 삼 주 동안 나는 육 개월 전 칼라지를 만난 이후로 읽은 책을 합한 것보다 더 많은 책을 읽었다. 1월에 종합시험을 보았고 합격했다. 그러고 나서 나흘 후에는 구두시험을 보았다. 2월 1일 나는 크레이기 거리를 떠나 로웰 기숙사로 거처를 옮겼고, 거기서 이 년을 살았다.

*

칼라지가 떠나고 한동안 나는 케임브리지 곳곳에서 칼라지의 낡은 체커 택시를 몰고 다니는 모로코인을 목격하곤 했다. 그 택시를 볼 때마다 두려움과 기쁨으로 갑자기 가슴이 두근거렸고, 곧 죄책감이 밀려왔으며, 결국에는 어쩔 수 없이 그것들을 애써 떨쳐버렸다. 때로는 모로코인과 마주치기도 했는데, 처음에는 서로 인사를 나누었지만 우리가 할 말이라고는 **칼라지한테서 소식 들었어요?**와 곧 뒤따라 나오는 **나도 못 들었어요**밖에 없다는 사실이 분명해지자 서로를 외면하기 시작했다. 모로코인은 다른 억양으로 프랑스어를 말했고, 소심했고, 더 깨끗했으며, 하려고만 하면 남의 신경을 건드리지 않을 수 있었다. 처음에 카페 알제에서 꽤 자주 그를 보았었는데, 그는 음모를 꾸미는 사람처럼 나지막이 수군거렸다. 그런 모습을 보자 칼라지가 곧 강제 추방될 거라는 사실을 알제리인이 그에게 귀띔해주면서, 그러니 칼라지가 택시를 팔 수밖에 없게 될 때까지 참을성 있게 기다리라고 말했을 거라는 생각이 퍼뜩 들었다. 그러자 화가 나서 견딜 수 없었다.

　그 택시를 볼 때마다 나는 하버드 광장에서 칼라지가 택시 밖으로 고개를 내밀고 힘차게 인사말을 쏟아내서 나를 무기력에서 끌어내 **지금 여기**로 데려왔던 그 쾌적하고 화창한 아침을 떠올리곤 했다. 그날 나는 칼라지 같은 사람이 내 삶에 들어와서 기뻤고, 또한 그가 교통체증에 걸려 내게로 다가오지 못할 것이라는 사실도 기뻤다. 이런 모순된 감정은 결코 화해하지 못했다. 그가 떠나고 오랜 시간이 흘렀지만 여전히 내 안에서 옥신각신 싸움을 벌이고 있었다. 나는 그를 발견하는 일이 결코 없기를 바라면서도 끝까지 그를 찾고 싶어했다. 매사추세츠 대로를 달리고 있거나 브래틀 거리에 주차된 그의 택시를 보면 더 이상 대면하고 싶지 않은 다양한 감정과 의문들이 내 마음속에서 되살아났다. 그런 감정과 의문들은 의식의 수면 위로 떠오르자마자, 아무런 대답도 듣지 못하고 무시당한 채 사라져버린다. 사랑했던 여자의 이름이 날마다 우리 입술에 떠올랐다가 소리로 변환되기 전에 즉시 재갈이 물리듯이. 어느 날엔 그의 택시를 불러서 타보자고 계속 되뇐 적도 있었다. 그러나 실행에 옮기지는 못 했는데, 내 형편에 택시를 타는 것은 가당치 않았기 때문이기도 했고, 차 문을 열었을 때 내가 계속 찾고 있었던 것을 발견하리라는 사실을 알고 있기 때문이기도 했다. 항상 구두 가게를 연상시켰던 그 낡고 갈라진 가죽 덮개의 냄새, 월든 호수에 차를 세우고 나서 두 소년을 함께 앉힌, 뒤로 젖힌 보조좌석, 이제 생각해보니 영원히 그의 주위를 맴돌았던 지울 수 없는 담배 냄새. 그리고 또 그 택시를 타면 안 되는 이유는 내가 뒷좌석에 타본 적이 한 번도 없었기 때문이다. 우리가 차에 올랐을 때, 그가 나를 집까지 태워다주었을 때, 혹은 어느 날 밤늦게 브루클린에 사는 여자와 자고 싶어 안달이 난 나를 브루클린까지 태워주었을 때, 나는 항상 그의 옆자리에 앉았다. 언젠가는, 어쩌면 케임브리지를 떠나기 몇 주 전에라도 그의 택시를 부를 생각이었다. 그러나 나는 항상 그걸 잊었다. 그리고 그 택시는 사라졌다. 그리고 나도 사라졌다.

에필로그

입학처를 떠난 후, 나는 아들에게 광장으로 돌아가기 전에 크레이기 거리부터 가보자고 제안했다. 뒤쪽 테라스에서 거기까지 얼마 안 걸렸고 아들과 함께 다시 방문하는 마지막 장소가 될 것이었다. 나는 그곳을 마지막 목적지로 남겨두었었다.

크레이기 1번지에 있는 그 건물의 공동 현관문은 잠겨 있었다. 그러나 마침 누가 밖으로 나오고 있었고 가볍게 목례를 하고 지나치며 우리를 안으로 들여주었다. 우편함이 그대로 있었고, 로비의 냄새도 그대로였으며, 초인종도 그대로였고, 여전히 엘리베이터가 없었다. 바뀐 것이 하나도 없었다.

나는 초인종 옆에 붙은 입주자 명단을 살펴보았다. 43호 커플이 사라졌고, 린다도 사라졌으며, 나도 사라졌다. 나는

45호 입주자 이름을 뚫어지게 쳐다보았다. 45호에는 다른 누군가가 내가 되어 살고 있었다. 나는 아직도 이곳에서 나 자신의 흔적을 찾는 것처럼 아들에게 그 이름들을 가리켰다. 아들은 내가 실성했다고 생각했을 게 틀림없다.

나는 자신이 기증한 장기가 아직도 자신이 기억하는 방식으로 째깍거리며 가고 있는지를 알아보기 위해 돌아온 장기 기증자처럼 어색함을 느꼈다. 나는 초인종을 누를 수 있었을 것이고, 위층으로 올라갈 수도 있었을 것이다. 혹시 경찰이 출동해 무단침입 혐의로 내게 수갑을 채워 관할 경찰서로 데려가려 하면, 그냥 한번 보러 왔다고 경찰에게 설명할 수도 있었을 것이다. 그러나 나는 올라가지 않았다. 내가 찾으러 온 것이 무엇이든 간에 내가 이미 찾았거나 아니면 정말로 찾고 싶은 것이 아닐 거라는 생각 때문에. 혹은 세월이 속절없이 흘러가서 내가 그런 것에 무감각해졌다는 사실을 직면하고 싶지 않았던 것인지도 모르겠다. 나는 모로코 택시운전사와 칼라지가 그날 저녁 나를 집 앞에 내려준 다음에 어떻게 그곳을 떠났는지 떠올리려고 애를 썼지만, 기억이 나지 않았다.

그 전날 카페 알제에서도 똑같은 일이 벌어졌었다. 먼저 하비스트 앞에 걸음을 멈춘 나는 그 안에 들어가지 않고도 그곳이 완전히 바뀌었다는 사실을 알아차렸다. 내가 혼자 서서 칼라지를 생각하며 마지막으로 와인을 마셨던 말굽 모양의 바가 철거되었다. 내가 그를 못 본 척했고 그 역시 그런 사실을 알고 있었던, 그날 밤 그가 서 있었던 장소도 사라졌다. 대신 나는 문을 열고 수석 웨이터에게 그날의 메뉴 복사본을 줄 수 있겠느냐고 물었다. "**부알라**여기요." 그가 말했다.

"그걸로 뭐 하게요?" 내 과거로 가는 추억 여행에서 지금까진 내 비위를 잘 맞춰주었던 아들이 결국 심드렁하게 물었다.

그걸로 뭘 할지는 나도 몰랐다. 호텔 방에 그냥 놓고 나올 가능성이 가장 컸다. 아니면 어디 던져버리거나. 그러나 나는 그것을 버리지 않았다. 그 메뉴판은 액자에 담겨 지금도 내 방 벽에 기대서 있다.

우리는 걸어서 카페 알제로 돌아갔고, 전날 그랬던 것처럼 카페 밖에 서서 창문에 붙은 메뉴판 위 초록색과 흰색의 익숙한 로고를 쳐다보았다.

"여기서도 메뉴판 달라고 할 거예요?" 아들이 물었다.

그러나 여기서 나는 전날과 마찬가지로 망설이는 나 자신을 발견했다. 들어가지 않는 편이 나을 것 같았다. 여러 해 동안 생각하지 않은 것들을 알아보거나 완전히 잊지 않은 것들을 기억해내는 것보다는 그것들을 상상하고 싶었고, 내 밖에 있는 것이 아니라 내 안에 있는 것들을 볼 수 있을 때까지 한 걸음 뒤로 물러서서 바라보고 싶었다. 과거라고 불리는 것을 경험하기 위해서는 거리두기와 자제심, 눈치, 나태함과 유머가 필요했다. 기억은 마치 복수와도 같아서 차갑게 식은 상태에서 해야 가장 효과가 크기 때문이다.

대용품적인 생각이군. 칼라지라면 이렇게 말했겠지.

갑자기 그가 아직도 거기 앉아 있다고 상상하고 싶었다. 언제나처럼 그가 나를 반기고, 여전히 담배를 말면서, 여전히 세상이 더럽고 재미없고 피상적인 똥구덩이라고 비난하고 있다고. 지금쯤이면 어제자 신문을 다 읽었을 것이고 하루를 시작하기 위해 알제리인과 말싸움을 한번 했을 것이다. 나는 도서관에 가는 중이거나 학생들을 만나러 가는 중일 것이고 **생캉트-카트르**를 마실 시간도 거의 없을 것이다. 이제 **생캉트-카트르**는 값이 6배 이상 올랐다. 내가 좋아했던 구석의 테이블을 상상했다. 언젠가 한번은 그곳에서 레츠 추기경의 회고록을 다 읽겠다고 나 자신과 약속했는데, 그 오랜 세월이 흐른 지금도 다 읽지 못했다. 여기서 9월의 어느 날 오후엔 내가 팔을 뻗어 페르시아 여자의 손을 잡자 그녀의 눈에 눈물이 맺혔었다.

그때가 좋은 시절이었다. 그러나 그때로 돌아가고 싶지는 않았다. 카페 알제에 들어가고 싶지도 않았다. 그의 초상화가 인적 없는 티파자 해변의 사진을 담은 액자의 바로 옆에 걸려 있다고 상상하고 싶었다. 칼라지가 **칼라지 알-라 플라주,**

해변의 칼라지라고 운율을 맞춰 둘 다를 비웃고 있는 모습이 그려졌다. 바보 같군. 그가 말할 것이다. 그러고는 항상 테이블에 널려 있던 소지품을 챙겨 들고는 학교까지 나를 태워다 주겠다고 말할 것이다. **가자!** 시간이 얼마나 있어? 십오 분요. 내가 말할 것이다. 잘됐군, 차로 드라이브하면서 얘기 좀 하다 가도 되겠네. 상의할 일이 좀 있어.

그때 나는 그의 체커 택시가 갑자기 브래틀 거리에 나타나기를 바랐다. 그러면 아들과 나는 그 택시를 잡을 것이고, 새 운전사에게 입학처로 가자고, 빨리 좀 가자고 말할 것이다.

"그리고 메모리얼 거리를 통해서 갑시다." 내가 말할 것이다.

"그건 많이 돌아가는 길인데요." 운전사가 반대할 것이다. "곧장 가면 여기서 세 블록 밖에 안 되는데."

"그래요, 알아요."

이 순간 아들과 나는 웃고 있을 것이다. 아들은 택시운전사의 당황한 표정이 재미있을 것이고, 나는 빈 입학처에 허둥지둥 들어가서 "죄송합니다. 정말 죄송한데, 우리가 비잔티움으로 가는 배를 놓친 건가요, 정말로?"라고 말하는 장면을 상상하며 웃고 있을 것이다.

그 택시에 타자마자 나는 무더웠던 그해 여름을 떠올릴 것이다. 크레이기 거리에 있는 내 아파트 옥상 테라스에서 톰 콜린스를 마시며 매일 읽던 책들을 떠올릴 것이고, 너무 덥고 선크림 향이 진해서 내가 판텔레리아 남쪽 시디 부 사이드라는 마을에서 멀지 않은 지중해 해변에 있다고 상상했던 그 여름날을 떠올릴 것이다. 그 지중해 해변은 칼라지가 케임브리지를 떠나고 나선 생각해본 적도 없고, 물론 가본 적도 없었다. 나는 월든 호수로 가는 길에 그의 택시 안에서 함께 불렀던 샹송을, 두 친구가 수많은 우여곡절 끝에 함께 살게 되는 이야기를 알렉산드리아 출신의 유대인이 노래로 만든 샹송을 떠올릴 것이고, 평소에는 너무 말이 많던 칼라지가 내가 도망가고 싶다고 울부짖던 그 밤에는 나를 태우고 가만히 앉아 내 이야기를 들어주던 모습과, 나보고 아스피린처럼 하얗다고 했던 말을 떠올릴 것이다. 그의 택시가 죄수의 탈옥을 돕기 위해 적국의 해안으로 다가가는 간첩선처럼 조용하고 은밀하게 플래그 거리로 달려와, 시동을 그대로 켠 채로 마치 스파이 영화처럼 헤드라이트를 두 번 켰다 껐다 했던 장면을 결코 잊지 못할 것이다. 그리고 그 택시운전사에게 언제 어디서 누구에게서 어떻게 왜 그 택시를 구입했는지 물을 것이다. 질문을 퍼부어 그 운전사의 정신을 쏙 빼면서, 뒷좌석에서 아들에게 어딘가에 있을 프리메이슨 스티커를 찾아보라고 말할 것이다. 칼라지는 프리메이슨 집회에 다녀온 날 둥근 프리메이슨 스티커를 잔뜩 얻어왔고, 마지막 두 장은 어디다 붙일지 몰라 고민하다가 가장 어울리지 않는 곳에 붙였다. 흡연자인 승객이 여전히 흡연의 심각성을 잘 깨닫지 못할 경우에 대비해서 양쪽 재떨이 아래, 팔걸이 바로 밑에 붙여놓았다. 그 스티커를 발견하면 나는 운전사 몰래 스티커를 떼어낼 것이다. 그 스티커는 전달이 늦어진 그의 메시지처럼 느껴질 것이다. **자네가 날 찾아내서 정말 다행이야. 난 잘 지내. 딸이 둘 있지. 좋은 추억을 갖고 있고. 사랑해.**

나도 당신을 사랑해요.

하버드 스퀘어

1판 1쇄 인쇄 2022년 1월 24일 **1판 1쇄 발행** 2022년 2월 14일

지은이 안드레 애치먼 **옮긴이** 한정아
펴낸이 고세규
편집 이승현 **디자인** 정윤수

발행처 김영사
주소 경기도 파주시 문발로 197(문발동) 우편번호10881
등록 1979년 5월 17일(제406-2003-036호)
구입 문의 전화 031)955-3100 **팩스** 031)955-3111
편집부 전화 02)3668-3270 **팩스** 02)745-4827 **전자우편** literature@gimmyoung.com
비채 카페 cafe.naver.com/vichebooks **인스타그램** @drviche **카카오톡** @비채책
트위터 @vichebook **페이스북** facebook.com/vichebook
ISBN 978-89-349-5815-4 03840 책값은 뒤표지에 있습니다.

비채는 김영사의 문학 브랜드입니다.